서광, 더 큰 세상에서 빛나다 I

리홍규(李洪奎)

치치하얼사범대학 수학과 졸업.
베이징사범대학 현당대문학 석사과정 졸업.
윤동주 문학상, 한국재외동포문학상,
KBS 서울프라이즈 최우수상 등 수상.
수필집 <운명에 도전장을 던져라>등 3권.
시집 <양파의 진실>출간.
중국작가협회 회원, 중국소수민족문학학회 이사.
흑룡강성조선족작가협회 회장.
흑룡강조선어방송국 부국장 역임.

서광, 더 큰 세상에서 빛나다 I

초판 인쇄 2022년 12월 10일
초판 발행 2022년 12월 20일

지은이   리홍규
펴낸이   박찬익
편 집   정봉선
펴낸곳   ㈜**박이정** ▮주소 경기도 하남시 조정대로 45 미사센텀비즈 F827호
전 화   031-792-1195 ▮팩스 02-928-4683
홈페이지 www.pjbook.com ▮이메일 pijbook@naver.com
등 록   2014년 8월 22일 제2020-000029호

ISBN   979-11-5848-838-3 03800

서광,
더 큰 세상에서
빛나다 I

서광사람들 실록

리홍규

㈜ 박이정

차 례

제2부
70년대 출생 세대들

우리 민족은 현재 도대체 어떤 상황에 처해 있는가? 우리 민족의 미래를 구경 어떻게 전망해야 할 것인가? 우리에게도 정녕 미래가 있기는 한 것인가?

중국조선민족의 한 구성원이라면 한번쯤 이런 문제들을 생각해 보았을 것이다. 특히 민족의 지성인이라고 불리는 사람이라면 더욱이 이런 물음을 피해갈수 없었을 것이다.

이러한 물음은 오래전부터 꾸준히 제기돼 왔다. 그런데 상황은 날로 심각해지고 미래는 점점 불투명해지는 것 같다.

조선족마을에 가보면 노인들뿐이고 마을마다 있던 조선족학교는 언녕 현성으로 통폐합되었다가 그마저도 하나 둘 소실되고 있으니 말이다.

다행히 해외와 도시로 진출한 조선족들은 새로운 삶의 터전을 개척하며 도시 사람으로 탈바꿈하고 있지만 거기서도 우리는 문화와 교육 등 여러 가지 문제점에 봉착하고 있다.

어쨌거나 갈수록 태산이라는 말이 떠오를 법도 하다. 그러나 태산을 넘으면 평지를 본다는 말도 있지 않는가.

결국 시각의 차이에 따라 민족의 현 상황에 대한 인식과 미래에 대한 고민이 달라질 수밖에 없는 것이다.

나의 경우 1986년에 흑룡강조선어방송국에 입사해 30년 넘게 기자로 근무해오면서 시종 우리는 응당 우리 민족이 직면한 현실을 직시하면서도 한결 적극적인 자세로 위기와 어려움을 극복하기 위해 노력해야 한다고 주장해 왔다.

그래서 〈우리는 어떤 자세를 가져야하는가—청도 진출 조선족 삶의 현장 답사〉(1995년) 〈우리에게도 밝은 내일이 있다〉(1997년), 〈산재지역조선족, 우리는 어디까지 왔고 어디로 갈 것인가〉(2008년) 등 특별기획 다큐멘터리를 제작했었고 흑룡강성 내 20여개 조선족 촌을 집중 취재해 〈산재지역 조선족농촌 현황 및 중국조선족의 미래상〉(2014년)이라는 3만자 넘는 현장 보고서를 작성해 발표했으며 〈개혁개방 40주년기념—산재지역조선족 현황과 미래 포럼〉(2018년, 흑룡강신문사/흑룡강성조선족작가협회 공동주최)을 기획하기도 했다.

이 가운데 8부작 다큐멘터리 〈산재지역 조선족, 우리는 어디까지 왔고 어디로 갈 것인가〉는 6명 방송기자들이 흑룡강성을 위주로 동북 3성과 청도, 연태, 위해 등 연해도시의 백 수십 명 조선족을 폭넓게 취재해 제작한 개혁개방 30주년 특별기획 프로그램이다. 이 프로그램 기획의도에서 나는 "본 프로그램은 산재지역 조선족 삶의 현장에 대한 폭넓은 취재를 통해 중국 개혁개방 30년래 우리 민족이 이룩하고 영위해가야 할 자산은 무엇이고 우리가 극복해야 할 문제와 직면한 위기는 결국 어떻게 심각한 것인가를 점검하고 성찰하며 이와 함께 우리는 도대체 어디로 어떻게 나아가야 할 것인가 하는 미래지향적인 활로를 모색해보고자 한다."고 밝혔었다.

장편르포 〈서광, 더 큰 세상에서 빛나다 – 서광촌사람들 실록〉은 이 특별기획 프로그램의 연장선상에 있다고 할 수 있다. 다만 이번에는 나의 고향마을 서광촌을 하나의 모델로 삼아 혼자서 육칠년 동안 드넓은 중국 땅 수십 개 도시 그리고 한국과 일본의 일부 지역까지 수만리를 답사하며 백여 명 고향사람들을 취재해 창작한 것으로서 한결 세부적인 결과물인 것이다.

이번 취재 과정에서 나를 가장 곤혹스럽게 한 것은 어떤 시각으로 내 고향 우리 민족의 미래를 내다보아야 하고 아울러 고향사람들에게 그것을 설득력 있게 인식시킴으로서 "서광이 보인다"는 공감대를 형성하는가 하는 것이었다. 그것은 결국 이번 장편르포가 한결 리얼하고 진실하고 깊이 있으며 그래서 한결 미래지향적인 우리 민족 삶의 현장보고서로 완성될 수 있는 전제이기도 했던 것이다.

하얼빈에서 동쪽으로 180여 킬로미터 떨어져 있는 서광촌은 장백산여맥 장광재령 서쪽기슭에 위치해 있는데 마을에서 3~4리 되는 곳에 송화강지류인 량주하가 흐른다. 량주하 상류에 보를 막아 5~6천무 되는 비옥한 땅을 개간해 벼농사를 짓는 서광촌은 방정현에서 "작은 강남"이라 불리는 어미지향이기도 하지만 200여 세대에서 126명 대학생을 배출해 "대학생마을"로 소문난 곳이기도 하다. 기타 중국조선족농촌과 마찬가지로 서광촌 역시 청장년들이 도시와 해외로 대거 진출했는데 초반에는 마을출신 대학생들의 도움이 상당히 컸다. 하지만 이번 취재 과정에서 나는 1980년대 전후 출생한 젊은 세대들을 위주로 대학교를 다니지 못한 수많은 서광촌 사람들도 국내와 해외에서 열심히 살며 성공가도를 달리고 있다는 것을 알 수 있었다. 말하자면 개혁개방이후 절대다수 서광사람들과 그 후대들은 한결 향상된 삶을 살아가며 한 인간으로서는 한결 원숙하고 장대해지고 있다는 것이다.

이는 서광촌도 기타 중국조선족농촌과 마찬가지로 날로 위축되고 쇠퇴하는 것 같지만 그러나 그것은 서광촌이라는 공간(空間)의 위축일 뿐 서광촌 자체는 결코 위축되지 않았으며 한결 장대(壯大)해졌다는 것을 의미한다. 왜냐하면 서광촌은 서광마을이라는 공간과 그 공간에서 몇 세대에 거쳐 살아오던 서광사람(曙光人)들로 구성되었고 그 서광사람들은 현재 광활한 중국 땅에서 그리고 해외에서 새로운 삶의 터전을 개척하고 마련하며 더 좋은 삶을 위해 노력하고 있기 때문이다.

그래서 나는 중국조선족사회의 축도(縮圖)와도 같은 서광촌을 본보기로 삼아 우리 민족은 개방의식과 개척정신이 강한 열린 민족이고 또한 자신의 문화와 전통을 지키고 계승하기 위해 노력하는 우수한 민족이라는 것을 세상에 널리 알리고 역사에 기록을 남기는 작업을 육칠 년간 해온 것이다.

구체적인 창작 과정에서 젊은 세대들을 위주로 될수록 많은 사람들의 다양한 이야기를 기록하되 결과 여하를 막론하고 꿈을 위해 도전과 실패를 거듭하면서 끈질기게 살아온 그 과정을 진실하고 생동하게 보여주는데 주력했다. 특히 중국조선족으로서 국내 대도시와 해외에서 겪어야 했던 외국인과 타민족과의 문화적 갈등과 정신적

고민 같은 것, 또는 새로운 시대 새로운 삶의 환경에서 어쩔 수없이 부딪치고 겪어야 했던 방황과 아픔 그리고 그에 따른 정신적 고통 내면의 갈등… 등등 이러한 것들을 깊이 있게 파헤침으로써 서광사람들의 정신세계와 내면세계를 펼쳐 보이는 심령의 기록으로 남기며 결과적으로 그것을 중국조선족의 한 페이지 진실한 심령사(心靈史)로 기록하고자 노력했던 것이다.

따라서 장편르포 〈서광, 더 큰 세상에서 빛나다—서광촌사람들 실록〉은 한 조선족마을을 모델로 삼아 펼쳐낸 우리 민족 삶의 현장 보고서이자 역사기록물이면서 동시에 백여 명 인물들의 삶의 궤적을 찾아 그들의 꿈과 애환을 문학적으로 조명하고 거기에 인류 보편적인 가치와 의미를 부여한 문학작품으로서 독자들 앞에 다가서기를 바라는 마음이다.

70여만 자에 달하는 원고가 드디어 마감되는 이 시각 지난 육칠년 간 나의 취재를 적극 지지해주시고 물심양면으로 성원과 지원을 아끼지 않은 수많은 고향 분들에게 고맙고 감사한 마음 금할 길 없다. 또한 이런저런 원인으로 이 책에 수록되지 못했거나 수록되었지만 나의 능력의 한계로 보다 생동하게 기록되지 못한 아쉬움을 남겼더라도 널리 양해하시길 바란다. 아울러 이 장편르포의 한국 출간을 흔쾌히 수락해주시고 수고를 아끼지 않으신 박이정출판사 박찬익대표님과 임직원 여러분께 깊은 감사를 드린다.

리홍규

2022년 11월 하얼빈에서

제1부

80, 90년대 출생 세대들

김성일(심천)

김홍자(천진)

김세은, 김세룡 형제(광동 산두)

류호림(청도)

배금화(청도)

백녕(마카오, 심양)

리철홍, 윤광해, 정춘송 (청도)

장영림(서안)

서강우(심양)

박송미(베이징)

리경하(청도)

최미연·최금철 남매(일본 도쿄)

리해종(일본 도쿄)

박송일(청도)

김복화(온주)

성춘길(천진)

정일학(일본 도쿄)

김령령(상해)

박일봉(심양)

김세권(광주)

김광일(청도)

김미령(광주)

리영송(광주)

공수언(청도)

리해실(서울)

김춘향(천진)

최해남(베이징)

남으로 남으로

김성일 (심천)

1

2018년 4월 30일, 심천에 도착한 나는 성일이를 만나러 지하철을 타고 용강구(龙岗区) 횡강진(横岗镇)으로 향했다. 40여 분 지나 횡강 역에 도착해 역을 나오는데 검은 테 안경을 쓴 웬 사내가 삼촌—, 하고 부르며 나를 반겨주었다.

"어…?! 네가 성일이냐?" 나는 눈앞의 이 사내가 내 기억속의 성일 이라고 좀체로 믿어지지 않았다. "너… 살이 많이 쪘구나!"

"하하… 맨날 술을 퍼마시는데 왜 살이 찌지 않겠어요?"

그가 사람 좋게 웃으며 대답했다. 하긴 그랬다. 훤칠하고 영준하 던 애송이 청년은 어느새 유들유들한 사장님으로 변해 있었으니 말 이다.

1982년생인 김성일이는 나의 고종사촌형님 김창선의 아들이다. 그날 성일이는 BMW지프차에 나를 태우고 푸른 숲과 네온 빛과 젊음으로 활기가 넘치는 횡강의 시가지를 질주했다. 아열대 지방 특유의 종려나무 사이로 도처에 화려한 광고판이 번쩍이고 있었는데 거의 대부분 안경관련 광고였다. 성일이도 어느새 신이 나서 횡강의 안경산업에 대해 이야기하고 있었다. 성일이가 횡강에 갓 왔을 때만해도 이곳은 그가 금방 떠나온 온주에 비하면 낙후한 시골 같아 보였는데 십여 년간의 발전을 거쳐 현재는 중국의 8대 안경생산기지 중 첫손에 꼽히고 있단다. 횡강에서 생산하는 안경테 또한 전 세계에서 80% 시장점유율을 차지하고 있으며, 덕분에 성일이 자신도 한몫 톡톡히 챙기고 있다는 것이다.

지프차는 어느 한식집 문 앞에 멈춰 섰다. 내가 식당에 들어서니 널찍한 홀에서 창선형님이 나를 기다리고 있었다. 나는 그제야 300 평방미터가 넘는 이곳 3층짜리 한식당 주인이 바로 성일이라는 사실을 알게 되었다. 비록 전에 성일이가 안경 사업을 하면서 한식집도 경영한다는 소식을 전해 듣긴 했지만 이처럼 상당한 규모를 자랑하는 한식당인 줄 전혀 생각지 못했다. 내가 뒤마디 칭찬해 주려고 막 입을 여는데 그가 먼저 오늘 저녁이 이 식당에서의 마지막 만찬이라며 내일부터 문을 닫게 된다고 말했다.

그날 저녁, 성일이는 가족들과 심천에 있는 친척들까지 모두 식당으로 청해왔다. 성일이부부와 두 아들딸 그리고 그의 아버지, 그의 처제네와 처남네 식구, 이종사촌동생네 식구……이렇게 십육칠 명 친척들이 두 식탁에 둘러앉아 북적거렸다. 애들을 따로 앉히기는 했어도 엄마들은 이걸 먹겠다, 저걸 먹겠다고 하는 애들에게 음식을 챙겨 주랴 장난치는 애들한테 몇 마디 잔소리 하랴 분주하게 돌아쳤다. 오랜만에 이런 가족들의 모임에 앉고 보니 어릴 적 시골의 잔치 집 풍경이 떠올랐다. 그 시절엔 결혼과 환갑은 물론 애 돌과 어른들 생일에도 친척들이 모여 잔치를 벌였는데 그럴 때면 한마을에 사는 큰아버지네와 고모네 그리고 6촌 8촌 하는 우리 친척들만 해도 수십 명이 모여들어 웅성웅성 들끓었다.

나는 옆에 앉은 창선형님과 연신 건배를 했다. 어린 시절 옛 이야기와 사촌들의 현황이며 자식들 이야기로 할 말이 참 많았다.

1990년대 초반, 창선 형님네는 집안 형편이 무척 어려웠다. 한국바람이 동북지역의 조선족사회를 휩쓸었고, 시골이든 대도시든 조선족들이 너도 나도 한국수속 한다고 야단인 시기였다. 하지만 출국수속은 날이 갈수록 어려워졌고 그 대신 수속비용은 하늘 천정으로 치솟아 올라 초청장 한 장에 5~6만 위안에 이르렀다. 일반 직장인들의 월급이 겨우 칠팔백 위안 하던 때였다. 자연 그럴듯하게 위장한 온갖 사기꾼들이 한국수속 해준다며 도시와 시골을 쏘다니며 숱한 사람들의 등을 쳐 먹었다. 창선형님도 가짜초청장을 샀다가 속고, "연수생비자"를 신청했는데 안 되고 심지어 마지막엔 밀입국까지 시도했지만 돈만 몇 만 위안 날리고 말았다. 그렇게 5년 6년이 지나는 동안 1981년생인 딸 복화와 연년생인 성일이가 어느덧 초중을 졸업하고 도시로 가서 중·고등학교를 다녀야 할 나이가 되었다. 고리대금을 꿔서 복화를 하얼빈시조선족제1중학교(고급중학교)에 보냈던 창선형님은 이듬해 성일이가 하얼빈조1중 진학시험에서 떨어지자 또 돈을 꿔서 그를 흑룡강성 연수현조선족중학교(고급중학교)에 보냈다.

"그때 정말 힘들었지만, 허리띠를 졸라매서라도 애 둘 다 공부 시키려고 큰마음 먹었다네. 그 애들이 자네나 셋째동생 창금이처럼 대학에 붙을 수 있기를 바랐던 거지." 창선 형님의 말이었다.

창선 형님처럼 그렇게 어려운 처지에서도 애들을 고등학교에 보내고 대학에 붙으면 무슨 방법을 써서라도 대학공부까지 시키는 것이 우리 서광촌에선 흔한 일이었다. 서광촌은 그렇게 인근에서 소문난 "대학생마을"로 되었던 것이다. 대학입시제도가 회복된 20여 년 동안 200여 가구가 살고 있는 서광촌에서 70여 명 대학생이 나왔으니 말이다. 그때 서광촌 사람들은 누가 더 잘 사는가 견주는 것이 아니라 누가 자식을 더 좋은 대학에 붙게 하는가를 경쟁적으로 비교하고 있었다. "한국바람"이 불어치던 90년대 그때에도 마을 사람들은 여전히 외국나들이로 돈을 많이 벌려는 것이 결국엔 자식들의 뒷바라지를 잘하여 더 좋은 대학에 보내기 위한 것임을 잊지 않았다.

하지만 그 아름다운 꿈은 현실에 부딪쳐 산산조각이 날 때가 많았다. 많은 사람들은 출국도 하기 전에 빚더미에 올라앉고 말아 자식들의 뒷바라지를 해줄 수 없었다. 성일이의 누나 복화가 바로 그래서 스스로 하얼빈조1중을 중퇴했던 것이었다. 복화는 부모님들이 더 이상 둘 다 고중부터 대학까지 공부시킬 수 없다는 것을 너무나 잘 알고 있었기에 자신을 희생하고 동생에게 공부할 기회를 주었는데 성일이는 결국 대학에 붙지 못했다.

"대학에 못가도 괜찮아. 바깥세상이 생각처럼 그렇게 다채롭지는 못하지만 사회에 나오면 그래도 기회는 많아. 그러니 하루빨리 남방 쪽으로 나와라."

그때 이미 학업을 중단하고 출로를 찾아 남방에 나가 있던 누나 복화가 전화에서 성일이한테 이렇게 말했다.

성일이는 연수현성에 있는 컴퓨터학원에 등록하고 낮에는 컴퓨터 공부를 하고 밤에는 조선족식당에서 아르바이트를 하면서 여비를 장만했다. 한 달 후 성일이는 청도로 떠났다.

2

성일은 누나 친구의 소개로 청도 리촌(李村)에 있는 자그마한 한국 독자 액세서리 가공회사의 사장비서 겸 통역으로 취직했다. 2000년 도 초반, 청도에는 한국기업이 수천 개소 있었는데 언어 면에서 우세 가 있는 조선족은 일자리 찾기가 비교적 쉬운 편이었다. 다만 대졸생 은 대, 중기업에 취직하여 높은 급여를 받는 반면 중졸생이나 고졸생 은 소규모 기업에만 취직이 가능했다. 성이 신 씨인 사장님은 칠십 고개를 넘은 노인이었는데 10여 명의 직원을 거느리고 전문 귀걸이 를 가공했다. 성일은 사장님 그리고 회사의 유일한 기사(技師)인 장 씨와 함께 한 아파트에 주숙했다. 보모도 없어 밥 짓고 청소 하는 일 은 성일이 몫이었다. 성일이는 처음엔 기분이 좀 잡쳤지만 얼마 지나 지 않아 대수롭지 않게 생각되었다. 사장님은 하루 세 끼 꼬리곰탕에 계란 후라이만 드시는지라 밥상 차리기가 매우 쉬웠다. 하지만 사장 님을 따라 매일매일 김치 반찬도 하나 없이 끓이고 또 끓인 꼬리곰탕 만 먹다나니 나중에는 꼬리곰탕 냄새만 맡아도 구역질이 나올 지경이었다. 하지만 호주머니가 비어 있어 혼자 밖에 나가 뭘 사먹을 형편도 못돼 울며 겨자 먹기로 코를 막고 꼬리곰탕을 먹을 수밖에 없었다. 그렇게 한 달이나 버텼다. 그런데 사장님은 월급을 줄 생각을 전혀 하지 않았다. 두 달이 지나서야 지난달 월급이라며 주었는데 겨우 500위안밖에 안되었다. 바로 그때 어머니한테서 전화가 걸려왔다. 집에서 아직 탈곡도 하지 않았는데 다문 얼마라도 돈을 좀 보내라는 것이었다. 성일이는 어머니한테 450위안을 보내드렸다. 계절은 어느덧 추운 겨울에 접어들었는데 성일이는 그때까지 홑옷을 걸치고 있었다. 성일이는 청도 어느 벼룩시장에서 헌옷이며 신발 모자 같은 걸 단위 5위안씩 판다는 소식을 듣고 한달음에 달려가 20위안 주고 솜옷, 솜바지, 방한화와 털모자를 사 입었다. 호주머니에 달랑 30위안밖에 안 남았지만 몸이 뜨뜻하고 꼬리곰탕도 이젠 먹을 만하고 잠잘 곳도 있으니 까짓거 세상에 두려울 것 없는 것 같았다.

그날부터 성일이는 귀걸이가공기술을 완전히 장악하기 위해 골몰했다. 사실 이 회사에 취직한지 얼마 안 지나 어깨너머로 장 씨가 하는 일을 주시해서 살펴온 그였다. 고향이 연변인 장 씨는 성일이보다 예닐곱 살 많았는데 성일이는 그가 장악하고 있는 귀걸이가공기술이 생각보다 어렵지 않다는 것을 발견했다. 관건은 한국에서 수입해온 가공기계를 다루는 노하우를 터득하는데 있다고 그는 판단했다. 성일이는 기계연구에 달라붙었다. 직원들이 모두 퇴근하고 떠난 밤중에 성일이는 작업장에 몰래 들어가 기계를 돌리며 매 단계의 기술과정을 수없이 반복하면서 제품을 갈고 또 닦았다. 그렇게 한 달이 지나는 동안 성일이는 가공기술을 익숙하게 장악하게 되었고 마침내 회사에서 출품하는 그 어떤 제품도 가공해낼 수 있다는 자신감이 생겼다.

성일이는 사장님을 찾아갔다.

"사장님, 회사에서 장 기사한테는 한 달에 3,000위안 주면서 저한 테는 겨우 500위안밖에 안줍니다. 노임이 너무 적습니다. 사장님께 서 저의 노임을 2,000위안으로 올려주신다면 저는 장 기사보다 더 잘 할 수 있습니다."

신 사장은 성일이를 작업장에 데리고 가서 한번 시범해보라고 했 다. 성일이가 숙련된 동작으로 기계를 척척 돌리며 가장 정교한 귀걸 이까지 세공해내는걸 직접 확인한 신 사장은 이튿날 곧바로 장 기사 를 해고 해 버리고 성일이를 기술자로 들였다. 급여도 물론 2,000위 안으로 껑충 뛰어올랐다.

성일이는 그러나 기쁜 줄 몰랐다. 월급을 좀 더 많이 받기 위해 기 술을 연마하고 숙달한 것이었는데 결국은 다른 사람의 밥통을 빼앗 게 될 줄은 꿈에도 생각지 못했던 것이다. 기술자라고 우쭐대며 자신 을 어린애 취급하던 장 기사였지만 성일이는 그에 대한 미안함으로 마음이 편하지가 않았다.

그렇게 석 달이 지난 어느 날, 장 기사가 홀연 회사에 나타났다. 어머니가 암에 걸려 치료비가 필요하다며 회사에 다시 들어와 일하 게 해달라고 사장님께 간청했다. 옆에서 사연을 듣고 그만 마음이 약 해진 성일이는 결연히 사직서를 제출하고 이튿날 회사를 떠났다.

며칠 뒤 성일이는 직업소개소를 통해 역시 리촨에 위치한 머리핀 을 가공하는 어느 한국독자기업의 창고 보관원으로 취직했다. 원래 회사보다 규모가 좀 큰 이 회사는 종업원이 50여 명 되었는데 고급 액세서리 반제품을 가공해서 십여 개 액세서리 가공공장에 납품하고 있었다. 출근해서 며칠 뒤 성일이는 십여 개 가공공장의 실무자들이 매일 작업장에 모여들어 제품을 빼앗다 시피 가져가는 아주 혼란스러운 장면을 목격하게 되었다.

어떻게 이럴 수가 있는가?

성일이는 도저히 이해할 수가 없었다. 며칠 더 요해를 거쳐서야 그는 이들 십여 개 가공공장은 모두 현지에서 일정한 배경이 있는 업체들인데 반제품을 가져다가 완제품으로 가공해서 다시 시장에 내다 판다는 걸 알게 되었다. 문제는 민 씨 한국사장이 그 어느 업체에도 미움을 사지 않으려고 그들이 서로 반제품을 더 많이 가져가겠다고 아웅다웅 싸우는 걸 못 본체 방임하는데 있었다.

성일이는 민 사장을 찾아가서 자기가 깔끔하게 처리 할 테니 이 일을 맡겨달라고 했다. 민 사장은 자신이 바라마지 않던 일이라 모든 권한을 성일이한테 위임했다. 성일이는 십여 개 가공업체의 실무자들을 불러 회의를 소집하고 반제품 수령에 대한 세 가지 규정을 선포했다: 첫째, 가공업체들에서는 작업장은 물론 회사의 모든 구역에 마음대로 출입하지 못한다. 두 번째, 회사에서 지정한 장소와 시간에 따라 제품을 가져가야 한다. 세 번째, 제품 수량은 반드시 사전에 회사 측에 신청해야 하며 회사에서 통일적으로 수량을 배분해준다.

회사에서 골머리를 앓던 문제는 대번에 해결되었고 성일이는 창고 보관원이라는 말단직원으로부터 실권을 장악한 회사간부로 승진했다.

그 후 가공업체의 실무자들이 성일이 곁을 맴돌며 아직 애송이에 불과한 그의 비위를 맞추려고 갖은 애를 썼다. 세상물정에 어두운 성일이는 처음엔 내심 좀 당황했으나 이내 허영과 만족감에 마음이 붕 떠는 걸 어쩔 수 없었다. 하지만 단지 그것 뿐 이었다. 성일이는 욕심을 부리지 않았고 더구나 그들에게 난처하게 굴지 않았다. 그럴수록 그들은 성일이에게 더욱 깍듯하게 대했다. 회사의 직원들 절대다수가 현지 한족들이였는데 그들 역시 모두 성일이에게 엄지손가락을 내밀었다.

그중 성이 로(卢)씨인 회사의 운전기사가 성일이한테 각별했는데 늘상 집에서 맛있는 음식을 가져다주며 그를 관심해주었다. 허우대가 큰 로 씨는 전형적인 산동 사나이로서 순박하다 못해 목눌할 정도였다. 성일이는 로 씨의 일거수일투족이 자신의 아버지와 많이 닮았다고 생각되었고 그래서 성일이는 날이 갈수록 그가 친근하게만 느껴져 그를 양아버지(干爹)라고 불렀다. 로 씨는 휴일에 성일이에게 운전을 가르쳐 주었다. 성일이가 운전면허를 따자 두 사람은 차를 몰고 청도 시내와 근교 이곳저곳으로 놀러 다녔다.

그러던 어느 날 저녁, 종업원들이 모두 퇴근했는데 오후에 혼자 배달 나간 로 씨가 돌아오지 않았다. 저녁도 먹지 않고 로 씨가 돌아오기를 기다리던 성일이는 여덟시가 거의 되서야 돌아온 로 씨에게 밖에 나가 함께 저녁을 먹자고 했다. 기분이 좋아진 로 씨가 그러자며 차를 차고에 들여놓으려고 할 때였다. 회사의 한 여직원이 공장으로 돌아와서 성양(城阳)에 있는 상가에 급히 물건을 배달해야 한다며 로 씨에게 수고해달라고 부탁했다. 성일이가 너무 늦었으니 내일 아침 일찍 배달하라고 말렸지만 여직원의 거듭 되는 간청에 로 씨는 물건을 싣고 여직원과 성양으로 떠나갔다. 그들이 떠나자 성일이는 무슨 영문인지 마음이 불안했다. 그는 문득 로 씨가 아침에 양복차림으로 출근했다는 걸 상기했다. 로 씨가 양복을 입은 모습을 별로 보지 못했던 성일이는, 오늘 이렇게 멋지게 차려입고 혹시 어디에 숨겨둔 애인과 데이트라도 하려는가 농담까지 했었다. 하지만 성일이는 그날이 바로 로 씨가 저승사자를 만나러 가는 날인 줄은 꿈에도 생각지 못했다. 배달을 마치고 돌아오던 길에 난데없이 나타난 고양이 한마리가 길에 뛰어들며 깜짝 놀란 로씨가 순간적으로 핸들을 왼쪽으로 트는 바람에 고속으로 질주하던 차가 콘크리트 분리대를 쾅, 하고 들이박았던 것이다. 로 씨는 현장에서 숨졌고, 열아홉 살 꽃나이의 여직원은 비록 목숨은 건졌지만 하반신이 마비됐다.

로 씨의 갑작스런 죽음은 성일이를 깊은 슬픔에 빠뜨렸다. 그를 더욱 화나게 만든 것은 이번 사고에 대한 민 사장의 태도였다. 민 사장은 로 씨가 근무 외 시간에 독단적으로 차를 몰고 나가 사고를 냈기에 회사에서는 그 어떤 책임도 질수 없다면서 위로금 2,000위안을 지급하는 것으로 사건을 마무리 지었다. 이에 회사의 종업원들은 분노를 금치 못했고 열댓 명 종업원들이 사장실에 몰려가 따지고 들다가 사무실 물건을 박살내기까지 했다. 성일이는 문득 처음 근무했던 액세서리 공장의 신 사장이 생각났다. 자신의 직접적인 이익과 관계되는 일에 부딪치자 두 한국인 사장의 태도는 판에 박은 듯 한결같이 일치했고 또 냉혹하기 그지없었다. 성일이는 결국 또 한 번 한국회사를 떠났고 두 번 다시 한국사장 밑에서 일하지 않겠다고 결심했다.

하지만 현실은 비참했다. 성일이처럼 언어 면에서 우세한 것 밖에 별다른 능력이 없는 애송이들이 한국회사가 아닌 어떤 회사에 관리직으로 취직한다는 것은 거의 불가능한 일이었다. 성일이는 슬펐다. 학창시절에 공부에 열중하지 않아 대학에 붙지 못한 자신이 한없이 후회 되었지만 지금 와서 아무리 후회한들 무슨 소용이 있으랴! 하지만 결코 늦지는 않았다고, 이제부터라도 정말 정신을 똑바로 차려야겠다고 성일이는 생각했다. 그렇게 열심히 살아 언제든지 꼭 내 자신의 회사를 차리고 내가 사장이 되리라고 그는 또다시 굳은 맹세를 했다.

청도 여러 회사를 전전하던 성일이는 반 년 뒤 강소성 롄윈강(连云港)시의 어느 한국독자 해산물무역회사에 취직했다. 그는 매일 냉동화물차를 몰고 400~500km를 달려 산동성과 강소, 절강 일대의 크고 작은 어촌을 누비며 전문 야생조기를 구매했다. 그러던 어느 날 온주(溫州)에 있는 복화누나한테서 문득 몸이 너무 아파 회사출근도 어려우니 와서 도와달라는 전화가 왔다. 성일이는 이튿날 부랴부랴 온주로 떠났다.

3

"누나, 왜 이렇게 사는 거야?"

성일이는 하마터면 눈물을 쏟을 뻔 했다. 좁고 길게 뻗은 희미한 복도 양쪽으로 벌집처럼 총총히 박혀있는 비둘기장 같은 방에 누나가 살고 있었던 것이다. 2-3평방미터 될까 말까 한 비좁은 방에는 간이침대 하나 달랑 놓여있었다.

"괜찮아, 잠만 잘 수 있으면 되는데 뭐. 그리고 여긴 교통이 편리해서 회사에 다니기가 좋아."

말은 이렇게 했지만 누나가 결국은 아껴 쓰고 저축해서 집에 더 많은 돈을 보내주려고 한다는 것을 성일이는 잘 알고 있었다.

"아무리 그래도 이건 아니잖아. 누나, 이제부터 우리 너무 힘들게 살지 말자."

성일이의 진심어린 말이었다. 지난 몇 년간 누나는 베이징, 광주, 상해 등 지역을 전전하면서 식당과 호텔의 종업원으로 일을 했고 친척에게 속아 다단계 판매조직에 빠져들어 죽도록 고생하기도 했다. 그런 우여곡절 끝에 온주에 와서 다행히 안정적인 직장을 찾았는데 누나도 이제는 정말 자신을 위해 살 때가 되지 않았는가? 성일이는 누나를 위해 생각했다.

이튿날부터 성일이는 누나 대신 가공공장들을 돌면서 누나가 가르친 대로 업무를 처리했고 저녁에는 누나의 침대아래 바닥에다 이부자리를 깔고 잠을 잤다. 당시 누나는 한국인 사장이 설립한 자물쇠무역회사에서 근무하고 있었다. 무역회사 본부는 한국에 있었고 사장역시 한국에 거주했다. 누나는 한국사장이 보내온 주문서에 따라 현지 자물쇠 가공공장에 위탁하여 제품을 생산한 후 세관을 거쳐 한국으로 발송했다. 보기에는 아주 간단한 것 같았지만 사실 주문서를 받아서부터 화물을 발송하기까지 매우 번거로운 과정을 거쳐야만 했다. 한 장의 주문서에는 10~20여 개의 각기 다른 규격의 제품이 포함되어 있었고 매개 제품마다 최소한 10여 차례의 제조 공정을 거쳐야 했다. 다시 말하면 한건의 오더를 완성하려면 수백차례의 제조공정이 필요했는데 어느 하나도 소홀함이 없이 신경을 써야 했다. 그렇지 않으면 큰 낭패를 보기 십상이었다. 누나는 하루 종일 신경이 곤두서서 바삐 돌아치느라 밥을 제대로 챙겨 먹을 겨를도 없었다. 그렇게 밤낮 없이 주문 받으랴 제품을 생산하랴 검품을 하랴 화물을 발송하랴 돌아치다가 어느 날인가 끝내 지쳐서 노그라지고 말았던 것이다. 그래서 급히 성일이를 불러와 가공공장의 업무를 대신 보게 하면서 이미 받아놓은 주문을 지체 없이 완수했다. 그렇게 단 하나의 반품도 없이 최선을 다해 일한 보람으로 복화누나는 회사의 신임을 얻어 일반직원으로부터 이 회사의 사업파트너로 탈바꿈했고 자신의 독자적인 자물쇠무역회사를 설립했는데 년간 무역액이 인민폐 5,000만 위안에 달했다. 이는 물론 몇 년 뒤의 일이다.

복화누나는 3개월이 지나서야 건강이 완전히 회복되었다. 누나의 회사 일에서 손을 뗀 성일이는 미국적 한국인과 온주 현지인이 온주에다 공동으로 설립한 안경회사에 취직했다. 미국이민 한인 2세인 장 씨 사장은 영문이름이 스티븐(Steven)이었다. 스티븐은 비록 한국어에 서툴렀지만 조선족과는 그럭저럭 의사소통이 가능했기에 조선족직원을 채용했던 것이다.

"킴(kim), 당신은 품질 관리를 책임지시오." 스티븐은 그를 킴이라 부르며 말을 이었다. "큐시(QC)가 가장 중요하오, OK?"

QC? QC가 뭔데? 성일이는 도무지 무슨 말인지 알아듣지 못했다.

"바로 이거 이거 이거란 말이오……"

스티븐이 영어와 한국어를 섞어가면서 한참 해석해서야 성일이는 QC란 바로 제품의 품질검사를 가리키는 것이란 걸 알았다. 품질검사라, 그건 바로 자신이 지난 석 달 동안 누나를 대신해서 가공공장을 다니며 한 일이 아닌가. 자물쇠제품에서 안경제품으로 바뀌었을 뿐 품질요구에 따라 책임성 있게 일만 하면 되는 것이었다. 그런데 그 책임감에 일을 하다보면 본의 아니게 종업원들의 미움을 살 때가 많았다. 그래도 성일이는 한 치의 에누리도 없이 제품의 품질 보장을 위해 최선을 다했다. 그렇게 매일 아침 7시부터 저녁 11시가 넘도록 8개월 동안 눈코 뜰 새 없이 바쁜 시간을 보냈다.

2002년 8월 하순, 처음으로 출시한 400만 위안 가치에 달하는 고급 안경테가 마침내 컨테이너에 실려 한국으로 발송되었다. 스티븐도 뒤따라 한국으로 떠났다. 그런데 어느 날부터인가 스티븐과의 연락이 뚝 끊어졌다. 그로부터 일주일이 더 지나자 제15호 태풍 '루사(鹿莎)'가 한국에 상륙했다. 보도에 따르면 이번 태풍으로 총 246명이 사망되거나 실종되었다고 한다. 혹시 스티븐이 태풍을 만난 건 아닐까? 닷새가 지난 9월 7일 18시 30분, 제16호 태풍 '신라쿠(森拉克)'가 온주를 비롯한 주변 연해지역을 강타했다. 이번 태풍으로 23명이 사망하고 5명이 실종 되었으며 7900채의 주택이 무너지는 어마어마한 손실을 초래했다.

성일이는 난생처음 태풍을 겪었다. 폭풍우는 새벽녘이 돼서야 차츰 멈추기 시작했다. 성일이는 거의 뜬눈으로 기나긴 밤을 지새웠고, 날이 밝자 곧바로 공장으로 달려갔다. 길거리에는 뿌리가 반쯤 뽑힌 가로수들이 쓰러질듯 휘어져 있었고 각종 광고판들이 여기저기 너부러져 있었다. 다행히 강철구조로 된 공장 건물은 끄떡없었다. 성일이가 안도의 숨을 내쉬면서 사무실에 들어가 보니 중국 측 사장 임씨가 소파에 앉아서 담배만 풀풀 태우고 있었다. 재떨이에는 담배꽁초가 수북이 쌓여져 있었다.

"여보시오 김 선생," 임 사장은 여전히 그를 김 선생이라 정중하게 불렀다. "스티븐이 설마 상품 대금을 챙겨서 도망간 건 아니겠지요?"

임 사장의 걱정은 적중했다. 스티븐이 정말 도망간 것이었다. 100여 명에 달하는 회사 종업원들이 8개월 동안 밤을 지새우며 생산해 낸 제품이 바로 미국의 유명 브랜드를 모방한 짝퉁이라는 사실이 한국에서 들통 났던 것이다. 스티븐은 화물이 한국 세관에 차압되었다는 소식을 듣고 나서 경찰의 수배가 내리기도 전에 발 빠르게 미국으로 도망쳤던 것이다.

며칠 뒤 세관을 통해 이 소식을 전해들은 임 사장은 긴 한숨을 내쉬었다. "스티븐 이 개자식, '신라쿠'보다 더 무서운 놈이구먼, 우리를 이렇게 비참하게 만들다니…"

임 사장은 인민폐 500만 위안을 투자해 스티븐과 합작하여 공장을 세웠던 것이다. 한국에 실어 보낸 가치가 400여 만 위안에 달하는 제품 손실을 제외하고도 수백만 위안을 들여 수입한 설비도 한순간에 고철이 되어버렸다. 합작파트너이자 기술총감인 스티븐이 핵심기술을 장악하고 있었기 때문이다. 그밖에도 8개월 동안 지출한 각종 비용까지 합치면 임 사장의 손실은 막심했다. 설상가상으로 100여 명이 넘는 공장 종업원들의 급여까지 3개월이나 밀린 상태였다. 외국사장이 뺑소니쳤다는 소식을 들은 100여 명의 종업원들이 공장에서 임 사장과 성일이를 둘러싸고 급여를 지불해달라고 아우성쳤고 미국 놈 한국 놈 다 때려죽일 놈들이라고 욕설을 퍼부었다. 성일이는 난감하기 그지없었다. 그 자신도 석 달 월급을 못 받았는데 종업원들은 그를 한국인으로 취급하면서 욕하고 있었으니 말이다.

그 시각 성일이의 마음속에서도 어느새 한국인에 대한 적대감이 예전보다 더 깊게 차오르고 있었다. 하지만 그는 울며 겨자 먹기로 또다시 한국인이 운영하는 안경테 가공공장에서 새로운 일자리를 찾아야 했다. 그로서는 다른 방도가 없었다. 한 번 또 한 번의 상처를 받으면서도 한 핏줄이기에, 서로 언어가 통하기에 한국인들을 떠날 수 없단 말인가? 성일이는 또다시 깊은 슬픔에 빠져들었다.

성일이는 이번에 취직한 이 한국회사의 김 사장만큼은 더 이상 나쁜 놈이 아니기를 마음속으로 빌고 또 빌었다. 성일이는 예전처럼 QC업무를 책임졌다. 한 달 급여는 3,000위안으로서 스티븐과 함께 일 할 때 보다 1,000위안이나 더 높았다. 하지만 5개월이 지나자 김 사장이란 작자도 또 도망갔다. 공장에 100만 위안이라는 채무를 남겨놓고 말이다. 월급도 두 달분 체불했다. 성일이는 정말 어이가 없었다. 이젠 진짜 정말로 더 이상 한국회사에 가지말자고 그는 굳게 다짐했다.

성일이는 매일 신문에 실린 각종 구인광고를 세심하게 살폈다. 그러던 어느 날 신문에 온주 현지의 안경가공공장에서 국제무역담당 고급관리직원을 모집한다는 광고가 실렸다. 성일이는 광고를 들고 회사에 찾아갔다. 회사에서는 그의 이력서를 보더니 그 자리에서 즉각 채용했다. 그런데 이 회사에서는 고위직 관리층이라고 해도 급여가 겨우 천여 위안밖에 안되었다. 그 대신 숙식을 제공해주었다. 까짓거 급여가 좀 낮으면 어떠랴, 성일이는 이번 기회를 계기로 국제무역 관련 업무를 전문으로 배워 숙달하고 싶었다. 그는 낮에는 출근해서 품질검사에 대외무역 업무에 바쁘게 돌아치고 저녁 퇴근 후에는 야간학교에 다니면서 영어공부를 시작했다. 비록 다람쥐 채 바퀴 돌듯 무척 바삐 보냈지만 여태껏 느껴보지 못한 충실감으로 마음만은 내내 뿌듯했다.

이런 날이 8개월 동안 지속되었다. 어느 날 밤 10시가 넘어 컨테이너 트럭 한대가 공장에 들어와 한 무더기 화물을 싣고 가려고 했다. 바로 성일이가 검출해낸 불합격률이 30%가 넘는 제품이었다.

"이 화물은 절대 싣고 갈수가 없습니다."

성일이가 달려와서 화물을 운반하고 있는 일군들을 제지시켰다.

"왜 싣고 갈수 없단 말인가?"

화물가치가 200여 만 위안에 달하는 미국 수출 제품인지라 소식을 듣고 달려온 회사 왕 사장이 성일이한테 큰소리로 물었다.

"이 제품들은 제가 검품한 결과 불합격 제품입니다. 그러니 제가 끝까지 책임져야 합니다."

"도대체 너가 사장이냐 내가 사장이냐? 내가 출고하라고 하면 하는 거야!" 왕 사장이 펄펄 뛰며 소리 질렀다.

"사장님, 사장님이 지금 당장 날 해고하면 몰라도 이 제품은 절대로 출고할 수가 없습니다." 성일이도 물러서지 않았다.

"그래? 그럼 지금 당장 널 해고한다. 어서 비켜!" 왕 사장이 소리쳤다.

"좋습니다, 그럼 제가 떠나겠습니다. 하지만 사장님은 꼭 후회하실 겁니다."

성일이는 이렇게 한마디 내 뱉고는 뒤도 안돌아보고 홀 떠나버렸다.

이튿날 후회 막심한 왕 사장이 성일이를 극구 만류했다. 하지만 이미 마음을 굳힌 그는 단호히 사절했다.

"눈앞의 이익에 눈이 멀어 장래의 사업을 망쳐먹을 당신 같은 사람과 더 이상 일하고 싶지 않습니다."

성일이는 목구멍까지 올라온 이 말을 꿀꺽 삼켜버렸다.

왕 사장은 한숨을 크게 내쉬더니 성일에게 석 달 월급을 더 지불하도록 재무과에 지시했다. 그러면서 회사를 설립한지 20년 넘도록 처음으로 회사를 떠나는 사람에게 장려금을 주는 거라고 말했다. 왕 사장은 또 환송연까지 베풀었다. 술이 서너 순배 돌자 왕 사장은 성일이와 술잔을 부딪치며 이렇게 말했다.

"너처럼 고지식하고 배짱 센 놈은 정말 처음 본다. 조선사람 진짜 대단하다!"

4

성일이는 대뜸 온주에 있는 한국인 사장들이 앞다퉈 데려가려는 인기 인물로 되었다. "소상품 대시장(小商品 大市场)"이라는 "온주모델(溫州模式)"로 중국에서 가장 큰 소상품생산기지로 부상한 온주에 한국 상인들이 몰려들었는데 현지에는 한국어에 능통하고 국제무역업무도 숙달한 실무자들이 너무 적었던 것이다.

"저는 한국인 사장과 함께 일하고 싶지 않습니다."

성일이는 자신을 찾아온 한국인 사장들에게 이처럼 똑같은 말로 사절했다.

마지막으로 그를 찾아온 한국인 정 사장은 안경테 무역을 하고 있었는데 전에 몇 번 만난 적이 있었다.

"김 선생, 우리 같이 일해 봅시다." 정 사장은 단도직입적으로 사업제안을 했다. "내가 한국에서 오더를 줄 터니 당신은 중국에서 가공공장을 찾아 제품을 만들어 한국으로 보내주시오. 그러면 당신도 사장님이 되는 거요."

"좋습니다. 함께 해봅시다." 성일이는 그제야 흔쾌히 승낙했다.

첫 번째 장사에서 성일이는 2만 위안을 벌었다. 온주 현지인회사에 출근하며 받은 1년 노임보다도 더 많은 액수였다. 지난 몇 년간 온주의 여러 회사들에서 검품업무를 책임졌던 그는 가공공장과의 업무거래에서 가장 관건적인 검품에서 철저했다. 가공공장들에서 김사장이 너무 까다롭고 에누리 없다고 혀를 내두를 지경이었다. 덕분에 반품이 하나도 없었고 정 사장은 무척 만족해했다. 1년이 지나자 성일이와 합작을 원하는 한국인 파트너가 한 둘씩 늘어나 나중에는 5명이나 돼 주문서가 쉴 새 없이 날아들었다.

주머니가 갑자기 두둑해지자 성일이는 그만 정신이 해롱해롱해졌고 마음이 한껏 들떴다. 자연 고급 술집과 유흥업소에 뻔질나게 드나들며 졸부 행세를 했고 나중엔 누구의 꼬임에 걸려들었는지도 모른채 나이트클럽에서 환각제를 복용하기에 이르렀다…

"삼촌은 아마 상상도 못 할 거예요. 저가 그때 얼마나 거들먹거렸는지… 그러다 어느 날 누나한테 매를 흠씬 맞고서야 겨우 정신을 차리기 시작했어요."

"복화가? 복화가 정말 너를 때렸단 말이야?!"

"저를 아주 호되게 때렸어요, 누나는 저를 때리면서 엉엉 울었고 나도 맞으면서 따라 울고…."

성일이가 눈시울을 붉히면서 말했다.

낭떠러지에서 천만다행 말고삐를 잡아챈 셈이었다. 그렇게 제정신을 차렸지만 정력이 한창 차고 넘치는 20대인지라 사업 외에 뭔가 또 다른 출구가 있어야 했다. 이때쯤이면 아무래도 사랑이 등장하는 법인가 보다. 바로 그때 길림시 출신의 한 조선족아가씨가 성일이의 삶에 뛰어 들었으니 말이다. 두 사람은 첫눈에 정이 들었고 왜 더 일찍 만나지 못 했던가 한탄할 지경이었다. 그때 성일이는 탄탄한 몸매의 멋쟁이 총각이었고 길림아가씨 역시 어디 한곳 흠 잡을 데 없는 미인이었는데 둘은 이내 한국드라마에서나 나옴직한 사랑에 빠져들었다.

사업이 번창하고 연인까지 생기자 성일이는 마치 온 세상을 다 차지한 것 같은 기분이었다. 사람이란 득의만만하면 판단력이 흐려지기 십상이다. 안경 산업은 폭리 업종이라고 하지만 대부분 수익은 소비자와 직접 만나는 매점에서 가져가고 성일이와 같은 중간 유통업자들의 수익은 가공공장보다도 훨씬 더 적었다. 안경테 하나의 원가가 10위안이라면 그에게 차례지는 마진은 겨우 0.5위안에 불과했다. 성일이는 자신이 만약 직접 안경테 가공공장을 경영한다면 자기 공장에서 오더를 제공할 수 있어 엄청난 이윤을 창출할 것이라고 생각했다. 이런 매력적인 상상력에 욕망이 팽배할 대로 팽배해진 그는 공장을 설립하기로 마음먹었다.

더 깊이 고려 해 볼 새도 없이 그는 공장건물부터 임대해 공장설립에 착수했다. 설비를 구입하고 20여 명의 종업원을 고용하는 등 일련의 준비사업 끝에 수백만 위안을 투자해 건설한 공장이 드디어 가동이 되었다. 공장만 가동하면 만사대길인 줄 알았는데 이는 다만 시작에 불과했다. 성일이는 그제야 공장을 운영 한다는 것이 얼마나 번거롭고 어려운 것인지 알게 되었다. 전에 무역만 할 때는 한국에서 날아드는 주문서를 가공공장에 맡겨 만들어서 검품만 제대로 하면 그만이었지만 현재는 원자재 구매부터 생산관리까지 일일이 신경을 써야했다. 다행히 여친이 일심전력으로 그의 사업을 밀어주었고 생활상에서도 그에게 살뜰한 관심을 쏟았다. 성일이는 그래서 힘든 줄 모르고 신이 나서 밤낮없이 돌아쳤다. 그렇게 팔 개 월 만에 드디어 신제품이 출시돼 연속 국내외 고객들에게 발송 되었다.

바로 그 무렵 누나가 결혼식을 올리게 되었다. 신랑 역시 길림출신이었는데 성일이는 여친을 데리고 길림으로 갔다. 그때 이미 자신의 자물쇠무역회사를 운영하고 있던 누나는 옛날 돈 한 푼도 반으로 쪼개서 쓰던 누나가 아니었다. 결혼식은 길림시내 고급호텔에서 성대하게 치러졌다. 그런 결혼식장에 신랑 신부가 팔짱을 끼고 나란히 하객들 앞에 섰을 때였다. 성일이의 여친이 갑자기 바닥에 쓰러지면서 입에 거품을 물고 온몸이 심한 경련을 일으켰다. 그 바람에 주위의 하객들이 기겁해서 소리를 질러댔고 웨딩드레스를 끌면서 허겁지겁 달려온 누나도 이 정경을 목격하더니 그만 그 자리에서 풀썩 주저앉고 말았다. 결혼식장은 순식간에 아수라장으로 변했다.

여친을 안정시키고 나서 성일이는 어머니 앞에 불려갔다.

"너는 네 여자 친구가 간질병이 있다는 걸 알고 있었니?"

"네, 알고 있었어요."성일이는 솔직하게 대답했다.

"세상에! 간질병이 있는 줄 뻔히 알면서도 사귀고 있었단 말이냐?"

"여태껏 아무 일도 없었어요… 방금전에는, 아마 너무 긴장해서 병이 도졌나봐요."

"어이구 이 녀석아… 멀쩡한 네가 어떻게, 어떻게 간질병 여자와 다 사귀었단 말이냐, 아이고 내 아들…" 어머니는 원통해서 가슴을 탕탕 쳤다.

이튿날 성일이는 또 어머니 앞에 불려갔다.

"네 여자 친구가 너보다 세 살 연상이라고 들었다. 이것도 사실인 거냐?"

"네, 그것도 사실이에요."성일이가 대답했다.

"그 애와 당장 헤어져!" 어머니는 단호했다. "너 계속 그 애와 사귄다면, 난 너와의 관계를 끊겠다. 너도 이 에미가 없는 셈 치라."

성일이는 길림시에서 별로 멀지않은 시골 고향집에 잠깐 내려가 있겠다는 여자 친구를 데려다주고는 혼자 온주로 돌아왔다. 그런데 온주에 돌아오니 설상가상 더 큰 타격이 그를 기다리고 있었다. 전 재산을 탈탈 털어 넣고 온갖 심혈을 기울여 만들어낸 안경테 제품이 거래상들로부터 줄줄이 반품을 요구해왔던 것이다. 백만 위안 가치의 6만여 개 제품이었다.

공장은 부도를 맞았다. 반품, 환불, 임대건물과 차량의 처리, 결제…… 마지막 직원에게 급여까지 지불하고 나니 성일이는 그만 빈털터리 신세가 되고 말았다. 전에 거래하던 고객들도 하나둘씩 자취를

감추었다. 여자 친구도 다시 찾아오지 않았다. 성일이는 두문불출 집에 꾹 박혀 온주에서의 나날들을 돌이키며 자신을 반성했다.

그러던 어느 날, 성이 한 씨인 한국친구가 심천에서 전화를 걸어왔다. 현재 횡강(橫崗)에 투자하여 안경테공장을 꾸렸는데 와서 도와달라고 간청했다. 성일이는 재삼 고려한 끝에 심천에 가서 새롭게 출발하기로 했다.

5

성일이는 한 사장의 안경테가공회사 총경리로 부임해 원자재 구매부터 생산에 이르기까지 익숙한 관리업무를 시작했다. 그 후 3개월 동안 공장에서 살다시피 하면서 밤낮없이 일에 몰두했다. 그렇게 곧 첫 제품 출시를 앞두고 있을 무렵 한 사장이 온다간다는 말 한마디 없이 사라졌다. 한국사장들의 도망을 여러 차례 겪은 성일이는 더 이상 충격을 받진 않았지만 사전에 아무런 낌새도 눈치 채지 못했던 그를 어리둥절하게 만들었다. 한 사장이 왜 도망갔는지 도저히 이해할 수 없었다. 혹시 자금난에 빠져서일까? 그렇다면 방법을 찾아 해결하면 되지 않는가! 한 사장이 도망가자 성일이가 대신 죄를 뒤집어쓰게 되었다. 당시 회사에서는 현지 3개 업체에서 200여 만 위안에 달하는 원자재와 부자재를 외상으로 들여왔는데 구매서마다 총경리인 성일이의 싸인이 남아있었던 것이다. 중국인 마 사장이 이삼십 명의 건달패거리들을 이끌고 기세등등해서 성일이가 사는 셋집에 쳐들어왔다. 원자재를 가장 많이 외상으로 제공한 업체의 사장이었다.

"김성일, 한국사장은 도망갔지만 구매서에는 총경리인 네 이름 석자가 똑똑히 적혀있으니 너가 책임지고 갚아라." 마 사장이 호통쳤다.

"내가 비록 총경리였다지만 회사 직원에 불과했는데 어떻게 빚을 갚는단 말이오?"

성일이가 이렇게 대답하자 어떤 놈이 다가와서 다짜고짜 성일이의 뺨을 후려쳤다. 성일이는 턱 버티고 서서 성난 눈으로 그놈을 쏘아보았다. 이때 또 한 놈이 다가오더니 호되게 또 한대 쳤다. 성일이는 눈앞이 새까매지면서 비틀거렸다. 그래도 넘어지지 않고 똑바로 선 그는 손으로 입가에 흘러내리는 피를 쓱 닦았다. 그러고는 몸을 획 돌려 주방으로 뛰어가서 식칼을 들고 나와 건달패거리들 발밑에 탕! 하고 내던졌다.

"네놈들 배짱이 있으면 이 칼로 나를 당장 찔러 죽여라!" 성일이는 마 사장을 향해 두 눈을 부릅떴다. "오늘 네놈들이 나를 죽이지 못하면 내일 내가 네까짓 것들 한 놈씩 죽여 버릴 테다!"

건달패거리들은 성일이가 목숨 내걸고 나서자 그만 기가 질렸는지 누구도 더 이상 달려들지 않았다. 사실 마 사장도 성일이를 찾아와도 문제를 해결할 수 없다는 걸 잘 알고 있었다. 그는 다만 화풀이라도 해 보려고 건달패거리들을 대동해 찾아 온 것인데 성일이가 이처럼 강하게 나올 줄은 생각지도 못했던 것이다.

성일이도 울화가 잔뜩 치밀었지만 어디 가서 터뜨릴 수도 없었다.

아, 나는 왜 이렇게 재수가 없는 걸까? 어쩌라고 한 놈 또 한 놈의 이런 천하 못된 놈들과 만나는 걸까?

성일이는 집안에 처박혀서 밤낮 술만 퍼마셨다. 바로 이때 림미교 (林美娇)라는 강서성(江西省)에서 온 한족처녀가 성일이의 곁에 나타났다.

"성일오빠, 이러지 마세요… 하늘이 무너져도 솟아날 구멍이 있다잖아요. "

림 아가씨는 어느 안경매점의 직원인데 우연한 기회에 성일이를 알게 돼 몇 번 만난 적이 있었다. 성일이의 소식을 전해들은 그녀는 한걸음에 달려와서 가녀린 여자의 어깨로 성일이에게 작은 하늘을 받쳐주었다.

성일이는 이내 정신을 차리고 거리에 나가 한국 샘플 안경테를 팔기 시작했다. 한 사장이 남겨놓은 안경테는 수백 개나 되었는데 그거라도 팔면 당분간 생활을 유지할 수는 있었다. 하지만 그 노릇도 결코 쉬운 일이 아니었다. 하루에 몇 번이고 "청관(城管)"이라고 하는 도시관리부서 직원들한테 쫓겨 안경테를 진열한 좌판을 안은 채 허둥지둥 골목길로 내달려 숨어야 했다. 한참 숨어 있다가 그는 또다시 번화가를 돌며 싸구려를 외쳤다. 그렇게 몇 칠 동안 팔면서 보니 많은 사람들이 한국 안경테를 선호하고 있었다. 사람들은 한국 안경테의 디자인이 참신하고 예쁘다며 칭찬을 아끼지 않았다. 성일이는 슬그머니 가격을 올려보았다. 하나에 백 위안 하던데로부터 삼백 위안, 오백 위안까지 불러도 사는 사람들이 있었다. 때로는 안경테 하나를 두고 서로 사겠다고 다투기까지 했다.

"만약 이런 고급 안경테를 한국에서 수입해 와서 판다면 대박 나지 않을까?"

어느 날 이런 생각이 성일이의 머리 속에 번쩍 떠올랐다.

"옳지, 바로 이거야! 일단 한국에 가보자, 가서 어떻게 수입해 올 수 있겠는지 방도를 찾아보자."

　그런데 그에게는 비행기표 살 돈도 없었다. 성일이는 생각 끝에 예전에 거래했던 그 3개 업체 사장 가운데 한 사람인 이씨 사장을 찾아갔다. 횡강에 온 후 회사일로 만나 가깝게 지낸 사람은 그들 셋밖에 없었다. 그의 생각을 듣고 난 이 사장은 여권과 비자가 있느냐고 물었다. 성일이는 있다면서 그 자리에서 꺼내보였다. 그때 이 사장한테는 천 위안밖에 없었는데 그는 밖에 나가 2천 위안을 꿔 와서는 성일이에게 3천 위안을 건네주었다.

　이튿날 성일이는 왕복 항공권을 구매해서 한국 부산으로 날아갔다. 한국 80%이상 안경제품이 부산에서 생산된다는 것을 알고 있었던 것이다. 공항리무진을 타고 부산시내에 도착 했을 때 그의 호주머니에 남은 돈은 인민폐 천 위안도 채 되지 않았다. 그는 한국 돈 5천원(인민폐 30위안 정도)을 주고 찜질방에 가서 하룻밤 자고는 다음 날 아침부터 안경회사를 방문하기 시작했다.

　첫 번째로 방문한 안경회사에서는 성일이가 중국 심천에서 왔다는 말을 듣고 열정적으로 접대했다. 성일이는 한국 사장에게 한국의 고급 안경제품을 중국에 수입해 판매하려고 하는데 자기를 믿어준다면 귀 회사의 샘플을 맡겨 달라, 그러면 해마다 베이징과 상해에서 개최하는 중국에서 제일 큰 규모의 안경전시회에서 전시하겠다, 다만 왕복 항공권을 포함해서 전시비용은 귀 회사에서 부담한다는 내용으로 사업제안을 했다. 한국 사장은 이 조선족청년이 빈털터리 주제에 한국 고가의 안경제품 중국 총대리를 원하고 게다가 모든 비용까지 대주기를 바라는 기상천외의 생각을 하고 있다는 걸 대뜸 알아차렸다.

한국 사장은 마치 외계인을 만난 듯 이상한 눈길로 성일이를 쳐다보았다. 두 번째, 세 번째 회사를 찾아갔을 때도 똑같은 상황이 반복되었다. 네 번째 회사를 찾아갔을 때 그를 만나준 과장이라는 사람은 성일이의 말을 다 듣기도 전에 그의 말을 자르더니 바쁘다면서 자리를 떴다. 이튿날 오후 성일이가 일곱 번째 회사를 찾아갔을 때는 회사의 대리라는 사람이 그가 말을 꺼내기 바쁘게 혹시 중국 심천에서 온 김성일이 아닌가 물었다. 성일이가 이상해서 어떻게 알았는가 물었더니, 부산 바닥에 이미 소문이 자자하게 났다며 구태여 얘기를 더 들어볼 필요도 없으니 그만 돌아가라고 말했다. 결국 성일이는 한국 회사들에서 손님이 왔을 때 으레 타주는 커피 한잔 못 마시고 쫓겨난 신세가 돼버렸다.

여덟 번째로 성일이는 곧바로 부산에서 규모가 가장 크다는 국제 안경주식회사를 찾아갔다. 그는 접대실에 들어서자마자 먼저 자기소개를 하고나서 회장님을 만나 뵙겠다고 말했다. 여직원이 깍듯하게 회장님께서 지금 회사에 안 계신다고 대답하자 그는 그럼 사장님을 만나게 해달라고 했다. 그러자 여직원이 잠깐만 기다리라며 전화를 하더니 성일이를 안내해 엘리베이터를 타고 올라가서 사장 사무실 문앞에 대기하고 있는 여비서에게 인계했다. 이어 여비서가 또다시 그를 넓은 사장실로 안내했다. 사장님이 의자에서 일어서더니 성일이에게 악수를 청하고 나서 명함을 건네주고는 그와 함께 크고 편안한 소파에 나란히 앉았다. 사진이 박힌 명함을 보니 사장님은 성이유 씨였다. 여비서가 다반에 녹차 두 잔을 받쳐 들고 들어오더니 탁자에 가볍게 내려놓았다.

"김 선생, 차 드세요. 우리 한국산인데 차 맛이 괜찮습니다." 유 사장이 자신의 찻잔을 들고 말했다. "차를 드시면서 천천히 어떻게 돼 그 먼 중국 심천에서 부산까지 와서 우리 회사를 방문했는지 말씀해 주세요." 유 사장은 상냥한 미소를 지었다. 온화하고 친절했다.

부산에 와서 처음으로 이런 대접을 받은 성일이는 감격에 코등이 다 시큰거렸다. 그는 심천에서 당했던 봉변과 길거리를 누비면서 한국 안경테 샘플을 팔던 경과며 온주에서 겪었던 일까지 유 사장에게 남김없이 털어놓았다. 그렇게 얘기하다가 눈시울을 붉히며 잠깐 울먹이기도 했다. 유 사장은 조용히 그의 이야기를 들으면서 찻잔에 더 운물을 채워주었다.

"젊은이, 고맙소." 성일이의 말이 끝나자 유 사장은 그의 손을 잡고 말을 말했다. "나에게 두 주일 검토할 시간을 주세요. 김 선생은 중국에 돌아가서 소식을 기다리세요."

성일이가 심천에 돌아와서 두 주일 기다렸더니 한국국제안경회사에서 연락이 왔다. 며칠 후에 개최되는 베이징전시회에 참가할 준비를 하라면서 왕복 항공권과 베이징 5성급 호텔 예약카드까지 보내왔다. 2008년 9월, 베이징국제전시관에서 개최된 "2008년 중국베이징국제안경박람회"에서 한국국제안경회사의 안경테 제품은 큰 인기를 끌었다. 하긴 그때 전시회에 전시된 절대다수의 제품이 중국에서 생산한 것이었고, 한국 본토에서 생산한 제품이 극히 드물었기 때문이었다. 전시회에 참가한 첫째 날, 성일이는 하루 종일 서서 방문고객에게 안내를 하느라 점심 먹을 시간도 나지지 않았다. 둘째 날부터 성일이는 고객들에게 상담시간을 정하되 최대한 15분을 초과하지 않도록 시간을 조절했다.

성일이가 방금 베이징에서 돌아오자 첫 번째 고객이 그를 찾아왔다. 성일이가 베이징에서 남겨준 연락처대로 찾아왔는데 회사가 아니라 초라한 주택이라는 걸 확인한 고객은 어리둥절해서 두리번거렸다. 성일이는 허허 웃으면서 손님을 테이블 앞으로 안내하고는 이곳이 바로 자신의 사무실이라고 소개했다.

"어떻게 당신을 믿을 수 있습니까? 혹시 30만 위안 예약금을 받고는 어디론가 도망가면 어떻게 합니까?" 고객이 단도직입적으로 말했다.

"제가 한국국제안경주식회사의 최고급 제품을 대리한지 얼마 되지 않았습니다. 제품은 당신이 전시회에서 직접 확인하지 않았습니까? 혹시라도 못 믿으신다면 당신에게 한국회사 계좌번호를 드릴 테니 직접 한국으로 송금하시는게 어떻습니까? 하지만 그렇게 하면 당신은 20%가 넘는 세금을 더 지불해야 할 텐데요."

두 사람은 협상 끝에 300만 위안의 주문금액은 변경하지 않고 계약금을 절반으로 줄이는 절충안에 싸인 했다. 나중에 고객은 15만 위안 계약금을 성일이의 계좌로 입금했다.

중국에서의 한국 고급 안경테 판매시장이 마침내 개척되었다. 그 전에는 한국인들이 중국에 공장을 투자하거나 혹은 중국 기업에서 한국의 주문서에 따라 가공한 중, 저가 제품을 한국으로 수출하면 그만이었다. 하지만 성일은 그와는 정반대로 한국에서 고급 제품을 수입해 중국시장에 투입했다. 2012년, 성일이는 심천(효天)안경무역회사를 등록했다. 그 후 사업은 나날이 번창해 갔다. 성일이는 마침내 신분상의 탈바꿈을 실현했다. 한국인에게 아르바이트를 하거나 혹은 한국에서 주는 주문서에 의존하여 살아가는 조선족으로부터 중국시장의 주문을 한국인에게 주는 조선족사업가로 성장했다. 그때부터 한국국제안경주식회사의 가장 큰 실적은 성일이의 심천입천안경회사에서 판매하는 중국 시장 주문에 의존했다. 그 후 유 사장은 성일이를 만나서 그가 자기네 국제안경주식회사를 살렸다고 하면서 감사의 뜻을 표했다. 성일이는 성일이대로 유 사장에 대한 감사의 마음 금할길 없었다. 그래서 그는 당시 유 사장님의 신임과 지지가 없었다면 오늘날의 자신이 있을 수 없다고 말했다. 그 후 성일이는 한국국제안경주식회사를 제외하고도 한국 3개 기업의 안경 제품 중국총판을 맡았다. 10여 년래 성일이는 중국의 대부분 대중도시를 거의 전전하다시피 하였고, 현재 15곳의 지역총판을 두고 있다. 지역총판 산하에는 또 중간 대리점이 전국 각지에 분포되어 있으며 년간 판매액이 5천여 만 위안을 돌파했다. 하지만 성일이는 현재 한국 안경제품을 대리하는 업체가 점점 늘어나고 있는 추세이고, 거기에 가짜 한국 제품이 속출하고 있는 상황이여서 사업하기가 날로 어려워지고 있다고 실토했다.

"그럼 무슨 대책이라도 세워야 하지 않겠어?" 내가 물었다.

"앞으로 더 열심히 일하는 것만이 확실한 도리죠. 그리고 지금까지 제가 줄곧 고급 제품만 선호하고 취급해 온 것은 현 상태를 유지하면서 닥쳐올 변화에 적절히 대응하기 위해서예요. 그 외에도 한국의 공급업체와 긴밀히 협력하여 부단히 새 제품을 개발하고 있거든요. 그리고 나 자신의 국제 상표도 여러 개 등록했고요. 언젠가는 꼭 자체의 독자 브랜드를 개발하고 싶으니까요."

성일이는 사무실 벽에 걸려있는 액자들을 가리키며 말했다. 상표
위임장과 한국 인기연예인들이 홍보대사로 나선 브랜드 팜플릿들이
었다. 그리고 김성일의 이름으로 중국에서 등록한 상표 허가서도 벽
에 걸려 있었다. 한국의 유명한 화장품 브랜드와 동일한 명칭의 "후
(后)"를 비롯해 "란니치(蓝妮琪)", "탠디(天地)"라는 이름의 상표였다.

안경 사업 외에도 성일이는 2017년에 국제물류회사를 설립하였
다. 1년에 십여 만 위안을 초과하는 물류비용도 절감할 수 있을뿐더
러 다른 회사의 물류도 대리하여 연간 물류 순수입이 20여 만 위안에
달했다.

"그럼… 한식집은 어떻게 된 일이지? "내가 웃으면서 물었다.

"아, 한식집 말인가요?" 성일이는 쑥스러운 듯이 뒤통수를 긁적거
렸다. "그것 또한 제가 한순간의 실수로 맹목적으로 투자한 또 하나
의 '걸작'이죠. 제가 오늘 장부를 정리해 보니까 3년 동안 총 256만
위안 밑졌거든요."

"그렇게 많이?"

"안경 수익이 식당에 좀 들어간 셈이죠. 식당을 정리하면서 저는
마음 깊이 느꼈어요, 한 사람이 평생 한 가지 일만 잘해내도 대단하
다는 걸. 아무튼 앞으로 저는 착실하게, 일심전력으로 안경테 한 가
지 사업에만 몰두할 겁니다."

성일이가 웃으면서 한 말이다.

두 마리 토끼를 잡는 여자

김홍자 (천진)

1

천진시 하서구 우의로에 위치한 ZS 청사에서 처음 만난 김홍자는 나의 예상과는 한참 빗나가 있었다. 그를 만나기 전 이미 적잖은 고향 사람들이 그녀가 참 우수하다며 한 번 만나 보라고 추천했는데 그러다 보니 나의 상상 속에 1980년대 이후 출생한 김홍자는 엘리트여성의 도도한 기질과 기품이 넘치는 은행 임원(銀行高管)의 모습으로 자리 잡고 있었다. 그런데 정작 내 앞에 나타난 김홍자는 시골 농가 마당에서 친구들과 고무줄놀이 하다가 문득 달려온 이웃집 계집애처럼 빨갛게 상기된 얼굴에 스스럼없는 웃음이 찰랑이고 있었다.

알고 보면 온 얼굴에 넘치는 그 꾸밈없는 웃음이 아담한 체격과 수수한 용모의 김홍자를 매력적인 엘리트여성으로 만들었던 것이다.

가는 날이 장날이라고 그날은 마침 그가 사무실을 빌딩 내 다른 방으로 옮기는 날이었다. 우리는 빌딩 1층 널찍한 홀 한쪽에 마련된 접견실 작은 탁자에 마주 앉아 이야기를 나누었다. 그런데 우리의 얘기는 수시로 찾아오는 직원들로 인해 끊어지곤 했다. 대부분 급히 처리해야 할 업무인 것 같았다. 지난날을 회상하며 심각한 표정이 되었던 김홍자는 이내 환하게 웃으며 직원들을 맞이했고 잠깐 서류를 살펴본 뒤 싸인 해서 다시 건네주었다.

김홍자가 총경리로 있는 회사관리부(公司管理部)는 ZS 은행의 핵심부서로서 이 은행에 계좌를 개설한 1,500여 개 회사의 자금을 관리하고 있다. 그 자금이 얼마쯤 되는가 하고 물어보니 600억 위안이 넘는단다. 도합 15명 직원이 그 많은 회사의 대규모 자금을 관리해야 하고 또 부지런히 새로운 회사들의 자금을 유치해야 하다 보니 바쁘지 않을 수 없었다.

직원들이 급히 자리를 뜨고 나면 우리의 얘기는 계속되었다.

2

그날 홍자는 수학 시험에서 95점을 맞았다. 선생님은 이번에 시험 문제를 조금 어렵게 냈는데 전 학급에서 김홍자 혼자 90점 이상이라며 그를 칭찬했다. 방금 전 까지만 해도 울상이 되었던 홍자는 선생님의 칭찬에 이내 얼굴이 밝아졌다. 소학교 4학년, 천진난만한 시절이었다.

"아버지, 오늘 수학 시험 쳤는데 반에서 또 1등 했어요!"

학교가 끝나고 집에 돌아온 홍자는 시험지를 아버지한테 내밀었다.

"그래? 어디 한번 보자... "

시험지를 받아서 들고 깐깐히 살펴보던 아버지의 얼굴은 대뜸 어두워졌다.

"이 문제는 별로 어려운 것도 아니네. 네가 얼마든지 제대로 풀고 100점을 맞을 수 있었는데 틀렸구나! 저 울바자에 가서 나뭇가지 하나 꺾어 오거라."

"네?!"

어린 홍자는 놀라서 두 눈이 동그래졌다.

"어서!"

아버지의 목소리는 단호했다.

"여보, 애가 반에서 또 1등 했다고 하잖아요. 칭찬해 줘도 모자라겠는데 회초리라니요..."

"당신은 가만있어."

아버지는 두 눈을 부릅떴다. 워낙 부리부리한 두 눈이 퉁방울처럼 커 보였다. 홍자는 입을 앙다물었다. 아버지를 닮아 키는 작지만 역시 아버지를 닮아 옹골찼다. 그는 쪼르르 울바자로 뛰어가서 자기 손가락 굵기의 나무 가지를 하나 꺾어서 아버지께 두 손으로 올려 바쳤다.

나무 가지를 받아든 아버지는 홍자의 종아리를 호되게 한번 내리쳤다.

"스무 명 되는 반급에서 1등 했다고 자랑할 거 하나도 없다. 등수를 보지 말고 점수를 봐야 한다."

이렇게 한 말씀 하시더니 그의 종아리를 또 한 번 내리쳤다.

"남과 비교하지 말고 너 자신과 비교해야 한다. 그래야 항상 진보할 수 있다. 명심해라!"

그때 매는 두 번으로 끝났지만 아버지의 그 의미심장한 말씀은 어린 홍자의 마음속에 깊이 아로새겨졌다.

김홍자의 부친 김도성은 료녕성 청원현 사람이다. 김도성의 부친은 항미원조전쟁에 나갔다가 전쟁이 끝난 후 조선에 남아 돌아오지 않았는데 그러다 보니 1953년에 출생한 그는 평생 아버지의 얼굴 한 번 보지 못했다. 그의 어머니 또한 재가하지 않고 평생 아들 하나만 키우고 의지하며 살았다. 어려서부터 유난히 총명했던 도성이는 고중을 졸업하고 귀향해 생산대에서 열심히 일하고 노력했지만 1970년대 그 시절 대학 추천과 같은 좋은 일은 일가친척 하나 없는데다 홀어머니 모시고 사는 그에게는 차례가 오지 않았다. 앞길은 막막하기만 했다. 그러던 그는 친구로 부터 흑룡강성 방정현의 어느 마을에서 이주민을 받는 데 생활환경이 좋고 여유 있어 살기 좋다는 소문을 듣고 결연히 어머니를 모시고 이주해왔다.

그들이 처음 이사한 곳은 서광촌에서 10여 리 떨어진 육신촌이라는 벽촌이었다. 조바툰(趙炮屯)이라 불리기도 했던 육신촌은 광복 전에 수십 세대 일본 개척단이 주둔해있던 곳인데 1945년 8월 천황의 무조건 항복 소식을 전해들은 일본인들이 어린이들까지 포함한 백여 명이 집단자살한 후 이삼십 년 동안 사람이 별로 없던 고장이었다. 1970년대 초 서광 대대에서는 영건공사혁명위원회의 동의를 거쳐 제대 군인 출신 생산 대장을 한 명 파견해 마을을 재건하도록 하고 서광 학교 교장을 보내 학교까지 세우도록 했다. 김도성이 이사 왔을 때 육신촌은 이미 동북 3성 각지에서 이주해온 오륙십 세대 조선족들로 제법 규모를 갖춘 산간마을로 자리 잡혀 있었다. 소문대로 땅이 많아 쌀밥 맘대로 먹고 물고기와 산짐승이 흔한 어미지향이었다. 다만 사면이 울울창창한 수림으로 둘러싸여 있는 심심산골이라 교통이 불편하고 외부 세계와의 연계도 별로 없었다. 김도성은 이사 온 이듬해 촌의 회계가 되었다. 일 처리를 잘하는 데다 말수 적고 듬직해 사원들의 신임을 얻었다.

그의 이름은 서광촌에도 알려지기 시작했다. 몇 년 후 촌지도부에서는 그를 대대 회계로 데려왔다. 그해가 1980년이었다. 이사 와서 딸 홍자가 태어나고 2년 후 아들 홍광이가 태어났다. 또 몇 년이 지나 김도성은 영건향 경영관리소 회계로 초빙돼 갔다.

김도성의 일생에서 가장 큰 성공은 아무래도 그가 딸과 아들 두 자식을 훌륭하게 키워낸 데 있다고 해야 할 것이다. 아들 홍광이는 흑룡강중의의약대학 석사과정을 졸업하고 현재 천진의과대학총병원에서 주임 의사로 근무하고 있다. 그는 자식들이 어려서부터 올바른 삶의 자세를 갖추도록 일깨우고 이끌었는데 딸 홍자에게 특별히 엄격했다.

"공부를 잘해야 자기 인생을 선택할 길이 생긴다."

아버지는 늘 그들 오누이에게 이런 말씀을 하셨다. 특히 여자애들이 커서 이 사회의 인재로 되려면 우선 공부를 잘해 좋은 대학에 가야하고 그다음엔 어려서부터 밝고 적극적인 심성을 길러야 한다는 것이 그의 지론이었다.

어느 날부터인가 홍자는 과외 독서에 흠뻑 빠져들었다.

그의 집에는 시골 농가치고는 흔치 않게 책이 많았다. 벽 한 면을 거의 채우다시피 한 책장에 도서가 빼곡히 꽂혀있었다. 세상에 태어나서 호기심에 가득 찬 그의 두 눈에 가장 많이 들어온 것은 아버지의 책 읽는 모습이었다. 그래서인지 어려서부터 홍자는 책에 관심이 많았다. 그런데 아버지가 읽는 책들은 모두 홍자가 작은 두 손으로 받쳐 들기에도 버거운 두툼한 책들이었다. 그가 가갸거겨를 익히기 시작할 때부터 아버지께서는 가끔 얇은 그림책들을 구해다 주었다. 그는 그런 책들을 보풀이 일도록 읽고 또 읽었다.

소학교에 입학해서 조선 글을 줄줄 내리읽고 그 뜻도 어지간히 다 이해할 수 있던 어느 날 이었다. 그날 처음으로 학교 도서실에 발을 들여놓은 그는 심장이 뚝 멎는 것만 같았다.

아, 세상에! 책이 이렇게나 많다니...

잠깐 멍해 있던 홍자는 좋아서 막 환성을 지르고 싶었다. 그는 이내 학교 도서실의 단골이 되어 틈만 나면 도서실로 달려가곤 했다. 처음에 그는 〈꽃동산〉, 〈별나라〉와 같은 잡지에 이끌렸다가 차츰 다른 단행본들을 읽기 시작했다. 도서실에서 다 읽지 못한 책들은 빌려서 집에 와서 읽었다. 숙제는 학교에서 거의 다 해치웠기에 집에만 돌아오면 그는 책 읽는데 정신이 팔렸다. 그런 홍자를 흐뭇하게 바라보며 그의 아빠도 엄마도 모두 그에게 집안일은 거의 시키지 않았다.

"시골 학교에서 아무리 공부를 잘한다고 해도 우물 안의 개구리 신세를 면치 못한다. 책을 많이 읽어라, 그래야 세상이 얼마나 넓은지 알 수 있을게다!"

아버지께서는 이렇게 말씀하시며 홍자의 과외독서를 독려해주셨다. 그럴수록 홍자의 독서량은 눈에 띄게 늘어갔다.

"선생님, 이 책은 왜 상권만 있고 하권은 없습니까?"

"아, 하권은 다른 학생친구가 빌려갔나 봐요."

"선생님, 다음 호 〈꽃동산〉은 언제 옵니까?"

"아직 두 주일 더 지나야 올 거예요."

이처럼 홍자는 기다리는 책이 많아졌고 알고 싶은 일들이 늘어만 갔다. 도서실을 관리하는 선생님은 새 책이 오기만 하면 가장 먼저 홍자에게 알려주었고 다른 학생이 빌려갔던 책들도 돌아오기 바쁘게 홍자에게 알려 빌려가게 했다.

김홍자의 이야기를 들으며 나는 사십여 년 전 내가 서광학교에 다닐 때 학교 도서실에서 책을 빌려보던 일들을 떠올렸다. 나도 그때 누가 빌려 간 책이나 새로 출간될 잡지들을 애타게 기다리곤 했었다. 1970년 대 초반 소학생들을 상대로 한 조선문 잡지는 연변에서 발간되던 〈홍소병〉이라는 얇은 잡지 한 권밖에 없었던 걸로 기억된다. 학교 도서실을 관리하는 선생님은 우리에게 음악을 가르치셨던 박진선 선생이었다. 어느 날 중간체조 시간이 끝난 후 박 선생님께서 나를 불러서 오스트롭스끼의 장편소설〈강철은 어떻게 단련 되었는가〉가 새로 왔다면서 어서 빌려가라고 하시던 일이 지금도 내 기억에 또렷이 남아있다. 그때 박 선생님도 내가 기다리는 책들을 가장 먼저 나에게 알려 빌려보게 하셨던 것이다.

공부도 잘하고 과외독서도 많이 하는 홍자는 학교 무용단에서도 활약했다. 방정현에서 규모가 가장 큰 조선족소학교였던 서광학교는 전현 조선족학교 가운데서 수업의 질이 가장 높을 뿐만 아니라 예술과 체육 등 과외활동도 활발하게 벌여 전 현에서 이름을 날렸다. 학교예술단은 전현 중소학생 예술경연에서 항상 우수종목 상을 받아오고 학교축구팀은 하얼빈시조선족소학생축구 경기에서 2등상을 따오기까지 했다.

3학년 때 일이다. 학교무용단이 전현문예경연에 참가하게 되었는데 홍자는 처음으로 방정현성에 가게 되었다. 사실 별로 크지도 않은 시가지였지만 홍자의 눈에는 그토록 번화하고 볼거리가 많았다. 하지만 그가 가장 부러운 것은 높고 웅장한 교사에서 공부하는 시내 아이들이었다.

"아, 나도 시내에서 학교 다녔으면 얼마나 좋을까! 도서실에 책도 더 많고 한 학급에서 함께 공부하는 친구들도 훨씬 많을 텐데… "

집에 돌아온 홍자는 아버지에게 자기도 현성에 가서 공부하고 싶다고 말씀드렸다. 딸의 생각이 좀 엉뚱하게 느꼈던지 아버지는 잠깐 망설이더니 이어 홍자에게 매우 뜻밖의 대답을 하셨다.

"우리는 조선족이다. 조선 사람이면 조선족학교에 다녀야 하는데 현성에는 조선족학교가 없지 않느냐. 그러니 서광학교에 계속 다니면서 우선 조선어를 잘 배우고 한어도 잘 배우면 된다."

그때부터 아버지는 홍자의 한어(중국어)공부를 매우 중시하였다. 그는 홍자가 이미 배운 조선어 단어를 3개 한어동의어로 번역하게 하였고 한어 단문도 자주 짓게 했다. 그리고 한어문도서의 독서량도 차츰 늘여가게 했는데 나중에는 집에 있는 두툼한 한어 문 명작들도 쉽게 읽을 수 있었다.

방학이 되면 아버지는 다음 학기 교과서들을 구해 와서 홍자더러 예습하게 했다. 홍자는 아예 다음 학기 수업내용을 전부 자습했다. 그처럼 항상 앞서가다 보니 홍자는 공부가 한결 수월해졌고 과외독서를 할 시간도 많아졌다. 그렇게 그는 학교도서실 책을 거의 다 읽었다.

4

1993년, 홍자는 서광촌 초등학교를 졸업했다. 9월 새 학기가 다가오자 아버지께서는 홍자가 마을에 있는 방정현조선족중학교에서 중학교공부를 하지 않고 그를 하얼빈시조선족제1중학교에 보내기로 했다.

홍자는 내심 기뻤지만 엄마가 반대해 나섰다.

"애가 아직 어린데 마을에 있는 중학교에 계속 다니면 얼마나 좋아요. 하필 큰돈 들여 그 먼 하얼빈에 보내 기숙사에서 고생하며 공부하게 할 건 뭐예요?"

동년배들보다 키가 작았던 홍자는 누가 봐도 이제 곧 중학교에 입학할 초중생이 아닌 소학교 삼사 학년 계집애 같았다. 게다가 홍자의 동창들은 거의 모두 마을에 남아 중학교를 다닌다는데 애를 혼자 보내야 하니 엄마는 못내 걱정스러웠던 것이다.

"엄마, 걱정 말아요. 저도 큰 도시에 가서 공부하고 싶어요. 하얼빈에 가면 공부를 더 잘할 자신이 있어요."

하얼빈시조선족제1중학교에 입학한 홍자는 정말 신이 났다. 높은 교수층사와 기숙사 그리고 그 앞에 하늘을 찌를 듯 높이 솟아있는 백양나무들에 둘러싸여 있는 드넓은 운동장에 중간체조 시간이면 학생들이 차고 넘쳤다. 초중생과 고중 생을 합쳐 천여 명을 훨씬 초과한단다. 홍자는 자신이 큰 바다 속에 뛰어든 한 마리의 작은 물고기처럼 생각되었다.

"그래, 난 더 이상 시골의 작은 시냇물에서 시름없이 노닐던 새끼 고기가 아니다. 이제부터 큰물에서 뼈를 굳히며 마음껏 헤엄칠 거야!"

그렇게 생각하니 홍자는 한 면으로는 또 슬그머니 두렵기도 했다. 학급의 친구들은 대부분 큰 시내에서 자라고 공부한 애들이라 시골에서 태어나 시골학교를 다닌 자신보다 여러 면에서 월등할 것만 같았다.

"재네들이야말로 이미 큰물에서 뼈를 굳혀온 애들이 아닌가. 이제부터 재네들과 경쟁해야 하는데, 내가 이길 수 있을까?"

홍자는 문득 아버지께서 처음 회초리로 자신 종아리를 치며 "남과 비교하지 말고 너 자신과 비교하라"고 하시던 말씀이 떠올랐다. 아버지의 말씀이 지당하지만 지금은 필경 환경이 바뀌어 경쟁해야 하는 친구들이 훨씬 많아졌지 않았는가.

"아무튼 이제부터 좋은 환경에서 더욱 열심히 공부할 거야. 그럼 예전의 나 자신을 훨씬 초과하고 이곳에서도 앞자리를 차지할 수 있겠지!"

홍자는 전에 없는 승벽심이 생겼다. 시골 학교의 이십여 명밖에 안

되던 학급에서 1등을 맡아 놓다시피 하던 자신이 이제 3개 학급 백수십 명 되는 친구들과 겨루어 앞자리를 차지해야겠다고 생각하니 홍자는 가슴이 벅차올랐다.

홍자는 초등학교 때 보다 더 열심히 학업에 정진했다. 예전의 습관처럼 예습을 견지하고 수업 시간의 내용을 당일 날로 모두 소화해 숙련되게 장악했으며 스스로 어려운 문제들을 찾아 풀어보기도 했다. 아침에 일찍 일어나 책을 읽고 저녁 자습 시간이 끝나 기숙사에 돌아와서도 손에는 늘 책이 쥐여있었다. 비록 시골에서 자랐지만, 시골학교 도서실의 책을 통독하다시피 한 덕분에 그는 시내에서 자란 애들보다 지식 면이나 견식이 절대 뒤떨어지지 않았다.

그런 그를 옆에서 지켜보며 보살펴주는 사람이 있었다. 바로 담임 선생님이신 리단 선생님이었다. 리단 선생은 하얼빈사범대학을 졸업한지 얼마 안 되는 젊은 처녀 선생이었는데 역시 학교에서 기숙하고 있었다. 리단 선생은 학생들에게 엄격하기로 전교에서 이름난 선생님이었다. 장난질이 가장 심하고 말썽을 가장 많이 피우는 중학교 1학년 남자애들이 수업 시간에 조용하게 강의에 집중하도록 만들었다. 리단 선생의 노력으로 그의 학급은 전 학년에서 성적이 가장 높고 각종 문체 활동에서도 가장 활약 적인 전교 우수학급으로 되었다.

그토록 엄격한 리단 선생이 홍자에게는 엄마처럼 따뜻하고 언니처럼 상냥했다. 아버지의 부탁대로 집에서 보내오는 용돈까지 관리해주었던 리단 선생은 기숙사 생활 구서구석까지 보살피며 그가 안심하고 공부에만 열중하라고 하셨다. 빨래할 때는 홍자의 옷까지 함께 씻어주었다. 리단 선생을 만난 것은 홍자의 일생에서 하나의 행운이였다. 초중 3년 동안 홍자는 집에 있을 때와 마찬가지로 편하게 공부할 수 있었다.

홍자의 노력과 담임선생의 따뜻한 보살핌은 우수한 학업성적으로 좋은 결과를 보였다. 첫 학기 중간시험에서 그는 종합성적이 학급에서는 물론 전 학년에서 1등을 차지하게 되었다. 두 번째 학기에 들어서서 학급에 공청단지부가 생기자 홍자는 단지부서기(团支书)로 선출되었다.

중학교 2학년 겨울방학, 홍자는 지난 학기와 마찬가지로 전 학년 1등이라는 성적표를 들고 집에 돌아왔다. 성적표를 살펴본 아버지는 온 얼굴에 웃음이 차 넘쳤지만 엄마는 왠지 표정이 굳어있었다. 저녁을 먹고 나서 엄마가 홍자를 따로 불렀다.

"홍자야…"

딸의 이름을 부르고 난 엄마는 말을 잇지 못하고 그만 눈물부터 훔쳤다. 홍자는 가슴이 철컥했다. 집에 무슨 큰일이 일어난 게 틀림없었다.

"엄마, 무슨 일인데…"

홍자는 가슴이 얼어들었지만 이렇게 묻지 않을 수 없었다.

"홍자야… 네 아버지가… 간암이란다."

"네?!"

청천벽력 같은 소식에 홍자는 그만 머릿속이 하얘지며 땅에 털썩 주저앉고 말았다. 그런 홍자를 일으켜 세우려 땅에 꿇어앉은 엄마는 그를 와락 끌어안았다. 모녀는 그렇게 부둥켜안은 채 눈물을 흘렸다.

아버지는 이듬해 홍자가 중학교 3학년 때 세상을 떠났다. 그동안 병을 치료하기 위해 쓴 돈이 고스란히 거액의 빚으로 남았다. 한 가족의 기둥이 무너지며 홍자네 집은 풍비박산의 위기에 놓였다.

아버지의 장례를 치르고 학교에 돌아온 홍자는 깊은 고민에 빠졌다. 두 살 아래의 남동생까지 둘이서 초중과 고중을 졸업하고 대학 공부까지 하려면 현재 그의 가정형편으로는 거의 불가능한 일이 아닌가! 그러나 홍자는 학업을 절대 포기하고 싶지 않았다. 공부에 한결 노력해 아버지의 생전 소망대로 북경대학에 꼭 가고 싶었다.

아, 그런데 공부를 계속할 수 있을까?

홍자는 입을 앙다물고 비장한 결심을 내렸다.

"학교를 끝내 그만둘 수밖에 없더라도 공부는 결코 중단하지 않을 거야. 자습해서라도 대학에 갈 거야! 그러니 내일 아침 이곳을 떠나야 할지라도 오늘 저녁까지 열심히 공부하자!"

홍자는 더욱 악착스레 공부에 달라붙었다. 그에게는 밝은 교실에 앉아 선생님의 수업을 들으며 공부할 수 있는 지금의 하루하루 일분일초가 그토록 소중하지 않을 수 없었다.

그때 엄마가 튼튼한 뒷심이 돼 주셨다. 빌어먹는 한이 있더라도 홍자와 동생의 공부를 끝까지 시키겠으니 걱정하지 말고 공부에 열중하라며 엄마는 전화에서 간곡히 당부하셨다. 엄마는 빚을 내서 한국 출국수속을 시작했지만 무산되고 말았다. 초청장을 비롯해 수속비용이 인민폐 십만 위안으로 뛰어오르고 그에 따라 한국 초청사기가 가장 기승부리던 시기였는데 거액의 돈을 쓰고도 사기를 당한 가정들에 비하면 홍자네는 큰돈을 떼이지는 않았으니 그나마 불행 중 다행인 셈이었다. 엄마는 출국수속을 포기하고 닥치는 대로 일을 해 돈을 벌었다. 비록 해외에서 버는 돈에 비길 수는 없었지만 그렇게 버는 돈을 홍자에게 보내주었다.

홍자가 고중 1학년 때 엄마는 남동생까지 하얼빈시조선족제1중학교 초중 2학년에 전학시키고 하얼빈으로 들어오셔서 셋집을 잡고 식당 일을 하면서 두 자식의 뒷바라지를 했다. 그들 세 가족의 모습을 지켜본 홍자의 이모들과 친척들이 종종 그들에게 구원의 손길을 보내주었다. 그의 가정형편을 알게 된 학교에서도 그에게 금방 설립된 "김영삼 장학금"을 비롯해 당시 최고의 장학금을 내주었는데 그에게는 큰 도움이 되었다.

1999년 7월, 홍자는 드디어 대학 입학시험을 치렀고 하얼빈시조선족제1중학교 문과 최고의 점수를 받았다. 그런데 그해는 하얼빈조1중의 전반 대학입시성적이 가장 낮은 한해였던지라 홍자는 전교 1등을 하고도 그가 그렇게 가고 싶었던 북경대학 점수선에 도달하지 못했다. 홍자를 관심하는 적잖은 사람들은 그를 보고 한해 더 재수하면 북경대학에 갈 수 있을 거라고 권고하기도 했지만 그는 그렇게 할 수 없었다. 그의 가정형편에 그것은 꿈도 꾸지 못할 일이었다. 아닌 게 아니라 홍자가 졸업한 이듬해부터 하얼빈시조선족제1고등학교에서는 연속 몇 년 동안 칠팔 명 수험생들이 북경대학과 청화대학에 붙었고 하얼빈시문과수석을 배출하기도 했다.

홍자는 아버지께서 생전에 그가 회계학부에 진학하기를 바라시던 대로 천진재경대학(天津财经大学)의 회계학부에 지망해 입학통지서를 받았다.

5

밀물처럼 출구 쪽으로 몰려가는 인파에 떠밀려 천진 역을 빠져나온 홍자는 역전광장에 서서 한참 두리번거렸다. 광장 여기저기에 설치된 신입생안내소(新生接待站) 가운데서 천진재경대학 현수막을 찾아낸 그는 리어카를 끌고 타박타박 걸어갔다.

"신입생이죠? 어서 와요, 환영한다!"

선배 언니들이 저만치서 홍자를 향해 달려와 그의 손에서 리어카를 앗아가다시피 받아 쥐더니 출구 쪽을 향해 두리번거렸다.

"설마… 혼자 왔니?"

"네."

"진짜 혼자 왔어? 와, 너 참 대단하다!"

홍자는 그제야 안내소에 이미 와있는 신입생인 듯한 애송이들이 저마다 부모님인 듯한 어른들의 호위 속에 있는 것을 발견했다. 그는 선배 언니들이 왜 그러는지 알아차렸다. 그는 대뜸 아버지와 엄마가 생각났다.

"아버지께서 살아계신다면 꼭 학교에까지 바래다주실건데…"

그 시각 아버지가 한없이 그리워진 홍자는 또다시 가슴이 울먹거렸다. 대학 입학통지서를 받았을 때도 가장 먼저 아버지를 떠올리며 눈물을 훔쳤던 그였다. 비록 당신이 늘 외우시던 북경대학에는 붙지 못했지만 "우리 딸 최선을 다했으니 괜찮다"며 기뻐해 주실 거라 그는 믿었다. 엄마도 기뻐서 눈물을 쏟으셨다. 하지만 엄마는 홍자를 천진까지 바래다주지 못했다. 그들에게는 몇 백 위안 차비도 아껴야 하는 처지였다. 홍자는 혼자 가도 된다면서 엄마를 위로했지만 엄마에게 너무나 미안했다. 그동안 엄마는 그와 동생을 위해 얼마나 힘들고 고독한 나날을 감내하며 버텨 오셨던가.

대학 생활을 시작한 홍자는 종래로 느껴본 적이 없는 새로운 분위기에 젖어 들었다. 학생들이 공부도 공부지만 교내와 사회의 각종 과외활동에 매우 적극적으로 참여하고 있었던 것이다. 주은래총리의 모교인 남개대학(南開大学) 경제관리 학부에서 분리돼 1958년에 설립된 천진재경대학은 사회참여와 실천을 중시하는 전통을 고스란히 이어오고 있었다.

홍자는 이제부터 새로운 삶의 자세를 가져야겠다고 생각했다. 대학은 별유천지 새 세상으로 향한 첫 관문으로서 대학에 발을 들여놓는 순간 자신은 학생이면서 또한 사회의 한 성원이 된 것이 아닌가. 그러니 이제부터 공부도 잘해야겠지만 더 이상 공부밖에 모르는 학생이 되어서는 안 된다고 그는 생각했다. 그러자면 계속 학업을 중시해 기초지식을 튼튼히 장악하는 동시에 장차 사회생활을 위해 필요한 자질과 기능을 갖추도록 각별히 노력해야 할 것이다.

학급의 친구들은 처음엔 왜소한 체격에 외모 또한 수수한 홍자를 별로 주의하지 않았다. 하지만 얼마 안지나 홍자는 친구들과 선생님들의 눈길을 끌기 시작했다. 항상 생글생글 웃는 그에게서 특유의 친화력을 느꼈던 것이다.

한 달이 지나 입학 후 처음 치른 시험 성적이 발표되었다. 전 학급에서 2위보다 훨씬 높은 점수로 첫 자리를 차지한 홍자는 친구들을 놀라게 만들었다. 홍자는 학부와 학원에서 조직하는 여러 문체활동에도 적극 참가했다. 며칠 후 학급 공청단지부에서 단지부서기를 선출하게 되었는데 매사에 항상 적극적인 홍자가 만장일치로 당선되었다. 중학교부터 하얼빈에서 공부한 덕분에 매우 표준적인 한어를 능란하게 구사하는 홍자는 각종 활동을 기획하고 조직하면서 타고난 언변이 빛을 내기 시작했고 조직 능력도 크게 높아졌다.

홍자의 이름은 학부와 학원(学院)에 알려졌고 대학교에까지 알려져 대학 2학년 때 그는 공청단천진재경대학위원회 위원으로 당선되었고 천진재경대학 근공검학센터(勤工儉学中心) 주임으로 임명되었다. 근공검학센터는 천진재경대학 학생사업부(学生工作部)의 지도하에 가정교사(家教)를 비롯한 각종 아르바이트생을 사회에 소개하고 공급함으로써 학생들의 경제난을 해결하는 역할을 하고 있었는데 학생들이 자체의 근공검학을 자체로 관리하는 기구였다.

홍자는 천진시내 수십 개소 관련 소개소와 연락을 취해 광범위한 연락망을 구축하고 센터에 찾아오는 학생들이 자신에게 적합한 아르바이트를 찾도록 도와주었다. 근공검학센터 주임으로 있으면서 홍자는 대학 캠퍼스 밖의 사회와 넓은 접촉을 하게 되었고 장차 사회진출을 위한 기반을 닦기 시작했다.

홍자 자신도 아르바이트에 나섰다. 그는 자기가 가장 자신 있는 수학과 영어 두 과목의 가정교사로 초빙되었는데 학생과 학부모들한테서 큰 인기를 얻었다. 후에 그는 또 천진에 진출한 한국인들에게 중국어를 가르치기도 했다.

그해 엄마가 거액의 돈을 꿔서 출국수속을 밟아 한국으로 나갔고 남동생은 고3 수험생이었다. 이런 가정 형편에서 홍자는 아르바이트로 생활비를 거의 혼자 해결했다. 두세 개의 아르바이트를 뛰면서도 홍자는 공부를 절대 게을리 하지 않았다. 그래서 학기마다 공부 성적이 학급에서 1위를 차지하게 되었고 대학 4년 동안 해마다 전 학년 최고장학금을 탈 수 있었다.

대학 4학년에 올라와서 홍자는 깊은 고민에 빠졌다. 석사 연구생 시험 준비를 하느냐 아니면 졸업 후 곧바로 취직하느냐 하는 문제였다. 엄마가 한국에 나가서 힘들게 돈을 번다고 하지만 나간 2년밖에 안 되어 빚을 다 갚으려면 아직 멀었고 대학 2학년생인 남동생도 흑룡강중의의약대학에서 본과와 석사 연속과정 8년을 배워야 하기에 그 비용도 만만치 않았다. 그때 엄마가 또 그에게 힘을 실어주었다.

"네 동생 공부하는 비용은 내가 알아서 다 해결할 테니 걱정하지 말고 너는 네가 하고 싶은 대로 연구생 시험을 치르거라."

홍자는 엄마가 너무 고마웠다. 그는 시험 준비를 하기로 맘먹었다. 국가에서 졸업 배치를 해 주던 때는 이미 지나고 졸업생들이 스스로 직장을 찾아야 하는데 그때까지만 해도 좀 좋다 하는 직장은 어지간해 빽 없이는 들어갈 수 없다는 걸 홍자는 잘 알고 있었다.

"연구생(대학원) 시험을 치자. 석사학위를 따내고 나면 나 자신이 선택 할 수 있는 길이 훨씬 많아질 게 아닌가!"

공부에는 항상 자신감이 넘쳐있던 그였다. 그렇게 대학 마지막 학기에 들어서고 학급의 친구들은 저마다 졸업 후 취직을 위해 동분서주했다. 그러던 어느 날 학부장께서 조용히 홍자를 불렀다.

"ZX 은행 천진지점(分行) 본사에서 우리 학부에 가장 우수한 졸업생 한 명 추천해달라는 요청이 와서 학부에서는 여러모로 검토한 결과 김홍자 학생을 추천할까 하는데 본인의 의향은 어떤가?"

"네?!"

홍자는 너무나 뜻밖이었다. ZX 은행이라면 중국에서 첫손가락에 꼽히는 민영주식은행으로서 천진재경대학 졸업생들이 가장 선호하는 직장 가운데 하나였다. 대우도 높거니와 그만큼 발전기회가 많은 것으로 알려져 있었다.

"기실 저는 지난 학기부터 연구생시험 준비를 해왔습니다. 전혀 생각지도 못했던 일이라…"

"알고 있다. 하지만 이런 기회가 많지 않다. 석사공부는 취직 후에도 얼마든지 할 수 있지 않는가."

"감사합니다. 돌아가서 잘 생각해보겠습니다."

홍자는 여러모로 고려한 끝에 그의 일생에 처음으로 찾아온 이 소중한 기회를 잡기로 했다.

6

2003년 7월, 김홍자는 ZX 은행 천진지점 본사에서 직장생활의 첫 스타트를 뗐다. 본사 지도부에서는 천진재경대학에서 추천한 우수졸업생인 그를 본사 핵심부서인 심사비준부(审批部)에 배치했다. 관례대로라면 신입사원은 기층에서 일정 기간의 근무를 마친 후 본사 관리부서에 올 수 있는데 홍자에게는 파격적인 인사 배치를 한 것이었다. 어려서부터 아버지의 영향 하에 매사에 열성적이면서도 신중하고 세심한 성품을 키워온 그에게 은행의 심사 비준 업무는 적성에 맞았다. 게다가 대학 4년 동안 튼튼하게 닦아온 전문 소양까지 갖춘 그는 곧 업무를 숙련되게 장악하고 동료와 령도들의 인정을 받았다.

1년 후 김홍자는 본부 령도들의 지지 하에 남개대학금융학과 전업 재직 석사 연구생 공부를 시작했다.

3년이란 세월이 또 흘러갔다. 그동안 홍자는 낮에는 바쁜 업무처리에 눈코 뜰 새 없이 바삐 보내고 밤에는 숙소에서 밤늦게까지 공부하며 대학 4년보다 훨씬 바쁘고 충실한 하루하루를 보냈다. 그렇게 그는 직장에서 업무를 한몫 든든하게 담당하는 중견 사원으로 성장했고 남개대학금융전업 석사학위도 따냈다.

2007년 8월, ZX은행 천진지점 지도부에서는 인재양성을 위해 김홍자를 베이징에 있는 ZX은행본부(总行)에 가서 학습할 기회를 주었다. 베이징 본부에서 1년 있는 동안 그는 여러 부서를 돌며 각종 업무처리에 직접 참여하면서 한결 높은 차원에서 중국의 은행 사업의 구조와 생태를 이해하게 되었다. 그는 자신의 시야가 한결 넓어지고 업무처리와 해결 능력도 크게 높아졌다는 걸 스스로 느끼며 가슴이 뿌듯했다.

베이징 본부에서의 학습을 마치고 곧 천진으로 돌아갈 무렵, 전혀 생각지 못했던 뜻밖의 일이 일어났다. 김홍자의 품성과 자질 그리고 업무능력에 대해 높은 점수를 준 베이징 본부에서는 젊은 예비 간부를 양성하기 위해 그를 본부 심사비준부에 남기려 했다.

운명의 신이 어쩌면 또 한 번 김홍자에게 새로운 인생 기회를 제공한 셈이었다. 베이징 본부의 무대가 천진 지점보다 훨씬 크고 발전기회도 훨씬 많다는 것은 너무나 자명한 일이었다. 하지만 그는 여느 사람이 보기에 천재일우의 기회가 틀림없는 이번 기회를 잡느냐 마느냐 선택을 해야 하는 깊은 고민에 빠졌다.

천진지점에서 그가 베이징 본부에 전근돼 가는 걸 동의하지 않았다. 지점에서는 베이징 본부에다 "우리 천진지점도 현재 인재 구조가 매우 불균형적이다, 특히 젊은 관리 인재가 부족하다, 그래서 김홍자를 키우기 위해 특별히 본부에 보내 학습할 기회를 제공한 것인데 본부에서 그를 남기는 것에 동의 할 수 없다"는 내용의 답변을 보냈다.

선택은 김홍자 자신이 해야 했다. 사실 그가 베이징 본부에 남겠다고만 하면 본부에서 인사전근 서류 한 장만 발송하면 그만인 일이기도 했다.

어떻게 할 것인가?

지난 몇 년간 지점장을 비롯한 지점의 령도들이 자신을 그토록 관심하고 지지하며 학습과 발전 기회를 주었지 않았는가. 한 인간으로서 자기 자신만 생각하고 감사할 줄 모른다면 그것은 이 세상을 살아가는 인간의 도리가 아니지 않는가. 하지만 이번 기회에 대한 미련 또한 그토록 강렬해 그것을 물리치기가 결코 쉽지 않았다.

'아버지, 이럴 땐 어떻게 해야 합니까?'

그는 하늘나라에 계신 아버지를 향해 물어보았지만 아버지께서는 묵묵부답이었다.

김홍자는 결국 베이징 본부에 남는 기회를 포기하기로 했다. 하늘나라에 계신 아버지께서도 자신의 선택을 찬성할 것이라고 그는 믿었다.

김홍자가 십중팔구 돌아오지 않으리라 여겼던 천진지점에서는 그를 반겨 맞아주었다. 지점장이 직접 그를 사무실로 불러 치하하고 격려해주었다. 그는 1년 전보다 훨씬 바쁜 사람이 돼 부서의 중요한 업무를 담당했다. 베이징 본부에서는 그가 천진에 돌아온 후에도 한동안 그에게 베이징에 며칠 와서 업무를 도와달라는 요청을 보내오곤 했는데 그럴 때면 그는 지점장의 허가를 받아 베이징으로 달려가곤 했다.

그렇게 2년 세월이 또 흘러 김홍자는 어느덧 30대에 들어섰다.

서른 살 생일이 지난 어느 날, 김홍자는 졸업 후 7년 동안 자신이 걸어온 길을 조용히 되돌아보는 시간을 가졌다. 그동안 게으름 한번 피우지 않고 달려온 덕분에 삼십이립(三十而立)이라는 말에 걸맞게 삶의 한 고개를 힘차게 넘어선 것 같기도 하지만 어딘가 석연치 않았다.

졸업해서 지금껏 ZX은행 천진 지점 핵심부서인 심사비준부에서 열심히 일하며 부서의 책임자는 물론 지점장으로부터도 능력과 실력을 인정받는 중견 직원으로 성장했는데 무엇이 또 그렇게 석연치 않단 말인가?

천진 지점의 핵심부서… 어쩌면 바로 이것인지도 모른다. 여느 직장과 비교할 때 상대적으로 수입이 높고 대우가 좋아 우월한 직장으로 알려진 은행, 거기서도 또 각종 여건과 환경이 상대적으로 우월한 핵심부서에서 쭉 근무해온 자신이 여태까지 너무나 우월감에 사로잡혀 있었던 건 아닌가? 생각해보면 어려서부터 공부를 잘하다 보니 자신이 늘 비교적 우월한 환경에서 자라 온 것 같았다. 비록 아버지께서 일찍 세상을 떠나면서 심적인 타격과 경제적인 어려움을 겪어오기도 했지만 그래도 좋은 대학에 진학해 공부했고 좋은 직장에 취직해 근무하며 사실은 비교적 순탄한 길을 걸어온 것임이 틀림없었다.

그러고 보니 지금까지 자신의 인생에 삶의 어떤 시련과 단련이 모자랐다고 할 수 있었다.

계속 이대로 우월한 사업 환경에 만족해 안주하다 보면 기층 단련이 부족한 자신은 업무상에서 전면적이고 실제적인 판단능력을 키울 수 없을 뿐만 아니라 한 인간으로서의 성장과 발전에도 매우 불리할 것이다. 그러다보면 앞으로 자신이 걸어갈 길은 어쩌면 갈수록 좁아질 것이 아닌가?

이튿날, 김홍자는 지점장을 찾아가 기층 분점(支行)에 내려가 근무하겠다는 요구를 제출했다. 기층 분점에서 지점으로 전근해오겠다는 사람은 많아도 자진해서 기층 분점에 내려가겠다는 직원은 거의 없었던지라 지점장은 매우 의아해했다.

"지점본부에서 조만간 홍자에게 중요한 직책을 맡길 타산인데 왜 기층 분점에 내려가겠다고 그러오?"

"기층에 내려가 단련하고 싶습니다."

"오… 먼 장래를 생각하면 그것도 사실 나쁘지는 않은데, 지금 여건이 괜찮은 기층 분점들에 당분간 마땅한 자리를 마련할 수 없구만. 조금만 기다려 보시오."

"아닙니다. 그 어떤 분점에 보내주어도 괜찮습니다."

그렇게 김홍자는 당시 갓 설립된 대항분점(大港支行) 분점장 매니저(支行長助理)로 임명되었다. 기층 분점 책임자로 발령될 때는 관례상 임무 지표를 안고 가야 하는데 지점에서는 김홍자가 기층에서 근무한 경험이 없는 것을 고려해 그에게 임무를 정하지 않았다. 하지만 그는 주동적으로 예금임무를 달라고 요구했고 결국 기타 분점 책임자들과 똑같은 임무 지표를 안고 부임했다.

"그때 저는 기층 분점에 내려가면 좌절하고 실패할 수도 있다는 비장한 각오를 했어요."

김홍자는 그때의 심경을 이렇게 피력했다.

"저는 내가 실패해도 괜찮다, 엎어지고 넘어지더라도 다시 일어나면 그만이고 그것은 소중한 경험이 될 것이다, 성공하든 실패하든 기층에서의 단련을 거치고 나면 자신이 구경 어떤 위치에서 무슨 일을 하는 것이 가장 적합한지 알게 될 것이고 또한 향후 자신이 어떤 길을 걸어야 하는지 그리고 그 길에서 얼마나 멀리 갈 수 있는지도 알아가게 될 것이다, 라고 생각했어요."

대항 분점의 환경과 실무는 천진 지점 핵심부서와 판이하게 달랐다. 분점에서 그의 주요 직책은 예금유치 담당 외무원(客戶经理)들을 이끌고 예금실적을 올리는데 있었지만 기타 업무도 처리해야 했다. 그런 업무 또한 천진지점과 달리 각양각색의 고객들과 직접 대면하는 일들이라 구체적이고 자질구레하며 스트레스를 많이 받을 수밖에 없었다. 하지만 김홍자는 항상 웃는 얼굴로 친절하게 봉사했고 동료 직원들과도 그 자신 특유의 친화력으로 신뢰를 쌓아갔다.

대항분점은 새로 설립되고 관할지역이 넓어 업무량이 엄청 많았지만 그만큼 은행 업무 개척에는 퍽 유리했다. 김홍자는 앉아 기다리지 않고 지역 내 기업들을 찾아다니며 우선 먼저 그들의 애로사항을 이해하고 풀어주는 데 주력했는데 천진지점 핵심부서에서 오랫동안 근무하고 베이징 본부에서도 1년 동안 있었던 그의 경력이 충분히 활용되기도 했다. 그의 솔선수범으로 인하여 대항분점 외무원들도 예전의 사업방식을 바꿔 먼저 기업과 고객들을 위해 봉사부터 제공하면서 예금을 유치했는데 좋은 효과를 거두었다. 그는 또 다양한 고객들과의 소통능력을 높이는데 각별히 주의를 돌렸는데 따라서 천진 지점에 있을 때는 접촉할 수 없었던 각종 실제적인 문제들을 분석하고 해결하는 능력이 크게 제고되었다.

김홍자가 부임한 후 ZX은행 대항분점의 실적은 대기업과 외자기업이 대거 진출해 있는 천진 빈해신구(濱海新区) 대항지역 내 여러 은행분점들 가운데서 앞자리를 차지했고 사회이익도 크게 높아져 ZX은행 선진단위로 선정되었다.

7

대항분점에서 근무한 지 몇 달 지난 어느 날 이었다. 하얼빈시조선족제1중학교 천진동창모임에 갔더니 한 남자 동창이 그의 이름을 부르며 반색했다.

"누구더라?"

김홍자는 이 남자 동창이 누구인지 전혀 기억나지 않았다.

"나는 네가 누군지 잘 알지만 너는 날 모를 거야. 고교 때 하얼빈조제1중에서 김홍자를 모르는 사람은 없었으니까."

남자 동창이 사람 좋게 웃으며 말했다. 그의 말에 서광학교와 하얼빈시조선족제1중학교 1년 후배인 성춘길씨(LG전자 천진회사압축기공장 자재팀장)가 동을 달았다.

"홍자 누나, 이 친구 기억 안나요? 이 친구 노래 잘 불러 여학생들한테 인기 짱이었는데… 하얼빈시조선족제1중학교 예술제 때마다 무대에 올라 '쇼바이양(小白杨, 작은 백양나무)'을 부르곤 했잖아요. "

"아, 기억난다, '쇼바이양'!"

홍자는 그제야 이 남자 동창이 기억에 떠올랐다. 고중 때 한 학년 이었지만 이과반에 다녔던 남자동창은 연변대학에서 물리전업 본과와 석사를 마치고 삼성전자 천진회사에 입사했다는 것이었다.

사랑은 그렇게 예고도 없이 문득 찾아왔다. 고중 동창이라지만 10대 그 시절엔 말 한마디 못 해보았던 두 사람은 십여 년 세월이 흘러 30대에 재회해 연인이 되었다. 홍자는 자신들이 운명적으로 이미 인연이 닿아있었던 것이라고 생각되었다. 그가 지점 본부에서의 안온한 사업 환경을 결연히 떠나 이곳 대항분점에 온 것도 어쩌면 같은 빈해신구에 위치한 회사에서 근무하는 그들의 만남을 위해서였는지도 모른다. 홍자는 그 소중한 만남과 하늘이 준 인연이 감사하기 그지없었다.

2011년 그들은 결혼식을 올렸고 이듬해 떡두꺼비 같은 아들이 태어났다. 서른 넘어 결혼해 금쪽같은 아들까지 본 홍자는 온 세상을 다 차지한 듯한 기분이었지만 애도 키우랴 사업도 제대로 하랴 눈코 뜰 새 없었다.

아들애의 돌잔치를 치르고 나서 홍자는 다시 한 번 자신을 되돌아보는 시간을 가졌다. 그는 대항분점에서 거의 3년 넘게 근무하며 당초 자신이 자진해서 기층 분점에 내려올 때 소기의 목표에 달성했는지부터 먼저 곰곰이 따져보았다. 그러고 나서 그는 자신의 개성과 장단점, 업무능력 등등을 검토하고 분석하는 "자아 성찰서(自醒书)"를 작성해보았다. 이번의 자아 성찰은 그로 하여금 자신이 향후 어느 길로 가야 하는지 어떤 일터가 자신에게 가장 적합한지 알게 했다.

그는 대항분점을 떠나기로 했다. 분점에서보다 지점의 업무부서에서 자신의 역할을 한결 충분히 발휘할 수 있다고 판단했다.

"생각해보면 저는 현 상태에 만족하지 못하는 그런 부류의 사람인 것 같아요."

김홍자가 솔직하게 털어놓은 말이다.

"그러다 보니 사업상에서든 생활상에서든 늘 미래에 대한 예측(預判)을 하게 되고 예측을 통해 대책을 세우려고 하죠. 그래서 저는 가끔 자신이 비관론자가 아닌가 생각하기도 한답니다. 자신이 만약 부단히 진보하지 않는다면 어느 날엔가 이 사회에서 도태되고 말 것이라는 위기감을 안고 살거든요."

김홍자의 눈길은 아파트 유리창 너머로 바라보이는 MS은행 천진지점(分行) 영업청사에 가 멎었다.

"저기서 근무할 수 있다면 집과 가까워 애를 돌보기에도 좋지 않은가."

한 아이의 엄마가 된 그는 자신의 향후 거취를 생각하며 저도 몰래 가정을 우선 위에 놓고 고려하고 있었다.

그는 전에 어느 회의석상에서 풋면목을 익힌 적이 있는 MS은행 천진지점장을 직접 찾아갔다. 김홍자의 성품과 업무능력에 대해 이미 요해하고 있었던 지점장은 그가 MS은행에 오는 것을 환영한다면서 그에게 마땅한 직무를 주겠다고 제안하기까지 했다. 김홍자는 애가 이제 한 돌밖에 안 돼 돌봐야 하기에 직무를 맡겨줘도 제대로 할수 없을 것이니 평직원으로 받아만 주어도 감사하겠다고 대답했다.

김홍자는 그렇게 MS은행 천진지점 심사비준부로 자리를 옮겼다. 지점에서는 평직원인 그에게 중층 간부 대우를 해주었고 2년 후 심사비준부 총경리 조수로 임명했다.

8

MS은행 천진 지점에서 근무한지 4년이 지난 2017년 3월, 김홍자는 우연한 기회에 ZS은행 천진지점장을 알게 되었다. 김홍자와 단독으로 장시간 얘기를 나눈 지점장은 그에게 ZS은행에서 함께 일하자고 정중하게 제안했다. 하지만 김홍자는 자신은 이미 MS은행에서 중요한 직책을 맡고 있기에 떠날 수 없다며 완곡하게 사절했다.

그런데 유능한 인재를 목마르게 찾고 있던 ZS은행 천진 지점장은 한 번 또 한 번 찾아와 그를 설득했다. 지점장의 간절한 요청에 감동된 그는 세 번째 찾아온 그에게 가겠다고 대답했다. 설립 된지 십여 년밖에 안 돼 활기로 넘치는 주식상업은행 ZS은행이 자신에게 한결 새롭고 넓은 무대를 제공하리라는 믿음이 생겼던 것이다.

ZS은행 천진지점에서는 김홍자를 지점 벤처사업관리부(风险投资管理部) 총경리로 임명했다. 지점장의 삼고초려(三顾草庐)로 데려온 인재답게 그는 지지부진하던 벤처사업관리부를 지점의 이윤과 사회 효익 창출에서 선두를 달리는 부서로 부상시켰다. 1년 후 지점에서는 그를 또 지점 핵심부서인 회사관리부(公司管理部) 총경리로 임명했다.

회사관리부는 ZS은행의 중요한 고객을 관리하는 부서로서 은행에서 매우 중요한 위치에 놓여있는데 총경리인 김홍자는 전반 은행의 발전을 염두에 두고 한결 높은 차원과 시각으로 사업을 구상하고 추진해야 했다. 그는 사업의 초점을 인터넷의 고속적인 발전과 함께 날로 다양해지는 대중 규모 기업들의 요구를 만족시키고 이런 기업들의 미래지향적인 발전에 함께 참여하는데 맞추었다. 그는 전력산업, 설비제조기업, 전자거래상 등 국내 굴지 기업들의 요원들과 자주 만나 그들의 사업구상을 이해하면서 그들과 어떻게 하면 이런 기업들을 위해 맞춤형 금융서비스를 제공하겠는가 토론하고 고민했다. 이런 기업들은 사업이 크게 발전할수록 산업사슬(产业链)내 관련 업체와 협력사들도 함께 발전하도록 이끌어야 하는데 역시 상응하게 다양한 금융지원이 따라가야 했다. 김홍자는 이런 기업들과 사업토론을 하면서 자신의 생각과 구상을 그들의 미래발전 전략에 융합시켰다. 그는 자신뿐만 아니라 회사관리부 직원들도 사업방식과 사업 태도를 전변하도록 요구하고 이끌었다.

김홍자가 총경리로 부임한 지 짧은 1년 사이 200여 개 대중 규모 기업들이 ZS은행 천진 지점에 계좌를 개설하고 회사관리부와 전략 합작파트너관계를 맺었다. 그는 회사관리부 직원들의 성장과 개인적인 발전에도 중시를 돌려 그들에게 업무능력을 높이고 실적을 쌓을 기회를 창조해주었다. 하여 2년 동안 이미 2명의 직원이 지점 본부 중층간부로 발탁되었다.

2018년 12월, 김홍자는 천진지점에 두 명밖에 없는 ZS은행 본부(总行) 선진사업일군으로 선정되었다.

직장에서 이처럼 성공가도를 달리면서 김홍자는 가정에서도 현처량모 역할을 착실히 해나가고 있다.

"조선족으로서, 여자로서 저는 가정이 사업보다 더 중요하다고 생각해요."

가정에 대한 얘기가 나왔을 때 김홍자가 한 말이다.

"사실 직업여성으로서, 더욱이 직장에서 중요한 직책을 담당하고 있는 여자로서 가정을 사업보다 더 중요하게 여기고 그 역할을 한다는 것이 정말 쉽지 않지만 저는 저 자신이 좀 힘들더라도 두 가지 역할을 다 잘하려고 노력해요. 그래서 우리 아들한테는 내가 우리 엄마 사업도 잘하고 자기한테도 잘해주는 훌륭한 엄마로, 직장에서는 자식과 가정에 대한 책임감이 높으면서도 맡은바 사업도 잘하는 사람으로 되고 싶거든요. 그런데—,"

김홍자는 잠깐 멈추었다가 말을 이었다.

"솔직히 가정과 사업, 두 마리 토끼를 다 잡으려고 하니까 힘들 때가 많아요. 그래도 우리 아들이 무럭무럭 씩씩하게 잘 자라고 직장에서도 성과를 내고 존경받고 사회의 인정을 받으면서 일하니까 힘들어도 힘든 줄 모르고 열심히 뛰고 있어요.

"무엇보다도 저는 우리 아들에게 어릴 때부터 엄마가 열심히 사는 모습을 보여주어 애가 크면서 무엇이든 노력해야만 얻을 수 있고 또 노력하기만 하면 자신이 이루고자 하는 걸 실현할 수 있다는 걸 알게 하고 싶어요."

말을 마친 김홍자는 환하게 웃었다.

불운을 딛고 나래를 펼치다

김세은·김세룡 형제 (광동 산두 广东汕头)

1

인간은 그 누구도 자신의 출생을 결정할 수 없다. 고귀하든 비천하든 자신의 의사와 전혀 무관하게 이 세상에 온다. 갓 태어난 새 생명은 거의 모두 부모님과 친지들의 축복 속에 엄마의 젖을 먹고 무럭무럭 자라지만 그렇지 못한 경우도 적지 않다. 부모님의 잘못된 만남이 그 주되는 원인인데 피해는 고스란히 멋모르고 세상에 온 자식들에게 돌아온다.

불운은 그렇게 시작되고 억울하기 짝이 없지만 감내하며 살 수밖에 없다. 김세은, 김세룡 형제가 어려서 바로 이런 불운을 안고 살았다.

그들의 부친 김준식은 신수가 멀끔한데다 노래도 잘 부르고 옛말도 구수하게 잘해 마을에서 꽤 인기가 있었다. 1977년 내가 고등학교를 졸업하고 마을에 돌아와서 나보다 세 살 많지만 이미 육칠 년 넘게 생산대 노동을 해온 준식 씨와 한 생산대에서 1년 동안 함께 일을 했었는데 쉴 참이면 스무 명 남짓 되는 사원들 속에 끼어 준식씨가 들려주는 옛말을 들으며 박장대소하던 기억이 지금도 생생하게 남아 있다. 그리고 가끔 술추렴하고 오락판이 벌어지면 유주무량이던 준식 씨는 그 좋은 입담으로 사람들을 포복절도하게 만들었다.

그런데 오 남매 중 둘째인 준식 씨한테서 어떤 이유인지 좋은 혼처가 생기지 않았다. 부모님이 병환에 오래 있어서 가정형편이 안 좋은데다 초중도 겨우 졸업해서였던지 모를 일이었다. 그 시절 서광촌 대부분 동년배들은 빛 좋은 명색일망정 고중(고교)을 졸업하고 귀향지식청년이라는 이름을 갖고 있었다. 어쨌거나 그는 후에 먼 외지에서 색시를 얻어와 결혼하고 세 살 터울로 아들을 둘이나 보았는데 부부 사이가 안 좋았는지 여자가 아직 어린 두 자식을 두고 떠나 버리고 말았다.

1982년, 1985년생인 세은이와 세룡이는 그렇게 홀아버지 아래서 자랐다. 마을에 할아버지와 할머니가 계셨지만 워낙 몸이 안 좋아 어린 손자들을 돌볼 형편이 아니었고 그런 할아버지, 할머니마저 1989년과 1990년에 세상을 떠났다.

고향을 일찍 떠나온 나는 준식 씨의 전처를 본 적이 없고 어릴 때의 세은이 형제도 본 기억이 없다. 고향 사람들을 만나 고향 소식을 전해 듣다가 가끔 준식 씨의 애기를 할 때면 준식 씨가 어린 두 아들한테 그렇게 끔찍하고 그들 또한 착하게 자랐다고 했다. 두 아들이 좀 커서 고향을 떠난 후에야 여전히 고향에 남아있던 준식 씨는 새 장가를 들었고 이번에는 부부가 잘 사는 것 같았는데 몇 년 후 여자가 자기 자식들 뒷바라지 때문에 한국으로 나가는 바람에 그는 또다시 홀아비신세가 되었다. 그러다 오십 대 중반에 풍을 맞았다. 그때 광동성 산두(汕头)에서 회사를 경영하는 큰아들 세은이가 모셔다가 치료받고 좀 움직일 만하니까 도시에서 사는 게 갑갑하다며 반년 만에 기어이 서광촌으로 돌아와 불편한 몸이지만 자식들이 보내 주는 돈으로 여유 있게 살고 있다. 몇 년 전 환갑 때는 두 아들이 고향에 돌아와 아버지의 환갑잔치를 성대하게 치렀다고 한다.

2018년 4월 27일, 절강성 온주남역(溫州南站)에서 고속철을 탄 나는 다섯 시간 달려 오후 5시 13분 광동성 조주(潮州)시 구역 내에 위치해 있는 조산역(潮汕站)에 도착했다. 역을 나오니 김세은 씨가 차를 몰고 마중 나와 있었다. 보통 키에 다부진 몸매의 세은이는 점잖고 온화한 인상을 주었는데 얼굴은 아버지 준식 씨를 좀 닮았지만 행동거지는 준식 씨의 모습을 별로 찾아볼 수 없었다.

이런저런 얘기를 하는 사이 차는 반시간 넘게 달려 산두시 징해구에 들어섰다. 세은이의 소개에 따르면 산두시는 세계 최대 완구가공기지로 부상했는데 징해구에 2만여 개에 달하는 완구관련 가공회사와 무역회사가 집결돼 있다고 한다. 명실공히 완구의 도시인 셈이다.

세은이는 나를 먼저 산두조박회(潮博汇) 샘플전시장으로 안내했다. 4층짜리 강철구조 대형 건물 1층 홀에 들어선 세은이는 안내자들에게 고향 흑룡강의 방송국기자가 취재하러 왔다며 자랑스레 소개했다. 출입증을 발급받아 2층에 올라가니 가로세로 백여 미터 길이의 전시장에 수천 개의 샘플이 총총하게 박혀있었다. 완구에는 문외한인 내가 듣도 보도 못한 별의별 완구가 다 있었는데 그 품목이 수만여 종에 달한다고 한다. 3층 4층도 마찬가지였는데 그 어마어마한 규모에 혀를 내두르지 않을 수 없었다.

징해구에는 이런 규모의 샘플전시장외에도 규모 있는 완구도매시장이 서너 곳 된다고 한다. 완구산업이 크게 발전하면서 관련 서비스가 갈수록 세분되고 있는 양상이다. 그만큼 완구 업계의 경쟁이 갈수록 치열해지고 있는 것이다.

샘플전시장 관람을 마치고 나서 세은이가 잡아준 고급호텔에 짐을 풀고 나는 곧바로 그의 회사로 향했다. 시 중심 오피스텔 8층에 위치한 회사에 올라가니 백오십 평방미터가 넘는 널찍한 사무실이 텅텅 비어 있었다.

"매주 목요일과 금요일은 컨테이너를 발송하는 날이라 좀 바빠요. 컨테이너를 두 개 발송해야 되서 동생이 직원들 데리고 모두 거기에 갔거든요."

차 한 잔 마시는데 동생 세룡이가 내가 와 있다는 걸 전해 듣고 사무실에 잠깐 들렸다.

"반갑습니다. 먼 길 오시느라 수고 많으셨습니다."

훤칠한 키와 선이 굵은 얼굴에 서글서글한 성격까지 아버지 준식 씨를 많이 닮은 것 같았다. 다만 그의 몸가짐에서는 평생 시골 고향을 떠나지 못한 아버지 준식 씨와 달리 한국에서 오래 생활하며 몸에 밴 듯한 세련된 매너 같은 것이 풍기고 있었다.

그렇게 나는 산두에서 일박이일 머물면서 세은, 세룡 두 형제의 어린 시절부터 현재에 이르는 이야기들을 들었다.

2

한겨울 이른 아침 창밖은 아직 캄캄했다. 세은이는 이불을 박차고 일어나 아버지가 지어준 밥을 먹었다. 아버지는 항상 그러셨다. 전날 아무리 술을 과음해도 아침 일찍 일어나 밥을 해놓고 두 아들이 깨어나길 기다리셨다. 된장국에 김치를 곁들인 간단한 밥상이었지만 세은이와 동생은 그래도 아침밥을 든든히 챙겨 먹고 학교에 다닐 수 있었다. 그렇게 어느덧 초중 2학년생이 되고 동생 세룡이도 곧 소학교를 졸업하게 되는데 어느 날 세은이는 문득 아버지께 학교를 그만두고 베이징에 가겠다고 말씀드렸다. 아버지는 안 된다고 딱 잡아뗐지만 한번 먹은 세은이의 마음을 돌릴 수 없었다.

밥을 다 먹고 난 세은이는 배낭을 메고 아버지께 꾸벅 인사하고는 돌아서서 방문가로 향했다.

"미안하다… 세은아."

아버지의 목소리가 등 뒤에서 들려왔다.

"가서 여의찮거든… 집에 돌아오너라. "

"네…"

짧게 한마디 대답하는 그의 목소리는 젖어있었다. 그때였다. 아직 자고 있는 줄 알았던 세룡이가 언제 깨어났는지 형 —, 하고 그를 불렀다.

"형, 갔다가 언제 돌아올 거야?"

세은이는 문고리를 쥐다 말고 못 박힌 듯 그 자리에 멈춰 섰다. 그리고 천천히 고개를 돌려 동생을 바라보았다.

"세룡아—, 너는 공부를 끝까지 잘해야 한다!"

그는 이내 방문을 열고 결연히 집을 나섰다. 두 줄기 눈물이 그의 볼을 타고 흘러내렸다.

세은이는 8리길을 걸어 연수현 가신진(加信镇)에 가서 버스를 타고 연수현성에서 다시 버스를 갈아타고는 상지에 가서 베이징행 기차에 몸을 실었다. 기차가 하얼빈역을 지날 때 세은이는 반년 전에 세상 떠난 셋째 삼촌을 떠올렸다. 부대에서 3년 복무하고 제대한 삼촌은 세은이가 서너 살 적에 고향을 떠나 하얼빈교구 신향방이란 곳에 가서 살다가 작은 식당을 하나 차렸었는데 경기가 별로였던 모양이다. 그러던 어느 날 뇌출혈로 쓰러졌다는 소식이 전해와 세은이는 아버지를 대신해 하얼빈에 가서 삼촌의 병시중을 들었다. 그런데 삼촌네 형편에 병원 치료비를 이어댈 수 없었다. 고향 서광에 기어이 돌아가겠다는 삼촌의 뜻대로 세은이는 삼촌을 집으로 모셔 올 수밖에 없었고 그런 삼촌은 고향에서 마흔도 안 된 짧은 생을 마감했다.

"그토록 가난하지만 않았다면 삼촌은 치료를 받아 더 오래 살아 계실 수 있었을 텐데…"

이런 생각을 할 때마다 세은이의 작은 가슴은 무엇이라 형언할 수 없는 아픔으로 터질 것만 같았다.

세상 물정에 조금씩 눈뜨기 시작하면서 가난은 늘 그를 괴롭혔다. 그토록 가난하지만 않았다면 엄마도 그들을 떠나지 않았을 것이라고 그는 생각했다. 어린 자신들을 두고 떠난 엄마였지만 세은이는 엄마에 대한 원망보다 따뜻한 기억을 내내 간직하고 있었다. 몸이 안 좋았던 엄마께서 하얼빈에 병 보러 가게 되었을 때 그와 동생을 데리고 가서 하얼빈 구경을 시켜주었었다. 그때까지만 해도 마을의 또래들 가운데서 하얼빈 구경을 한 애들은 그들 형제밖에 없었던지라 하얼빈을 다녀온 후 그는 한동안 우쭐대기도 했었다. 하지만 엄마가 떠난 후 그는 오랫동안 기가 죽어 있었다. 엄마를 닮아 덩치도 작고 내성적이었던 그는 가끔 큰애들한테 업신여김을 당하기도 했다. 그럴 때마다 그는 혼자 눈물을 삼키며 아버지한테는 한마디도 일러바치지 않았다. 엄마가 떠난 후 아버지 또한 속상해서 그전보다 술을 더 마시는 걸 옆에서 지켜보았던지라 우락부락하는 아버지가 아는 날엔 무슨 큰일이 일어날지도 모른다고 그는 생각했다. 그렇게 몇 번 겪고 나서 그는 아예 윗반의 큰애들과 친해져 가깝게 지내며 더 이상 업신여김을 당하지 않았다.

삼촌의 죽음은 세은이에게 큰 충격을 주었다. 사춘기에 들어서서 날이 갈수록 세상에 대한 원망과 불만이 솟구치던 때였는데 그는 뭐니 뭐니 해도 엄마를 떠나게 만들고 삼촌을 죽음으로 내몬 원흉이라 할 수 있는 그 지긋지긋한 가난에서 하루빨리 벗어나고 싶었다. 자연 공부에도 점점 재미를 잃어가던 그는 급기야 학교를 그만두겠다는 생각을 굳히게 되었다.

베이징에 간 세은이는 친지의 소개로 중국인이 경영하는 노래방에 웨이터로 들어갔다. 사회생활이 전무한 중학교중퇴생인 그에게는 식당이나 유흥업소의 종업원이라는 일자리라도 찾을 수 있어 다행이었다.

3

고되고 외롭고 지루한 하루가 또 시작되었다.

노래방의 영업은 오후 두세 시부터 시작돼 자정 넘어 새벽까지 이어졌는데 세은이는 낮과 밤이 뒤바뀐, 낮에 자고 밤에 일하는 생활에 적응하느라 힘들었다. 한창 크는 나이여서 그런지 그는 늘 잠이 모자랐고 머리가 흐리멍덩할 때가 많았다.

"여봐 웨이터, 여기 맥주 한 박스 더 가져와."

긴 복도 양쪽에 촘촘히 들어선 룸 가운데 문 하나가 벌컥 열리며 한 사내가 복도에 대고 소리쳤다.

복도 한쪽에 대기하고 있던 세은이는 넷—, 하고 큰소리로 대답하고는 주방으로 달려가 맥주 한 박스를 들고 나와 룸으로 들어갔다.

희미한 조명 아래 긴 소파에 줄줄이 들러붙어 있던 서너 쌍의 남녀는 그가 들어왔는데도 아랑곳하지 않고 여전히 엉겨 붙어 지랄들이었다. 그들에게 웨이터인 그는 투명 인간이나 다름없었다. 아니, 어쩌면 그 시각 그는 인간이 아닌 술 나르는 로봇과도 같은 존재였는지도 모른다.

"마개를 몽땅 따!"

그들 중 한 사내가 아가씨의 입술을 빨다 말고 짧게 한마디 내뱉었다.

세은이는 재빠른 동작으로 탁, 탁, 탁 병맥주 열두 병 마개를 몽땅 따서 탁상에 올려놓았다. 그러고는 돌아서려는데 역시 그 사내가 명령조로 말했다.

"이봐, 여기 잔들이 다 비었잖아, 한 잔씩 가득 부어!"

"응~, 오빠 왜 이래, 술은 내가 따르면 되잖아…"

사내의 파트너가 허리를 배배 꼬며 사내에게 칭얼대듯 말하더니 세은이를 향해 눈을 찡긋하며 너는 이제 나가봐, 하고 한마디 했다.

세은이가 돌아서서 몇 걸음 걸었을 때였다. 등 뒤에서 역시 그 사내의 목소리가 울려왔다.

"야, 너 거기 서! 손님이 술 부으라고 했으면 술 붓고 나가야지, 이 새끼가 내 말은 뭐 개방귀처럼 들린 거야?"

세은이는 두 주먹을 불끈 쥐었다. 가끔 이런 놈들의 시달림과 수모를 받을 때면 당장 때려치우고 떠나고 싶었지만 어디 갈 데도 없는 자신의 처지가 가련해 더욱 설움이 북받쳤다. 묵묵히 되돌아선 그는 탁상 앞에 다가가서 맥주병을 잡고 빈 술잔들에 술을 찰찰 넘치게 부었다.

"그래그래, 얼른 이럴 거지. 너 보니까 햇내기 같은데, 다음부턴 술을 가지고 들어와선 빈 잔에 술부터 꼭꼭 채워. 그럼 너희 사장님도 좋아할 거야."

사내는 이렇게 지껄이며 지갑을 꺼내 들더니 백 위안짜리 지폐 한 장 꺼내 들고는 옜다 하며 그에게 내밀었다.

세은이는 주춤거렸다. 받자니 기분 더러운데다 자존심 상하고 안 받자니 사내가 또 무슨 시비를 걸어올 것 같았다. 그때 그의 가까이에 있는 아가씨가 냉큼 돈을 받아 쥐고 그의 손에 쥐어주었다.

"받아. 돈과 원수라도 졌냐?"

룸에서 나온 세은이는 기분이 엉망이었다. 사내한테서 돈을 받아 쥐고 그에게 쥐어주던 아가씨의 모습이 눈앞에서 자꾸 얼른거렸다.

노래방에는 아가씨들이 하도 많아 누가 누구인지 그는 기억할 수 없었다. 또 기억하고 싶지도 않았다. 노래방에 처음 와서 그는 자기보다 기껏해야 두세 살 많은 십 칠팔 세 아가씨들이 사내들의 품에 안겨 아양 떠는 걸 보고 너무 큰 충격을 받았다. 그러다 사내들의 강권에 취해버린 그녀들이 화장실에서 왝왝 토하는 걸 보면 불쌍하기도 했다. 하지만 이튿날 아무렇지도 않은 듯 시시덕거리며 또다시 앞다퉈 룸에 들어가는 걸 보며 그녀들이 경멸스럽기도 했다. 가끔 콧대를 잔뜩 쳐든 아가씨들이 나타나기도 했는데 고참 웨이터들의 말에 따르면 그들은 십중팔구 여대생들이라는 것이었다.

"여대생? 여대생들이 왜 이런데…"

"왜긴 왜? 학비가 없거나 아니면 쭉쭉빵빵 몸뚱이에 명품 브랜드 걸치고 잔뜩 멋 부리고 싶거나… 하여간 모두 돈이 없어서 그런 거지."

아, 결국 역시 돈 때문에, 역시 그 가난 때문이구나!

세은이는 심한 혼돈을 느꼈다. 가난 때문에 엄마가 집을 나가고 가난 때문에 삼촌도 세상을 떠난 거라고 생각하며 그 가난에서 하루빨리 벗어나고자 학교를 자퇴하고 사회에 나온 그였지만 가난이 그토록 무섭고 세상이 그토록 비정하다는 걸 그는 그제야 알게 되었다.

아직 순진하기만 하던 십 대 소년인 세은이에게 세상은 너무나 일찍 자신의 참모습을 알게 만든 것이다.

고향을 떠나오며 품었던 세상에 대한 막연한 환상과 기대는 그렇게 무참하게 깨어져 사라지고 말았다. 세은이는 자신이 한순간에 훌쩍 커 버린 것 같았다.

그는 이를 악물었다. 세상이 무정하고 무서운 줄 알았으니 무섭다고 물러서지 말고 정신을 똑바로 차리고 달려들면 될 것 아닌가.

그는 노래방의 다른 종업원들이 무슨 일을 어떻게 하는지 하나하나 유심히 살펴보았다. 자신이 노래방에서 웨이터 말고 할 수 있는, 아니 자기가 하고 싶은 일이 뭐 있는지 찾아보았다. 그러던 그의 눈길은 디제이(DJ, 音响师)한 테 쏠렸다. 룸마다 설치된 가라오케 기계와 음향설비를 관리하고 손님들이 지정된 시간에 홀에 나와 디스코를 출 때면 음악을 틀어주는 일인데 보기에 간단한 것 같아도 상당한 기술과 음악 소질까지 갖추어야 했다.

"바로 이거야. 나도 기술을 익혀 디제이가 돼야지."

세은이는 틈만 나면 음향 실에 드나들었다. 디제이를 형님으로 깍듯이 모셨고 디제이 또한 어린 세은이를 동생처럼 생각하며 이것저것 가르쳐주었다. 그렇게 호형호제하며 가깝게 지내면서 세은이는 음향 설비를 척척 다루게 되었고 어지간한 고장도 고칠 수 있었다.

그런 그에게 기회가 찾아왔다. 밖에서 무슨 사고를 친 그 디제이가 부득불 노래방을 떠나게 되었다. 사장은 곧바로 세은이를 그 자리에 앉혔다. 반년 후 베이징시에서는 모든 영업장소의 디제이들은 시험을 통과해 자격증을 따야만 근무할 수 있다는 규정을 내왔는데 세은이는 시험에 합격해 자격증을 획득했다. 그렇게 노래방에서 일한 지 1년 만에 그는 당당하게 디제이가 되었다.

4

노래방에서 근무한지 어느덧 3년이라는 시간이 흘렀다. 디제이로 있으면서부터 더 이상 못된 손님들의 시달림 같은 건 받진 않았지만 하루 또 하루 반복되는 지루하고 외로운 생활은 변함이 없었다. 매일과 같이 주흥이 도도한 손님들을 위해 흥겨운 노래 틀어주고 디스코곡을 쾅,쾅 울려주지만 정작 그 자신은 즐거운 줄 몰랐다.

이러면 안 된다, 나도 즐기면서 살자, 하고 자신을 달래보기도 했지만 마음은 생각처럼 잘 따라주지 않았다.

노래방에는 별의별 손님들이 다 드나들었는데 그중에서도 돈을 물 쓰듯 하는 졸부들이 가장 많은 것 같았다. 워낙 가난에서 벗어나기 위해 어린 나이에 베이징에 들어온 그였던 만큼 그런 부자들을 보면 부러움을 금할 수 없었지만 맨날 술에 절어 아가씨들을 갈아대는 그들의 삶에 무슨 의미가 있는가, 하는 생각을 해보기도 했다.

그럴 때면 그는 야, 사람 웃기지 마라, 네 주제에 그따위 생각이 가당키나 하냐, 하고 자신을 웃으면서도 아, 나는 언제면 부자가 될까, 어떻게 하면 부자가 될 수 있을까, 하는 막연한 생각을 떨쳐버릴 수 없었다.

부자들이 어떻게 부자가 되었는지 그때까지 그는 아직 잘 알지 못했지만 세상에는 수단 방법 가리지 않고 벼락부자가 돼 거덜먹거리는 졸부들 외에도 기회를 틀어잡고 자신의 노력으로 정직하게 돈을 벌어 바르게 사는 부자들도 많으리라고 그는 믿고 싶었다.

노래방이라는 유흥업소에 근무하며 이 사회의 추악한 장면을 더욱 많이 목격했지만 세은이는 이처럼 세상을 긍정적으로 바라보는 심성을 키워갔다. 하지만 필경은 한창 피가 끓어 넘치는 나이였던 만큼 대도시의 현란한 유혹에 빠지지 않을 수 없었다. 그는 사회의 친구들을 사귀기 시작했고 그중에 어중이떠중이들도 더러 있어 함께 휩쓸려 술 마시다 보면 사고를 칠 때도 있었다. 그렇게 몇 푼 안 되지만 힘들게 모아두었던 월급을 탕진하기도 했다.

이튿날 술에서 깨어나면 그는 괴로움에 못난 자신의 머리를 쿡쿡 쥐어박았다.

아, 내가 왜 이러는 거냐, 내가 이러려고 학교 자퇴하고 고향 떠나 베이징에 왔단 말인가. 아! 김세은, 정신 차려라, 정신 차려!

그는 자신에게 이렇게 호통 치기도 했다. 세월은 그렇게 흘러갔고 방황과 아픔과 자성 속에서 애티 다분한 십 대 소년이던 세은이는 어엿한 이십 대 청년으로 커갔다.

그는 마침내 노래방을 떠나기로 마음먹었다. 허구한 날 노래만 틀어주는 노래방 디제이로 눌어붙어 살기엔 너무나 아까운 청춘이 아닌가.

그래, 어디든지 나가서 부딪쳐보자, 부딪쳐 묵사발이 되는 한이 있더라도 부딪쳐 보는 거다, 그러다 보면 무슨 기회라도 잡을 수 있지 않을까.

2000년 5월, 세은이는 베이징 순의(順义)에 있는 어느 고급호텔의 카운터 직원으로 취직했다. 비록 한낱 말단 직원에 불과했지만 노래방 디제이로 있을 때보다 사회 접촉이 훨씬 넓어졌고 만나는 사람도 한결 다양하고 소양이 높았다.

2001년 6월, 세은이는 해외 유학 중개회사의 직원으로 자리를 옮겼다. 그동안 사귀고 신뢰를 쌓아온 한국인이 사장으로 있었는데 한국 유학보다 미주, 유럽 유학 관련 업무가 더 큰 비중을 차지하는 회사였다. 그에게는 좀 버거운 직장이기도 했지만 그는 열심히 배우며 업무를 익혀나갔다. 그렇게 그는 베이징에 처음 올 때의 노래방 웨이터로부터 디제이, 호텔 카운터 직원을 거쳐 넥타이 매고 출근하는 회사원으로 되었다.

유학 중개회사에서 2년 넘게 근무하며 세은이가 가장 절실하게 느낀 것은 전문지식 부족이었다. 그 원인은 자신이 공부를 얼마 하지 못한 데 있었는데 그것을 미봉하기엔 이미 늦었다고 할 수 밖에 없었다. 회사에서 그가 할 수 일은 매우 제한돼 있었고 따라서 발전 가능성도 제한돼 있었다. 다른 출로를 찾아야 했다.

2004년, 세은이는 친구의 소개로 한중 합작드라마 〈비천무(飞天舞)〉 제작에 참여하게 되었다. 한국 드라마로서는 처음으로 100% 사전 제작된 이 드라마는 중국 최대의 드라마촬영지로 부상한 절강성 금화시 헝땐(橫店)에서 촬영했는데 세은이는 현장통역, 엑스트라 관리, 탤런트통역 등 여러 가지 역할을 담당하며 8개월 동안 더 바쁜 나날을 보냈다. 예전에 한국드라마를 시청할 때는 예사롭게 보았던 아름답고 웅장한 장면들이 기실은 수십 수백 명의 참여와 협력으로 너무나 힘겹게 제작된다는 사실에 그는 놀라움을 금치 못했고 무엇보다 한국 탤런트들과 스태프들의 투철한 프로정신에 큰 감명을 받았다. 십 몇 초짜리의 짧은 한 장면을 위해 수십 번 반복해 찍을 때도 있었고 촬영이 한 장면에서 다른 한 장면으로 옮겨질 때면 스태프들은 뛰어다니며 일을 하는 것이 보통이었다. 그럴 때면 그도 함께 뛰어다녀야 했는데 그에게는 처음 겪는 일이었다. 한국 드라마가 왜 중국에서 그토록 큰 인기를 끌 수 있는지 그는 알 것만 같았다. 시청자들을 사로잡는 감동적인 내용도 내용이겠지만 그것은 바로 이런 제작진들이 헌신적인 프로정신으로 하나하나의 장면들을 제작해 내놓았기 때문이라는 걸 그는 알게 되었다.

드라마 제작 현장에서 세은이는 이처럼 그때까지 경험하지 못했던 고귀한 인생 체험을 하게 되었다. 그리고 역시 그곳에서 그는 좋은 친구를 사귀었는데 태영걸이라고 하는 연변출신의 그 친구는 그가 후에 완구 사업을 하는데 징검다리 역할을 했다.

인생의 귀인은 그렇게 뜻하지 않는 장소와 시간에 나타나는 것 같지만 따지고 보면 그 또한 가만히 앉아 기다리는 사람에게 찾아오는 것이 결코 아니었다.

5

드라마 〈비천무〉의 촬영이 마무리되고 얼마 안지나 세은이는 또 한국 드라마 〈주몽(朱蒙)〉의 촬영에도 참여했다. 다만 〈비천무〉와 달리 〈주몽〉은 대부분 한국 나주에서 촬영되고 중국에서는 일부분만 촬영하게 되었는데 몇 달 만에 일이 끝났다. 지명촬영기지에서 한 두 달 더 머물면서 기회를 찾던 그는 베이징에 다시 돌아가기로 작정했다. 바로 그때 〈비천무〉 촬영이 끝난 후 광주로 간 태영걸 씨한테서 전화가 걸려 왔다.

"동생 당장 광주로 나오라이, 할 일이 생겼소."

세은이는 무슨 일인지 묻지도 않고 무작정 광주행 기차표를 끊고 차에 올랐다. 그때는 지금처럼 고속철이 없어 특급열차를 탔는데도 18시간이나 걸렸다. 광주역에 마중 나온 태영걸 씨가 그를 데리고 간 곳은 광주예시문화전파유한회사(广州锐视文化传播有限公司)였다. 이

회사는 설립된 지 3년밖에 안 됐지만 애니메이션(动漫) 제작과 후속 제품인 완구 개발과 제조 방면에서 두각을 내밀어 업계의 주목을 받는 문화산업회사로 신속하게 성장했다. 태영걸 씨는 이 회사에서 한국과 일본 관련 업무를 담당하고 있었다. 세은이도 태영걸 씨와 같은 부서에 근무하며 애니메이션과 완구라는 이 생소한 산업에 대해 이해하고 관련 업무 지식을 익혀나갔다.

광주에 온 지 2개월 지난 어느 날, 한국에서 손 씨라는 바이어가 예시문화전파회사를 찾아왔는데 세은이는 회사의 통역으로 상담에 참가하게 되었다. 상담을 마치고 손 사장이 세은에게 물었다.

"김 선생, 형땐(橫店)에서 〈비천무〉 촬영할 때 있었지요?"

"네, 사장님께서 어떻게 아세요?"

"사실 나도 〈비천무〉 촬영 현장에 한동안 머물었소. 그때 김 선생이 우리 한국 사람들과 함께 열심히 뛰어다니는걸 보고 인상이 깊었소. 여기 루이쓰(锐视)에 있은지는 얼마 되었소?"

"이제 두 달밖에 안 되었습니다."

"오… 그럼 ─, 여길 떠나 나하고 함께 일해보지 않겠소?"

십여 년 전에 완구 전문 업체를 설립한 손 사장은 주로 한국의 영화나 드라마 그리고 애니메이션의 캐릭터를 모델로 하는 완구 제품을 개발해 제조판매하고 있는데 드라마 〈주몽〉의 후속 제품 개발권도 따냈다는 것이다. 그러면서 그의 회사에서 개발하는 완구제품은 대부분 중국 완구 제조회사에서 위탁 가공한다면서 함께 일할 사람을 찾는 중이라는 것이었다. 그날 저녁 세은이는 손 사장과 밤늦게까지 얘기를 나누며 그의 사업구상을 들었다.

이튿날 세은이는 회사에 사직서를 내고 손 사장과 함께 산두(汕头) 시로 갔다. 2005년 5월이었다. 그때 많은 완구 제조회사들이 광동성 동관시에서 산두시로 이전하면서 산두는 바야흐로 중국의 새로운 완구생산기지로 부상하기 시작했다. 산두시징해구에 사무실을 낸 후 손 사장은 한국으로 돌아가고 세은이는 손 사장이 한국에서 보내오는 주문서를 들고 완구회사를 찾아다니며 위탁 가공 업무를 시작했다.

오더에 따라 가공해서 한국으로 발송, 보기에 간단한 과정인 것 같지만 보통 복잡한 게 아니었다. 완구 하나에는 보통 십여 개 이상 많을 땐 수십 개의 부품이 들어가야 하고 부품의 재질도 여러 가지였다. 그러다 보니 아무리 작은 완구일지라도 부동한 부품의 재질과 가공공예에 따라 원가의 책정이 십여 가지 지어 수십 가지로 나오게 돼 있었다. 가장 합리적인 원가로 최상의 상품을 만들어내도록 하는 것이 위탁가공의 기본적인 요구인데 그것이 절대 쉽지 않았다. 한 가지 제품을 위해 숱한 가공공장을 찾아다녀야 하고 또한 원가와 제품의 품질을 두고 본사에 수도 없이 보고해야 했다.

사실 이런 힘겨움은 얼마든지 견딜 수 있었다. 세은이를 가장 힘들게 하는 것은 외지인에 대한 현지인들의 배척정서였다. 징해구에 완구기지가 형성될 때 가공공장은 거의 모두 산두 현지인들이 장악하고 있었는데 그들은 외지인들에게 바가지를 씌우기가 일쑤였다. 외지인들이 아무리 조주말(潮州话)이라고 하는 현지 토박이 언어를 그럴듯하게 구사해도 그들은 한눈에 알아보았다. 조주말은 민난방언 (闽南语)에서 파생된 방언으로서 민난어와 근사하면서도 자체의 억양과 사투리 색채가 강했던 것이다. 세은이는 조주말을 힘써 익히는 한편 현지인들과 친구부터 사귀는데 주력했다. 두 번, 세 번, 네 번······ 그렇게 만나 마음을 주고받으며 가까워지고 그들 속에 한 걸음 한걸음 다가섰다.

징해구에 완구 설계와 개발 생산 판매를 일체화한 XLS과교문화(科教文化)주식회사가 있는데 2만 평방미터의 공장건물에 현대화한 설비를 갖춘, 산두에서 손꼽히는 완구 전문회사였다. 한국에서 보내오는 오더의 규모로는 이런 큰 회사와 당분간 거래할 수 없었지만 세은이는 이 회사의 왕 회장을 한번 만나보고 싶었다. 그는 무작정 회사에 찾아갔다. 두 번 세 번 찾아가도 헛물을 켠 그는 네 번 만에야 왕 회장을 만날 수 있었다.

왕 회장은 바쁜 일정을 뒤로 하고 세은이와 두 시간 넘게 이야기를 나누었다. 확실한 무역거래건도 없으면서 세 번 네 번 찾아와 자신을 만나겠다는 그의 끈기에 감동되기도 했지만 이 조선족 젊은이에 대한 궁금증에 자기도 그를 만나보고 싶었다고 왕 회장은 웃으면서 말했다.

그날 이후에도 XLS회사와는 단 한 푼의 무역거래도 없었지만 세은이는 왕 회장 사무실의 상객이 되었고 그를 통해 징해구의 실력 있는 사업가들을 만날 수 있었다.

그렇게 십 여 년이라는 세월이 흐르며 세은이는 조산(潮汕)지역 사람들이 조주말로 "가기난(胶己人)"이라고 하는 "자기사람(自己人)"이 되었다.

그동안 손 사장은 한국에 장기거주하며 일 년에 고작 몇 번씩 산두에 오고 중국에서의 업무는 세은이가 모두 처리했다. 손 사장의 완구 회사에서 출시하는 수많은 완구들은 모두 세은이의 손을 거쳐 산두에서 만들어져 컨테이너에 실려 한국으로 운송돼 크고 작은 마트의 완구매장에 진열되었다. 손 사장은 큰돈을 벌었다. 경기도에 땅을 사고 회사 건물을 크게 신축했다. 하지만 중국에서 밤과 낮이 따로 없이 일한 세은이는 여전히 직원으로 월급만 받았다. 처음에 함께 일하자고 제안할 때 언젠가는 그를 사업파트너로 만들겠다는 약속은 까맣게 잊은 듯 했다.

"그렇게 삼사 년 지나고 나니 업무에는 점점 익숙해지고 일도 많이 수월해졌는데, 솔직히 몸과 마음은 오히려 점점 더 고달프고 힘들어지더라고요. 불평과 불만이 늘어나고 그런 것이 스트레스로 쌓이고 쌓이면서 내가 언제까지 이래야 하나, 하고 생각하면 앞이 보이지 않는 거예요. 그래서 더 이상 이런 매정한 사장 밑에서 직원으로 일하지 않겠다, 내일 당장 때려치운다, 하면서도…… 결국은 참고 견뎌냈어요."

그 시절을 회상하며 세은이는 감개무량해 했다.

"세상일이란 그런 거 같아요. 계속 힘들다고 하면 약해질 수밖에 없는데, 그래서 항상 괜찮다, 괜찮다 하면서 자기 자신을 다독이다 보면 힘이 생기고 씩씩해질 수 있더라고요."

세은이는 자신의 능력과 실력부터 키워야겠다고 생각했다. 능력과 실력이 모자라면서 더 큰 대우를 바라는 것은 한낱 환상에 불과하다는 것을 깨달았다. 능력과 실력이 있어야만 언제든지 당당하게 내 갈 길을 갈 수 있을게 아닌가. 내 운명 내 인생은 결국 내 손으로 장악하고 개척해야만 하는 것이다. 세은이는 먼저 제품개발에서부터 포장재에 이르기까지 완구 관련 기술을 배우고 장악하기 시작했다. 가공 회사에 맡겨 위탁가공만 하던 것을 자신이 직접 설계해보기도 했다. 전에는 그처럼 어려워 보이던 것을 하나둘 배우면서 차근차근 자신의 기술력을 키워나갔다.

"지금 되돌아보면, 그때 저가 참고 이겨냈기에 기술을 배울 수 있었고 노하우를 쌓을 수 있었던 것 같아요. 그렇게 내 자부심을 키워갔던 거죠."

세은이의 이야기를 들으면서 나는 부지중 1995년 2월 청도진출 한국업체 조선족들의 삶의 현장을 찾아 취재할 때의 정경을 떠올렸다. 중한수교 이후 2년 반이라는 짧은 시간에 청도에는 410여 개 한국업체가 진출했는데 여기에 근무하는 한국경영인과 관리 인원은 3천5백여 명, 중국 조선족들은 어림잡아 3~4만 명에 달했다. 그때 한국인과 중국 조선족들 간의 갈등과 상호 반목 정서는 매우 심각한 상태였는데 취재하면서 들어보면 이삼십 대 젊은이들이 위주인 조선족들의 가장 큰 불만은 한국회사에서 대우를 너무 낮게 해주고 한국인들이 조선족들의 인격을 존중해주지 않는다는 것이었다. 반면 한국 경영인들의 말을 들어보면 조선족들이 능력도 없으면서 월급만 많이 달라고 하고 툭하면 회사를 떠나버려 유동성이 너무 심해 믿을 수 없다는 것이었다. 이에 조선족들은 또 한국인들이 우릴 보고 성급해 말라, 언제든지 보답해준다고 하는데 그런 빈말만 믿고 5년 10년 안착하고 일할 사람들이 몇이나 되겠는가고 볼멘소리를 했다.

그때 취재를 마치고 나는 〈특별기획 다큐멘터리-우리는 어떤 자세를 가져야 하는가–청도진출 조선족들의 삶의 현장 답사〉라는 프로그램을 제작했었는데 취재기자로서 내가 거듭 강조한 것은 불평과 불만에 앞서 우리는 자신의 능력과 실력부터 키우고 높여야 한다는 것이었다.

세은이가 바로 산두에서 십여 년 전 청도의 동년배들이 겪었던 그런 불만과 고민을 물리치고 참고 감내하며 자신의 능력과 실력을 키웠다.

2014년, 한국회사에서 근무한지 9년째 되던 해 세은이는 조용히 자신의 완구회사 설립에 착수했다. 그때 이미 결혼하고 아들까지 태어나 생활이 안정적이긴 했지만 그럴수록 새로운 도전에 나서야 할 때라고 그는 생각했다. 무엇보다 자신감이 생겼다. 그동안 많은 친구를 사귀고 인맥을 구축했으며 완구 제품 생산과 무역 노하우를 쌓으며 이 분야 전문가로 성장했던 것이다. 아무리 복잡한 구조의 완구일지라도 한번 보기만 하면 완구의 재질이며 원가며 가공공예며 하는 것들을 척척 알아야 맞출 수 있었다.

회사 설립 준비를 거의 다 마친 세은이는 그때 한국에 있던 동생 세룡이에게 전화했다. 세룡이는 두말없이 중국으로 돌아와 형님의 곁으로 왔다.

6

저녁 식사는 "김희(金熹)한국요리"에 마련되었다. 산두 징해구에서는 유일한 한국요리라기에 조선족이 경영하는가 했는데 우리를 반갑게 맞아준 사십 대 초반의 식당 주인은 성이 사(謝)씨인 현지 한족이었다. 잠깐 얘기를 나눠보니 사씨는 20대 초반부터 광동성내 혜주, 심천, 광주를 전전하면서 전문 한국요리 식당에서만 근무했는데 그릇 씻는 일부터 시작해 못해 본 일이 없다고 한다. 처음에는 어깨너머로 한국요리를 배우다가 썩 후에는 한국에서 온 주방장 밑에서 일하며 배우기도 했다. 그렇게 꼬박 20년 동안 한국 요리집에 있으면서 한국 요리전문가로 된 그는 2년 전 고향 징해구에 돌아와 한국요리 식당을 오픈했다는 것이다.

"저가 이 식당이 개업하고부터 이 집의 단골이 되었는데, 이 친구가 손수 만드는 요리에서 고향의 음식 맛을 느낄 수 있어요. 이 고장 토박이 한족이 만든 음식에서 만리 밖의 고향 맛을 느낄 수 있다는 게 참 신기하죠."

세은이가 웃으면서 한 말이다. 조금 후 사씨가 직접 요리해서 올라온 음식을 맛보니 아닌 게 아니라 아주 정통적인 한국요리였다. 특히 수원갈비는 지금껏 내가 먹어본 갈비 가운데서 가장 맛있었던 것 같다.

"이 집 음식도 좋지만, 이 친구 사람이 참 좋아요. 비록 분야는 다르지만 우린 둘 다 한국 관련 직장에서 이 친구는 20년, 저도 거의 10년 일하며 배워서 끝내는 자기 업체를 세웠잖아요. 그래서 그런지 아주 오래전부터 사귀어 온 친구 같은 느낌이 들거든요. 이 친구를 볼 때마다 지난날 나 자신을 보는 거 같고 힘들었지만 보람 있었던 그때를 돌이키며 앞으로 더욱 열심히 살아야겠구나하고 힘을 얻곤 해요."

얘기 나누는 사이 음식이 속속 올라왔다. 그때였다. 애들의 떠들

썩하는 소리와 함께 세은이의 여섯 살짜리와 두 살짜리 아들이 엄마의 손에 이끌려 문을 열고 들어섰다. 두 아이는 방에 낯선 사람이 있는걸 보고는 잠시 멈칫거리더니 이내 아빠에게 매달렸다.

"산두에서 십삼 년 살았는데 고향 사람이 찾아오기는 처음입니다. 이 넓은 중국 땅 남쪽 한끝에서 고향 사람을 만나니 너무 반가워서 저녁에 우리 가족들까지 다 부른 거예요. 세룽이도 회사 일 마무리하는 대로 올 거예요."

단란한 가족 파티에 초대된 나도 무척 기쁜 심정이었다. 자연 술도 꽤 많이 마신 나는 그들 부부의 연애사가 궁금해졌다.

"둘이 어떻게 만난 거예요?"

고향이 안휘성 회남(淮南)이라는 세은이의 아내는 쌍꺼풀 눈매에 어울리게 서글서글한 여자였다.

"저가 완구 가공공장에 출근할 때 완구 제품을 보러온 애 아빠와 처음 만나게 되었어요."

"오, 그럼 세은이가 완구(장난감)를 보러 가서 여자 친구까지 따온 거네요."

"하하하…"

그녀가 하하 웃었다.

"그럼 둘이 첫눈에 반한 거예요?"

"아뇨. 사실 저는 애 아빠가 저를 점찍을 줄 전혀 생각 못했거든요. 한번은 공장에서 무슨 연합모임을 했는데, 애 아빠가 어떻게 알고 왔더라고요. 그날 우리 처녀애들 여럿이서 애 아빠랑 같이 노래방에 갔어요. 그때야 저는 애 아빠가 저를 좋아한다는 걸 눈치챘죠."

"그리고 나서 얼마 만에 세은이 한태 넘어간 거예요?"

"한 달 만에요."

"그렇게 빨리나?"

"네."

이번에 그녀는 손으로 입을 가리고 호호 웃었다.

연애 관계는 일찍 확정했지만 결혼까지 가는 데는 2년 7개월이 걸렸다. 그들의 연애사를 계속 들으려는데 세룡이가 식당에 들어섰다. 그러자 그녀는 대뜸 조선말로 삼촌, 삼촌 하고 가리키면서 작은 애의 등을 떠밀었다.

"어? 조선말을 할 줄 알아요?"

"간단하게 몇 마디요. 집에서 애 아빠가 애들한테 조선말(한국어) 하거든요."

세룡이는 회사 일로 내일 새벽 일찍 일어나야 한다며 술 한 잔 권하고는 곧 떠나갔다. 저녁 열 시가 가까워오는 시간이었다. 세은이 아내도 내일 아침 애가 학교에 가야 한다며 애들을 데리고 떠나갔다. 그제야 세은이는 방금 전 하던 화제를 이어갔다.

"연애하면서 많이 다투기도 했어요. 두 번이나 헤어졌다가 다시 만나고 그랬으니까요. 그렇게 싸우고 헤어지고 화해하고 하면서 2년 반이란 세월이 흘렀죠. 세 번 만에 저가 "야, 살래말래?" 하고 물었더니 살겠다고 대답하더라고요. 그래서 저가 이제부터 우리 절대 싸우지 말자, 하고 다짐했어요. 그리고 나서 결혼 한 거죠."

왜 그렇게 싸웠냐? 하는 나의 물음에 세은이는 서로 사랑하니까 싸웠던 거겠죠, 라고 대답하며 웃었다.

"그렇긴 하지만 그래도 무슨 구체적인 연유가 있었을 거잖아. 무슨 일로 다툴 때가 많았냐, 혹시 음식 습관 같은 게 잘 안 맞아서?"

"아니요. 음식은 애가 완전히 우리 조선족 음식에 습관 됐어요. 된장, 김치 같은 건 물론이고 청국장까지도 엄청나게 좋아해요… 음식 말고 다른 생활 습성 생활 습관에 좀 차이가 있었던 것 같아요."

"그런 게 바로 문화적인 차이라는 거지."

"맞아요. 크게 말하면 문화적인 차이겠죠. 애는 한족이잖아요, 우리 조선족에 대해 잘 모르고 조선족들의 습관에 대해 이해 안 되는 부분이 많았나 봐요. 특히 우리 조선족남자들한테 있는 대남자주의, 애는 그런 게 굉장히 생소했던 거 같아요. 저가 밖에서 친구들하고 술 마실 때가 있잖아요, 애가 전화에서 이젠 그만 돌아오라고 하면 저는 빈말로도 알았다 좀 있다 갈게, 라는 말도 안 해요. 오히려 남자가 밖에서 친구 만나 술 한 잔을 하는데 여자가 무슨 이래라저래라 하는가, 하고 기분이 잡치는 거예요. 그런데 저의 한족 친구들은 아니에요, 여친이나 마누라 전화 한 통이면 찍소리 못하고 달려가거든요…"

세은이의 말에 우리는 한바탕 웃었다. 그 웃음에는 조선족 남자로서의 타민족남자들에 대한 어떤 우월감과 함께 자부심이 묻어있었다. 조선족 남자들의 대남자주의 의식이 발로되는 순간이었다. 그것은 어쩌면 자기도 모르게 몸에 배어들어 침적된 것인지도 모른다. 1960년대 출생인 내가 그렇고 1980년대 출생인 세은이도 그렇다. 2010년대 출생인 세은이의 두 아들은 크면서 어쩌면 한족인 엄마의 영향으로 달라질 수도 있겠지만 심리 기저엔 여전히 그런 것이 계속 침적될지도 모른다.

"지금 생각해보면 아주 사소한 일들이었는데 싸우게 되더라고요. 그때는 그것이 문화적 차이라는 걸 별로 느끼지 못했고 그러다 보니 그런 차이를 서로 이해하고 극복하려는 의지가 부족했던 거죠. 결혼하고 나서야 문득 그런 걸 느끼고 반성하게 되더라고요. 솔직히 그제야 저의 엄마가 당시 왜 집을 나갔는지 이해하게도 되고요… 그래서 결혼 후에는 우리 거의 싸운 적이 없어요."

결혼 이듬해인 2012년 큰아들이 태어났다. 큰애가 한돌 지난 후 세은이는 둘째를 갖고 싶었다. 그런데 아내가 말을 듣지 않았다. 자기는 하나만 잘 키워도 만족이라는 것이었다.

"여기 산두에 친척 하나 없는데다 알고 지내는 조선족들도 거의 없어 너무나 외로웠거든요. 그래서 내 아들한테는 친형제라도 하나 있어서 형제의 정을 안고 자라면서 그런 외로움을 조금이라도 덜게 하고 싶었거든요."

아내를 설득하는 데 4년이 걸렸다. 그렇게 둘째 아들이 태어났다.

"큰 놈은 동생이 한두 살 때는 자기도 어려서 그런지 동생과 잘 싸우던 게 좀 더 크니까 둘이 싸우지도 않고 잘 놀아요. 두 형제가 오손도손 노는걸 보면 저의 어린 시절이 떠오르곤 해요. 나와 세룡이도 그렇게 잘 놀았거든요. 그럴 때면 가족의 소중함을 새삼 느끼게 돼요. 그리고 아 나도 이젠 두 아들의 아빠구나, 하고 가장으로서 책임감도 새롭게 확인하기도 하죠."

세은이의 말을 들으며 나는 부지중 그의 아버지 준식 씨를 떠올렸다. 두 아들이 초중을 중퇴하고 아직은 십 대 소년인 나이에 사회에 나갈 때 그의 심정은 어떠했을까, 하는 물음이 생겼다. 필경 그 시절 서광촌에서는 자식들의 공부 뒷바라지를 위해 갖은 애를 쓰는 것이 부모들의 당연한 책임으로 간주하였기 때문이다.

"그리고 또 있죠, 내가 이젠 두 아들의 아빠이구나, 하고 생각할 때면 저도 몰래 역시 두 아들의 아빠인 저의 아버지를 떠올리게 돼요."

세은이가 마치 나의 마음을 꿰뚫어 보기라도 한 듯 자기 아버지 얘기를 꺼냈다.

"저는 우리 아버지를 원망하지 않아요. 부모가 아무리 못나도 나를 이 세상에 오게 했잖아요. 아버지니까, 한마디로 아버지가 없었으면 나도 없고, 이것이 결국 내 삶의 발단이고 근본이잖아요. 그걸 잃어버리면 안 되죠. 근본을 잃고 나면 사업이 아무리 번창해도 일순간에 무너질 수도 있을 거예요."

나는 잔을 들어 세은이와 한번 부딪치고 굽을 냈다. 세은이도 굽을 내더니 말을 이어갔다.

"집집마다 다 사연이 있잖아요. 아버지가 워낙 상처를 크게 받아서 모든 걸 술로 풀고 술과 해보다 나니 신체가 망가진 것 같아요. 저는 저대로 하루빨리 가난에서 벗어나고 집에 조금이라도 보태야겠다는 마음으로부터 시작해서 지금까지 온 거죠. 세룡이도 그런 생각을 했던 것 같아요. 그런데 세룡인 한국에 가서 엄청 고생을 했어요. 그걸 생각하면 항상 마음이 아파요…."

시계를 보니 어느덧 새벽 한 시 반이였다. 이젠 그만 마시고 일어나자고 하니 세은이가 맥주 한 병씩만 더하자고 했다.

"이젠 우리 두 형제 모두 여기에 자리를 잡았잖아요. 그래서 아버지를 모셔 오려고 했는데 아버지께서 서광에서 계속 사시겠대요. 그게 더 편하다면서. 사실 저가 결혼 전부터 아버지를 여기에 몇 번이나 모셔왔었어요. 건데 한두 달 지내고는 갑갑해서 안 되겠다며 기어이 고향으로 돌아가시는 거예요. 그러다 지난해 아버지께서 전화에서 서광에 있는 집을 팔면 안 되겠냐고 하는 거예요. 왜 그러시냐고 하니까 촌의 지서가 우리 집터를 사서 양로원을 차리겠다며 집을 팔라고 한대요. 그래서 저가 절대 팔면 안 된다고 했어요. 그 집은 우리의 뿌리와 같은 건데, 아무리 돈을 많이 준다고 해도 팔면 안 된다고 그랬죠. 우리 두 형제가 어릴 적부터 부모님과 함께 한 기억이 남아 있잖아요. 이후에 아버지께서 안 계시더라도 그 집과 우리한테 속하는 땅은 그대로 계속 둘 거예요. 그것마저 없다면 고향 떠나 멀리 외지에 있는 우리는 뿌리가 없는 존재나 마찬가지잖아요."

우리는 새벽 두 시가 넘어서야 식당을 나왔다. 세은이는 택시를 불러 나를 호텔까지 바래다주고 집으로 갔다.

7

호텔에서 늦은 아침을 먹고 세은이의 차에 앉아 회사에 가니 세룡이가 사무실에서 기다리고 있었다.

"저가 집을 떠날 때 열일곱 살이었는데 그래도 형이 집을 떠날 때보다는 두 살 많았어요."

세룡이가 한국에 나갈 때 일을 회상하며 한 말이다. 2002년 한일 월드컵 직전이었는데 막내삼촌이 수속을 해준 덕분에 돈 안 쓰고 한국에 갈 수 있었다. 한국 수속비용이 인민폐 칠팔만 위안 하던 때였다. 한국에 간 세룡이는 이미 한국에 나가 있는 큰아버지의 소개로 큰아버지 친구가 반장으로 있는 건축 현장에 갔다. 세룡이를 본 일군들은 모두들 이렇게 어리고 약한 네가 노가다 판에서 무슨 일을 할 수 있겠냐며 돌아가라고 했다. 말이 열 일 곱살이지 그때 그는 체중이 오십 킬로그램도 안 되는 애송이 소년이었다.

그래도 그는 떠나지 않았다. 대부분 아버지뻘의 조선족들인 일군들은 그에게 될수록 쉬운 일을 시키려고 했지만 아무리 쉬운 일도 그에게는 너무나 힘겨운 체력 노동이었다.

그는 이를 악물고 견지했다. 하루 이틀… 닷새 엿새… 보름 스무날… 일에 조금씩 요령이 생기는 듯했지만 힘들기는 여전했다. 너무 힘들고 지쳐 시도 때도 없이 코피가 쏟아지기도 했다. 그렇게 한 달 지난 어느 날, 그동안 딱 한 번 본 적 있는 현장소장이 그를 불렀다.

"널 보니 너무 애처로워 안 되겠다. 내가 회사에다 소개해 줄 테니 거기서 기숙사 생활하며 다니거라. 너에게 무슨 피치 못할 사정이 있겠지만 그래도 그렇지, 아직 뼈도 안 굳은 애가 노가다 판이라니… 다신 이런 곳에 얼씬하지도 마라."

세룡이가 소개받아 간 곳은 지게차 부품을 만드는 전자 회사였다. 한국에서 회사라고 하는 곳은 거의가 공장이었다. 더 이상 땡볕 아래서 온몸이 땀벌창이 돼 뛰어다니지 않아도 되고 위험하지도 않았으며 일도 아주 수월했다. 그런데 하루 열 몇 시간 생산라인에서 기계처럼 일해야 했다. 똑같은 동작을 열 몇 시간 반복하는 노동은 공사판에서처럼 뼈힘이 들지 않을 뿐이지 그에게는 공사판 못지않은 또 다른 고역이었다.

아무리 고역일지라도 그는 참고 견뎌야 했다. 그에게는 다른 선택의 여지가 없었다. 그런 그에게 돌아온 보상은 돈, 돈이었다. 그에게 무슨 낙이라도 있다면 역시 돈, 돈밖에 없는 듯했다. 중국이든 한국이든 십 대 소년이라면 으레 밝은 교실에 앉아 공부하고 넓은 운동장에서 볼을 차야 하는데 현실은 그를 돈을 벌기 위해 꼼짝달싹 못하는 기계로 전락시켰다. 그는 버는 돈을 일전 한 푼 허투루 쓰지 않고 모아두었다가 꼬박꼬박 집으로 보냈다.

일 년, 이 년, 삼 년이란 시간이 흘러갔다. 그동안 키도 훌쩍 컸고 뼈마디도 굵어졌다. 월급과 상여금에서 자신을 위해 쓰는 돈의 액수도 조금씩 늘어가며 세상을 보는 눈도 조금씩 높아지기 시작했다.

돈을 위한 기계로 전락하였다가 자기 삶을 위한 인간으로 돌아오는 길에 들어선 것이다.

바로 그 무렵 뜻밖의 사고가 발생했다. 처음 들어간 전자 회사에서 나와 돈을 더 많이 벌 수 있는 회사로 몇 번 옮겨 다니다가 벽돌공장에 들어갔을 때였다. 한국의 벽돌은 중국에서처럼 흙으로 굽어내는 것이 아니라 시멘트를 다른 원료와 반죽해서 기계로 압축해내는 시멘트 벽돌이었다. 일은 전자회사 같은 데 비하면 많이 힘들고 위험하기도 하지만 그만큼 월급이 다른 회사보다 높았다. 거기서 일한 지 일 년이 거의 돼오는 어느 날 그와 함께 벽돌을 찍어내던 사장이 기계에 깔려버렸다. 기계에 고장이 생겼던 것이다. 방금 전까지만 해도 자기가 서 있던 바로 그 자리에서 눈 깜짝할 사이에 사장이 봉변을 당하는 것을 목격한 세룡이는 너무 놀라 소리도 지를 수 없었다. 그는 정신을 차리고 전기 스위치부터 내리고는 죽을힘을 다해 사장을 기계에서 빼냈다. 그러고는 사장을 업고 부근 병원으로 호송했다.

공장은 가동을 멈추었고 세룡이는 두 달 밀린 월급도 못 받은 채 공장을 떠났다. 불과 몇 초 사이에 자신이 병신 될 뻔한 사고를 면했다고 생각하면 다행이라기보다 끔찍하고 무섭게만 느껴졌다. 그는 자신이 한국에 나온 후 보낸 나날들을 뒤돌아보았다. 이른바 "3D 업종"이라고 하는 힘들고 더럽고 위험한 곳에서 돈 버는 기계처럼 일해 왔지만 따져보니 벌어놓은 돈은 몇 푼 되지도 않았다. 첫 몇 년은 그나마 집에 꼬박꼬박 부쳐 보냈지만 후에는 한국 생활에 적응하고 물젖으면서 소비가 높아지며 남는 게 별로 없었다. 무엇보다 그동안 뼈대만 굵어졌지 배움이라는 건 거의 없었다. 배운 게 없으니 미래도 없었다. 아직 새파랗게 젊은 나이에 미래는 없고 이런 곳에서 한뉘 전전긍긍하며 살아야 한다고 생각하니 그는 눈앞이 캄캄했다.

안 된다, 계속 이렇게 살수는 없다! 앞날에 대한 설계라고는 눈 꼼만치도 없이 다달이 벌어 다달이 써버리는 하루살이 같은 생활에서 하루빨리 벗어나야 한다!

세은이는 돈을 적게 받더라도 기술을 배우고 장악할 수 있는 회사를 찾아다녔다.

살기 위해 사는 생각 없는 인간으로부터 꿈을 갖고 사는 인간이 되는 길에 들어선 것이다.

그러나 기술을 배울 수 있는 회사에 취직한다는 것이 결코 쉬운 일이 아니었다. 그래도 그는 끈질기게 찾아다녔다. 수개월 혹은 반년 넘게 근무하며 자기 생각처럼 기술을 배울 수 있는 회사가 아니라는 판단이 서면 곧바로 사직하고 떠나 새 회사를 찾았다. 그렇게 자리 잡은 곳이 컴퓨터 하드 디스크 프로그램을 개발하고 만들어내는 전자 회사였다. 컴퓨터에 관심이 많던 그의 적성에 맞는 일이었다. 자신이 좋아하고 하고 싶었던 일을 하며 열심히 배우고 익혀 몇 년 후그는 에이에스(A/S 售后服务) 파견근무를 할 수 있는 기술자로 되었다.

2012년, 세룡이는 중국 심천으로 출장 왔다. 동관에 있는 하드 디스크 제조업체에 수출한 제품의 에이에스를 위해서였다. 출장업무가 거의 마무리될 무렵 중국업체의 사장이 고급음식점에서 세룡이를 대접하고는 그에게 이런 제안을 했다.

"김 선생한테 한국에서 받는 만큼 노임을 드리고 오피스텔과 자가용까지 제공할 테니 우리 회사에는 남는 게 어떻겠소? 우리 회사에서 기술도 더 배우고 익히면서 말이요."

세룡이에게는 뜻밖의 제안이었다. 하지만 그때까지 한국을 떠날 생각을 하지 않고 있던 그는 사장의 호의를 완곡하게 사절했다.

하지만 한국에 돌아온 세룡이는 마음의 평정을 잃었다. 벽돌공장 사고에서 충격을 받은 후 기술을 배워야겠다고 다짐하고 여러 회사를 돌다가 현재의 전자 회사에서 자리 잡고 오랫동안 근무하며 기술인력으로 인정받고 있지만 곰곰이 생각해보면 내가 100%로 장악했다고 자부할만한 기술은 없었다. 자기 혼자서 무엇인가 개발할 수 있는 능력은 더구나 없었다. 전문지식이 결핍한 그로서 결코 뛰어넘을 수 없는 한계가 엄연히 존재한다는 사실을 그는 절실하게 느꼈다.

그러나 그는 결코 낙담하지 않았다. 현재 하는 일에 열중하며 뭔가 새로운 기회를 찾기로 했다. 그렇게 또 2년이라는 시간이 흘러갔을 때 형으로부터 산두에 와서 함께 회사를 세우고 일해보자는 전화가 왔다.

"형이 부르니까 무조건 달려왔어요. 하지만 솔직히 내가 와서 잘 해낼 수 있을까 걱정이 앞서기도 했어요. 그때 저는 형이 하는 일에 대해서 백지 상태였으니까요. 그래도 중국에 돌아오면 내 인생에 뭔가 변화가 있을 거라는 기대감이 더 컸고 무엇보다 형 곁에 있을 수 있다는 게 더 좋더라고요."

2014년 6월, 김세은 김세룡 두 형제가 창립멤버인 산두성우무역회사(汕头诚宇贸易公司)가 마침내 고고성을 울렸다. 자체의 완구 제품을 개발하고 설계와 제작 무역을 일체화한 완구 전문 회사였다. 이듬해 그들은 사업의 수요로 산두성진무역회사(诚进贸易公司)를 하나 더 설립했다. 회사를 설립하기 바쁘게 한국 바이어들이 찾아왔다. 산두에 십여 년 있으면서 완구라는 한 우물만 파온 세은이의 사업 능력과 인품이 그들의 인정을 받았던 것이다. 현재 그들 회사와 튼튼한 합작 관계를 맺고 있는 한국 바이어는 칠팔 명에 달한다. 회사의 년간 무역액은 개업 이듬해에 천만 위안을 넘어섰다.

2016년, 그들은 징해구 번화가에 한국 완구와 화장품을 전문 도소매하는 매점(实体店)을 오픈했다.

2017년부터 그들은 알리바바와 토우보우(淘宝)에 온라인 완구 매점을 설립하고 본격적으로 국내 내수시장 개척에 나섰다.

"내수시장은 동생이 해보겠다고 해서 시작한 거예요. 내수시장이 훨씬 크다는 걸 모르는바 아니지만 솔직히 전에는 그런 엄두를 못냈거든요. 그런데 동생이 시장조사를 하고 구체적인 기획까지 만든 걸 보고 신심이 생기더라고요."

그들은 디자인에서부터 금형에 이르기까지 과감하게 투자해 자신만의 제품을 만들어 내수시장 공략에 나섰다.

"우리 회사 실적 가운데서 내수시장의 비중이 큰 상승 폭으로 늘어나고 있어요. 이처럼 내수시장으로 실력을 키워 조만간 우리만의 브랜드를 창출해서 해외시장을 개척할 거예요. 전에 한국에 출장 갈 때마다 대형 마트 완구매장에서 저희가 제작한 완구를 볼 때면 가슴이 뿌듯해지곤 했어요. 그런데 그런 완구들은 대부분 한국 바이어들이 제공한 캐릭터들이거든요. 언젠가 꼭 우리 자신의 브랜드나 캐릭터로 제작된 완구를 해외 완구매장에 버젓이 진열하게 할 겁니다."

세은이가 자신감에 넘쳐 한 말이다.

불운한 가정환경에서 자라났지만, 자신의 끈질긴 노력과 분투로 성공의 나래를 펼친 김세은 김세룡, 그들에게 그것은 결코 허황한 꿈이 아닐 것이다.

사회적 통념에 반기를 들고

류호림 (산동성 청도)

1

2018년 3월 12일, 청도 성양구 중성로(中城路)332번지에 위치한 청도오우썬(青岛奥森)광고유한회사 2층 사무실에서 류호림 사장과 얘기를 나누던 중 그가 중학교 때부터 장차 사업가가 되겠다는 꿈을 품고 일찌감치 대학입시를 포기했다는 말을 듣고 나는 이 친구가 참 괴짜구나, 하는 생각이 들었다. 서광촌 사람들을 취재하면서 초중이나 고중을 중퇴한 70 후, 80 후 젊은이들을 더러 만났는데 그들은 모두 가정형편이 어렵거나 공부에 취미를 잃었거나 하는 이유로 학업을 포기했던 것이다. 그런데 류호림은 중학생이라면 되 든 안 되든 대학시험을 치러야 한다는 사회적 통념에 반기를 들고 고중까지 마치면서 그전부터 자기가 하고 싶은 일을 했다.

류(柳)씨 가족은 1970년에 서광촌으로 이주해왔다. 류호림의 할아버지 류재관은 고향이 조선 함경북도인데 1949년에 흑룡강성 계동현 계림향으로 솔가 이주해 16년 살다가 문화대혁명 직전에 연수현 리가점이란 곳에서 5년 살고 다시 서광으로 이사해 왔다. 20년이 지난 1990년 류호림의 큰삼촌 류승빈 씨가 서광촌 촌민위원회 주임으로 당선 되었는데 1996년부터는 서광촌당지부 서기로 2020년까지 사업을 했다. 서광촌 80여 년 역사에서 촌의 주요 간부로 가장 오래 사업한 기록을 남긴 것이다. 류호림의 부친 류문빈은 마을에서 조용하고 평범한 촌민으로서 1995년에 한국에 갔다가 1997년에 돌아와서 줄곧 마을에 있으면서 2016년부터 2017년까지 잠깐 서광촌 노인협회 회장직을 맡았었다.

1983년생인 류호림은 어려서부터 목수인 아버지의 영향을 받아제 혼자 뚝딱거리며 뭘 만들기를 좋아했다. 장난감이라고는 별로 찾아볼 수 없었던 시골에서 친구들은 어쩌다 생긴 장난감이 고장 나기라도 하면 호림이를 찾아왔는데 그는 이리저리 뜯어보고 연구하고는 고쳐주었다.

그는 항상 무엇 때문일까, 생각하고 연구하기를 즐겼다. 그의 연구 대상은 점차 장난감과 같은 무 생명의 물건들뿐만 아니라 마당을 헤집으며 모이를 쫓는 닭과 오리들 그리고 뜨락에서 무럭무럭 자라는 채소와 같은 동식물들에까지 확장되었다.

마을에 있는 방정현조선족중학교에 다니던 때였다. 어느 날 큰삼촌을 찾아간 호림이는 촌지도부사무실 책상에 쌓여있는 신문과 잡지들을 뒤져보다가 〈시장정보신문(市場信息报)〉에 실린 특종 경제 동물 사양업에 대한 기사에 대뜸 끌려들었다. 기사를 다 읽고 나서 신문의 다른 한 면을 보니 사양업과 기타 재배업에 관한 시장정보도 많이 실려 있었다. 촌사무실을 나온 호림이는 그 길로 향우전소(乡邮电所)에 가서 〈시장정보신문〉과 〈농민들의 벗(农民之友)〉이라는 잡지를 주문했다. 그는 신문과 잡지에 실린 기사와 경제정보들을 하나도 빠트리지 않고 자세하게 읽어보며 어느 항목이 경제성이 더 높고 어느 항목이 시장성이 더 밝은가 하는 것들을 비교하고 정리해서 수첩에 적어 넣었다. 그러면서 점차 신문과 잡지에 실린 내용으로는 타당성을 연구하기엔 부족하다는 걸 느낀 그는 학교 도서실에 가서 관련 서적을 뒤지기도 하고 현성에 있는 신화서점에 가서 책을 사 오기도 했다.

호림이는 점점 깊이 빠져들었다. 그는 자신에게 경제적인 밑천이 없어 이런 저런 사양업이나 장사를 실천할 수 없는 것이 안타까웠다. 그렇다고 당장 학교를 그만두고 사회에 나가 돈을 벌어 장사를 시작하기엔 아직 어린 나이라고 생각되었다.

"그래도 고중까지는 졸업해야 하지 않을까. 그래 맞아, 고중졸업장만 있으면 된다. 장사를 하는데 꼭 대학교를 졸업해야 하는건 아니지 않는가."

이렇게 그는 초중 때 일찌감치 자신의 미래를 설계했다. 그때 그의 또래 애들을 보면 대부분 열심히 공부해서 대학교에 가는 것이 꿈이었다. 대학교를 졸업하고 무엇을 하겠다는 뚜렷한 목표가 없이 막연하게 대학교 진학 그 자체가 바로 꿈이자 목표였다. 호림이는 그러나 무조건 대학교에 가야하고 그래야만 출세할 수 있다는 부모 세대들의 생각에서 벗어나 있었던 것이다.

2000년 9월, 호림이는 상지조선족중학교 고중부에 입학했다. 상지조중은 그때 전성 조선족고중 가운데서 대학 진학률이 가장 높은 학교로 소문내고 있었는데 연속 몇 년간 청화대와 북경대 입학생을 배출했고 흑룡강성 문과수석까지 나왔었다. 그러다보니 전성 각지에서 공부 잘하는 학생들이 많이 몰려들었고 공부 열의가 대단했다. 하지만 초중 때 이미 대학교 진학을 포기했던 호림이는 그런 분위기와 거리가 멀었다. 대부분 학생들처럼 코피 쏟으며 공부하지 않아도 되는 그는 마음이 홀가분하기는 했지만 한편으로는 동창들과 선생님들로부터 소외되기라도 한 듯 울적하고 고독한 마음을 금할 수 없었다.

"이제부터라도 공부에 열중해 대학입시에 참가하면 전문대라도 갈 수 있지 않을까?"

호림이는 가끔 이런 생각을 해보기도 했지만 초중 때 기초를 잘 닦지 않았던지라 그것은 매우 어려운 일이라는 걸 그는 통감해야 했다.

"나의 꿈은 기업가가 되는 것인데 꼭 대학교를 졸업해야 하는 건 아니지 않는가."

호림이는 또다시 자신에게 이런 물음을 던졌다.

"대학을 다니지 못한 사람들 가운데도 성공한 사람이 많지 않는가. 관건은 뚜렷한 인생 목표가 있느냐 없느냐에 달려있다."

이렇게 생각하니 호림이는 미래에 대한 자신감이 생겼다. 남들이 보기에 그것은 어쩌면 공부를 못해서 대학에 붙지 못하는 애들의 자아위안이나 자아기편 같을 수도 있겠지만 호림에게 그것은 엄연히 자신의 운명은 자신이 주재하겠다는 주인공적인 삶의 자세와 다름없었다.

호림이는 수업 시간에 집중하고 숙제도 제때 완성하는 한편 초중 때와 마찬가지로 경제와 시장정보 관련 잡지와 서적들을 사서 읽고 연구했다. 그런 그를 참 별난 애라며 이상한 눈길로 쳐다보는 애들도 있었지만 그는 아랑곳하지 않았다. 경제와 경영관리 관련 도서를 탐독하는 그의 열정은 어려운 수학 문제를 풀기 위해 골몰하는 동창들의 열의에 조금도 뒤지지 않았다.

2001년 겨울, 고중 2학년생이 된 호림이는 큰삼촌을 찾아가 함께 쌀장사를 해보자고 제안했다. 호북성 안륙시(安陆市)라는 곳에서 동북입쌀을 급히 수요 한다는 정보를 얻고 이미 연락을 취했다며 대형 화물차를 대여해서 운수해가면 돈을 벌 수 있다고 했다. 그는 방정현의 입쌀 구매가격과 안륙시의 입쌀 도착가격 그리고 운송비와 기타 비용까지 상세하게 계산해서 삼촌한테 보였다. 설령 돈을 별로 벌지 못하더라도 밑질 염려는 전혀 없다고 자신 있게 얘기했다. 삼촌은 호림이를 믿고 그와 함께 쌀장사를 해보기로 했다. 그들은 대형 화물차 2대에 9만 근 입쌀을 싣고 3박4일만에 안륙시에 도착해 사전에 계약을 맺은 양식판매회사에 넘겼는데 만여 위안 수입했다.

2003년 년 초, 졸업을 앞둔 호림이는 연료봉(燃料棒)에 관해 관심을 가지고 자료를 수집하고 연구하기 시작했다. 연료봉이란 등겨(稻壳)와 톱밥 같은 것을 원료로 만들어낸 일종의 연료이다. 처음에 호림이의 착안점은 농촌에 흔한 등겨를 압축해서 연료로 만들어 석탄을 대체할 수 없겠는가 하는 것이었다. 그는 자신이 찾아볼 수 있는 모든 잡지와 신문들에 연료봉에 관한 자료나 소식이 없는지 자세하게 살펴보았다. 마침내 심양 어느 곳에서 연료봉을 만드는 설비를 제작한다는 정보를 얻은 그는 곧바로 찾아갔다. 그곳에 가보니 그 설비는 톱밥을 원료로 연료봉을 만들어내는데 한 대 가격이 십여만 위안이었다. 공장 측에 알아보니 흑룡강성 치치할시의 어느 대형 곡물창고(糧庫)에서 설비를 한 대 사간 것이었다. 이번에 그는 아버지를 설득해 함께 치치할에 찾아갔다. 가능하다면 설비를 한 대 사서 연료봉을 제작해 먼저 상지 조중에 제공할 생각이었다. 그때 석탄은 톤당 180위안 좌우였는데 연료봉을 톤당 120위안에 판매한다고 하더라도 수지가 맞을 것 같았다. 치치할에 가보니 과연 등겨를 주요 원료로 연료봉을 만들어내고 있었다. 연료봉의 장점은 오염이 없어 환경보호에 좋지만 연소 후에 나오는 많은 양의 재를 처리하기 어려운 단점도 있었다. 그리고 치치할에 가서 보고나서야 호림이는 연료봉설비가 기술적으로 아직 성숙되지 않았다는 걸 알게 되었다. 여러 면으로 검토한 결과 호림이는 연료봉가공기업을 세우려던 계획을 포기하고 말았다. 2010년에 호림이는 청도에서 비교적 성숙된 연료봉설비를 제작해 판매하는 광고를 보았는데 그것은 그가 연료봉에 관심을 가지고 연구한지 7년 후의 일이었다.

고중 졸업 후 서광촌에 돌아온 호림이는 특종경제동물 사양에 관심을 가지고 연구하기 시작했다. 처음에 그는 멧돼지(野猪) 사양에 대한 정보를 수집하고 사양기술을 공부하면서 국내 양돈시장을 연구하고 멧돼지고기의 시장성을 검토했다. 그렇게 한동안 연구하고 검토한 결과 그는 멧돼지 사양은 비교적 큰 투자에 비해 경제수익은 미미할 것이며 그래서 시기상조라는 결론을 내렸다. 생활수준이 크게 향상되지 않은 상황에서 대다수 소비자는 돼지고기보다 아주 비싼 멧돼지고기를 사 먹지 않을 것이기 때문이다.

호림이는 이어서 여우 사양에 관심을 가지고 연구하기 시작했다. 그는 방정현성에서 백여 리 떨어진 방정현의 세 번째로 큰 조선족마을인 따뤄미진(大罗密镇) 홍광촌에 사는 이모부를 찾아갔다. 홍광촌은 장광재령 깊은 산골에 위치한 벽촌으로서 경제 동물 사양에 비교적 적합한 고장이었다. 농외 산업에 관심을 갖고 있는 이모부는 호림이의 소개를 듣고 나서 함께 여우 사양에 대해 연구하고 검토했다. 그때 당시 여우 가죽 한 장에 300위안 정도 했는데 여러모로 검토한 결과 경제수익이 비교적 높고 판로도 문제없어 해볼 만 하다는 결론을 내렸다. 그런데 그때 시기적으로 맞지 않았다. 여우 양종은 보통 12월에 나오고 그 전에 예약을 해야 하는데 예약 시기가 지났던 것이다.

2

2004년 3월, 호림이는 청도로 갔다. 청도에 그의 누나가 있었던 것이다. 그는 청도에서 돈도 좀 벌고 공부도 한 후 겨울에 방정에 돌아가서 이모부와 함께 여우 사양업을 벌일 타산이었다. 그는 친지의 소개로 상지시 출신의 조선족이 경영하는 인쇄공장에 들어갔다. 다섯 명 직원에 노동자가 이 삼십 명 되는 보통 규모의 인쇄회사였다. 그런데 그 인쇄회사가 그의 인생을 확 바꿔놓을 줄 그는 생각지도 못했다.

인쇄를 하면서 보니까 한두 시간 만에 몇 천 위안 몇 만 위안 돈이 오가고 벌 수 있었던 것이다. 그에 비해 자신이 그동안 연구해온 경제 동물 사양은 돈을 버는 주기가 너무나 길었다. 여우 사양을 보더라도 주기가 꼬박 1년이었다. 한두 시간과 1년, 전혀 비교가 안 되는 속도라고 할 수 있었다.

"아, 이곳이야말로 내가 중학교 때부터 품어온 사업가의 꿈을 이룩할 수 있는 곳이 아닌가!"

호림이는 쿵쿵 높뛰는 가슴을 주체할 수 없었다. 청춘의 피도 막 끓어오르는 것 같았다. 그는 고향에 돌아가는 것을 포기했다. 아름다운 해변 도시 청도에서 청춘의 새 꿈을 한껏 펼쳐보기로 했다. 청도의 환경과 기후도 그의 마음에 들었다. 고향을 떠나올 때 들판에는 아직 하얀 눈이 그대로 뒤덮여 있었는데 이곳에 오니 거리 곳곳에 이름 모를 꽃나무들이 망울이 지고 가끔 활짝 피어난 꽃나무도 볼 수 있었다. 무덕무덕 노랗게 피어난 개나리와 이제 막 빨간 망울을 터뜨리는 동백꽃 그리고 잎은 없이 아기들 주먹만 한 꽃망울을 잔뜩 하늘 향해 쳐들고 있는 자목련… 그는 처음 보는 이런 꽃나무들이 신기하기만 했다. 그의 마음을 가장 끌리게 하는 건 활기가 넘치는 청도의 비지니스 분위기였다. 한국 기업이 대거 진출하면서 젊은이들을 위주로 수많은 조선족들이 청도로 밀려들었고 조선족 상공 업체들도 빠른 속도로 일떠서고 있었다.

호림이는 그러나 결코 들뜨지 않았다. 더욱이 날아가는 돈을 잡겠다고 설치지 않았다. 먼저 착실하게 일하며 배워야겠다고 생각했다. 어려서부터 뭘 만들기를 좋아했던 그는 천성적으로 기계에 대한 친화력이 있는 것 같았다. 며칠 만에 인쇄 기계를 익숙하게 다루었고 종류와 가격이 다양한 인쇄종이에 대해서도 빠르게 파악했다. 얼마 안지나 그는 혼자서 두세 사람 몫의 일을 거뜬하게 해낼 수 있었다. 후에는 사장님이 그에게 회사의 주요 업무를 다 맡겨 처리하게 하는 정도에 이르렀다. 회사는 상대적으로 고정된 고객을 확보하고 있었고 그 가운데 상당수가 대외무역 기업들이었는데 이런 기업들과 접촉하면서 그는 기업홍보와 경영관리에 대해 많은 것을 배울 수 있었다.

호림이는 인쇄회사에서 1년 반 근무했다. 그동안 그는 일반인들이 삼사 년 걸려서 터득할 수 있는 기술과 업무에 숙달하고 인쇄와 기업홍보의 베테랑이 되었다. 아무리 복잡하게 설계하고 제작된 팸플릿이라도 그는 한눈에 원가를 척척 알아맞힐 수 있었다. 그뿐만 아니었다. 그동안 그는 시장개척을 비롯해 회사 경영에서 필요한 가장 기본적인 것들을 터득하고 장악했다.

인쇄회사에서 사직하고 나온 호림이는 복장회사와 광고회사에서 1년 넘게 근무했다. 무역과 광고 관련 업무를 한결 숙달하고 실천하며 자신의 창업을 위한 준비에 착수한 것이다.

2007년 5월, 호림이는 청도 성양구 번화가에 사무실을 임대해 청도창카이(创凯)광고회사를 설립했다. 기업의 팸플릿 설계와 제작을 위주로 생산가공업체와 수출회사들의 포장 박스와 전단지도 설계하고 제작했다. 일감이 끊임없이 들어오며 십여 명 직원을 거느리고 매일 야근까지 하며 바쁘게 보내야 했다.

그해 10월, 호림이는 〈CK 공예품〉이라는 공예품전문 광고잡지를 창간했다. CK는 그의 광고회사 创凯의 한자 병음에서 따온 것이었다. 그때 청도에는 무려 2000여 개 공예품회사가 있었는데 공예품잡지라고는 베이징에서 발행되는 전국성적인 잡지가 하나 있고 청도에서 발행되는 지역성적인 잡지는 없었다. 호림이는 여기에서 상업기회를 포착하고 청도에 있는 공예품회사를 상대로 기업홍보와 제품광고를 제공하는 광고지를 창간한 것인데 공예품가공회사들 특히는 부품회사들의 환영을 받았다.

2009년, 호림이는 광고회사의 명칭을 현재의 청도오우썬(青岛奥森)광고유한회사로 고치고 새롭게 등록했다. 이로서 개체회사에 불과했던 그의 회사가 법인회사로 거듭난 것이다. 그해 그의 광고회사는 창업 2년 만에 200만 위안 매출액을 올렸는데 이윤 액이 160여만 위안에 달했다. 광고회사 이윤이 80%이상 초과하던 시기였다.

2012년12월, 호림이는 청도 청양시내 번화가에 2층으로 된 200여 평방 상가를 사서 신래사무용품상점(信来办公用品店)을 개업했다. 그리고 광고회사 사무실도 상가 1층으로 이전했다. 단순 광고회사로부터 사업실체를 소유한 사업가로 변신한 것이다.

2013년 새해가 시작되면서 호림이는 새로운 창업에 착수했다. 광고회사와 사무용품상점은 정상적으로 운영되고 있었기에 그는 새로운 분야로 도전해보고 싶었던 것이다. 2개월 동안의 준비를 거쳐 그는 20여 명 직원들로 구성된 대오를 만들어 "아이훠이쟈(爱汇佳)"라는 상호로 인터넷미식플랫폼(互联网美食平台)을 출범시켰다. 그때까지 사람들에게 전혀 생소한 새로운 형태의 식당소비방식으로서 "백프로 현금당첨복권(百分百中奖--刮现卡)"이라는 것이었다. 식당에 간 손님들은 식사 후 식사요금에 따라 식당에서 무료로 제공하는 복권을 긁어서 최저 1위안 최고 25위안의 현금을 당첨할 수 있었는데 식당에서는 손님을 끄는 수단으로 사용할 수 있었다. 호림이는 2015

년 3월까지 플랫폼에 300여 만 위안을 투입해 청도 시내 200여 개 식당에다 "아이훠이쟈"복권을 풀었다. 하지만 그의 이번 창업은 예기의 목적에 도달하지 못했다. 운영 과정에서 나타난 일부 세부적인 문제를 원만하게 해결하지 못했고 지속적인 자금 투입과 적시적인 플랫폼 업그레이드(平台升级)를 따라 세우지 못했다. 2015년 4월 그는 플랫폼 운영을 잠시 중단시켰다.

"아이훠이쟈"플랫폼은 예기의 성공을 거두지 못했지만 호림이는 이번 창업으로 청도 시내 수백 개 식당들과 밀접한 관계망을 형성했고 요식업체의 경영 상황을 상세하게 파악하는 계기가 되었다.

2015년 8월, 호림이는 한결 의미 있는 창업을 시작했다. 중국에서 가장 큰 두 배달음식 서비스플랫폼(外卖服务平台) 가운데 하나인 "어러마(饿了吗, 배 고픈가요)"의 배달회사(配送商)로 지정되었다. 당시 대여섯개 회사에서 "배고픈가요"의 청도지역 배달회사 입찰에 나섰는데 본부에서는 "아이훠이쟈"플랫폼을 설립하고 운영했던 류호림을 선택했다. 류호림은 그렇게 110명 배달원을 직접 거느린 배달회사를 설립했다. 그밖에 200여 명 배달원들이 그의 배달회사와 협력관계를 맺고 그의 회사 지휘에 따라 움직였다. 결국 300여 명 배달원을 움직이는 류호림은 청도지역에서 가장 큰 음식배달회사 사장이 되었다.

2016년 9월, 호림이는 또 역시 중국 최대 배달음식 서비스플랫폼 가운데 하나인 "메이퇀배달(美团外卖)"의 배달회사로 되었다. 이번에는 배달원대오가 100여 명으로 "배고픈가요"보다 규모가 조금 작았다.

" '어러마(배고픈가요)'는 당초 제가 항주 본부에 가서 직접 협상한 거예요. 담보 금을 2만 위안밖에 안 냈어요. 그들과 접촉하면서 보니까 이런 인터넷 플랫폼회사는 처음엔 돈을 대주고 가르쳐주면서 창업을 해보라고 격려하더군요. 그렇게 배달회사들을 자꾸 키우는 거죠. 배달회사들이 영업을 시작하면 플랫폼과 한 달에 한 번 결제하는데 매달 육칠 십만 위안이 묶여 있어요. 그러다 배달을 잘못하거나 문제가 생기면 벌금을 안기고 요구에 도달하지 못하거나 능력이 안 될 것 같으면 가차 없이 잘라버려요. 청도를 보면 현재 남아서 그들과 계속 합작하는 배달회사는 두 부류예요. 첫 부류는 자금 능력이 있고 계획이 있는 회사고 두 번째 부류는 당초에 모든 자금을 여기에 투입한 회사들로서 배달하지 않으면 할 일이 없기에 부득불 할 수밖에 없는 회사들이죠. 주동적으로 퇴출한 회사들을 보면 저희처럼 자신의 본 주업이 있고 기타 수입 내원이 있는 회사들이죠."

2017년에 들어서서 호림이는 배달회사 양도에 착수했다. 배달회사는 경영과 관리에 정력이 너무 많이 들어가는 데다 높은 가격으로 인수하겠다는 회사가 나섰다. 그해 2월, 그는 먼저 "배고픈가요" 배달회사를 160만 위안에 양도했다. 그동안 회사의 직접적인 경영 수익을 제외하고도 1년 반 만에 비교적 높은 양도금을 현찰로 받게 된 것이다. 5월에는 운영한지 8개월밖에 안된 "메이퇀배달" 배달회사도 양도했다. "배고픈가요"보다 양도금을 적게 받았지만 짧은 시간에 비교적 만족스러운 수익을 올린 셈이었다.

"배달회사를 두 개 경영하면서 수확이 정말 컸어요. 첫 번째는 중국 배달음식서비스 업계에서 최고로 손꼽히는 두 회사와 합작하면서 그들로부터 어떻게 영업팀을 만들고 관리하겠는가 하는 것을 직접 배울 수 있었던 것이고, 두 번째는 그것을 계기로 거의 2년 동안 많을 땐 3백여 명이나 되는 종업원들에게 월급을 주면서 직접 관리하는 소중한 경험을 하게 된 것이고, 세 번째는 그 과정에서 능력 있고 실력도 있는 80 후 90 후 젊은 세대 창업 인재들을 많이 사귈 수 있었던 것입니다. 저에게는 정말 소중한 자원인 셈이죠. 이런 친구들과 계속 연락하고 서로 돕고 하다 보니까 그 후부터 무슨 일을 하던 지간에 많이 쉬워진 것 같아요."

2년도 안 되는 사이에 성공적으로 중국 최대 배달음식 서비스플랫폼의 배달회사를 설립해 경영하다가 높은 양도금을 받고 인수시킨 류호림은 청도에서 신화적 인물로 알려지며 높은 지명도를 갖게 되었다. 돈을 주고도 살 수 없는 사회적인 인지도를 돈을 벌면서 얻게 된 것이다. 뿐만 아니라 국내 최고의 창업자로 손꼽히는 경영인들과 직접 만나 함께 사업을 연구하고 검토하면서 배우고 느낀 것이 가장 좋은 경험이라고 할 수 있었다.

2017년 2월, 호림이는 산동성에서 가장 큰 공유자전거(共享单车) 운영회사인 ofo회사와 합작하기로 계약을 맺었다. 이번에 그는 덕방물류(德邦物流)와 택급송(宅急送)과 같은 중국 물류 업계 거물급 회사들과 경쟁해서 청도와 위해의 자전거공급회사로 선정되었다. 그는 청도에 2천 평방미터 창고를 임시로 임대하고 노동자들을 고용해 천진 자전거 공장으로부터 들여온 자전거를 조립했다. 자전거 페달과 핸드브레이크(手闸)만 조립해서 넘기면 한 대에 25위안의 수익이 떨어지는 장사였다. 짧은 3개월 동안 그는 3만여 대의 자전거를 조립해 ofo회사에 제공했다.

2017년 5월부터 류호림은 청도 시내에 400여 개 약방을 운영하고 있는 동방의약그룹(同方医药连锁机构)과 제휴하고 10여 개 품목의 의약품과 생활품을 제공하기 시작했다. 이는 그가 오래 동안 구상해온 "은형슈퍼마켓(隐形超市)" 경영의 첫 번째 시도였다. "아이훠이쟈 인터넷 과학기술회사(网络科技公司)"라는 플랫폼을 이용한 은형슈퍼마켓은 자신이 확보했거나 자신이 조달할 수 있는 모든 물품을 소비자들과 직접 만나는 슈퍼나 약방 같은 곳에 제공하는 유통망 이라고 할 수 있었다.

"오늘 오전에 동방의약그룹에 임신 테스트 펜과 물티슈를 각 1000개씩 또 보내주었어요. 약방이 400여 개나 되다보니 품목만 잘 선택하면 우선 팔리더라고요. 이런 오프라인매장(实体店)을 이제 약방뿐 아닌 기타 분야로 점차 확장하고 품목도 대폭 늘리려고요. 은형슈퍼마켓은 그 어떤 품목이든 다 취급할 수 있기 때문에 사업을 얼마든지 크게 확장할 수 있어요."

류호림은 문방구와 사무용품 시장도 역시 "은형슈퍼마켓" 경영방식으로 개척하고 있는데 구체적인 실행과정을 보면 동방의약그룹과 협력하는 방식이 조금 다르다고 할 수 있다. 그는 소매상점들과 3개월의 계약을 체결하고 물품을 도매가격으로 사 가도록 하고 3개월 동안 판매한 만큼 결제하고 나머지는 원 가격으로 회수하고 있다.

"기실은 저가 소매상들의 돈으로 장사를 하는 셈이죠. 그런데 소매상들의 입장에서 보면 손해 볼 것 하나도 없어요. 돈을 3개월 동안 은행에 저금해 두는 것보다 이윤이 훨씬 높고, 게다가 실물이 와있으니까 눈으로 확인이 되고 모험도 없잖아요. 3개월 이내에 다 못 팔면 돌려주면 되니까. 결국 소매상들이 기꺼이 저의 자금 압력을 분담해 주게 된 거죠."

3

사무실에서 두 시간 넘게 얘기를 나누고 나서 나는 류호림 씨가 운전하는 차에 앉아 성양시내 중심에서 약간 벗어난 서곽장구역(西郭庄社区)으로 갔다. 아파트단지 한쪽 널찍한 부지에 단층짜리 단독 공장 건물이 세워져 있었는데 안에 들어가 보니 광고판(广告牌) 제작을 위한 설비들이 구전하게 갖춰져 있었다.

"원래 조선족이 경영하던 광고회사를 저가 인수 한 거예요. 십여 년 동안 공장에 직접 찾아오는 고객들만 상대로 주로 광고 편액을 제작하고 설치했다고 하드라고요. 저가 보니까 원래 광고회사의 문제점은 첫째 광고회사들과 협력해서 광고회사들로부터 더 많은 주문을 받아와야 하는데 그렇게 하지 못해 수입이 낮았던 것이고 두 번째는 조선족과 한국 업체만 상대로 하다 보니 고객이 제한돼 있었어요. 10년 전 청도시 인구는 700여만 명이었는데 2018년 현재는 천만 명을 돌파했거든요. 반면 한국 업체들이 청도에서 적잖게 철수해가면서 조선족인구는 더 늘어나지 않고 줄어드는 추세예요. 그러다보니 회사는 점점 불경기에 처하게 되고 양도할 수밖에 없었어요. 원래의 경영방식으로는 청도 시장에서 더 이상 적응할 수 없었던 거죠."

류호림은 500평방미터의 단독 건물과 넓은 부지를 소유하고 있는 광고회사를 인수해서 상패(奖杯)생산기지를 설립할 계획을 세웠다.

"북방에는 아직 상패전문가공기지가 없어요. 전문 생산 공장이 하나도 없고 모두 남방에서 위탁 가공해 들여오거든요. 저가 지난해 8월부터 중성로에 있는 저의 회사에서 상패 제작을 시작했는데 아주 잘 팔리더라고요. 시장 자체가 엄청 크고 시장의 잠재력도 아주 커요. 마침 이 회사에서 공장을 양도하기에 저가 인수했죠. 이제 설비를 구전하게 갖춰서 황하이남 북방지역에서 가장 큰 상패생산기지를 만들려고요."

류호림은 상패 제작과 판매를 위해 청도본장(本匠)광고회사를 전문 설립했다.

"상패의 원가는 판매가보다 훨씬 싸요. 그러다 보니 상패 장사는 고객들과 직접 상대하는 광고회사들에서 가장 큰 수익을 가져가게 돼 있어요. 상패 제작회사에서 직접 판매해서는 고객이 제한돼 있기 때문에 영업액이 올라갈 수 없죠. 그래서 저는 주로 광고회사들에 도매하는 방식으로 운영하려고 해요. 80~90%의 영업액은 광고회사를 통해 달성하고 10~20%의 영업액은 직접 고객을 통해 실현하게 됩니다."

남방에서 제작하는 상패와 비교할 때 어떤 우세가 있는가고 물어본 류호림은 빠르고 가격이 저렴한 것, 이 두 가지를 꼽았다.

"남방에서 가공하면 운송 시간이 걸리잖아요. 그런데 우리는 청도 시내와 인근 지역까지 당일에 제작해서 보낼 수 있어요. 그리고 우리도 남방에서 제작하는 것과 똑같이 원자재를 구입해서 직접 가공하니까 가격이 저렴할 수밖에 없어요. 남방이든 여기 북방에서든 모두 원편(原片)생산공장에서 원자재를 들여와 상패를 제작하는데 가공회사들에서는 시장가격을 보호하기 위해 서로 가격을 낮추고 그러지 않거든요. 최저가를 지키는 거요. 상패 업종은 특수해서 가공회사는 가격으로 계산하는 게 아니라 품질과 수량으로 시장을 개척하고 확보하는 거죠."

류호림은 향후 동북을 포함해 전 중국 내 상패유통망을 형성할 계획을 세우고 가동에 착수했다. 그 첫 일환으로 청도 6개 지역에 청도 본장광고회사 지사를 설립했다. 지사 책임자들은 모두 본사에서 파견한 직원들이다. 지사라고 하지만 사실 대리상 성격의 독립 체제로 운영되는 회사들이다. 이런 지사들은 지역별로 자체 시장이 보장돼 있고 본사에서 상패를 제공받기 때문에 자신의 투자가 별로 들어가지 않는 반면 비교적 높은 수익을 창출할 수 있었다.

"먼저 시험적으로 청도 시내에 지사를 몇 개 설립했는데 매우 이상적이에요. 지사들은 본사보다도 높은 수익을 가져가기에 적극성이 높아요. 이제 상패 생산기지가 정식 가동되고 나면 먼저 산동성 여러 지역부터 시작해 동북 3성까지 대리상을 모집해 현지에다 상패가공 분공장(分厂)을 설립해서 지역 시장을 본격적으로 개척하려고요. 분공장 역시 지사처럼 독립 운영 체제로 나가게 돼요. 저의 경영이념은 지사와 대리상들에게 더 많은 수익을 안겨줌으로써 본사와 공존공생 공동발전의 길을 걷도록 하는 겁니다."

상패 생산기지를 둘러보고 나서 서곽장을 떠난 우리는 성양 시내 식당으로 자리를 옮겨 저녁식사를 하면서 계속 애기를 나누었다.

"저가 당초 고향에서 여우 사양업을 하기 위해 밑천을 좀 벌어가겠다고 청도에 왔잖아요. 결국은 청도에 남아 분투한 지 14년이나 되었네요."

청도에서의 14년 세월을 추억하며 류호림은 감개가 무량한 듯했다.

"저는 대학 공부도 못했고 좀 규모 있는 기업에서 근무한 경력도 없잖아요. 그저 부단히 창업하고 기업경영 경험을 쌓으면서 혼자 모색하고 터득하며 지금까지 온 거에요. 저가 그동안 참 여러 가지로 일을 많이 벌였어요.

한 가지 업종에 주력해야겠다는 생각이 들어요. 그래서 이제부터는 광고회사를 위주로 그동안 줄곧 견지해온 인터넷 유통망을 활용해 관련 사업에만 몰두하려고요. 그리고 회사발전의 5년 10년 계획을 세우고 계획에 따라 온당하게 발전시켜 나갈 겁니다. 그러다 보면 뭔가 크게 한번 이룩해 보겠다던 저의 꿈도 실현될 수 있겠죠."

4

류호림을 취재한 지 이미 3년이라는 시간이 흘러갔다.

그동안 나는 가끔 위챗을 통해 그의 상패생산기지 진척 상황을 알아보았는데 그는 3년 전 계획했던 것보다 훨씬 빠르고 폭넓게 사업을 확장해 가고 있었다.

그는 서곽장에 있는 그의 상패생산기지를 거점으로 "명패장(名牌匠)"이라는 자체의 브랜드를 창출시켜 산동성은 물론 하남성과 하북성의 상패시장을 석권했고 동북 3성과 내몽골에도 진출하고 있었다. "명패장"상패는 이미 하얼빈, 장춘, 훅호트시에 있는 대리상에 의해 현지 분공장이 세워졌다.

2021년 4월 26일에 개막된 하얼빈국제광고전시회에 명패장상패

부스(名杯匠奖牌展台)를 설치한 청도명패장 본부는 하얼빈명패장분공장과 함께 대대적인 홍보에 나섰다. 전시회에서 그들은 하얼빈시 모든 광고회사들에 다음과 같은 세 가지를 지키겠다고 약속했다. 첫째, 당날에 상패를 찾아갈 수 있다. 두 번째, 가격이 림기(临沂)나 남방보다 저렴하다. 세 번째, 애프터서비스(售后服务)는 1-2시간 내에 해결해준다.

2021년 5월 한 달 사이에 청도명패장 본부는 안휘성 박주(亳州), 하북성 한단(邯郸), 하남성 허창(许昌), 승덕(承德), 주마점(驻马店) 등 5개 지방도시(地级市)에 분공장을 설립하기로 현지 대리상들과 계약을 체결했다.

좌절을 딛고 유명 브랜드 중국 총대리로

배금화 (청도)

1

2018년 3월 12일, 청도시 성양구 류팅(流亭)에 있는 청도국제공예 품성(青岛国际工艺品城)에 찾아간 나는 그곳에서 배금화를 비롯해 서 광촌 사람들을 십여 명 만났다. 5만 5천 평방미터 건평의 대형 건물 에 1,034개의 매장이 설치돼 있는데, 청도에서 가장 큰 공예품 및 한 국 의류 집산지로 거듭난 이곳에 서광촌 사람들의 의류, 아동용품, 주류 등 매장이 8개 있었다.

1981년에 태어난 배금화는 처음 만나는지라 그에 대해 잘 알지 못 하지만 서광촌에서 유일한 배씨인 그의 가문에 대해서는 좀 익숙한 편이다. 배금화의 할아버지 배순갑은 영건향 당위부서기로 오래 동 안 사업하셨는데 내가 어릴 때부터 마을에서는 그를 배서기라 불렀다. 조용조용한 배서기는 누가 봐도 선비 같다고 할 그런 분이었다. 배금화의 할머니 역시 차분한 성격의 동네 아줌마로서 공사(향정부) 부서기의 아내라는 티가 전혀 나지 않았다. 사남매의 맏이이자 외아들인 배금화의 부친 배성문은 나보다 두 학년 윗반 선배였는데 부모님을 닮아 체대가 왜소하고 성격이 온순했다.

그런데 배금화는 키도 좀 큰 편이었고 성격도 서글서글했다. 소학교 때 그를 가르쳤던 선생님의 말을 들어보면 어릴 때부터 할머니 손에서 자란 배금화는 반급에서 공부가 늘 앞자리를 차지했다고 한다. 그런 그가 마을에 있는 방정현조선족중학교에 다니면서 공부가 조금씩 떨어지기 시작했다. 여느 애들보다 좀 일찍 이성에 눈을 뜨며 연애를 하다 보니 공부에 지장을 받았던 모양이었다. 결국 배금화는 고중 진학을 포기하고 초중 졸업 후 목단강외국어학교에 가서 2년 동안 영어를 배웠다.

2000년 1월, 배금화는 그때 이미 한국에 나가 있던 고모의 도움으로 유학수속을 밟아 한국으로 갔다. 한국수속비용이 인민폐 10만 위안을 웃돌던 때였는데 그는 7만5천 위안을 들여서 비자를 받을 수 있었다.

배금화는 한국에 가자마자 식당에 취직했다. 빚부터 갚고 공부를 하든지 하겠다고 생각했는데 결국은 처음 들어간 불고기집에서 쭉 일하게 되었다. 한국에 나오기 전 사회생활 경험이 별로 없고 체력노동은 더구나 해본 적이 없는 배금화는 처음에는 너무 힘들고 고달팠다. 그래도 그는 이를 악물고 견뎠다. 그렇게 한동안 견지하고 나니 차츰 적응되며 나중에는 별로 힘든 줄 몰랐다.

그가 근무하는 불고기집은 1층부터 3층까지 영업 면적이 수백 평 되는 규모가 엄청 큰 요식업체로서 수십 명 되는 종업원에 대한 관리가 엄격하고 정규적이었다. 종업원이 서너 명 되는 작은 가게와 차원이 달랐다. 식당에서는 정기적으로 전문 강사들을 청해 종업원들에게 서비스 교육을 진행하기도 했는데 배금화는 강사들과 접촉하면서 그들의 지도를 받아 경영학에 관한 공부를 시작했다.

어린 그가 일을 열심히 하고 여가 시간에 공부까지 하는 것을 본 사장님은 그를 기특하게 여겨 많이 배려해주었다. 홀 서빙으로부터 시작해 카운터에 서기도 했고 팀장으로 뛰기도 했다. 1년 반 만에 빚을 다 갚아버린 그는 집에 돈을 조금씩 보내는 밖에 꼬박꼬박 저축했다. 그때 월급은 한화 100만 원 정도였지만 달러 환율이 높아 실제 수입은 꽤 높은 편이었다. 그는 그렇게 돈을 모아 중국에 돌아가면 자기의 업체를 하나 차려보겠다는 꿈을 꾸었다. 꿈이 있으니 매일 반복되는 식당 일이 고되고 지루한 줄 몰랐다. 그리고 그동안 공부한 경영학에 비추어 식당의 경영관리에 어떤 허점이 있는가 나름 따져보기도 하면서 한국 서비스업체에 대해 깊이 이해했다.

그렇게 6년이란 시간이 흘러갔다. 길다면 길고 짧다면 짧은 세월이었다. 처음 몇 년은 돈을 꽤나 저축했지만, 후에는 월급이 많이 올랐는데도 오히려 저축을 많이 하지 못했다. 한국 사회에 적응하면서 많이 버는 만큼 쓰는 것도 많았다. 그것은 배금화 자신도 별로 감지하지 못한 심신의 변화였다. 고향 친구도 만나고 그동안 알게 된 한국인들도 만나면서였다. 꽃다운 청춘 시절인지라 들뜨는 마음과 부푸는 가슴을 주체할 수 없을 때가 많았다.

배금화는 점점 자기 눈이 높아지고 마음도 높아진다는 걸 느꼈다. 유학비자로 한국에 온 자신이 결국은 한국에 돈 벌러 온 것으로 되고 말았지만, 오직 돈을 벌기 위해 살고 싶지는 않았다. 더욱이 한국에 나온 지 십년도 넘은 고모들과 고모네 세대처럼 살고 싶지 않았다. 그들은 자식들을 위해 자신을 희생하고 혹사하며 사는 것 같았다. 그는 그들이 측은했으며 그런 삶이 과연 바람직한지 의심을 가져보게 되었다. 그가 보기에 그들은 자신의 삶을 사는 것 같지 않았다.

그런 생각을 하다 보면 그는 가끔 아직 걸음마도 탈 줄 모르는 어린 자신을 두고 아빠와 이혼하고 떠나갔다는 무정한 엄마를 떠올렸다. 경위야 어찌 되었던 오직 자식들을 위해 살아가는 고모네 세대 대부분 조선족여성들과 달리 오직 자신을 위해 떠나갔을 엄마를 조금 이해할 것 같기도 했지만 그렇다고 엄마를 결코 용서할 수 없었다. 그럴 때면 사람의 마음이란 이처럼 이중적이고 요상할 수 있는 것인가? 하고 웃음이 나오기도 했지만 어쨌거나 자신은 결코 엄마처럼도 고모들처럼도 살지 않고 자기 자신만의 삶을 살리라 다짐하기도 했다.

배금화는 몰라보게 변해갔다. 돈을 써야 할 땐 아무런 주저 없이 팍팍 쓰고 자신을 위한 투자에 돈을 아끼지 않았다. 한국에 처음 나올 때 다분하던 애티와 촌티는 더 이상 찾아볼 수 없이 세련된 숙녀가 되었다. 성격도 한결 활달해졌다. 하지만 아무리 변해도 변하지 않는 것이 있었다. 그것은 어려서부터 정직하고 선량한 할아버지, 할머니 슬하에서 자라며 키워온 바르고 착한 심성이었다.

그런 그에게 청도에 있는 남자친구 김동수가 어서 빨리 중국에 돌아오라고 재촉했다. 멀리 떨어져 있지만 힘들고 고달플 때 서로 마음을 의지하고 서로에게 힘을 내라고 격려해온 남자친구였다. 방정현에서 두 번째로 큰 조선족마을인 보흥향 신풍촌 출신인 김동수는 그의 아랫반 후배로서 그와 동갑내기였는데 키도 크고 인물도 출중했다. 생각해보니 사랑이 뭔지도 모르던 소년 시절 서로에게 호감을 가지고 사귀어 온 지 어언간 십 년 세월이 가까워져 오고 있었다. 그는 십 년 세월 일편단심 자신을 기다려준 남자친구가 고마웠고 또한 자기 자신이 대견스럽기도 했다. 지금 같이 쉽게 변하는 세월에 참으로 쉽지 않은 일이었다. 흔히 쓰는 표현대로 자신들의 만남이 진정 하늘이 내려준 인연인가 보다고 그는 생각했다.

2

2006년 1월에 귀국한 배금화는 청도로 가서 김동수와 재회했다. 그가 한국에 나가 있는 사이 줄곧 청도에 있는 한국회사에서 근무하며 기술을 배운 김동수는 역시 창업의 꿈을 꾸고 있었다. 그러나 당장 창업하기엔 그들의 실력으로는 시기상조인 것 같았다. 배금화는 먼저 취직해 기회를 찾기로 했다.

목단강외국어학교 영어전공 졸업증이 있는 데다 한국에서 6년 근무한 경력이 있는 배금화는 쉽게 일자리를 찾았다. 성양구 류팅에 있는 한국독자 무역회사였다. 와인 수입을 주요업무로 하는 회사에서 4천 위안 월급을 받으며 두어 달 근무하고 나자 기회가 찾아왔다. 사장님이 한국에서 굉장히 유명한 한국식 치킨 프랜차이즈(特许连锁店) 비비큐치킨의 중국 산동성 총대리를 맡고 있었던 것이다. 미국식 치킨인 켄터키(肯德基)를 한국인들의 입맛에 맞게 접목한 비비큐치킨은 배금화가 한국에 처음 갔을 때 당시 한창 인기 절정이던 핑클(Pinkle)이 광고모델로 나서며 유명세를 얻었는데 그도 먹어본 적이 있었다. 그 후 중국에서도 잘 알려진 아이돌그룹(偶像组合)인 동방신기가 광고모델로 나섰는데 중국의 십 대들에게 잘 먹힐 수 있을 것 같았다. 배금화는 사장님에게 자기도 비비큐치킨 집을 하나 경영해보겠다고 했다. 그러자 그동안 그를 지켜보며 그에게 믿음이 갔던 사장님은 낮에는 회사에 계속 출근하고 저녁에만 회사 건물 1층에다 배달을 위주로 하는 작은 치킨집을 경영해보라고 했다. 사장님께서 그를 배려해 내놓은 파격적인 제안이었다.

그는 회사 1층에서 비비큐치킨 영업을 시작했다. 치킨을 튀기는 요리사 한 명과 배달원 2명 그리고 전화주문을 받는 카운터직원 한 명, 모두 4명 아르바이트생들을 고용해 매일 저녁 6시부터 12시까지 영업했는데 주문이 끊일 새 없었다. 한류가 한창 중국 대지를 휩쓸 때였던지라 십 대 소년들이 자신들의 우상인 한국 아이돌그룹의 비비큐치킨 홍보사진을 보고는 사다가 맛을 보고는 켄터키보다 맛있다며 입소문을 퍼뜨려 인기를 끌었다. 한 마리에 58위안 하는 치킨을 매일 저녁 평균 삼사십 마리씩 팔았는데 인건비와 전기세 같은 비용을 제하고 수입이 짭짤했다. 이튿날 아침이면 그는 또 어김없이 회사에 출근했다. 그렇게 2년 넘게 하고 나니 총수입이 그가 한국에서 6년 동안 식당 일을 하며 벌었던 것보다도 훨씬 많았다.

2008년 겨울 배금화는 김동수와 결혼식을 올렸다. 결혼식 후 회사에 사표를 내고 비비큐치킨 집도 양도한 배금화는 남편과 함께 창업 준비에 들어갔다. 에폭스알맹이라고도 하는 에폭스수지(环氧树脂)가 주요 재료인 액세서리 반제품 가공회사였다. 남편 김동수가 그동안 한국 액세서리 회사에서 근무하며 에폭스알맹이 가공기술을 장악해 그 방면의 전문가로 돼 있었던 것이다.

2009년 1월, 액세서리 가공회사가 정식 오픈했다. 배금화가 중국에 돌아온 지 3년 만이었다. 그는 그동안 벌어놓은 돈을 모두 가공회사에 투자했다. 500평방미터 되는 건물을 임대하고 여러 가지 금형(模具)을 비롯해 설비를 사들이고 20여 명 종업원을 고용했다. 남편은 기술과 가공을 책임지고 원자재 구입과 제품 판매 그리고 직원관리와 야근에 이르기까지 기타 모든 일은 배금화가 담당했다. 제품이 나오자마자 청도의 크고 작은 액세서리 가공회사들에서 주문이 들어오기 시작했다. 중 고급 액세서리 완제품에 반드시 들어가야 할 부품으로서 전에는 대부분 수입재료에 의존했는데 현지에서 저렴한 가격으로 납품받을 수 있으니 액세서리 가공회사들은 자연 반기지 않을수 없었다.

관건은 제품의 질이었다. 그들은 가장 좋은 원자재를 사용해 최상의 제품을 만들어 제공했다. 납품회사들은 큰 회사들의 주문을 따기위해 통상 회사의 임원이나 구매 담당자들에게 고급술집에서 술을사거나 뒷돈을 주는 등 로비를 해야 하는데 그들은 처음부터 그런 걸하지 않았다. 오직 제품의 품질에 사활을 걸었다. 비슷한 제품을 만드는 경쟁자들이 나타났지만 품질에서 그들을 초과할 수 없었다.

회사는 개업한지 두석 달 만에 청도에 있는 20여 개 한국 악세사리 회사들의 납품업체로 입지를 튼튼히 굳혔다. 한류가 한창이던 그때 디자인이 새롭고 독특한 여러 가지 종류의 한국식 액세서리가 크게 히트 치고 있었는데 한국 액세서리 회사들에서는 중국 내수시장에서 호황을 맞이하고 있었다. 주문이 폭주하며 그들은 밤교대를 해가며 제품을 가공했다. 납품이 급할 때는 종업원들이 새벽 4시까지 기계를 돌리며 일을 다그쳐야 했는데 그럴 때면 월수입이 50만 위안을 초과했다.

회사는 온당하게 발전했다. 평균 월수입이 30만 위안에 달해 그들은 회사 설립 서너 달 만에 모든 투자를 회수했다. 그렇게 1년이 지난 어느 날 전혀 예상치 못했던 사고가 발생했다. 화재가 일어났던 것이다. 500평방미터 건물이 벽체만 남겨두고 몽땅 타버렸다. 천만다행으로 인명피해는 생기지 않았지만, 건물 안에 있던 설비가 모두 타버려 폐품이 되었고 원자재는 불에 타서 형체도 없이 사라져 80만 위안의 손실을 초래했다.

배금화는 회사 마당에 풀썩 주저앉았다. 폐허를 마주하고 통곡이라도 하고 싶었지만 왠지 눈물이 나오지 않았다. 그때 남편이 그를 일으켜 세우고 꼭 껴안아 주었다.

"괜찮아, 다시 시작하면 되는 거야!"

배금화는 그제야 눈물이 펑펑 쏟아졌다. 10년 전 어린 나이에 홀로 한국에 나가 식당일을 하며 힘들고 고달프고 외로울 때도 참고 흘리지 않았던 눈물이 한꺼번에 쏟아지는 듯했다. 10년이나 참아왔던 눈물을 다 쏟고 나자 가슴이 후련했다.

"그래, 그까짓 거 다시 시작하면 되는 거야!"

배금화도 이렇게 말했다.

화재 소식을 듣고 친구들이 달려와서 그들을 위로해주었다. 천 위안 2천 위안씩 위로금을 쥐여 주며 공장을 재건하면서 도움이 필요하면 얘기하라고 했다. 큰 불이 났으니 "타면 탈수록 더 세차게 타오른다(越烧越旺)"는 중국말처럼 이제부터 장사가 더 잘 될 거라고 우스갯소리를 하며 어깨를 다독여주는 친구도 있었다.

가장 고마운 사람은 현지 중국인 건물주였다. 비어 있는 건물을 임시로 제공할 테니 먼저 공장을 재가동하라고 했다. 그들은 설비와 원자재를 사들여 공장을 재가동하는 한편 원래 공장 부지에 건물을 다시 지었다. 그렇게 한 달 만에 원상태로 회복했는데 100여만 위안이 투입되었다. 화재 직접적인 손실까지 합치면 이번 화재로 180여만 위안 날린 셈이다. 하지만 그들은 별로 개의치 않았다. 다시 출발한 이후 우스갯소리로 그들을 위로하던 친구의 말처럼 장사가 점점 더 잘 되었다. 주문이 폭주하며 종업원들이 매일 교대로 작업을 해야 했다. 그렇게 서너 달 만에 그들은 화재로 인한 손실을 모두 미봉했다.

2011년 배금화는 무역회사를 설립했다. 지난해 화재 이후 배금화는 많은 것을 느꼈다. 반제품을 가공하는 납품회사는 완제품회사와 완제품시장의 견제와 영향을 받으며 생존할 수밖에 없으므로 항상 위기 상황에 놓여 있었다. 언제 문을 닫아야 할지 모르는 상황이 올 수도 있었다. 그러한 위기는 화재와 같은 뜻밖의 재난보다도 더 무서운 존재라고 할 수 있었다. 그러므로 그런 위기를 대비해 설령 악세사리 가공회사가 어떤 난관에 부딪치기라도 하면 다른 사업으로 신속히 재기할 수 있는 발판을 마련해두어야 한다고 배금화는 생각했던 것이다.

액세서리가공회사는 3년 연속 호황을 이어가며 그들은 큰돈을 벌었다. "삼십이립"이라고 서른 살 언덕에 금방 올라선 그들 부부는 동년배들보다 비교적 일찍 사업의 성공을 거두었다. 그러나 위기가 곧 닥쳐왔다. 배금화가 예견했던 위기가 그의 예상보다 일찍 다가왔다.

2013년 하반기부터 청도 액세서리 시장은 경기 불황이 시작되었다. 완제품 가공회사들에서 납품회사들에 결제를 미루더니 나중에는 물건이 적치돼서 언제 결제할 수 있겠는지 모르겠다고 나눕기까지 했다. 수십만 위안에 달하는 자금을 석 달째 결제를 못 받다보니 회사의 정상적인 운영에 차질이 생기기 시작했다. 납품 기일을 지키느라 새벽까지 야근을 시킨 종업원들에게 월급을 제때 주지 못하게 되자 종업원들께 미안해서 견딜 수 없었다. 그래서 다른데 써야 할 자금을 돌려서 월급부터 지불해야 했다. 급기야 한국 사장이 야간도주하는 사례까지 생겨났다. 결국 그들은 더 이상 경영이 어렵다고 판단하고 피해가 더 커지기 전에 회사를 접고 말았다.

3

2014년 배금화는 남편 김동수와 함께 중국 최대 소상품집산지(小商品城)로 불리우는 절강성 이우(义乌)시에 1000평방미터 건물을 임대해 200만 위안 투자로 핸드폰 방수팩(防水套) 가공공장을 설립했다. 하지만 이번에는 그들의 예상과 달리 처음부터 경기가 좋지 않았다. 사전에 남편의 주도로 시장성을 깐깐히 검토하노라 했지만 핸드폰 부품 시장은 액세서리 시장과 완전히 다르다는 걸 그들은 충분히 인식하지 못했던 것이다. 그리고 이우시에 대한 이해도 부족했던 것 같았다. 이우시는 비록 현급 시라고 하지만 중국에서뿐만 아니라 세계적으로 규모가 가장 큰 소상품 집산지로서 생활 템포가 청도보다 엄청 빠르고 사람들의 생각도 훨씬 앞서가고 있는 곳이었다. 청도에서 악세사리 반제품가공회사를 할 때처럼 오직 제품의 품질만 믿고 주문을 따올 수도 없었다. 이우에서는 가격, 품질, 판매망 등 여러 가지 요인을 갖춰야만 경쟁에서 이길 수 있었다.

그래도 그들은 이를 악물고 견지했다. 1년 2년 견지하다보면 적자를 극복하고 성공할 날이 오리라 믿었지만 결국은 2016년에 이우에서 철수하고 말았다.

2년 반 동안 자그마치 400만 위안을 날려버리고 풀이 죽어있는 남편을 이번에는 배금화가 꼭 안아주었다.

"괜찮아, 우리 무역회사가 살아있으니까, 얼마든지 다시 일어설 수 있어!"

7년 전 액세서리 가공회사가 호황일 때 배금화가 만일의 위기를 대비해 설립한 무역회사가 결국은 핸드폰부품 가공회사가 부도나며 그들이 새롭게 출발할 수 있는 발판이 돼주었다. 이우에서 공장을 하는 동안에도 배금화는 이우와 청도를 오가며 무역회사 경영을 병행했던 것이다.

배금화는 그동안 쌓아온 인맥을 동원해 한국 유명 브랜드의 중국 총판을 따내기 위해 고심했다. 그러던 그는 달곰이 아기물티슈에 눈길이 갔다. 2009년 딸이 태어나서 몇 년 동안 달곰이 아기물티슈만 썼는데 여느 유아제품보다 품질이 월등했던 것이다. 한국 달곰이 회사는 아기물티슈를 비롯해 여러 품목의 달곰이 브랜드 유아용품으로 한국에서 비교적 높은 지명도를 갖고 있었다.

배금화는 한국 유명 브랜드로 중국 유아용품 시장을 개척할 큰 꿈을 세웠다. 유아용품은 다른 제품과 달리 품질과 안전성으로 승부한다는 걸 그는 잘 알고 있었다. 비슷한 품질이면 싼 것부터 찾는 것이 중국인들의 보편적인 소비심리라면 유아용품만은 가격이 비싸더라도 품질이 좋은 것을 찾기 때문이다.

배금화는 지인의 소개로 달곰이 주식회사 이현경 대표를 만났다. 지인으로부터 배금화의 경력을 소개받고 그에게 관심을 가졌던 이 대표는 중국 유아용품 시장개척에 대한 그의 상세한 계획을 듣고는 흔쾌히 그에게 달곰이 중국총판을 일임했다.

배금화는 청도국제공예품성에 사무실을 차리고 류팅에 800평방미터 되는 창고까지 임대해 본격적인 시장 개척에 나섰다. 짧은 2년 사이 중국 전역에 20여 개 지역 대리점을 발전시켰는데 달곰이 제품은 이미 중국의 엄마들이 선호하는 유아용품 인기 제품으로 되다.

대리상들에 대한 관리에서 그는 대리점 지역보호를 철저히 지켜줌으로써 대리점들의 이익을 수호했을 뿐만 아니라 유통구조가 흔들림 없게 했다. 대리점들은 배금화의 무역회사에서 물건을 가져간 후 지역 실정에 따라 자신들이 가격을 정해 판매하고 마진을 남긴다. 하지만 어느 한 지역의 대리점이 가격을 낮추어 다른 지역에 판매하는 걸 발견하면 가차 없이 대리권을 회수했다.

지역 대리상을 통해 시장을 개척하는 한편 배금화는 전자상거래전문회사와 손잡고 경동(京东)과 토우보우(淘宝)에 달곰이 전문 매장을 설치했다. 전자상거래전문회사 역시 대리상 성격의 대행 회사로서 달곰이 브랜드 상품의 인터넷 거래를 대행하고 있었다.

배금화는 또 대도시들의 대형 마트들에 직접 진출하는 데도 성공했다. 대형 마트는 결제가 대리상들보다 늦고 자금 압력이 큰 편이지만 그래도 대형 마트에 직접 들어가니 브랜드 홍보 효과가 컸다.

배금화는 고향 후배 류호림 씨와 손잡고 약방에도 성공적으로 진출했다. 동방의약업(同方药业)은 청도에만 400여 개 약방을 경영하고 있는 의약체인점으로 아기물티슈가 동방 약방에서 판매되면서 소비자들에게 한결 믿음을 주며 브랜드 효과가 배가되었다.

이처럼 여러 경로로 시장을 개척하면서 그는 아기물티슈뿐만 아닌 어린이 치솔, 치약, 비누, 어린이 전문식용 김, 분유 등 달곰이표 유아품목들을 륙속 중국시장에서 판매했다. 그리고 한국에서는 장사가 잘 안 돼 생산량이 적어 수입해올 수 없지만 중국에서는 판매가 잘 될수 있는 일부 달곰이 품목들은 중국에서 자체로 대리가공 해 시장에 내놓았다. 달곰이 본사에서 설계한 이런 품목들은 중국에서 가공함으로써 원가를 절감할 수도 있었다. 사은품도 중국에서 제작했다.

배금화는 달곰이 브랜드의 홍보를 굉장히 중시했다. 국내 유아제품 관련 상품전시회는 빼놓지 않고 꼭 참가했다. 그동안 홍보비용만 200여만 위안 들어갔다.

"200만 위안이나? 한국 본사에서 홍보비 같은 건 지원해주나요?"

"아뇨. 모두 저가 부담해요. 지금까지 제품 홍보하는데 비용이 가장 많이 들어갔어요. 토우보우에만 매일 1,200원씩 들어가니까요."

"그럼 본사에서는 어떤 방식으로 지원하고 있는데?"

"직접적인 자금 지원은 없지만 여러 가지로 많이 지원해주고 있어요. 결재를 보더라도 한 달간의 여유를 주거든요. 물건이 도착하면 먼저 30% 결재하고 나머지 대금은 한 달 후에 지불하거든요. 대리상들한테는 거의 바로바로 결재받죠. 그래야 자금이 돌아가니까요."

"그래도 유동자금이 많이 있어야 할 텐데…"

"그럼요. 수백만 위안은 있어야 하죠. 그래도 크게 부담되지 않아요. 워낙 유명 브랜드고 품질이 좋다 보니 중국에서 점점 인기가 높아져서 매출액이 줄곧 상승하고 있어요. 본사도 사업이 번창하고 크게 성장하고 있거든요."

배금화는 핸드폰에서 달곰이 주식회사 대표님 사진을 찾아서 나에게 보여주었다.

"사장이 젊었네. 같은 또래구나."

"네. 저보다 두 살 어려요. 서울에 가서 만나 얘기하다 보면 중국 시장을 개척하겠다는 염원과 의욕이 굉장히 강해요. 그래서인지 본사의 이익만 챙기려고 하지 않고 여러 면의 지원도 많이 해주고 있는 거죠. 그리고 본사에서 연예기획사업도 하고 있는데 중국 관련 사업은 저희 회사가 나서서 추진하고 있거든요."

한국 본사에서는 52부작 애니메이션도 제작중이고 미국 기획사와 공동으로 아시아 가수들의 음반도 출시할 예정이라고 한다.

"저가 중국 관련 사업을 맡아 추진하면서 이미 텐센트(腾讯) 음악과 여러 번 접촉했는데 함께 중국 시장을 개척하려고 해요. 이제 음반뿐만 아니라 기타 사업도 중국에서 하나하나 추진 할려고요."

배금화의 아직 애티 다분한 얼굴에는 엷은 미소와 함께 굳은 결의가 역력했다.

경계의 삶 이쪽과 저쪽, 그리고 꿈

백녕 (마카오 심양)

1

1986년생 백녕과 이야기를 나누며 나는 경계라는 말을 떠올렸다.

우리의 삶에는 수많은 경계가 있다. 눈에 보이거나 눈에 안 보이는 그 경계들을 넘나들며 우리는 살아간다. 예컨대 선과 악, 도덕과 부도덕, 합법과 불법... 그런데 이러한 것들은 경계가 모호할 때가 많다. 이쪽과 저쪽의 경계가 불분명하거나 불확실한 것이다.

2002년 열여섯 살 어린 나이에 사회에 나온 백녕에게 삶은 바로 이런 것이었다. 순수하게만 바라보았던 세상은 더 이상 순수하지 않았고 아름다운 환상으로 빛나던 세상은 험난한 모습을 조금씩 드러내기 시작했다.

"처음 집을 떠나 상지에서 대련가는 기차를 탔는데 자리표도 없이 열여섯 시간 동안 서서 대련까지 갔어요. 기차에 사람이 많기는 했지만 타고 내리는 사람도 많아 어떻게 자리를 찾을 수도 있었을 텐데, 열여섯시간이나 서서 가다니…지금 생각하면 그때 내가 참 순진했든지 어리숙했든지 잘 모르겠네요. 시골에 살다가 처음 기차를 타다 보니 종착역에 도착할 때까지 서서 가야 하는가보다 생각했던 것 같아요."

2018년 4월 16일 오후, 심양에서 만난 백녕이가 난생 처음 기차를 타고 대련으로 가던 얘기를 하며 이렇게 말했다.

백녕은 대련에서 배를 타고 연태로 갔다. 연태에 백녕보다 두 살 위의 선배 형이 조선족식당에서 일하고 있었다. 그런데 식당 주인이 그가 나이가 어리다고 받아주지 않았다. 그는 할 수 없이 나흘 만에 고향에 돌아왔다.

"집에서 한 달 있다가 다시 대련으로 떠났어요. 대련에 외사촌 누나가 대학 졸업하고 중한 합자 의류회사에 있었거든요. 이번엔 누나의 소개로 누나가 다니는 그 회사에 취직이 되었어요. 회사에 한국 이사님이 한 분 계셨는데 그분이 저를 아들 같다며 잘 대해주었어요. 그런데 두어 달 지나서 그 이사님이 한국 본사로 돌아가고 새 이사님이 왔는데, 그 사람이 내 나이가 어리다고, 노동법에 걸리면 큰일 난다며 잘라버린 거예요."

그때 그의 형 운봉이가 찾아와서 그를 데리고 대련 근처 금산이라는 곳으로 갔다. 고향 선배 형님이 거기서 조선족 식당을 하고 있었는데 백녕은 식당 직원으로 들어갔다.

"식당에서 저는 요리를 주문하고 나르고 하는 일을 했는데, 일이 힘들지도 않았고 형이 옷도 사주고 하며 챙겨주어서 한동안 잘 지냈 었죠. 식당에 조선족 종업원이 여섯 명 있었는데 모두 스무 살 안팎 의 청년들이었어요. 하루는 여섯 명이 함께 무도장(舞厅)에 놀러 갔 어요. 그때 그곳에는 노래방도 없이 무도장에서 술 마시며 노래를 하 게 돼 있었는데, 술을 좀 마시고 나서 우리가 노래를 한 곡 신청했는 데 아무리 기다려도 우리 차례가 돌아오지 않는 거예요. 알고 보니 옆자리에 있던 당지 건달패들이 우리 신청곡을 없애버리고 자기네가 독차지하고 노래를 부르고 있었던 거예요. 그래서 시비가 붙고 싸움 이 벌어졌죠. 당지 건달패들은 우리보다 서너 명이나 많았는데, 우리 가 강하게 나오니까 모두 도망가 버리더라고요. 그런데 그들이 나가 서 더 많은 패거리들을 데리고 오면서 큰 무리싸움으로 변하고 말았 죠. 결국 우리 여섯 명 모두 파출소에 연행되고 하는 바람에 식당이 문을 닫게 되었어요. 그래서 다시 고향에 돌아오고 말았어요."

2003년 봄 백녕은 세 번째로 상지에서 대련행 기차에 올랐다. 이 번에는 자석 표를 끊고 앉아서 열여섯 시간 달려 대련에 간 그는 다 시 청도로 가는 배에 올랐다. 배전에 서서 만경창파 바라보며 그는 바다 건너 한국에 계시는 아버지를 생각했다. 아버지는 1993년 서광 촌에서는 비교적 일찍 한국 노무 길에 올랐다. 백녕이가 소학교에 금 방 입학했을 때였다. 아버지는 한국에서 힘들게 번 돈을 집으로 꼬박 꼬박 보내오셨다. 덕분에 그의 가족은 여유 있는 생활을 할 수 있었 고 그와 그의 형님은 자신들만 노력하면 공부를 얼마든지 할 수 있었 다. 그런데 그들은 그렇지 못했다. 어른들이 아무리 공부 좀 하라고 닦달해도 백녕은 마냥 놀음과 장난질에 빠져 있었다.

"내가 그때 왜 그랬던가?"

백녕은 철부지 어린 시절을 떠올리며 새삼스레 자신에게 물어보았지만 그 자신도 왜 그랬는지 알 길 없었다. 하긴 이제 와서 물어보고 후회한들 무슨 소용이 있으랴. 세월은 이미 흘러 되돌릴 수 없었다. 대련을 떠나 청도로 출발한 이 여객선이 뱃머리를 돌릴 수 없는 것처럼 말이다.

"그래, 이제부터라도 열심히 살자. 바다 건너 한국에서 힘들게 일하시는 아버지께 더 이상 실망을 주지 않기 위해서라도, 그리고 나 자신을 위해서라도 이제는 더 이상 후회하는 삶을 살지 말자!"

백녕이는 이렇게 묵묵히 속마음을 다졌다.

청도에 도착한 백녕은 역시 고향 선배 형님을 찾아갔다. 그보다 여섯 살 많은 고향 형님도 그와 비슷한 나이에 고향을 떠나 여러 곳을 다니다가 2년 전에 청도에 진출했는데 그가 찾아갔을 때 직업소개소를 꾸리고 있었다. 백녕은 그 형님과 함께 있으면서 일을 도왔다. 한동안 일을 도우면서 보니 일부 한국회사와 업체들에서 백녕이가 보기에도 괜찮아 보이는 일자리들을 제공하고 있었다. 그런데 그런 일자리들은 모집 요구도 높았다. 적어도 고졸 이상 학력이 있어야 했다.

"젠장, 그놈의 학력…"

백녕은 중학교를 중퇴한 자신이 한스러울 뿐 이었다.

직업소개소에서는 국제결혼 소개도 겸하고 있었는데 백녕은 많은 사람들을 접촉할 수 있었다. 구인자와 구직자 그리고 남자와 여자, 세상은 마치 이처럼 간단하게 분류되는 듯했지만 찾아오는 사람마다 모두 각기 다른 모습이었다.

"세상엔 정말 별의별 사람이 다 있구나!"

소년에서 청년으로 가는 열일곱 살 나이에 직업 및 국제결혼 소개소는 사회가 그를 위해 마련한 속성반(速成班)과도 같은 것이었다. 소개소에서 반년 넘게 있으면서 백녕은 많은 것을 느끼고 배웠다. 특히 선배 형님과 밤낮 함께 있으면서 그의 능란한 일 처리 방식과 두둑한 배짱, 그리고 직업소개든 혼인 소개든 한 건이라도 성사시키기 위해 끝까지 포기하지 않는 끈기… 생소하면서 어딘가 익숙해 보이는 그런 성품들은 훗날 그가 사업가로 성장하는 밑거름 같은 것들이었다.

백녕은 몇 개월 후에 소개소를 떠났다. 그때부터 그는 회사에 취직도 해보고 유흥업소의 웨이터도 해보고 그동안 알게 된 사장님들과 장사도 해보고 하면서 중국 전 지역을 거의 돌다시피 했다.

그렇게 4년 넘는 세월이 흘러갔다.

"그 몇 년간 저는 아무 곳에도 안착하지 못하고 이곳저곳 많이도 다녔어요. 그러면서 항상 어떻게 하면 돈을 벌 수 있겠는가, 혼자 뭘 할 수 없겠는가, 하고 궁리했죠. 일거리 찾고 하다가 안 되면 고향에 돌아와 있다가 다시 나가기도 하구요. 그렇게 떠돌이로 살다보니 사회 안 좋은 물도 좀 먹기고 했지만 하여간 뭘 해보겠다고 나름으로 열심히 다녔던 것 같아요."

2007년 백녕은 하남성 낙양시 이천(伊川)이란 곳에서 노래방 웨이터로 한동안 있었다. 어느 날 사장님의 외사촌 오빠가 노래방에 왔는데 성이 왕씨인 그분이 하남성 남양(南阳)시에서 옥석 가공공장(玉石

加工厂)을 경영한다는 것이었다. 옥석 가공이라는 말에 그는 귀가 번쩍했다. 남양이 옥 조각으로 유명하다는 걸 알고 있었던 것이다. 그는 남양에 가서 기회를 한번 잡아보고 싶어졌다. 그래서 왕 사장께 말씀드렸더니 그럼 함께 가자고 흔쾌히 대답했다.

그해 10월 백녕은 "중국 옥 조각의 고향(中国玉雕之乡)"으로 불리는 하남성 남양시 진평(镇平)현으로 갔다. 낙양에서 남쪽으로 200여 킬로 달려 남양에 도착해 다시 서쪽으로 30여 킬로미터 더 가야 했다. 가보니 옥 조각으로 유명한 고장인데 동북사람은 거의 찾아볼 수 없었고 조선족도 한국인도 볼 수 없었다. 당지 사람들과 강소성과 절강성에서 온 상인들이 다수 차지했다. 남양에 간지 두 달 만에 백녕에게 기회가 찾아왔다. 왕사장이 사정이 있어서 옥석 가공 사업을 접고 남양을 떠나게 되었는데 백녕에게 자신의 거래처를 소개해줄 테니 한번 해보라고 했다. 진평에서는 옥 가공품을 사가는 거래처만 확보하면 돈을 벌 수 있었다. 옥석 가공공장은 기실 간단했다. 돌을 자르는 절단기(切割机)와 옥을 가공하는 연마기(抛光机)만 있으면 되었다. 백녕이는 당시 그에게는 큰돈인 3만여 위안을 투자해 기계를 사들였다. 자신도 뭘 좀 해보겠다고 그동안 벌어 모아두었던 돈을 요긴하게 쓰게 되었다. 그는 당시 기준보다 높은 노임을 주기로 하고 장인(工匠)을 2명 초빙해 중국 4대 옥석으로 불리는 독산옥(独山玉)을 원석으로 공예품과 장신구들을 가공했다. 첫 제품을 들고 강소성에 있는 거래처에 가져갔더니 평판이 좋아 그들과 장기 공급계약을 체결할 수 있었다.

백녕은 본격적인 옥석 가공을 시작했다. 제품이 나오는 족족 거래처에서 가져갔다. 그는 역시 높은 노임을 주며 장인을 2명 더 초빙했다. 주문한 제품이 많을 때는 임시공을 데려다 썼다. 후에는 장인을 2명 더 받아들였다. 모두 6명 장인이 만부하로 일을 해도 일손이 달릴 때는 일당을 주고 장인을 몇 명 더 데려다 써야 했다.

개업 첫 달 백녕은 6만 위안의 수익을 올렸다. 그후 달마다 7~8만 위안의 수입이 들어왔다. 칠개 월 되는 달에는 17만 위안을 벌었다. 대박이 터진 것이다. 그는 오래전부터 갖고 싶었던 일본제 닛산 블루버드(蓝鸟)를 사서 몰고 다녔다. 그것이 시작이었다. 그때부터 그는 거의 매일 고급 식당과 유흥업소에 출입하며 돈을 물쓰듯 했다.

"젊은 나이에 갑자기 돈을 너무 쉽게 버니까 생각이 짧았던 거죠. 아니, 생각이 짧은 게 아니라 생각이 없었다고 봐야겠죠. 매일 술만 마시고 안 좋은 짓거리만 하고 다니고… 후에는 공장에도 안 나가고 하니까 공인들이 하나둘 떠나버리고… 나중엔 사고를 쳐서 남양을 떠날 수밖에 없었어요."

"사고?! 무슨 사고?"

"그건 말씀드리기가 좀… 사실 사고가 아니었더라도 그때 그 바닥에서 저는 이미 신용을 잃어버려 더 이상 장사를 할 수 없었죠. 아무래도 떠날 수밖에 없었던 것 같아요."

2008년 가을, 백녕은 청도로 갔다. 5년 전 처음 청도에 가서 반년 넘게 있다가 떠난 후에도 하던 일이 여의찮으면 다시 찾아오곤 했던 도시였다. 청도에는 고향의 친구들이 있을 뿐만 아니라 일자리도 찾기 쉬운 편이었다. 그는 청도에다 셋집부터 잡았다. 이제부터 더이상 떠돌지 않고 어느 회사에 취직해서 안정된 삶을 살아야겠다고 생각했다. 하지만 그게 결코 쉽지 않았다. 청도라는 외부 환경도 크게 변해 예전 같지 않았고 그 자신의 마음도 여전히 들떠있었다. 더욱이 남양에서 이미 월평균 칠팔만 위안의 돈을 벌어보았던 그는 좀처럼 이삼천 위안의 월급을 받으며 출근할 마음이 서지 않았다.

남양을 생각하자 백녕은 그곳을 떠나오기 전 이삼 개월 동안 자신의 소행이 떠올라 저도 몰래 얼굴이 붉어졌다. 한 달에 고작 몇 만 위안의 수입을 올리면서 큰 부자라도 된 듯 졸부 행세를 했던 자신이 심히 부끄럽지 않을 수 없었다.

"내가 왜 그랬던가? 내가 고만한 그릇밖에 안 된단 말인가?"

백녕은 자신의 잘못을 깊이 뉘우치고 새롭게 출발하리라 다짐했다. 그는 지금 자신은 마음이 들떠서 적은 월급을 받으며 회사에 출근할 수 없는 것이 문제가 아니라 무슨 일을 하든지 간에 바르게 살아야 한다는 마음가짐이 세워져 있지 않은 것이 더욱 큰 문제라는 걸 마음깊이 느꼈다.

"그래 맞아, 어느 곳에 안착하느냐 하는 것이 중요한 게 아니라 어디서든 바르게 사는 것이 더욱 중요하지 않은가!"

이렇게 생각하니 그는 마음이 다소 편해졌다. 내내 들떠있던 마음도 안정되는 듯싶었다. 그는 자신이 굳이 회사에 취직할 필요가 없다고 생각되었다. 그는 회사 출근을 포기하고 장사에 나섰다. 청도를 거점으로 연해 지역을 오르내리며 의류, 석재 등 장사를 했다. 큰돈은 못 벌어도 회사에 출근하기보다는 수입이 높았다.

2011년에 백녕은 한국에 갔다. 그는 외삼촌 박진엽이 지사장으로 있는 흑룡강신문사 한국지사에서 잠깐 근무하며 외삼촌의 일손을 도왔다. 그때 외삼촌은 한국지사의 운영을 위해 여러 가지 사업을 벌이고 있었는데 그는 거기서 출국수속, 부동산 판매 등 여러 가지 일을 접촉하며 배우게 되었다. 단기 체류비자를 소지한 그는 불법체류를 하지 않기 위해 3개월에 한 번씩 연태에 다녀왔다. 연태에 다니며 그는 이종사촌 형님과 함께 연태 룽구(龙口)의 부동산 판매에 참여하기도 했다. 그러던 중 백녕은 환전 업무를 배우게 되었고 물류에도 관심을 가지게 되었다.

"그것이 시작이었어요. 환전하며 돈을 받고 넘기고 하다 보니까 자연 물류 하는 친구들을 많이 알게 되더라고요. 그래서 물류 쪽으로 일을 하게 되었는데 그걸 한동안 하다 보니 많은 화주(货主)들을 접촉하게 되었죠. 후에 그들의 부탁으로 한국의 중고차 부품을 배에 실어 중국으로 보내는 일을 하게 되었죠."

"그건 좀… 위험한 일이 아닌가? 그런 일은 혼자서 할 수 없잖아, 한국에 회사가 있었나?"

"한국에 회사라는 건 없지만 그걸 전문으로 해주는 사람들이 있었어요. 처음에 그 사람들을 알게 되면서 일을 시작하게 되었던 거죠. 중국에는 물건을 받는 회사가 있었고요."

"어떻게 진행되는데?"

"중고차를 뜯어서 부품으로 실어 보내면 중국에서 받아 자동차 정비공장들에 넘겨 다시 조립하거나 차량 정비하는데 쓰이는 거죠. 한국에는 폐차(车辆报废) 기간이 중국보다 엄청 짧아요. 10만 킬로미터 이상이면 폐차해야 되니까요. 그러다 보니 한국의 중고차 부품이 중국에서 이용 가치가 상대적으로 높은 거죠."

"그걸 얼마 동안 했나?"

"한 일 년하고 손을 뗐어요. 물량이 점점 많아지며 돈도 많이 벌었지만, 점차 불안해서 안 되겠더라고요. 그러면서도 난 물류만 하고 수속도 다 있으니까 문제 될 것 없다고 생각하기도 했죠. 사실 그때 내가 한 일들이 모호한 부분이 많았어요. 불법이라면 불법이고 아니라고 하면 아닌 것 같기도 하고요. 그리고 또 어떻게 생각하면 얼마나 많은 사람들이 편법으로, 불법으로 돈을 벌고 있는데, 나 같은 건 아무것도 아니다, 이런 식으로 자신을 위안하기도 했죠. 그래도 결국은 일 년 만에 그만두고 말았어요."

2013년 3월 말, 백녕은 마카오(澳门)에 갔다. 한국에서 사귄 여자 친구가 마카오에 가있었던 것이다. 심양출신의 여자 친구는 한국 국적을 올린 후 마카오 **호텔 카지노(赌场) 귀빈실에서 일하고 있었다. 마카오에 가서 얼마 안 돼 그들은 헤어지고 말았다. 백녕의 눈에 부자들만 출입하는 카지노 귀빈실에서 여급으로 있는 그녀가 더 이상 좋게 보일 수가 없었고 매일 부자들을 상대해온 그녀 또한 백녕이가 초라해 보였다.

마카오는 백녕을 강하게 사로잡았다. 세계 최대의 "도박의 도시(赌城)"인 마카오는 그의 상상을 초월했다. 당시 마카오에는 37개 카지노가 개설돼 있었는데 그 가운데 세계 최대의 카지노로 불리는 베네시안 리조트 호텔의 1층 카지노는 룰렛, 슬롯머신, 블랙잭, 바카라 등 각종 게임을 즐기려는 사람들로 밤낮을 가리지 않고 붐볐다. 20대 젊은 층부터 70, 80대 노인에 이르기까지 수천 명이 축구장 3개를 합친 것과 맞먹는 카지노의 수백 대에 달하는 갬블링 테이블에서 각자 칩(筹码)을 들고 게임에 열중하고 있었다. 마카오는 도시 전체가 하나의 거대한 도박장이었고 마약과 매춘도 합법화 돼 있었다. 마카오는 그래서 전 세계 부자들이 몰려드는 금전과 쾌락의 세상이었고 또한 부자들의 돈을 벌수 있는 금노다지 판이기도 했다.

백녕은 며칠 동안 카지노에 출입하는 사람들을 지켜보았다. 그가 보기에 카지노에는 도박으로 돈을 따겠다는 사람과 도박하는 사람들을 도와서 돈을 버는 사람들, 이렇게 크게 두 부류로 나뉠 수 있었다. 그가 유심히 관찰해본 결과 카지노에는 딜러(发牌员)들보다도 부자들을 대신해 카지노 칩을 바꿔주는 "롤링"이라는 사람들이 중요한 역할을 하는 것 같았다. 부자들 자신이 직접 칩을 바꾸는 경우는 거의 없이 모두 롤링들이 바꿔주었는데 그들은 칩만 바꿔주는 게 아니라 부자들을 움직이고 있었다. 그런데 가만히 보면 이 롤링들은 딜러들처럼 카지노의 직원이 아니었다. 그들은 카지노와 부자들을 이어주는 중개자로서 쉽게 말하면 부자들의 매니저(经纪人)인 셈이었다.

"나도 저 사람들처럼 롤링이 돼야겠다. 그래서 여기 마카오에서 꼭 내 위치를 찾아야겠다."

백녕은 마침내 이렇게 다짐했다. 그리고 곧바로 행동을 개시했다.

"카지노에서 롤링으로 돈을 벌려면 양아치 같은 것들을 상대해선 안 되잖아요. 전 처음부터 돈 있는 부자들을 알아야겠다고 생각했어요. 그래서 카지노 안에 있는 귀빈실과 VIP 전용 룸을 전부 찾아다니며 무작정 말 걸고 대화하려고 했어요."

"자네 그 용기는 가상하다만, 그렇게 무작정 달려들어서 부자들이 응대나 하던가?"

"물론 응대를 안 하죠. 그런데 보안 인원들이 나를 지켜보고 주시하기 시작한 거예요. 카지노에는 곳곳에 카메라가 설치돼 있잖아요, 보안들이 보니까 내가 도박은 안하고 전문 부자들과 말을 걸고 하니까 며칠 후에는 보안들이 날 아예 들여놓지 않는 거예요. 마카오 카지노에는 인도네시아출신 보안들이 많은데, 키가 2미터 되는 거인들이죠. 팔이 저의 다리보다도 더 실한 작자들인데, 저가 들어가겠다고 기를 쓰면 넙적 들어서 밖에다 던져버리듯 갖다 놓은 거예요… 그러면 저는 툭툭 털고 다른 카지노로 갔어요. 카지노가 서른 몇 개나 되니까. 카지노 귀빈실에는 먹고 마시는 것 모두 무료예요. 별의별 음료수와 우유에 볶음밥까지요. 그런데 말이죠, 내가 도박도 안 하면서 밥을 먹고 하니까, 한두 번도 아니고

며칠씩 그러니까 보안들이 와서 쫓아내는 거 있죠. 밥을 먹다가 쫓겨나면 진짜 섦더라고요. 막 눈물이 나기도 했죠. 내가 왜 이렇게 살아야 하나, 차라리 한국 가서 막노동이나 뛰고 말까, 하고 생각하면서요… 하지만 그것도 잠깐이고 또다시 다른 카지노로 갔죠. 어떻게 해서라도 여기 마카오에서 꼭 발을 붙이고야 말겠다고 마음을 굳게 먹으면서요."

백녕은 그렇게 3개월 버티었다. 석 달 동안 고생은 이루 말할 수 없었다.

"가장 힘들었던 것은 좀 지나서 돈이 다 떨어진 거예요. 마카오는 물가가 엄청 비싸요. 제일 싼 담배 한 곽에 인민폐 150위안이니까요. 작은 셋방 한 칸에 홍콩 달러 3만 위안, 인민폐로 2만5천 위안이고 기타 비용까지 하면 아무리 안 쓴다 해도 한 달에 4~5만 위안 들어

가거든요. 나중엔 일전 한 푼 없는 알거지처럼 되었어도 저는 매일 옷을 단정하게 차려 입고 카지노에 들어갔죠. 그렇게 꼬박 3개월 지나고 나니까 마침내 카지노에서 어떻게 하면 돈을 벌수 있는지 알게 되더라고요. 그전에는 다른 사람들이 어떻게 한다는 걸 대충 알기는 해도 관건적인 것들을 몰랐던 거죠. 그걸 장악한 후에는 누구보다도 롤링을 잘할 수 있었고 돈을 벌기 시작했죠."

"참 끈질기기도 했구나!" 나는 감탄을 금치 못했다. "그래 첫 번째로 돈을 얼마 벌었나?"

"첫 번째 거래에서 7만8천 위안을 벌었어요. 그날 카지노에서 나와 그동안 밀린 2개월 집세 물고 나니까 만8천 위안 남더라고요. 저는 지금도 첫 번째 거래해서 돈을 번 그날 날짜까지 똑똑히 기억하고 있어요."

"어느 날?"

"7월 4일요, 2013년 7월 4일."

그날 이후 백녕은 마카오에서 부자들이 찾아주는 롤링이 되었다. 그러나 훌륭한 매니저로 되기까지 과정이 필요했다. 돈을 벌기 시작하면서 그는 혼자서 모든 걸 하려고 했던 것이다.

"마카오에 오기 전까지 내내 그렇게 지내왔으니까요. 회사에 다닐 때도 그랬고 자체로 회사를 차렸을 때도 그랬거든요. 내가 노력해서 내 돈을 버는 거니까 내 안속은 내가 차린다는 거였죠. 카지노는 금전의 세상이니까 더구나 사람마다 자기 욕심만 채우는 줄 알았고 그러니 나도 당연히 자기 안속부터 차려야 하는 줄 알았죠. 그런데 어느 날 그동안 사귄 가까운 친구가 한마디 충고하는 거예요. 너 보니까 꽤나 영리한 것 같은데, 치졸하게 그러지 마라, 네가 총명한 것 같아도 남도 바보가 아니다, 다 지켜보고 있다, 차라리 대범하게 서로 협력하며 돈을 벌려고 해라, 그래야 더 큰 돈을 벌수 있다, 라고 말입니다. 그 친구의 말을 듣는 순간 나 자신이 얼마나 부끄럽던지… 그리고 또 그 친구가 너무나 고마웠어요."

친구의 따끔한 충고 한마디가 그의 생각을 확 바꾸었다. 그것은 그가 카지노라는 세계를 새롭게 인식하는 계기가 되었고 더욱이 그가 세상을 새롭게 바라보는 계기가 되기도 했다. 험한 세상일수록 사람들 간의 협력과 연대가 한결 중요하고 금전만능의 세상에서 정직한 인간성 이야말로 가장 강력한 무기가 될 수 있었다.

백녕은 한개 팀을 이끄는 매니저가 되었다. 그는 모든 것은 상대방을 위하는 마음가짐으로 내가 손해 보더라도 상대를 편하게 했다. 그렇다고 무작정 비위를 맞추려고 하지 않았다. 그에게는 또 한국어와 표준중국어를 유창하게 구사하는 남다른 능력이 있었다. 그러다보니 그는 차츰 마카오에 오는 한국인들과 국내 부자들이 신뢰하는 매니저가 되었고 자연 그와 합작하기를 원하는 친구들이 많아지며 한개 팀을 이끌게 되었던 것이다. 그들의 손을 거쳐 매일 평균 6~7천만 위안의 돈이 돌아갔다. 카지노의 매니저들은 동료의식이 굉장히 강했다. 서로 협력해야만 돈을 벌 수 있기 때문이었다. 돈을 가지고 장난치지 않으면 모두 좋은 친구가 되었다.

"어디서든 다 그렇겠지만, 특히 카지노에서는 사람됨이 굉장히 중요해요. 사람됨이 좋으면 합작하려는 친구들이 많아지고 돈도 그만큼 많이 벌수 있는 거죠."

"드라마나 영화에서 보면 카지노에 출입하는 부자들이 굉장히 쿨하잖아. 매니저들은 어떤가?"

"부자들은 쿨 해도 매니저들은 굉장히 힘들어요. 사나흘씩 잠도 안 자고 할 때가 많아요. 현금이 계속 돌기 때문이죠. 금액이 커서 여럿이 함께 할 때는 순서대로 잠을 잠깐씩 자며 지켜요. 눈 깜짝할 사이에 수천 수백만 위안이 왔다 갔다 하니까 집중해야 하잖아요. 도박 자체가 육체노동과 정신노동의 결합체인 것 같아요, 그러니 그 중개 역할을 하는 우리 매니저들도 마찬가지죠…(웃음)"

"매니저들 가운데 중국 국내에서 간 사람들은 얼마 있나?"

"거의 없어요. 있어도 모두 저처럼 외국 비자가 있는 사람들이죠. 마카오에서는 외국인이나 외국비자 소지자들한테는 직접 90일짜리 도착비자(落地签证)를 주는데 중국 국내 사람들한테는 그런 비자 안 줘요. 국내인들이 비행기 타고 내리면 일주일 단기 비자를 주는데 일주일 후 주해로 갔다가 다시 들어오면 또 일주일 비자 줘요. 기한이 돼서 나갔다가 다시 들어가면 이번엔 이틀밖에 안주거든요. 그 후에는 반드시 제3국을 다녀와야 다시 들어올 수 있는데 그때 또다시 일주일 비자를 줘요."

"국내인들의 출입을 비자로 제한하는구나."

"그렇죠. 마카오사람들 보면 '우리 마카오사람들'과 '당신네 대륙사람들' 하는 식으로 자신들과 중국 대륙인들을 차별 두는 경우 많거든요. 그것은 조선족들이 한국에 가서 받는 대우와 비슷한 것 같아요. 한국에서도 조선족들이 한국국적에 가입했다 하더라도 '조선족' '중국교포' 하는 식으로 차별을 두잖아요. 저도 전에 한국에 있을 때 많이 무시당했는데, 지금은 아니에요. 지금 저가 뷰티사업 하면서 한 달에 한국 사람들한테 결제해주는 금액이 한화로 2억원 넘어요. 이제는 한국인들이 저한테 와서 돈을 벌어가니까요…(웃음)"

백녕은 환하게 웃었다. 순진하면서도 기분 좋은 표정이었다.

"지금 하고 있는 뷰티사업은 어떻게 시작하게 되었나?"

"저의 와이프를 만나면서 그쪽으로 하게 된 거예요."

고향이 료녕성 안산시라는 그의 아내 손몽요(孙梦遥)는 그와 동갑내기인데 한국에 유학 가서 부산에 있는 부경대학을 졸업했다. 한족인 그녀는 집에서는 시어머니와 한국어로 대화할 정도로 한국말을 잘하고 영어도 수준급으로서 백녕과 필리핀이나 미얀마에 가서는 그의 영어통역을 했다고 한다.

"와이프를 만나기전에 솔직히 여자 친구들을 여럿 사귀었었거든요. 그러다 마카오에서 자리를 잡고 있을 때 와이프를 만났죠."

"어떻게 만났길래?"

"와이프가 대학 졸업하고 한국에서 굉장히 유명한 성형외과병원에서 해외사업팀장으로 있었어요. 거기서 저와 잘 아는 한국 친구와 사업적으로 연계가 되었던 거예요. 그 친구의 소개로 한번 만났는데 저가…속된 말로 땡잡은 거였죠…(웃음)"

"총각이 잘 생기고 사업 수단도 좋고 하니까 반했겠지…(웃음)"

"와이프와 사귀면서 그의 소개로 성형외과 의사들을 만나게 되었어요. 저가 마카오에서 부자들 상대로 매니저를 하고 있잖아요, 그 가운데 여자들도 상당수 차지하거든요. 그리고 부자들의 부인이나 자녀들 가운데 한국 뷰티업에 관심이 있는 사람들이 많아요. 그래서 그들을 한국에 보내서 수술을 받게 하다가 나중엔 중국에다 뷰티샵을 설립하게 되었죠."

"네 와이프가 새로운 사업을 벌일 수 있는 계기를 가지고 온 셈이네."

"그렇죠. 마카오에서 언제까지고 매니저만 할수 없잖아요. 처음에 마카오에 갔을때 매니저를 해야겠다 생각하고 고생고생하며 끝내 매니저가 돼 돈을 좀 벌고 나니까, 그 다음에는 나도 자기 사업을 해서 사업가가 돼야겠다는 생각이 들더라고요. 그래서 뭘 할 수 있을까 고민하던 중에 와이프가 나타났던 거예요."

"맞춤한 시간에 나타난거네."

"네. 사실 그전부터 저는 중국시장을 상대로 하는 사업을 해야겠다는 생각은 확실했어요. 한국시장을 상대해서는 앞길이 점점 짧아 질수 있지만 중국은 워낙 땅이 넓고 인구나 많으니까 사업을 해도 시장이 날로 확장될 확률이 높잖아요."

2017년 2월, 백녕은 심양에서 부자동네로 손꼽히는 장백도(长白島)에 120만 위안을 투자해 200평방미터 면적의 마얼스뷰티샵(玛尔诗玛尔诗医疗美容诊所)을 설립했다. 마얼스뷰티샵은 한국에서 유명한 성형외과의사를 초청하여 정기적으로 미용시술을 하고 있는데 개업 이후 높은 인기를 누리고 있다.

2017년 7월, 백녕은 내몽골자치구 수부 혹호트시(呼和浩特市)에 있는 한 미용센터와 합작으로 성메이디캉뷰티샵(圣美迪康美容中心)을 설립했다. 이 뷰티샵은 700평방미터에 달하는 원유의 미용센터에 한국뷰티기술을 도입해 운영되고 있는데 백녕이 30%의 지분을 소유하고 있다. 여기서도 역시 한국에서 성형외과의사를 초청하여 정기적으로 미용시술을 하고 있다.

백녕을 만난 이튿날 점심 무렵에야 우리는 다시 만났다. 어제는 서탑에 있는 평양식당에서 서광촌 사람들 넷이서 밤늦게까지 술을 마셨던 것이다. 나는 백녕이를 따라 심양 장백도 중심부인 화평구흥도로(和平区兴岛路)에 위치한 마얼스뷰티샵을 둘러보았다. 뷰티샵은 2층에 있었는데 계단을 올라가면서 보니 층계 량쪽 벽면에 예닐곱 명의 한국 성형외과원장(의사)들의 사진액자들이 걸려있고 중간 중간에 한국 연예인들의 홍보 액자도 함께 걸려 있었다. 한국에서 꽤나 알려진 연예인들이였다. 뷰티샵 역시 서울 압구정동에서 흔히 볼 수 있는 것처럼 호화로우면서도 편안하게 꾸며져 있었다.

"손님들은 대부분 자기 사업을 하거나 부잣집 가족들이다보니 오후나 저녁 시간에 샵에 와요. 먼저 예약하고 오거든요."

뷰티샵을 나온 우리는 근처 한국요리 식당에서 이른 점심을 먹고 심양북역으로 출발했다. 대련 가는 고속철을 타기 위해서였다. 백녕의 아오디(奥迪) A6는 잠깐 새에 장백도 혼하(浑河)강변도로를 질주했다.

"여기 강변 쪽이 심양 신도시인데 아파트가 가장 비싼 곳이에요, 저가 여기 집 2채 샀거든요."

백녕이 강변 아파트를 일별하며 말했다. 신도시답게 길도 넓고 길 옆과 아파트단지에 녹화가 잘 돼 있었다. 차는 반시간 좀 넘게 달려 역 앞에 도착했다. 그때였다. 백녕이 나를 아예 대련까지 태워드리겠다면서 역전을 지나쳤다. 내가 고속철을 타고 가도 된다고 하는데도 막무가내였다. 그렇게 나는 백녕과 4시간 가까이 더 있으면서 이런 저런 얘기를 많이 나눌 수 있었다.

— 아버지는 지금 어디 계시나?

— 아직 한국에 계셔요. 중국에 돌아오라는데 안 오시네요. 아직 일할 수 있으니까 자식 덕 보며 살고 싶지 않다면서요…(웃음)

— 하긴 네 아버지 또래들은 지금 대부분 한국에 있으니까 한국에서 사는 게 편하고 재미도 있을 거다. 내 소학교와 중학교 동창들도 대부분 한국에 있는데 중국에 돌아오면 친구도 없고 하니까 재미가 없어서 못 살겠다고 하잖아. 한국에 있으면 거의 주말마다 모임이 있고 잔칫집 같으니까.

— 네 그런가 봐요… 그래도 이젠 한국에서 20년 넘게 현장 일을 하셨는데, 이젠 중국에 돌아와서 편하게 사시도록 해드릴 수 있는데, 고집부리고 계속 한국에 있겠대요.

— 한국에서 사는 게 습관 되고 그리고 거기서 사는 게 편해서 그러는 거야. 무슨 사무를 보거나 수속을 하거나 할 때 중국에서처럼 사람을 찾고 어쩌고 할 필요가 없으니까.

— 그렇죠. 중국에서는 아직까지 인맥을 통해서 일을 봐야 할 때가 많아요. 저가 뷰티샵을 설립할 때 중요한 허가증을 하나 내야 하는데, 신청하고 한 달 두 달 지나도 이런저런 핑계를 대며 해주지 않는 거에요. 후에 파출소에 있는 저의 친구가 알고는 나를 데리고 찾아갔더니 당장에서 허가증을 내주더라고요.

— 아직도 이런 현상이 존재하니 참… 중국도 남방 개방도시들에서는 이런 일이 거의 없어. 행정수속 같은 건 규정대로 하면 되니까,

사람을 찾을 필요가 없어.

— 네. 남방과 북방이 이런 면에서는 아직 차이가 크죠. 하지만 저가 사업하면서 보니까 총체적으로 중국에서는 아직까지 크고 작은 일들에 인맥을 통해서 해야 할 때가 많아요. 안 되는 일도 사람을 찾으면 될 수 있고 힘든 일도 사람을 찾으면 쉽게 될 수 있으니까요. 그래서 중국에서는 불편하기도 하면서 좋은 점도 많아요.

— 어느 사회나 그런 현상은 다 존재하겠지만, 사회가 발전한다는 것은 그런 현상이 거의 근절되고 법과 제도에 따라 사회와 경제 질서가 잡히는 것을 말하겠지.

— 옳은 말씀이에요. 마카오가 바로 그래요. 마카오라는 곳은 어떻게 보면 무법천지 세상 같아요. 국내에서는 금지되고 있는 도박과 마약 그리고 매춘까지도 합법적이잖아요. 그런데 마카오에 있다 보면 그곳은 굉장히 법질서가 잡혀있고 그 어디보다도 사람들이 법을 지키는 곳이거든요.

— 마카오 얘기하니 생각나는데, 이젠 마카오에서 완전히 철수한 거니?

— 아뇨, 계속 다녀요. 전에 매니저를 맡았던 중국이나 한국의 부자들이 연락해 오면 저가 동행하죠. 마카오뿐만 아니라 동남아 쪽 카지노에도 함께 가서 매니저 역할 해요.

— 그렇게 카지노에 출입하면서 너도 가끔 놀때가 있나?

— 아니요, 저는 절대 안 해요. 워낙 도박에 취미도 없고요. 도박은 우리 형이 좋아하죠…(웃음)

— 그래?

— 형은 성격이 저하고 완전 달라요. 어릴 때부터 노름에 집착이 심했거든요. 어느 정도인가 하면요, 아무리 바빠도 누가 찾아오면 하던 일을 다 팽개치고 도박하러 가요. 그런 형을 잘 알기에 저가 마카오에서 한창 돈을 잘 벌 때 마카오에는 절대 안 데려오려 했죠. 그런데 엄마가 하도 형을 좀 도와주라고 해서 데려왔는데, 결국 일을 망치고 했죠.

— 어떻게?

— 마카오는 돈 쓰기 좋은 곳이잖아요. 가는 곳마다 카지노 있죠, 미녀들도 깔렸고, 24시간 어디 가도 술 마실 곳이 있고… 마카오에서 가장 안 좋은 것이 하나 있는데, 모두 현금만 쓰게 돼 있어요, 계좌이체(转账)가 없어요. 그때 형을 데려오니까 형이 돈 가지고 장난을 심하게 쳤거든요… 아 그때 제가 형 뒤치다꺼리하느라 혼났어요.

— ㅎㅎ…(웃음) 그래 형은 지금 뭐 하나?

— 뭐 하겠어요? 다시 한국으로 돌아가 현장 뛰고 있죠. 사실 마카오에서 그러고 나서도 제가 형한테 기회를 진짜 많이 주었거든요. 그런데 안 되더라고요. 사람은 자기가 자신을 컨트롤하지 않으면 옆에서 누가 도와주어도 소용이 없는 것 같아요.

— 글쎄 말이다. 네 형도 80년대 후잖아, 내가 서광사람들 취재하면서 보니까 중국에서 사업에 성공한 80년대 이후 젊은이들이 정말 많더라.

— 그럼요. 제가 생각하건데 젊은 사람들한테는 중국이 한국보다 더 좋은 것 같아요. 실제로 보면 좀 생각 있는 젊은 사람들은 거의 중국에서 일하고 사업을 하고 있어요. 중국에서는 기회도 많고 기적

을 창조할 수도 있잖아요. 한국에서는 젊은이들이 창업한다는 것이 얼마나 힘든가요. 특히 저처럼 학력도 없고 뭐도 없는 사람은 거의 불가능하잖아요. 그런데 중국에서는 아니죠. 자기가 노력하고 능력을 키우고, 그리고 고개를 숙일 줄도 알고 하면 얼마든지 기회를 포착하고 성공할 수 있으니까요.

— 네 말이 맞아. 내가 중국에서 만나 본 조선족 젊은이들 가운데 한국에서처럼 현장에서 체력노동 하는 사람 하나도 못 봤어. 자기 사업을 하지 않더라도 한국회사든 무슨 회사든 최소한 회사직원 정도는 하고 있거든.

— 그렇죠. 그런데 자기 사업을 한다는 게 정말 쉽지 않아요. 장사하기가 점점 힘들어져요. 상담하기 전 준비를 많이 하고 자료도 굉장히 꼼꼼히 보고 했는데도 상담 과정에 말 한마디만 잘못해도 끝나 버릴 때가 많으니까요.

— 이제는 인터넷이 발달하니까 더 그럴 거야. 점점 투명해지니까.

— 맞아요. 특히 한국에서는 가격이 너무 투명해서 마진이 별로 남지 않거든요. 상대적으로 중국은 조금 나은 편이죠. 그래도 아닌 게 아니라 인터넷이 발달하면서 중국에서도 가격이 점점 투명해지고 이윤 공간이 점점 적어져요. 그래서 아직도 졸부들 돈 벌기가 쉬운 편이죠. 우리 뷰티샵에 오는 손님도 알고 보면 다 그런 부자들이에요. 보통 직장인들은 엄두를 못 내니까요.

— 앞으로 어떤 타산이 있나?

— 우리 마얼스뷰티샵을 체인점으로 꾸려가려고요. 지금 가장 걸림 돌로 되는 게 뷰티관련 제품이에요. 모두 한국에서 수입해서 써야

하니까 사업을 확장하는 데 어려움이 많아요. 그래서 지금 여러 가지로 검토하고 있어요. 가장 핵심적인 것을 어떻게 국산화할 수 없겠는가, 하고요. 쉽지는 않겠지만 일단 목표를 정해놓고 추진해야죠.

— 그래. 목표가 확실하면 그 목표를 향해 힘차게 달려갈 수 있으니까.

— 그렇죠. 목표는 계속 변하는 것 같아요. 예전에 혼다야거(雅閣, 어코드) 나왔을 때 저 차를 꼭 사겠다고 생각했는데, 이제는 혼다는 쳐다보지도 않게 되었잖아요. 현재 뷰티샵을 체인점으로 늘리고 나면 또 다른 목표가 생길지 모르죠…

— 목표가 바뀔 때는 더 크게 바뀌게 마련이다. 그게 바로 꿈이라는 거야.

— 맞아요, 꿈. 꿈은 꾸어야 이뤄지겠죠?

백녕이가 빙긋 웃었다. 자신감에 넘치는 웃음이었다.

1986년생 범띠 동창 3인 3색

리철홍·윤광해·정춘송 (청도)

2018년 3월 14일 아침, 청도 성양구 시내중심 한 조선족민박집에서 투숙객들에게 제공하는 간단한 아침식사를 마치고나서 나는 서둘러 거리로 나왔다. 오늘 김춘자 선생과 함께 청도에 있는 그의 제자들을 만나서 취재하기로 약속 되었다.

아침 출근 시간대인데도 거리에는 차량과 사람들이 별로 많지 않았다. 청도는 산동성에서 두 번째로 큰 부성급 도시로서 최근 몇 년 인구가 천만 명에 육박한다고 하지만 청도 시중심과 30여 킬로미터 떨어져 있는 성양구는 사람들이 붐비지 않았다. 성양구는 원래 즉묵현(即墨县)에 소속된 향진이었는데 1960년대에 청도시 노산 교구로 되었다가 1994년에야 당시 청도시 6개 행정구역 가운데 하나로 되었고 현재의 성양시내 중심지역은 2001년부터 본격적으로 건설되었다. 원래 청도 리창구(李滄区) 리촌(李村)지역에 집중돼 있던 한국기업과 조선족업체들도 바로 그 시기에 성양구로 이전해 한민족 사회를 형성했다고 할 수 있는데 어림잡아 15만 명은 될 것이라고 한다. 성양시내 곳곳에 우리글 간판이 걸려있는걸 볼 수 있다.

십여 분 기다려 김 선생이 탄 택시가 도착하자 나는 차에 올랐다. 택시는 남쪽 방향으로 계속 달렸다.

김춘자 선생은 방정현 대라밀진 홍광촌 사람으로서 1981년에 방정조중 공정철선생과 결혼하면서 서광학교로 전근돼 사업하다가 방정조중과 서광학교가 합병해 방정현성으로 옮겨간 후 교도주임으로 사업했다. 퇴직 후 그들 부부는 청도로 와서 둘째딸 수언이가 경영하는 고급장식품 가게를 도우며 살고 있었다. 오늘 만나기로 한 그의 제자들은 모두 1986년생 범띠와 1987년생 토끼띠들로서 그가 소학교 1학년부터 6학년까지 줄곧 반주임으로 있으면서 가르쳤다고 한다.

"그때 우리 반 애들이 참 꼴꼴했었어요. 4학년 때 전현 조선족소학교 수학경연이 있었는데 1등부터 5등까지 몽땅 우리 반 애들이 차지했었거든요."

김춘자 선생이 자랑스레 말씀했다.

"그건 다 선생님이 잘 가르쳐서 그런 게 아닙니까."

나의 말에 김춘자 선생은 호호 웃었다.

"그때 그 반에 애들이 몇 명 있었나요?"

"스물 서너 명 있었어요."

"아, 꽤 많았네요."

"1994년도 새 학기 때 어떻게 되다 보니 1986년생 범띠들과 1987년생 토끼띠들이 함께 입학하면서 애들이 많아졌어요. 서광학교는 보통 새 학기 입학생들이 열댓 명 정도였는데 말입니다."

"그럼 6학년 졸업 때는 애들이 몇 명 되었나요?"

"소학교 졸업할 때는 물론이고 초중1학년까지도 이십여 명 애들이 거의 그대로 마을에서 공부했었어요. 그런데 2000년도 가을에 방정조중과 서광학교가 현성으로 옮겨가 합병되면서 절반 넘게 외지로 가버렸죠."

"그럼 선생님께서 6년 가르친 스무 명 넘는 이 범띠 토끼띠들 가운데서 후에 대학생들이 몇 명 나왔나요?"

"예닐곱 명 밖에 못 나왔어요. 초중 때 중학교가 현성으로 옮겨가고 하면서 애들이 안착하지 못하고 영향을 꽤나 받았던 거 같아요. 안 그랬으면 대학생이 적어도 열 명 이상은 나왔을 텐데…"

김춘자 선생은 매우 아쉬워했다.

"이십여 명에서 대학생이 여섯명 나왔으면 괜찮은 거 아닌가요?"

"그렇긴 하지만… 공부 진짜 잘했던 애들 네댓 명이 대학에 못 갔거든요. 지금 와서 보면 대학에 못 간 애들도 다들 열심히 잘살고 있어서 그나마 위안이 되긴 합니다."

애기를 나누는 사이 택시는 청도류팅국제공항과 가까운 조홍로(赵红路) 3번지 국제물류단지에 도착했다.

재청도 서광촌 출신 1986년생 범띠들에 대한 취재는 청도마방통(马帮通)물류유한회사 리철홍 사장으로부터 시작되었다.

1986년생 범띠 동창 3인 3색
1. 불법경영자로부터 어엿한 국제물류회사 사장으로

리철홍

대문 앞에 나와 우리를 마중한 리철홍은 체격이 반듯하고 얼굴이 어글어글한 미남이었다. 잠깐 인사를 나누고 나서 리철홍은 우리를 안내해 물류단지 안으로 들어갔다. 칠팔십 미터 길이로 길게 지은 2층짜리 건물 앞에 크고 작은 차들이 수십 대 늘어서 있었다.

"어느 것이 너네 차냐?"

김춘자 선생도 이곳에 처음 오는지 두리번거리며 물었다.

"저기 한창 물품 싣고 있는 봉고차가 바로 저희 회사 거예요. 차량이 모두 5대인데, 다른 차들은 이미 배송 나갔어요."

리철홍은 이렇게 말하며 "마방통물류"라는 간판이 걸려있는 건물로 앞장서 들어갔다. 그를 따라 들어가 보니 칠팔십 평방미터 되는 1층은 창고로 쓰고 2층에 사무실이 있었다. 2층에 올라가자 작업복을 입은 한 젊은 여성이 계단 앞에서 우리를 영접해 소파로 안내하고는 따뜻한 오미자차를 내왔다.

"철홍이 색시에요." 김춘자 선생이 여자를 가리키며 말했다. "역시 방정 사람이에요."

"그래요? 어느 마을이에요?"

"따뤄미(大罗密) 홍광촌입니다."

여자가 대답했다.

"둘이 중학교 동창?"

내가 리철홍을 보며 묻자 그가 네, 하고 대답하고는 씩 웃었다.

"그럼 둘이 초중 때부터 연애했던 모양이구나."

"아니에요. 초중 1학년 때 1년 같이 다녔는데, 그때 저는 남자애들하고 장난만 쳤지 연애 같은 건 생각도 못 했어요. 청도에 와서야 동창모임 때 만나 사귀고 결혼했거든요."

철홍이는 1986년생이다. 그의 부모들은 그가 소학교 2학년 때 베이징에 가서 김치 장사를 했다. 그와 그보다 두 살 어린 남동생 철봉이는 그래서 할머니와 함께 살았다. 엄마 아빠는 처음 몇 년은 돈을 꽤 벌어 집으로 부쳐오기도 했는데 후에는 한국 바람에 들떠 장사를 그만두었다. 한국 초청장 사기가 가장 심하던 1990년대 후반 그들은 베이징에서 이래저래 알게 된 권씨라는 사람한테 크게 당했다. 권씨가 비자수속을 해주어서 몇 명이 한국으로 나간 것을 확인한 철홍이의 아버지 리문길이가 두 형님의 비자수속을 해달라고 권씨에게 부탁했던 것이다. 그런데 권씨는 리문길의 연줄로 소개받은 서광촌과 이웃 동네의 지인들 4명까지 모두 6명한테서 2만5천 위안씩 받아 잠적해버렸다. 그 바람에 리문길은 집에도 못 돌아오고 밖에서 떠돌다가 후에 다른 사람을 통해 한국에 나가고 철홍이의 엄마만 혼자 집에 돌아왔는데 그 몇 년 동안 집안의 분위기는 항상 어수선했다.

2000년 가을 초중2학년 새 학기에 방정조중이 마을에서 현성으로 옮겨갈 때 철홍이는 연수현조선족중학교로 전학했다. 남동생 철봉이는 그때 소학교를 졸업했는데 어려서부터 공부를 잘했던 그는 상지조중으로 보내졌다. 철홍이는 연수조중에 다니면서도 마음이 안정되지 못했고 자연 공부도 점점 뒤떨어졌다. 초중4학년 때 다시 방정조중으로 전학해온 철홍이는 졸업을 앞두고 요리사공부를 시작했다. 아무래도 대학에 못갈 바에야 무슨 기술이라도 배워 일찌감치 사회에 나오는 게 낫겠다 싶어서였다. 그런데 요리사공부를 좀 하고 나니 별로 재미가 없었다. 적성에 맞는 것 같지 않았다. 그는 요리사공부도 그만두고 청도로 갔다.

2003년 8월 열일곱 살 나이에 청도로 간 철홍이에게 현실은 무정했다. 초중졸업생인 그를 받아줄 곳이란 식당이나 유흥업소밖에 없는 듯 했다. 그는 식당 직원으로 들어갔다. 요리사공부를 때려치우고 왔는데 결국은 식당에 들어가야 하는 자신의 처지가 가긍하기도 했지만 별수 없었다. 그는 식당에서 먹고 자며 월급 500위안을 받았다. 오전부터 밤늦게까지 열 몇 시간 일했지만 습관 되고나니 별로 힘든 줄도 몰랐다. 쉬는 날도 거의 없이 하루 종일 식당에만 있다 보니 밖에 나다닐 새도 없었고 돈 쓰는 일도 거의 없었다. 많지 않은 월급이 그대로 남아 그는 동생한테 돈을 부쳐주기도 했다.

그렇게 반년 좀 넘게 지나자 그는 식당 일이 싫어졌다. 고된 일에 비해 월급이 적은 것 같았다. 그는 식당에서 나와 커피숍에 취직했다. 식당보다 월급이 좀 많아졌지만 돈이 별로 남아있지 않았다. 차츰 친구들과 어울리면서 돈을 점점 많이 쓰기 시작했던 것이다. 후에 그는 커피숍에서 나와 사우나에 들어갔다. 노래방과 횟집에서도 한동안 있었다.

그렇게 2년이라는 시간이 더디면서도 빠르게 흘러갔다.

"벌써 2년이라니…"

어느 날 철홍이는 자신이 청도에 온 지 벌써 2년 지났다는 사실을 문득 떠올리며 왠지 속이 꿈틀하며 가슴이 저렸다. 그는 청도에 온 후 자신의 삶을 뒤돌아보았다. 일하고 잠자고 일어나 또 일하고…그러다 휴일이면 한바탕 먹고 마시고 놀고… 생각해보면 일하는 기계라도 된 듯 삶의 어떤 보람이라곤 거의 찾아볼 수 없이 허무맹랑하기 짝이 없었다. 미래에 대한 희망 같은 건 더구나 없었다.

"열아홉 살 새파란 나이에 이게 뭐란 말인가?"

철홍이는 자신이 한심해 보였다. 계속 이렇게 생각 없는 사람으로 살수는 없지 않는가. 거창한 꿈은 아니더라도 작은 목표를 세우고 자신의 처지를 변화하기 위해 노력해야겠다고 그는 생각했다. 그러자면 직장부터 바꿔야 했다. 그는 지인들께 부탁하고 직업소개소에도 등록했다. 그렇게 찾은 것이 물류회사였다.

2005년 8월, 철홍이는 직업소개소를 통해 **월드국제특송이라는 한국물류회사에 취직했다. 중국 화물을 한국으로 발송하는 것을 주업무로 하는 물류회사였는데 직원이 모두 8명 있었다. 철홍이는 창고 관리에서부터 잡일에 이르기까지 무슨 일이든 몸을 아끼지 않고 열심히 했다. 그런 그를 지켜본 사장님이 비용을 대주며 운전면허를 따게 했다. 운전기사가 된 철홍이는 밤과 낮이 따로 없이 회사를 위해 일을 했다. 그렇게 그는 **월드물류회사에서 4년 동안 근무했다. 후에 회사에서 업무의 축소로 직원을 줄이게 되자 그는 다른 회사로 자리를 옮겼다.

2009년 9월 철홍이는 한국독자 상지무역회사에 취직했다. 무역과 물류 업무를 병행하는 작은 규모의 회사로서 직원이 모두 4명이었다. 직원이 적다 보니 그는 운전기사에 물류와 무역 업무까지 일인다역으로 일하며 회사의 중견 직원으로 되었다.

상지무역에서 근무한지 얼마 안 돼 철홍이는 2년 전 동창모임에서 만나 사귀어 온 배선분 씨와 혼인신고를 하고 신혼살림을 차렸다. 자기 집이 생기고 생활이 안정되자 그는 할머니를 모셔와 함께 살았다. 그때 할머니는 자식들이 모두 한국에 나가 있는 바람에 고향에 홀로 계셨다. 할머니는 그들과 8개월 동안 함께 생활하다가 철홍이 큰아버지가 한국으로 모셔가면서 청도를 떠났다.

2013년에 들어서서 상지무역회사는 운영이 어려움에 처했다. 바로 그때 아내가 임신했다. 철홍이 앞날에 대해 고민하지 않을 수 없었다. 이제 애가 태어나면 돈 쓸 일이 많아질 텐데 아내는 애를 키우느라 몇 년 동안 출근을 못 할 수도 있었다. 그런데 자기마저 회사의 사정으로 수입이 보장되지 않는다면 그들 가족은 경제적으로 어려워질 수밖에 없었다. 생각 끝에 철홍이는 만약을 대비해 한국장기체류비자를 만들어놓기로 했다. 청도에서 여의치 않으면 한국에 나가서 막일을 해서라도 가족을 지켜야겠다고 생각했다.

철홍이는 회사의 파견으로 한국에 갔다. 당시 재외동포 정책에 따라 단기 종합(C-3)사증을 소유한 그가 재외동포 기술교육을 받아 합격하면 방문취업(H-2)체류자격을 획득할 수 있었다. 기술교육을 이수하고 나서 철홍이는 한국에 올 때 사장님의 분부대로 상지무역과 업무상 거래가 있는 한국 서희무역 이주백사장님을 찾아갔다. 청도에 있을 때 회사 일로 몇 번 통화한 적 있는 이사장은 철홍이를 반갑게 맞아주었다. 이사장은 그에게 서울 구경도 시키고 비싼 횟집에도 데리고 갔다.

"자네 사장님께서 나보고 중국 관련 일이 있으면 자네에게 직접 시키면 된다고 얘기하더군."

"잘 부탁드립니다."

"허허… 부탁은 내가 자네한테 하려고 그러네. 며칠 지내보니 자네 참 성실한 친구야. 자네, 나와 손잡고 일하면 안되겠나?"

철홍이는 중국에 돌아가서 상지무역 사장님과 상의한 후 답장을 드리겠다고 말씀드렸다. 그는 자신이 상지무역의 직원이고 회사에서 아직 자신을 필요하다고 생각되었던 것이다.

2013년 10월 한국에서 돌아오니 출산을 2개월 앞둔 아내가 예금통장에 3천 위안밖에 안 남았다고 알려주었다. 그동안 집안 사정으로 조금 있던 저금을 거의 다 써버렸다.

"출산 비용이 적어도 만 위안은 들어갈 것인데, 어떻게 할 것인가?"

철홍은 사장님께 서희무역 이사장의 제안을 말씀드리며 빠른 시일 내에 서희무역의 일을 시작하고 싶다는 자기 생각도 솔직하게 여쭈었다. 사장님은 안색을 흐렸다. 철홍은 두 회사의 일을 병행하겠다고 해서야 사장님은 마지못해 허락했다.

철홍은 이튿날로 사무실과 창고를 임대해 서희무역 중국지사를 설립했다. 며칠 후 서희무역에서 한국으로부터 화물을 보내오기 시작했다. 통관수속은 서희무역에서 찾은 대행사에서 대여해주고 지사에서는 화물을 전국 각지로 배송하면 되였다.

철홍은 처음에 혼자서 일했다. 그는 지사장이자 직원이었다. 컨테이너 화물차가 와서 물건을 부려놓고 가면 그는 한국에서 보내온 리스트에 따라 물건들을 분리해서 택배회사와 물류회사를 통해 전국 각지로 발송했다. 보기엔 간단해도 워낙 물량이 많고 배송지역도 보통 50여 곳 되다 보니 그는 눈코 뜰 새 도 없이 바쁘게 돌아다녀야 했다. 물건이 들어온다 하면 그는 사나흘 동안 하루에 18시간 이상 일을 해야 했다.

철홍이의 수입은 중국 국내 배송비에 따라 한국 본사로부터 결제 받는 수수료에서 나왔다. 그때 청도에 있는 기타 물류회사들에서는 킬로그램당 평균 1위안이라는 수수료를 책정해 결제 받았지만 철홍은 처음부터 킬로그램당 평균 0.5위안씩 책정해 결제받았다. 사실 철홍은 남들처럼 킬로그램당 평균 1위안씩 책정할 수도 있었지만 그는 그렇게 하지 않았다. 그것은 자신을 믿고 중국지사를 운영하도록 한 서희무역 이사장님에 대한 보답이고 존중이었다.

지사를 설립한 첫 한 달에 3만여 위안 순수입이 떨어졌다. 다른 물류회사의 절반밖에 안 되는 수수료를 받았지만, 한국본사에서 워낙 화물을 많이 보내온 결과였다.

철홍은 점차 지사의 규모를 넓혀갔다. 본사에서 보내오는 화물도 점점 늘어나 매주 평균 20톤짜리 컨테이너를 7~8개 보내왔다. 70% 이상이 원단으로서 대부분 덩어리가 큰 물품들이었다. 그는 직원들을 3명 채용하고 자체의 배송 차량도 5대로 늘렸다. 그렇게 2년 지나며 그는 자체의 독자 물류회사를 설립할 수 있는 실력과 인맥 등 토대를 닦았다.

2015년 7월, 철홍이가 자체 회사 설립을 준비하고 있는데 그만 일이 터졌다. 한국 서희무역의 중국통관대리회사가 탈세 혐의로 차압당하면서 철홍이가 구속되었던 것이다. 통관대리회사 사장은 사전에 낌새를 채고는 잠적해버리고 그동안 통관대리회사를 통해 서희무역의 화물을 꼬박꼬박 받아 배송한 철홍이가 모든 걸 뒤집어 쓴 형국이되고 말았다. 억울하긴 하지만 따지고 보면 정식으로 회사 등록을 하지 않고, 서희무역 중국지사라는 이름으로 화물을 대량 배송해온 것이 불법 경영의 소지가 있었다.

철홍이는 큰 대가를 치러야 했다. 변호사 비용과 벌금 등 총 50만 위안을 쓰고 27일 만에 구치소에서 풀려나왔다.

"구치소는 굉장히 험한 곳이라던데, 고생 꽤 했겠네…"

"고생 별로 안 했어요… 그저 정신적으로 많이 힘들었어요."

"그래?"

"네. 처음 들어가서 억울해서 못 견디겠더라고요. 내야 한국에서 보내온 물건을 배송만 했을 뿐인데 왜 내가 죄를 다 뒤집어써야 하는가, 하고 말이죠. 그전에 대련에서 역시 물류 하는 사람이 나와 비슷한 경우로 구속되었다가 5년 판결 받았다는 걸 들은 적 있거든요. 그걸 생각하니 솔직히 두렵기도 했죠. 긴 밤 뜬눈으로 지새우기도 했어요. 그러다가 마침내 사실 나 자신이 완전히 청백한건 아니지 않냐, 불법경영으로 돈을 벌었지 않았냐… 하고 반성을 해보게 되더라고요. 그래서 면회 온 와이프한테 변호사를 찾아라, 절대 돈을 아끼지 말라, 그동안 번 것 이상의 벌금을 내더라도 구치소에서 나가야만 한다, 하고 말했죠. 변호사가 뛰어다니며 벌금 낼 건 내고 해서 결국 풀려나왔죠."

"그럼 그동안 번 돈 다 써버렸겠구먼?"

"돈은 다 날리고 60만 위안 주고 산 아파트는 그래도 남았어요."

"다행이네. 그런데 따지고 보면 이번 사건의 발단은 서희무역이잖아, 서희무역에서는 가만있던가?"

"서희무역 이주백사장님께서 인민폐 10만 위안을 보내주었어요. 청도에서 전에도 비슷한 사건이 몇 번 터진 적 있거든요. 그때마다 한국회사들은 모두 나 몰라라 하고 관계를 끊어버렸는데 이주백사장은 돈을 보내주시면서 계속 밀어주겠으니 힘을 내라고 하시더라고요. 저한테는 귀인이죠."

구치소에서 나온 철홍이는 회사 설립부터 착수했다. 이제부터 불법 경영은 절대 하지 않겠다고 다짐했다. 얼마 뒤 등록자금이 100만 위안인 청도마방통(马帮通) 물류유한회사가 정식으로 성립 되었다. 서희무역은 마방통물류의 가장 굳건한 합작파트너가 돼 화물을 계속 보내왔다. 철홍이는 서희무역 외에도 한국의 기타 물류회사들과도 업무 협력관계를 맺었다. 그리고 한국에서 들어오는 화물만 취급하던 데로부터 중국의 화물을 한국으로 발송하는 업무도 개시했다.

2017년 가을, 철홍은 한국에 사업자등록을 내고 마방통물류 한국사무소를 설립했다. 그리고 동생 철봉이를 한국에 상주시켜 더 많은 한국 화주(貨主)들을 유치하며 물류업무를 확장시켜 나갔다. 2017년 사드의 영향으로 물량이 대폭 감소되는 상황에서도 90만 위안 수입을 올렸다. 물량은 적어졌지만 단위당 수입이 전보다 훨씬 높아졌던 것이다.

청도마방통물류유한회사는 현재 7석짜리 봉고차 3대를 비롯해 차량을 5대 보유하고 고가(高端) 화물 배송을 위주로 하는 국제물류회사로 발전했다. 17세 어린 나이에 혈혈단신으로 청도에 진출한 철홍은 그렇게 30대 초반에 어엿한 국제물류회사 사장으로 거듭났다.

"철홍은 친척들 가운데서 가족들한테 베풀고 어른들한테 효도한다고 칭찬이 자자하답니다. 동생 철봉이가 전문대를 졸업하고 청도 한국기업에 근무하다가 지금 형네 회사에 있잖아요, 철봉이가 집을 살때 선금 십 몇 만 위안을 대주었거든요."

김춘자 선생이 이렇게 말했다. 나는 그제야 김춘자선생이 철홍이의 반주임 선생님일 뿐만 아니라 그의 외숙모라는 사실을 상기했다. 1986년생인 리철홍은 김춘자 선생의 시누이 공영자의 아들이었던 것이다.

2021년 3월, 나는 철홍이와 위챗 통화에서 지난번 취재 후 3년이 지났는데 회사에 무슨 변화가 없는 가고 물어보았다.

"네, 변화가 좀 있죠. 청도류팅공항세관이 바라보이는 포동로 22

번지로 회사를 이전했어요. 업무상 합작을 많이 하는 회사와 500평방미터 되는 건물을 함께 임대해 입주했거든요."

철홍은 목소리에는 힘이 실려 있었다.

코로나의 영향으로 한국 관련 많은 회사들이 어려움을 겪는 가운데 마방통물류회사는 사업이 오히려 번창하고 있는 모양이다.

1986년생 범띠 동창 3인 3색
2. 개구쟁이의 순진한 웃음 잃지 않고

윤광해

류팅에서 취재를 마치고 우리는 철홍이가 운전하는 차에 앉아 다시 성양시내 쪽으로 향했다. 다음 목적지는 성양시내 북쪽 교구에 위치한 서곽장(西郭庄)이었다. 윤광해가 거기서 한국 일용품 도매사업을 하고 있었다.

윤광해는 나의 소학교, 중학교 동창인 윤용태의 둘째 아들이다. 용태네는 1970년에 연수현가신공사태평대대에서 서광으로 이사해 왔다. 서광대대 제1생산대에서 용태의 아버지를 양봉 기술자로 데려왔던 것이다. 나보다 한 살 많은 용태는 전학해오며 아래 학년인 우리 반에 와서 우리는 동창이 되었다. 용태의 아버지와 엄마는 심한 경상도 사투리를 썼는데 외동아들인 용태에게 매우 끔찍했다. 덕분에 나는 어릴 때 용태네 집에 놀러 가서 맛있는 걸 꽤 얻어먹었다. 어느 해 겨울, 용태와 둘이서 밖에서 놀다가 함께 집안에 들어가니 용태 엄마가 "쫘맨(挂面, 밀가루국수)"을 삶아놓고 기다리고 계셨다. 1970년대 그 시절 농촌에서 매우 귀한 음식이었다. 용태 엄마는 우리 둘에게 한 사발씩 골똑 퍼서 주시면서 마이 묵어라, 하고 말씀하셨다. 그때 그 쫘 맨 맛을 생각하면 나는 지금도 입에서 군침이 돈다.

용태는 위로 누님 둘 있고 아래 여동생이 하나 있었는데 이사 와서 삼사 년 만에 용태한테 여동생이 하나 더 생겼다. 그때 용태 엄마는 이미 오십을 넘긴 연세였다. 어른들한테 들으려니 용태 엄마가 자신이 임신했다는 걸 알고는 지우겠다고 하는 걸 그해 역시 임신한 용태의 큰 누님을 비롯해 자식들이 극구 말렸다는 것이었다. 그 후 용태네 집에 놀러 가면 쌍둥이 같은 그의 여동생 홍화와 외조카 영순이가 재롱을 피워 집안에 웃음이 넘치는 걸 볼 수 있었다. 용태 엄마는 후에 용태가 한국에 모셔가서 건강하게 사시다가 2019년에 94세를 일기로 세상을 떠나셨다.

용태는 1990년대 초반에 한국에 갔다. 한국 바람이 일어나기 전 워낙 부지런한 용태는 마을에서 치부 능수로 소문났었다. 1980년대 초반 호도거리를 시작한 지 얼마 안 돼 마을에서 비교적 일찍 덩실한 벽돌집을 지었고 그때 농촌에서 부의 상징이라고 할 수 있는 "알빠(二八)뜨락또르"까지 갖추었었다. 그런 그였던 만큼 한국에 나가서도 돈을 잘 벌었다. 1990년대 초반 친척방문으로 한국에 나간 그는 중간에 중국에 돌아왔다가 다시 수속을 밟아 나갔는데 부부가 함께 한국에서 20여 년 있으면서 자식들이 근심 걱정 없이 공부하도록 뒷바라지를 했고 그들이 결혼하고 아파트를 살 때도 선금까지 대주었다고 한다. 용태 자신도 서울 대림동과 하얼빈에 아파트를 사놓았다.

용태의 두 아들은 부모님의 기대에 어긋나지 않게 공부에 열중해 둘 다 대학교에 붙었다. 큰아들 광휘는 흑룡강대학 일본어학과를 졸업하고 현재 한국에서 회사에 다니고 있고 둘째 광해는 중앙민족대학 한국어학과를 졸업하고 현재 청도에서 자기의 업체를 운영하고 있다.

우리는 반시간도 채 안 돼 서곽장에 있는 광해의 회사에 도착했다. 단층집 구조로 된 건물 앞에 나와 기다리고 있던 광해가 김춘자 선생께 먼저 인사를 올리고는 나를 향해 씩 웃으며 삼촌 청도에 언제 오셨어요? 하고 인사했다. 지난해(2017년) 6월 흑룡강성 탕원현 향란진 그의 처갓집 동네에서 올린 결혼식에 내가 아버지 친구 신분으로 참석했던 터라 특별한 친근감이 우리 사이에 흐르는 것 같았다.

건물 안은 매우 넓어 보였다. 면적이 얼마 되는가 하고 물어보니 300평방미터라고 했다. 작업장(車间)처럼 기둥 하나 없는 넓은 공간에 여러 가지 규격의 박스들이 차곡차곡 쌓여있고 한쪽에 삼사십 평방미터 됨직 하게 칸을 막은 사무실이 꾸며져 있었다.

사무실에 들어가니 지난해 결혼식 때 이미 만난 적이 있는 광해의 새색시 김연 씨가 환하게 웃으며 맞아 주었다. 결혼식 때 보니 신부의 얼굴에 내내 웃음이 찰랑거렸는데 행복에 겨운 그 웃음은 여전했다.

광해의 얼굴에도 웃음이 가득했다. 내 기억에 광해는 어릴 때부터 새물새물 잘 웃었던 것 같다. 춘절 연휴 때 부모님 계신 고향에 설

쇠러 가면 용태네 집에서 꼭 술 한 잔 마시곤 했는데 그때도 광해는 아빠 친구들을 향해 씩 하고 곧잘 웃었다. 광해도 이젠 서른 살을 넘긴 애 아빠가 되었는데 어릴 때 개구쟁이의 그 순진한 웃음을 줄곧 잃지 않고 살아왔다는 것은 그동안 그의 삶이 비교적 순탄했다는 것을 단적으로 말해주는 듯싶다. 그것은 어쩌면 열심히 살아온 부모님이 자식들에게 좋은 본을 보여 주며 뒤에서 지켜준 데서 기인하지 않았나 생각하게 된다.

김춘자 선생의 소개에 따르면 광해는 어릴 때 공부도 잘해 학급에서 늘 앞자리를 차지했다고 한다. 1999년 서광학교에서 소학교를 졸업한 후 광해는 마을에 있는 방정조중에서 초중을 다녔다. 그의 가정형편으로는 얼마든지 하얼빈에 가서 공부를 할 수도 있었지만 그는 할머니가 계신 마을에서 계속 공부하는 걸 선택했다. 이듬해 방정조중이 현성으로 옮겨가자 동창들이 또 적잖게 하얼빈으로 상지로 떠나갔지만 그는 여전히 방정조중에서 기숙하며 공부했다.

"학교가 현성에 옮겨간 후 첫 일이 년 동안 안정되지 못했어요. 과임 선생님들도 자주 바뀌었는데 수업 준비도 제대로 하는 것 같지 않더라고요. 교과서에 있는 예제(例題)풀이를 그대로 흑판에 베껴놓는 교원들도 있었으니까요. 그래서 이거 안되겠구나, 나절로 무슨 방도를 대야겠구나, 하고 생각하게 되였죠."

광해는 자습을 위주로 하는 학업 계획을 세우고 매일 아침 일찍 일어나 교실에 나가 공부하고 저녁에도 밤늦게까지 교실에서 공부하고는 기숙사에 돌아왔다. 그리고 연습문제 풀이집과 같은 과외 보조교재도 많이 사서 문제를 풀어보면서 모르는 것이 있으면 선생님을 직접 찾아가 물어보기도 했다.

광해는 방정조중에서 초중 4년 공부를 원만히 마쳤다. 광해네 동창들은 흑룡강성 일부 조선족중학교들에서 초급중학교 4년 학제를 실시한 마지막 학급으로서 줄곧 초중 3년 학제를 견지한 하얼빈시조선족제1중학교의 같은 학년 학생들보다 초중 공부를 1년 더 한 셈이었다.

2003년 9월, 광해는 하얼빈시조선족제1중학교 고중에 입학했다. 방정조중에 다니면서 어려운 여건 속에서도 4년 동안 밤낮없이 공부를 열심히 하며 기초를 잘 닦은 덕분에 하얼빈에 와서도 그의 성적은 앞자리를 차지했다. 고중1학년 첫 학기 기중시험에서 6개 학급 300여 명 학생들 가운데서 10등 안에 들었다. "하늘은 스스로 돕는 자를 돕는다(天助自助者)"는 말이 틀린 데 없었다.

광해는 학교기숙사에 들지 않고 서광촌에서 온 리학기, 리춘애 부부의 집에 기숙했다. 아빠와 엄마의 친구인 그 집에 광해보다 3살 많은 형 광휘도 하얼빈시조선족제1중학교에서 고중을 다니며 기숙했었는데 그해 대학입시에서 흑룡강대학에 붙었다.

고중 3학년에 올라가자 엄마가 한국에서 돌아왔다. 광해가 소학교 6학년 때 한국에 나가셨던 엄마가 그를 보살피기 위해 특별히 귀국했던 것이다. 광해는 엄마와 함께 엄마 아빠가 몇 년 전 하얼빈에다 사놓은 아파트에 살며 공부했다. 대학입시를 두 달 앞두고 아빠도 한국에서 돌아와 세 식구가 함께 생활했다.

2006년 대학입시에서 광해는 585점의 성적으로 중앙민족대학 조선어 학부에 입학했다. 그해 중앙민족대학의 입학 점수를 거의 30점

초과한 성적이었다. 대학생활은 공부 부담이 별로 없기에 홀가분하고 즐거웠다. 대학 도서관에서 세계 명작들을 한아름씩 빌려다 읽으며 그는 별유천지를 발견한 기분이었다. 공부와 관련이 없는 과외서적을 거의 읽지 못했던 중학교 시절에 알지 못했던 새로운 세상이었다. 그는 동창들과 배낭여행도 많이 다니며 시야를 넓혔다.

졸업을 앞두고 광해는 하얼빈에 와서 흑룡강신문사에서 보름 동안 졸업 실습을 했다. 거의 4년 만에 하얼빈에 돌아와 잠깐 생활하며 광해는 하얼빈이라는 도시가 생소하기만 했다. 사실 하얼빈시조선족제1중학교에 3년 다녔다고 하지만 밤낮 공부만 하다 보니 그때도 그는 하얼빈이라는 도시에 대해 잘 알지 못했다. 그러한 생소함 때문이었던지 그는 하얼빈에 정을 붙일 수 없었다. 부모님들은 은근히 그가 졸업 후 기자가 되었으면 좋겠다고 바라기도 하셨지만 그는 그런 생각이 별로 없었다. 기자든 교원이든 언어와 문자에 관련된 직업이 자신의 적성에 맞는 것 같지 않았다. 실습을 마치고 베이징에 돌아가며 그는 마침내 졸업 후 남방으로 가야겠다는 생각을 굳혔다.

2010년 7월, 광해는 중앙민족대학 졸업장과 학사학위증을 지니고 남방으로 떠났다. 상해에서 며칠 보내고 소주, 항주, 광주, 심천 등 도시에서도 며칠씩 보내고 나서 그는 다시 소주로 돌아왔다. 몇 개 도시 가운데 소주가 가장 마음에 들었던 것이다. 광해는 인터넷에 직원모집 초빙 광고를 낸 소주의 몇몇 한국회사 가운데 한 회사에다 이력서를 보냈다. 회사에서는 인차 채용하겠다는 답장이 왔다. 중국진출 한국 대기업에 쉽게 취직할 수 있는 중앙민족대 한국어학과 졸업생이 중소기업인 자신들의 회사에 입사하겠다고 하니 대환영이었다.

직원이 50여 명 되는 한국 독자 반도체회사였다. 당시 대학 졸업생들의 월급은 보통 2~3천 위안이었는데 회사에서는 그에게 첫 달 노임을 4천 위안으로 정했다. 회사에서 1년 근무하고 나서 광해는 졸업 후 자신의 선택이 옳았는지 생각해보게 되었다. 기술력이 높은 반도체회사에서 문과 졸업생인 자신의 역할은 한계가 있었다. 중국에 진출한 그 어느 한국 업체에 취직한다 해도 상황은 크게 다르지 않을 것이었다. 그제야 그는 당초 대학 입학 지망을 쓸 때부터 미래에 대한 확실한 설계가 없었던 자신의 선택이 잘못되었지 않았나, 하고 통감하게 되었다.

어찌 보면 오직 대학에 가기 위한 대학이었던 같았다. 초중 1학년부터 7년 동안 밤낮 없이 공부한 것이 오로지 대학이라는 그 하나의 목표였을 뿐 무엇을 위해 대학에 가고 대학 졸업 후에는 또 무엇을 해야 하는지 그리고 구경 어떤 삶을 살아야 하는지 하는 근원적인 문제에 대해 진지하게 생각해본 적이 별로 없는 것 같았다. 하지만 대학 4년 세월은 결코 헛된 건 아니었다. 한 인간으로서의 성숙을 위한 종합적인 소양과 참다운 삶을 살아가는 능력을 갖추도록 한 4년이었던 것이다.

광해는 이제부터라도 내가 무엇을 해야 하는지, 무엇을 할 수 있는지 하는 것들을 알고 차근차근 준비하고 실행하는 삶을 살아야겠다고 생각했다.

바로 그때 회사에서 광해를 한국 본사로 파견했다. 경기도 안성에 있는 본사에서 반년 동안 근무하며 그는 매일 바쁘게 보냈다. 하는 일이 많고 힘도 들었다. 한국은 어딜 가나 생활템포가 중국보다 훨씬 빨랐다. 같은 한국회사라지만 중국에서는 한가한 편이었다. 중국에서도 한국에서처럼 뛰어다니며 일한다면 무엇을 하든 성공할 수 있을 것 같았다.

예정된 귀국 날짜가 다가오자 부모님과 친지들은 그를 보고 한국에 남으라고 했지만 그는 결연히 중국에 돌아왔다. 광해는 창업의 꿈을 꾸었다. 아직 구체적인 방안은 없었지만 창업을 하자면 그래도 땅도 넓고 인구도 많고 시장도 큰 중국이 한국보다 기회가 훨씬 많을 것이었다.

2012년 7월 귀국해서 소주에 있는 회사로 돌아온 광해는 코팅팀장으로 승진하고 노임도 올랐다. 1년 후 광해는 회사를 떠나기로 했다. 장차 창업을 하더라도 기술을 모르는 자신이 반도체 관련 회사를 설립할 수는 없으므로 이 회사에 오래 머무를 필요가 없었다.

2013년 광해는 소주 회사에서 사직하고 다시 한국에 갔다. 창업한다면 아무래도 한국과 관련된 업종을 찾는 것이 그에게는 우세가 있다고 할 수 있었다. 그리고 힘들더라도 인건비가 높은 한국에서 일하며 창업 자본을 더 많이 모을 수도 있었다. 그는 구미공단에 있는 한국 장비회사에 취직했다. 지난번 한국에 와서 반년동안 근무하며 익힌 것이 장비 쪽이었던 것이다. 그는 한 달에 한화 200만 원 노임을 받으며 1년 반 넘게 근무했다.

2014년 겨울부터 광해는 서울로 올라와 부모님 그리고 할머니와 함께 생활하며 귀국 후 창업 준비에 착수했다. 여러모로 시장조사를 거친 후 그는 한국 일용품을 직수입해서 중국에서 판매하는 도매사업을 벌이기로 하고 관련 업체들을 찾아다니며 연계를 맺었다.

2015년 4월, 광해는 중국으로 돌아와 청도에 갔다. 그의 대학교 한 반 동창인 김연 씨가 청도에서 토우보우(淘宝)를 통해 유아용품을 판매하고 있었던 것이다. 대학교 때 함께 배낭여행도 다니고 흑룡강 신문사에서 함께 졸업 실습도 하면서 가깝게 지냈지만 연인관계까지는 발전하지 못하고 졸업 후 각자의 길을 걸었던 동창이었다.

졸업 5주년을 몇 달 앞두고 재회한 그들은 그제야 서로가 서로에게 가장 소중한 사람이라는 걸 알아보았다. 그렇게 그들은 대학에서 만난 지 9년 만에 연인으로 되었다. 광해는 김연이와 함께 집에서 토우보우를 통한 한국일용품 판매를 시작했다. 한 달 정도 시도해 보고 나서 그는 하루빨리 회사를 설립해 본격적인 도매 사업을 벌이기로 했다. 토우보우에서는 법인회사에 대해 정기적으로 홍보하는 등 개체상공호보다 훨씬 높은 대우를 해주었고 소비자들도 법인회사를 한결 신뢰했다.

2015년 7월, 등록자금이 100만 위안인 청도밍니얼(明妮尔)국제무역회사가 정식으로 설립되었다. 그리고 성양구 서곽장에 300평방미터 창고를 연간 임대료 2만 5천 위안으로 3년 계약을 맺었다. 시내와 가깝고 청도류팅공항과도 별로 멀지 않은 걸 감안하면 매우 저렴한 가격인 셈이었다. 그들은 계약을 맺자마자 벽에 회칠하고 바닥을 새로 깔고는 곧바로 입주했다.

출발을 멋지게 했지만 생각처럼 판매액이 쑥쑥 올라가지 않았다. 하지만 그들은 별로 걱정하지 않았다. 20대에 법인회사를 소유하고 사업을 벌이는 그들의 가슴은 희망으로 가득 찼고 온몸에 힘이 솟구쳤다. 하루에 잠을 서너 시간밖에 안 자며 컴퓨터 앞에 앉아 일을 하지 않으면 슈퍼들을 찾아다니며 영업했다. 판매 실적이 조금씩 오르기 시작하며 월 매출액이 십만 위안을 넘기고 몇 달 후에는 20만 위안을 넘었다.

2016년 년 초부터 그들은 연간 6,688위안의 입주비용을 내고 알리바바에 기업 단위로 입주했다. 그러자 관련 플랫폼(平台)에서 노출빈도(曝光率)가 높아지며 고객들이 많이 찾아들었다. 그들은 또 영업사원을 한 명 채용해 오프라인(线下) 영업을 적극적으로 추진했다. 청도에 있는 대형 마트 매장에는 물론 중소규모 슈퍼의 매장에도 그들이 공급하는 한국 일용품이 판매되었다.

그들은 또 청도를 벗어나 기타 대중 도시들의 대형 마트들에도 진출했다. 베이징 큐마트, 천진 백두산 등 규모가 비교적 큰 한국마트들은 취급하는 품목이 수천 종 되다보니 공급업자들이 많았다. 이런 대형 마트들에서는 자체로 한국에서 상품을 들여오기도 하지만 품목이 많다보니 중국에 있는 한국용품 도매상들로부터 물량을 가져오는 것이 수지가 맞았던 것이다. 전국 각지 여러 대형 마트에 물량을 공급하면서 회사의 매출액이 대폭 늘어났다.

그들은 한국의 일용품 전문 공급회사(供货商)와도 장기적인 합작관계를 맺었다. 수요 되는 물품 리스트를 보내면 한국에서 구매해서 한 달에 한번 컨테이너로 보내는데 물품이 도착해서 15일 만에 구매금을 지불하면 된다.

도매사업에서 관건은 고정적인 도매상들을 얼마나 많이 확보하는가에 달려 있다. 이를 잘 알고 있는 그들은 신축성 있는 도매가격으로 도매상들의 수익을 최대한 보장하고 도매상들을 위해 각종 편리를 제공하는 등 경영방식으로 도매상들과 굳건한 합작 관계를 형성했다. 단순한 비즈니스 관계가 아니라 공존 공생의 파트너로서 더욱 많은 도매상들이 더욱 많은 돈을 많이 벌어야 그들도 따라서 더욱 높은 매출액을 올리고 더욱 많은 수익을 창출할 수 있다는 것을 그들은 명심했다. 현재 밍니얼무역회사는 120여 개 고정 도매상들을 확보하고 있다. 한국에서 보내온 물품이 청도에 들어오고부터 도매상들이 도매해 가는 기간은 회사에서 한국 공급회사에 구매대금을 지급하는 시간과 거의 비슷하게 맞물려 그들의 유동자금 부담이 크게 줄어들었고 따라서 그들은 수입 품목을 부단히 늘려가며 시장을 넓혀가고 있다.

현재 그들은 창업 초반 유아용품을 위주로 취급하던 데로부터 거의 모든 한국 생필품을 수입해 도매하고 있는데 월 매출은 일이십만 위안으로부터 사오십만 위안에 달한다. 2017년 총매출액은 500만 위안을 초과했다.

2016년 그들은 청도 시내 남탄사회구역(南疃社区)에다 85평방짜리 아파트를 구매해 입주했다. 그리고 그해 11월 그들의 귀여운 딸애가 세상에 태어났다.

우리의 취재는 도매상의 화물운송 차량이 들이닥치며 중단되었다. 이미 점심시간인지라 우리는 점심 식사하면서 계속 이야기를 나누기로 하고 광해의 회사를 떠났다.

1986년생 범띠 동창 3인 3색

3. 유머가 넘치는 농산물수출회사 사장

정춘송

나는 윤광해의 회사에 와서 기다리고 있던 정춘송의 SUV자가용에 앉아 예약된 식당으로 향했다.

1986년생인 춘송이도 나의 소학교, 중학교 동창의 아들이다. 그의 아버지 정영철과 나는 소학교1학년 때부터 같은 교실에서 공부했다. 영철이의 아버지 정성보는 1950년대에 가목사농업학교를 졸업하고 영건향에 배치 받아 수십 년 동안 향정부의 농업기술원으로 근무하면서 서광촌의 농업기술 보급과 농업생산 발전에 큰 기여를 하신 분이다. 영철이의 아버지가 어떻게 돼서 농촌여자인 영철이의 엄마와 결혼하게 되였는지는 잘 알지 못한다. 하긴 그 시절 향정부와 불과 수백 미터밖에 안 되는 서광촌에는 영철이네처럼 아버지는 향정부기관이나 공소사(供销社), 위생원에 출근하는 직장인이고 엄마는 생산대 사원인 가정이 10여 세대 있었다. 그 가운데 반수 이상이 제대군인 출신이고 전문학교 졸업생은 영철이 아버지뿐이다. 마을에 있던 방정현조선족중학교와 서광학교의 교원 가족까지 합치면 서광촌에는 그때 말로 직공호 (职工户), 말하자면 세대주가 국가에서 월급을 받는 가정이 20여 세대 있었다. 이런 집들은 세대주 외에는 가족들이 거의 모두 농촌호적으로서 서광촌에서 입쌀을 식량으로 분배받을 수 있었다. 도시에서는 입쌀이 귀하고 농촌에서는 돈이 그립던 지난 세기 그 시절에 월급도 받고 하얀 쌀밥도 먹을 수 있었으니 비교적 이상적인 가족 패턴이었던 같다.

그런데 1970년대부터 이런 가족들에는 큰 고민이 생기기 시작했다. 자식들이 하나둘 장성하면서 농촌호적인 자식들의 출로가 문제로 되였던 것이다. 그때 국가의 정책에 따라 도시호적(城镇户口)이 있고 또 국가에서 발급한 식량 배급증(粮证)에 따라 상품량(商品粮)이라고 하는걸 사 먹을 수 있는 사람들에게만 국가 종업원이 될 수 있는 길이 열려 있었다. 농촌을 떠나려면 호적부터 도시호적으로 바꿔야 하는데 그것은 마음대로 할 수 있는 일이 아니었다. 그때 생겨난 정책의 하나가 중국어로 "쩨반(接班)"이라고 하는 것인데 국가 종업원인 부모나 기타 가족 성원이 퇴직하면 자식들 가운데 한 명이 그 직장에서 일자리를 하나 승계하도록 한 것이다. 영철이네는 2남 2녀 사 남매 가운데 영철이의 여동생 정영자가 승계하고 영철이는 1977년 고중 졸업 후 줄곧 서광촌에서 생활했다. 그리고 이웃 마을의 처녀와 가정을 이루어 자식을 둘 두었다.

춘송이는 둘째로서 위에 누나가 있다. 그들 남매는 어릴 때 엄마가 혼자 한국에 가는 바람에 오랫동안 아버지와 셋이서 함께 생활했다. 엄마는 춘송이가 소학교를 졸업할 무렵에 한국에서 돌아왔다. 그런데 이번에는 그동안 출국수속이 여의찮아 한국에 나가지 못했던 아버지가 혼자 출국했다.

광해네 회사에서 식당까지는 짧은 거리여서 긴 애기를 할 수 없었다. 식당에 가서 나는 춘송이가 바로 내 곁에 앉도록 했다. 그가 오후에 회사에 꼭 나가야 한다기에 점심식사를 하면서 취재를 해야 했다. 나는 식탁위에 보이스펜(录音笔)를 켜두었다.

점심은 광해가 사기로 하고 청양에서 유명한 **불고기집에 단칸방을 예약했다. 철홍이와 춘송이, 광해네 부부 그리고 김춘자 선생과 그의 둘째 딸 공수언까지 모두 일곱 명이 식탁에 앉았다. 1987년생인 수언이도 철홍, 춘송, 광해와 동창이었다.

"청도 청양에 애네 동창들이 모두 여섯 명 있는데 다른 둘은 오늘 시간이 안 맞아서 못 나왔어요."

김춘자 선생이 이렇게 말했다.

"그 둘은 누구네 집 애들이죠?"

"하나는 조경미, 서광촌 지서와 촌장사업을 오래했던 조기문지서의 딸입니다. 경미는 토우보우에서 화장품매장을 하고 있는데, 장사가 잘 된다고 하네요. 다른 한 하나는 최광천이라고, 방정조중 최준길 선생의 아들입니다. 청도에서 꽤 규모 있는 한국 독자 기업의 부장으로 있는데 잘 나가는가 봐요. 자가용도 사고 아파트도 샀다고 하더라고요."

　고향과 수천 리 떨어진 산동반도의 별로 크지 않은 시가지에 한 마을 소학교 동창들이 여섯이나 된다고 하니, 지금 같은 세월에 정말 쉽지 않은 일이다. 그래서 내가 동창들이 자주 만나는가고 물어보니 여섯 동창이 부부 동반으로 정기적으로 만난다고 광해가 대답했다.

　"무슨 부부 동반? 난 아직 싱글인데?"

　춘송이가 짐짓 정색해서 이렇게 말하자 광해가 싱글 좋아하네, 하고 되받아쳤다. 그러자 술상에 대번에 웃음이 터졌다. 춘송이는 결혼 신고만 하고 함께 사는 여자가 있었다.

　그때부터 술상에는 계속 웃음소리가 그칠 새 없었다. 춘송이의 유머와 익살이 그렇게 만들었던 것이다. 청도에서 취재를 마치고 하얼빈에 돌아와 취재녹음을 정리하면서도 나는 그날 술상에서처럼 웃음을 참을 수 없었다. 웃으면서 나는 춘송이의 아빠 나의 동창 영철이를 떠올렸다. 1997년 2월 설 쇠러 고향에 갔을 때 오랜만에 동창 모임을 했었는데 낮에는 영애 엄마네 집에서 놀고 저녁에는 열 몇 명이나 되는 남녀 동창이 영철이네 집 온돌방에서 밤을 지새웠었다. 이튿날 아침 영철이가 그때까지만 해도 귀했던 신라면을 얼큰하게 끓여 주어 해장을 하고 헤어졌는데 그게 그와의 마지막이 될 줄 누가 알았으랴. 그 후 한국에 나간 영철이가 교통사고로 세상을 떠났던 것이다. 그런데 이번에 춘송이를 만나 얘기를 나누던 중 그의 엄마도 2016년에 간암으로 세상을 떠났다는 걸 알게 되었다. 결국 춘송이는 이삼십 대 젊은 나이에 부모님을 다 여의고 마는 신세가 된 것이다. 그 크나큰 슬픔을 춘송이는 무엇으로 이겨내며 홀로 이 험한 세상을 헤쳐가고 있는 것일까. 어쩌면 그의 낙천적인 성격과 삶의 자세가 한 몫을 하고 있는지도 모른다. 그의 유머도 바로 그렇게 나온 것이 아닐까.

1999년 7월 소학교를 졸업한 춘송이는 9월 새 학기에 하얼빈에 가서 공부하게 되었다. "두 마리 토끼를 잡는 여자" 김홍자가 춘송이의 이종 누나였는데 한국에서 돌아온 엄마는 춘송이도 홍자처럼 초중1학년부터 하얼빈시조선족제1중학교에서 공부하며 좋은 대학에 갈 수 있기를 바라며 하얼빈에 집을 잡고 그를 데려왔다.

"그때 열세 살인데, 하얼빈 시내로 가니까 너무나 재밌고 좋더라구요."

춘송이가 하얼빈에 처음 갔을 때를 얘기하며 이렇게 운을 뗐다.

"뭐가 그렇게 좋더냐?"

"이것저것 다 좋았어요. 도시가 크니까 큰길에서 담배 피워도 발각될 염려도 없고."

그의 말에 모두 웃었다.

"하얼빈조 1중 가니까 애들이 농촌에서 간 우리보다 발가졌더라구요. 성숙돼 있었죠. 여자애들이 막 연애편지 보내오는 거예요…(웃음)

"저가 잘 생겼으니까…(웃음) 연애편지가 한 50장이나 되는데…(웃음) 두툼해서 총으로 쏴도 안 들어가요…(웃음)

"실제 얘기라니까요…(웃음)…진짜라니까…(웃음) 여자애들이 나만 좋아하니까 깡패들이 와서 죽여 버리겠다고 하고…(웃음)"

한바탕 웃고 나서 춘송이가 얘기를 이어갔다.

"초중2학년 때 담임선생이 바뀌었어요. 전교에서 엄하기로 소문난 선생님이신데, 여자애들도 귀퉁 맞을 때가 있었어요. 하루는 우리 남자애들 셋이서 도적 담배 피우다가 들켜서 교무실에 불려 갔는데, 앞에 둘이 귀 쌈 빵빵 맞고 내 차례가 돼 때리려고 할 때 내가 선생님, 저를 때리면 전 학교 안 다니겠습니다, 하고 한마디 했더니 선생님께서 저 멱살을 잡고 차마 때리지는 않더라구요.

"서광학교에서도 6학년 때 철홍이랑 셋이서 화장실에 가서 담배 피우다가 김선생님한테 들켜 혼난 적 있잖아요…(웃음) 서광학교에서는 선생님이 한 번도 안 때렸는데 무서웠어요. 뭐랄까, 두려움이 있었죠. 지금도 잊혀지지 않는데, 소학교 4~5학년 때 7시 40분부터 수업 시작하는데 선생님께서 7시부터 학교에 나와서 난로도 피우고 하셨잖아요, 그렇게 하루 온종일 학교에서 저녁 5시까지 함께 있으면서 선생님은 우리를 자식처럼 대해주셨죠. 한 번도 때린 적이 없고…(웃음)"

"그때 한 대 때렸으면 큰일 날 뻔 했네요…(웃음)"

춘송이의 말에 내가 한마디 해서 더 웃었다.

"초중3학년에 올라와서 엄마와 누나가 청도로 가게 되었어요. 초중 2학년까지만 해도 저가 공부를 괜찮게 하니까 엄마가 방심 했었나봐요…(웃음) 저는 그래서 학교 기숙사에 있게 되었는데, 관계하는 사람 없어지니 그만 PC방에 다니고 노름에 빠지기 시작했죠. 그리고 그때 물리 화학을 배우면서 '부커(补课, 과외수업)'가 따라가야 하는데, 학교에서 한 시간 두 시간 수업을 제대로 배우지 못하면 세 번째 시간에는 더구나 못 알아듣잖아요, 그럴 때는 과외수업을 받던지

보충수업을 받아야 하는데, 그걸 못하니까 계속 못 따라가고 결국 공부에 재미를 잃고 성적도 떨어졌어요. 물론 저가 노름에 빠져 공부를 열심히 하지 않은 것이 가장 주요한 원인이긴 하지만…"

잠깐 침묵이 흘렀다.

"그때 네 아버지가 옆에 있었으면 좋았을 텐데…"

나는 저도 몰래 이렇게 한마디하고는 아차, 했다. 괜히 춘송이의 아픈 마음을 건드린 것 같아서였다.

"그때 아빠가 옆에 계셨더라면… 상황이 달라졌을 수 있었겠죠. 가끔 아빠께서 어린 저와 누나를 키우며 정말 힘드셨겠다고 생각해요. 동네에 화토 놀러 나가셔도, 점심에 우리가 밥 먹으려고 집에 오면 가마에 '따터우차이(大头菜, 양배추)' 채소 하나라도 볶아서 넣어 둔 것이 있었으니까요. 아버지가 표현은 안했지만…(춘송이가 문득 울먹거렸다)…우리한테 자상했거든요. 지금 생각하니 내가 아빠 처지라면, 자식들 그렇게 챙겨주지 못할것 같아요…맨날 외할머니 집에 가라고 쫓아 버릴것 같아요."

2002년 7월 초중을 졸업한 춘송이는 그때 하얼빈에 와계시는 외할머니 집에 있으면서 맨날 게임만 하고 놀았다. 9월 새 학기가 다가올때 그는 고중에 다녀야 하나? 하고 생각하다가 포기했다. 엄마가 공부해야 한다고 야단쳤지만 그는 끝내 고집을 부리며 학교에 가지 않았다.

"학교에 안 가고 뭘 했길래?"

"노는데 빠져 정신없었어요. 그렇게 반년 푹 쉬고…(웃음) 2003년 음력설 지나 청도에 왔어요. 이제는 뭘 좀 해야겠구나, 하고 일자리를 찾는데 사스(SARS)가 터졌어요. 청양의 공장들, 리촌의 공장들 모두 문 닫았고 식당이고 뭐고 다 문 닫았죠. 놀 수밖에 없더라고요. 그래서 또 반년 푹 쉬었죠…(웃음)"

사스가 주춤해지자 춘송이는 철홍의 소개로 청양에 있는 커피숍에 취직했다가 한 달 만에 그만두었다. 힘도 들었지만, 스트레스를 받아 참기 어려웠다. 커피숍을 그만두고 며칠 쉬면서 일자리를 두루 알아 보았지만 초중졸업생인 자신이 들어갈 수 있는 곳은 역시 그런 곳밖에 없었다. 그제야 그는 고중 진학을 포기한 것이 후회되었지만 후회해도 소용없었다.

"그럼 다른 공부라도 하면 되지 않는가?"

그는 리촌에 있는 외국어학교에 들어가 영어 공부를 시작했다. 엄마가 한 학기 학비 3천 위안을 대주었다. 기타 비용을 합치면 커피숍 종업원의 반년 노임과 맞먹는 돈이었다. 하지만 그는 한 학기 6개월 공부를 마치고 또 중도포기 했다. 아직 1년 반 더 공부해야 졸업장을 탈수 있는데 너무 아득해보였다. 무엇보다 정규 대학도 아닌 이런 외국어학교를 더 다녀봐야 별로 의미가 없어보였다. 학비도 만만치 않은데 엄마한테 계속 손을 내밀기도 염치 없는것 같았다. 그 돈이면 다른 무슨 기술을 배우는 것이 더 좋을 것 같았다. 그는 운전면허학원(駕校)에 등록하고 이번에는 끝까지 노력해 운전면허증을 땄다.

6개월짜리지만 영어학원 수료증도 있고 운전면허증도 있으니까 자신감이 생긴 춘송이는 규모 있는 한국회사에 면접 보러 갔다. 그런데 그는 합격되지 못했다. 역시 초중졸업이라는 학력 때문이었다.

"그때 막 미치겠더라고요. 다시 반년 푹 쉴까 하다가…(웃음) 이젠 철도 좀 들어야지 싶어 꾹 참고 자그만 한국 업체에 취직했죠. 그런데 회사에 다니면서 보니까 차별이 심해 자존심이 상해 못 참겠더라구요. 한국 사람들은 더 말할 것 없고 같은 조선족들이라도 같은 일 하면서 대졸자들이라고 월급도 많이 받고 그러잖아요. 그때 또 후회하게 되더라구요… 아, 내가 중학교 때 PC방 다니며 공부 열심히 하지 않아 고중도 못 다닌 대가를 이제야 치르는구나, 하고 말입니다.

"그렇게 한동안 회사에 다녔는데, 하루는 하얼빈조1중 동창 하고 통화하던 중 걔가 자기 아빠 친구가 강소성 소주(苏州)에서 술집을 하고 있는데 웨이터들 월급이 기본이 인민폐 만 위안이라고 말하더라고요. 그 말에 귀가 번쩍했죠…(웃음) 인민폐 만 위안 벌 수 있으면 한국 가기보다 낫잖아요. 그때 저의 월급이 천 위안도 안 되었으니까요. 사실 청도에도 그런 술집이 있다고 들었는데, 청도에서는 건달 아니면 못 들어간다고 하더라구요. 그래서 회사 때려치우고…(웃음) 소주로 갔죠."

2004년 10월, 춘송이는 소주에서 친구아버지의 소개로 술집 웨이터로 들어갔다.

"그래 거기 가서 돈을 벌었나?"

"돈을 벌었죠. 한 달에 만 위안 이상 벌었으니까요. 노래방 룸살롱에서 서빙 했는데, 한국 할아버지들 여자 끼고 놀다가 기분 좋으면 팁을 주는 거죠. 지금 생각해보면, 이마에 피도 안 마른 녀석이 볼 것 못 볼 것 다 본 거였죠."

"거기서 얼마 오래 있었나?"

"일년요. 청도에서 천 위안도 못 받다가 거기 가서 만 위안도 넘게 버니까 처음엔 그 재미에 이것저것 따질 거 없었죠. 그리고 돈을 많이 버는 만큼 쓰기도 많이 쓰게 되고요. 먹고 마시고 놀고… 거기서 친구들과 포카라는 것도 배웠어요, 그게 꽤 큰 도박이잖아요. 그렇게 점점 못된 걸 배우게 되더라고요…"

술상이 조용해졌다. 모두 수저를 식탁 위에 놓은 채 춘송이의 얘기에 귀를 기울이는 듯했다.

"어? 다들 왜 이래?"

춘송이가 겸연쩍은 듯 동창들을 향해 큰소리로 물었다.

"왜 이래? 네가 무슨 나쁜 짓이라도 하게 되는가 조마조마해서 그러는 거지."

광해가 한마디 했다.

"나 나쁜 짓 안 했어." 춘송이가 손사래를 쳤다. "나도 너희처럼 우리 김 선생님 학생이잖아…"

춘송이의 말에 모두 웃었다.

"솔직히 더 오래 있었으면 나도 나 자신이 어떻게 변할지 모르죠. 다행히 시간이 지나면서 이건 아니지 않냐, 하는 생각이 들더라고요. 그래서 일 년 만에 때려치우고…(웃음) 청도에 돌아왔죠."

"돈은 얼마 벌어서 돌아왔나?"

"그때 인민폐 5만 위안 들고 돌아왔어요."

"오, 많이 벌어왔네. 그럼 청도에 돌아와서 뭐 했나?

"한 2년 푹 쉬었죠…(웃음)"

"그러고는 뭐했느냐?"

"한국에 가서 2년 있었죠. 한국 가서도 2년 푹 쉬었죠…(웃음)"

푹 쉬었다는 말을 연발하자 모두 하하 웃었다.

"서광사람들 책 쓰실 때 그저 광해, 철홍이 친구 하나 있다고 써 주세요…(웃음) 계속 쉬는 친구라고…(웃음) 쓸 게 없으면요…(웃음)"

사실 춘송이는 청도에 돌아와 2년 동안 회사에 출근하다가 한국에 가서 2년 있었다. 한국에서는 건축 현장에도 다녀보고 이런저런 회사에도 다니면서 별의별 힘든 일을 다 해봤다고 한다. 소주 룸살롱에 있을 때보다 훨씬 힘든 일을 하면서도 그때만큼 돈을 벌진 못했지만 마음은 편했다. 그러면서 그는 이제 중국에 돌아가면 무슨 일을 할 것인지, 무엇을 할 수 있는지 생각하고 찾아보았다.

"후에 친구가 근무하는 회사에 가서 일을 하게 되었는데 친구가 하는 말이 사장님이 중국에 진출할 계획인데 도와줄 사람이 없다면서 네가 가서 도와주면 안 되겠냐고 하는 거예요. 이틀 삼일이면 된다고. 그래서 이틀 삼일 도와주었죠. 그 사장님이 내가 잘 생기고 맘에 들었는지…(웃음) 같이 일하지 않겠냐고 하더라고요. 그래서 그러자고 했죠. 그렇게 계기가 되어서 지금까지 일을 해오고 있어요. 사장님도 젊었고 서로 맘도 맞고 하니까, 형님 동생하며 일하고 있어요."

"아, 남잔가…"

"네? 사장이요? 남자죠."

"난 또 여잔가 했지…(웃음)"

우리는 또 한바탕 웃었다.

2010년 중국에 돌아와서 지금까지 춘송이가 하고 있는 사업은 농산물수출이었다. 첫 2년은 한국사장님을 도와 일을 하면서 산동성을 위주로 운남성까지 중국 농산물시장을 폭넓게 이해하고 수출입 업무를 숙달하며 경험과 인맥을 쌓았다.

2012년 춘송이는 독립해서 자체의 농산물회사를 설립했다. 양파을 위주로 대파, 배추 등 농산물을 년간 4,000톤 이상 한국으로 수출하고 있다.

춘송이의 애기가 거의 끝나갈 무렵, 춘송이네 동창들의 결혼과 육아에 관한 이야기가 화제로 되였다.

"내가 알아보니까 우리 동창들 희한하게도 여자들은 결혼해서 모두 아들 낳고 남자들은 모두 딸이야!"

광해의 말에 모두들 정말? 하면서 누가 아들 낳았고 누가 딸 낳았는가 따져보더니 정말이네, 하고 웃었다.

"춘송이 너는 어떻게 하든지 아들 하나 만들라!"

철홍이의 말에 춘송이가 뒤통수를 긁적거리더니 대답했다.

"거야 뭐, 딸이면 제일이고 아들이면 최고지!"

그 말에 또 한바탕 웃었다.

춘송이는 연말에 결혼식을 올리기로 했단다.

한국에 가면 중국이 그립고
중국에 오면 한국이 그리운

장영림 (서안)

2018년 4월 16일부터 시작한 "2018년 제2차 서광촌사람들 취재기행"이 심양, 대련, 베이징, 하북성연교를 거쳐 천진에 도착해 취재하던 중 나는 그만 감기에 걸렸다. 20여 일로 계획한 이번 취재 기행의 경비가 만만치 않아 천진에서 역전 근처의 싸구려호텔에 투숙한 것이 사달을 일으킨 것이었다. 말이 호텔이지 여관방이나 다름없어 난방시설도 없었고 밖에 비가 오며 방이 몹시 추웠던 것이다. 약을 한줌 먹고 방에 있는 이불을 몽땅 가져다 뒤집어쓰고는 아침부터 종일 누워 있었다. 중간에 깨어나 그날 저녁 9시 반으로 예약된 서안행 비행기표를 하루 연기할까 말까 망설이다가 그대로 두었다.

저녁이 되자 조금 괜찮아진 듯 했다. 나는 밖에 나가 좁쌀죽에다 내가 좋아하는 남경찐빵(南京灌汤馅包子)을 사먹고는 서둘러 공항으로 나갔다. 9시 반에 이륙한 비행기는 11시 반에 서안함양국제공항(咸阳国际机场)에 착륙해 짐을 찾아 나오니 자정이 넘었다. 택시를 타고 공항 부근이라고 해서 예약한 호텔로 가는 데 20여분 걸렸다. 호텔이라고 도착해서 보니 3층짜리 건물에 방이 열 서너 개 있는 모텔이었다. 다행히 방은 깨끗하고 널찍했다. 대충 씻고 누우니 밤 한시가 넘었다.

이튿날(4월 22일) 아침 7시에 일어나 아침밥을 먹으러 호텔을 나선 나는 내가 진짜 서안에 왔는지 의심이 들었다. 호텔은 넓은 벌판에 자리 잡은 백여 세대 향촌마을에 위치해 있었던 것이다. 마을길을 따다 내려가면서 보니 이삼층짜리 단독 건물들은 대부분 무슨 무슨 빈관(宾馆)이라고 이름을 단 숙박시설이었다. 길가 포장마차에서 현지 특색이라는 이름 모를 국수를 한 사발 사먹고 호텔로 돌아온 나는 호텔 명함장을 달라고 해서 주소부터 살펴보았는데 함양시 위성구북두진변방촌(渭城区北杜镇边防村)이라고 적혀있었다. 핸드폰으로 바이뚜 지도에서 검색해보니 변방촌은 함양국제공항 바로 옆이었는데 다만 마을 이름은 명함에 적힌 边防村이 아닌 边方村였다. 그리고 함양시는 황하의 가장 큰 지류인 위하(渭河)를 사이에 두고 강 남쪽의 서안시와 마주하고 있는데 전국시대 진나라 도읍이었던 까닭에 "중국제1제도(第一帝都)"라는 이름을 갖고 있었다. 자연 수천 년의 유적지가 수두룩하다는데 나는 언제 관광할 사이가 없었다.

아침에 오늘 서안에서 만나기로 한 장 영림이와 연락이 되었다. 그런데 8시에 출발한다고 하던 영림이는 10시가 돼서야 호텔에 왔다.

집이 서안 시내 남쪽 끝에 있어서 워낙 거리가 멀고 차까지 막혀 거의 두 시간 걸렸다는 것이었다. 나의 손에서 트렁크를 받아 쥐고 앞서가는 그는 키가 180센티미터 되는 아버지 장경찬 보다 좀 작아보였다. 물어보니 자기도 기실은 키가 아버지를 거의 따라가는데 신체가 아버지만큼 웅장하지 못해서 아버지보다 작아 보인다는 것이었다.

1964년생인 장경찬은 방정조중에서 고중을 졸업하고 군대에 갔다가 제대 후 영건향정부 초빙 간부로 되었다. 그때 역시 영건향정부에서 농업기술원으로 근무하던 나의 누님 얘기를 들어보면 장경찬은 일을 잘해 향당위서기와 향장을 비롯한 향간부들한테 위신이 높은데 전도가 유망하다고 했다. 그런데 한참 잘 나가던 그가 1994년에 한국으로 돈 벌러 나가서 다시 돌아오지 않았다. 소문에 한국에 가서 건축현장에서 오야지로 있으면서 돈을 잘 번다는 것이었다.

장경찬네와 우리는 촌수가 좀 먼 친척 사이다. 그의 외할아버지 리성호와 나의 증조할아버지가 4촌이라고 하는데 그러니 장경찬은 나이는 어려도 나보다 항렬이 높은 것이다.

서광촌은 1950년대 이전에 호수가 오륙십호밖에 안 되는 리화툰으로부터 1980년대에 이르러 300여 세대의 큰 마을로 되였는데 보흥향 태평산툰으로부터 이사 온 이십 여세대가 마을에서 큰 비중을 차지했고 촌간부들도 많이 나왔다. 태평산툰은 원래는 한족마을인데 바로 리성호를 비롯한 몇몇 조선인들이 1930년대에 수전을 개발하면서 조, 한 혼합툰으로 되였다. 리성호는 일찍 만주 땅 여러 곳과 러시아원동지역까지 두루 돌아다닌 분으로서 태평산툰에 와서 한족 지주와 일본개척단들로부터 수십 헥타르 땅을 맡아서 다시 조선인 농호들에게 소작을 주었고 그 자신도 서너 헥타르 논을 경작했다고 한다. 조선왕조 11대 왕인 중종의 아들 덕양군을 시조로 하는 전주리씨 덕양군파 직계로서 우리 윗세대를 보면 대부분 장신이었는데 키꼴이 장대한 리성호는 그때 태평산툰에서 리빠토(李把头)라는 이름이 붙여져 서광에 와서도 그렇게 불렸다. 1940년대 초반에 이르러 태평산툰에는 칠팔십 세대 조선인들이 모여들었는데 리빠토한테서 논을 전대작(转租)해서는 경작수요를 만족시킬 수 없었다. 그래서 조선인들은 농회를 조직해 십여 리 밖의 장룡툰(长龙屯) 근처 마이하 지류 작은 강에 보를 막아 물을 끌어들여서 백여 헥타르 논을 개간했다. 광복이 후 수십 세대가 조선 반도로 돌아가고 나머지 수십 세대도 벼농사 여건이 훨씬 좋은 리화툰으로 모두 이주해가는 바람에 태평산툰은 후에 조선족들이 한 집도 남아있지 않았다.

영림이의 차에 앉아 서안시내로 향하면서 나는 그의 아빠와 엄마가 한국으로 떠난 후의 생활부터 시작해 성장 과정을 물어보았다. 1987년생인 그는 그때 소학교에 입학했는데 할아버지, 할머니의 보살핌을 받으며 소학교를 졸업했다. 2001년 9월 그는 목단강조선족중학교에 가서 공부했다. 목단강에 외가 친척이 있었던 것이다. 그가 고중에 입학했을 때 부모님들이 한국에서 돌아와 상지시내에 집을 잡았다. 그래서 그는 상지조중으로 전학했다.

"어릴 때부터 부모님들과 떨어져 살다가 십 년 만에 함께 살게 되였는데 처음엔 좀 서먹하기도 했지만 너무 좋았어요. 그동안 부모님들이 돈을 벌어 보내주어서 돈 걱정을 해본 적은 없지만 그래도 부모님 사랑에 목말라 있었던 거 같아요."

영림이가 그때를 떠올리며 말했다. 충청도에서 공부를 해서 그런지 말투가 좀 느릿느릿했다. 껑두룩한 키와 어울리는 듯했다.

"조선족학교 애들이 어려서부터 부모님과 헤어져 있으면서 부모님들이 힘들게 벌어 보내오는 돈을 펑펑 쓰며 공부도 잘 안 하고 지어 비뚠 길로 나가고 하는 경우도 적잖다고 하는데, 영림이는 그때 어땠나?"

"저요? 저도 돈을 꽤 썼지만, 그래도 그만하면 자기 관리를 제대로 했던 거 같아요…(웃음)"

영림이가 히쭉 웃었다. 그 웃음 속에는 뭔가 숨겨져 있는 것 같기도 했는데 그건 그 자신만이 알 일이다. 어쨌든 간에 그는 부모님들이 옆에 없어도 제가 알아서 공부를 하며 고중을 졸업하게 되었다. 그런데 부모님들이 또 한국에 나갔다. 그래서 그는 고중졸업 후 부모님의 권고를 받아들여 한국 유학을 선택하게 되었다.

2007년 영림이는 충청남도 아산에 있는 선문대학 경영학과에 입학했다. 한국 대학랭킹에서 국제화부문 톱10위권에 들어간 대학이었다.

"전공이 경영학과다보니 배우는 것들이 전부 경제와 직접 연관돼 있잖아요. 자연스럽게 주식에 눈길을 돌리고 조금씩 하기 시작했죠. 인터넷으로 사고 팔고 하는데, 바로 그 시기에 중국 주식시장이 한창 '불마켓(牛市)'으로 올라가더라고요. 그때 주식을 해서 인민폐로 80만 위안 넘게 벌었어요."

"80만?! 네 아빠 엄마가 그만한 돈 모으려면 몇 년은 고생해야 할건데."

"그러게요. 저가 그때 운이 좋았던 거죠. 주식도 보면 도박처럼 인이 박히는 것 같아요. 그 후에도 주식을 계속하고 있는데, 그때만큼 벌지는 못해도 밑지지는 않고 무엇보다 재미있어요."

"그럼 그때 번 돈으로 뭘 했어?"

"대학 등록금으로 좀 쓰기도 했어요. 대학 다니면서부터 부모님 돈을 거의 안 썼으니까요. 대부분은 그대로 두고 있다가 후에 저가 창업하는데 썼어요. 주식투자는 전문성이 너무 강하고 또 투기성도 강하잖아요. 그걸 전문적으로 할 수는 없으니까 후에는 재미로 조금씩하고 있을 뿐이죠."

2011년 대학 졸업 후 영림이는 한국 뷰토피아화장품회사에 취직했다. 두피, 피부와 모발 클리닉 전문 기업으로서 한국에서는 꽤 이름 있는 기업이었다. 뷰토피아화장품에서 3년 반 동안 근무하며 그는 납품, 물류, 무역, 통역 등 여러 가지 일을 했다. 뷰토피아화장품은 중국에 지사도 있었는데 그는 그쪽과 관련된 업무도 담당했다.

"졸업해서 노임은 얼마 받았는데?"

"180만 원 받았어요."

"괜찮게 받았네. 한국 대학 졸업생들과 똑같이 받았나 보지?"

"똑같이 받았죠. 그런데 4년 지나도록 월급이 그대로 있는 거예요. 그리고 회사가 계속 적자를 내는 것 같더라고요. 내 적성에도 안 맞는 것 같고. 그래서 그 회사를 떠났죠."

2013년 영림이는 화통삼이라는 한국에서 유명한 프랜차이즈체인점(特许连锁店) 불고기집에 취직해 매니저(前台经理)로 근무했다.

"프랜차이즈체인점이다보니 일반 식당하고는 달라요. 회사 경영방식으로 움직이는데 거기서 좋은 경험을 했죠. 월급도 한화 220만 원 받고. 회사가 대림동 쪽에 있었는데 거기서 한 1년 하고 나니까 부모님들 아파트가 있는 천호동쪽으로 가고 싶더라고요. 대학을 졸업하고 계속 혼자 셋집을 잡고 회사에 다녔거든요. 그래서 천호동에 있는 다른 고깃집에 들어가 역시 매니저로 일했어요. 그제야 한국에 와서 7년 만에 부모님과 함께 살았어요."

2015년 4월 영림이는 중국에 돌아와 섬서성 서안으로 갔다.

"회사에 몇 년 다니고 나니까 가끔 나도 혼자서 뭘 해볼까 하는 생각이 들었어요. 그런데 한국에서는 자체로 무슨 사업을 한다는 것이 굉장히 어려운 것 같더라고요. 특히 젊은 사람들이 창업한다는 것이 더욱 어렵죠. 기회도 적고 경쟁이 너무 심하니까요. 그래서 중국에 돌아가 기회를 찾기로 하고 귀국했던 거죠."

"그런데 어떻게 돼서 서안으로 가게 되었어?"

"그때 서안에는 삼성전자가 반도체공장을 크게 세우고 있었잖아요. 총투자가 75억 달러 되는데, 삼성전자가 해외에다 가장 많이 투자한 거라고 하잖아요. 그래서 서안을 선택했죠, 거기서 기회를 찾아보려고. 서안에 가서 먼저 삼성물산 영업부에 들어갔어요."

"삼성물산?"

"네. 삼성전자 반도체공장이라지만 공장을 짓고 기초시설 만들고 하는 건 삼성물산이 하더라고요. 거기 들어갈 때는 통역 담당이라고 했는데 정작 하는 일은 통역뿐만 아니라 현장 관리도 하고 여러 가지가 많았어요. 건데 그전에 현장 일을 한 번도 안 해보았잖아요, 못하겠더라구요, 월급도 적고."

"얼마 받았는데?"

"보험까지 다 해서 칠팔천 위안요."

"칠팔천 위안이면 서안 현지인들보다 많이 받은 거 아닌가?"

"많이 받죠. 현지 직장인들은 많아야 사오천 위안이니까. 건데 저는 그거 가지고 안 되겠더라고요. 그때 금방 결혼까지 했을 때니까."

"결혼은 중국에 돌아와서 했나?"

"네. 와서 결혼했죠. 결혼하고 애까지 생기고 하면 칠팔천 위안 가지고는 유지가 안 되잖아요. 그래서 그때 처삼촌이 여기서 가이드 하고 있었는데 저도 가이드를 했어요. 사실 그때 삼성에 계속 남아있었어야 했는데…"

"가이드 하니까 어땠어?"

"좀 힘들긴 해도 괜찮았어요. 서안이 관광할 때가 많잖아요. 한국인 관광 팀만 받았는데 관광객이 서너 명이면 자가용에 태워 다니고 많을 땐 관광버스로 여기저기 이동하면서 온종일 말을 해야 하니까 수고스럽긴 하지만 수입은 그만큼 높았으니까요. 그렇게 일 년 좀 넘게 하다가 갑자기 사드 사태가 터지며 한국 관광객이 폭 줄어든 거예요. 아 참… 그래서 가이드 그만 두고 식당을 차린 거예요."

"불고기집?"

"네 불고기 위주로 하는 한식집요. 东北菜 (동북 요리)도 있구요."

"식당 규모는 얼마 되었는데?"

"백 평방 좀 넘는데 상이 열두 개였어요. 건데, 그게 무지 힘들었어요."

"식당이? 자기가 직접 하면 물론 힘들지."

"아ㅡ, 보기는 쉬워도 진짜 힘들어요."

"한국에서 매니전지 뭔지 할 때는 몰랐지?"

"그때는 손님 안배하고 컨트롤만 하면 되는데, 이거는 오만가지 다 해야 하니까…"

"큭큭…"

"아침에 일어나서 시장가는 것부터 시작해 사람 빠지면 사람 구해야지, 손님이 좀 빠지면 아 그거 또 신경 쓰이고… 이거 어떻게 해야 하나? 비용도 많이 들어가고… 일년 하고나니까 머리 다 빠질 거 같더라구요."

"하하…"

나는 그만 참지 못하고 하하 웃어버리고 말았다.

"장사는 잘 되고?"

"어느 정도 유지는 되는데… 돈이 안되요."

"돈이 안 돼? 왜?"

"휴ㅡㅡ, 모르겠어요… 식당이 엄청 많거든요. 식당이 많아도 사람도 좀 알고 회사 사람들 많이 알고 하면 좀 쉬울 텐데…"

"네가 여기 온지 몇 년 안 되고 회사에서도 일찍 나오고 했으니까."

"네. 회사에 좀 오래 있었어야 하는데… 식당이 삼성 반도체공장과 가까워요."

"여기 서안 삼성 공장에는 조선족들이 얼마 있는데?"

"지금은 거의 빠져나가고 얼마 없어요. 저가 왔을 때만 해도 3,4천명은 있었어요."

"3,4천명이나?"

"그럼요. 서안 삼성공장이 워낙 어마어마하게 크니까요. 삼성물산에서 공장을 짓고 하는데 조선족들이 많이 따라온 거죠. 그러다가 공장을 다 짓고 시설도 다 들어오고 나니까 조선족들이 할 일이 없어진 거예요. 그래서 대부분 떠났죠."

"어디로 갔는데?"

"강소성 쪽으로 많이 갔을 거예요."

"조선족들은 없어도 한국인들은 아직 많을 거잖아?"

"많겠죠…저도 딱히 잘 몰라요. 삼성물산에 일년 있었지만 그때 한국인들은 별로 접촉 못했거든요."

"식당은 계속 견지해 온 거니?"

"아니요. 얼마 전에 애가 아파서 한달 못했거든요."

"애가 얼마나 큰데?"

"16개월 됐어요. 애가 폐렴 걸려서 보름 입원하고 그러는 바람에 한 달 동안 식당 문을 닫았거든요. 문을 닫았다가 다시 하려고 하니까 못하겠어요. 그래서 결국 식당을 내놓고 말았어요."

"그래? 그럼 이젠 완전히 접은거야?"

"네. 바로 엊그제 다른 사람한테 넘겼어요."

"그럼 그동안 돈을 좀 벌었나 아니면…"

"십 몇 만 원(위안) 밑졌죠… 건데 뭐 장사하면서 십 몇 만 원쯤 밑지는 건 아무것도 아니잖아요."

"그렇긴 한데…그래도 무지 고생했다면서 결국 밑졌다니까 좀 그렇잖아. ㅎㅎ…"

"전 괜찮아요. 좋은 경험 했으니까. 식당 한번 하고 나니까 이젠 아무리 큰 고생도 다 감당할 수 있을 것 같아요…(웃음)"

"십 몇 만 원(위안) 주고 좋은 경험 한번 한 셈이네…(웃음) 당초 식당 차릴 때 투자가 얼마 들어갔는데?"

"40만 원(위안)요. 주식해서 번 돈 남겨두고 있던 거 투자했거든요."

"그 돈 그토록 오래 남겨두고 있었어? 너도 참 어지간히도 굳네…(웃음)"

내 말에 영림이가 벌씬 웃어보였다.

"그래 이후에 무슨 타산 있나?"

"다시 가이드 하면서 기회를 볼려구요. 지금 한국하고 관계가 회복되면서 한국 관광객들이 또 많이 와요. 아 참, 서광사람들 취재해서 책을 쓴다고 했죠? 책이름은 나왔나요?"

"일단 '서광, 더 큰 세상에 빛나다' 라고 제목을 달았는데…"

"중국어로 쓰나요?"

"중국어로도 쓰고 한글판도 만들려고."

"그렇군요. 아, 책 쓰는 것도 머리 빠지는 일이데요."

"어? 책을 써봤어?"

"네. 저도 독서를 좋아해서 이것저것 책을 많이 읽었거든요. 대학 졸업하고 경영학 쪽으로 책을 쓸려고 해보았댔어요."

"그런 쪽으로 쓰자면 자기 실천 경험도 있고 해야 할 텐데… 지금 쓰면 딱 되겠네."

"경영 쪽 책은 지금도 좀 이른 것 같아요. 나중에 꼭 쓸 거예요. 여기 서안에 와서는 저가 역사 쪽으로 책자 한권 만들었어요."

"그래? 무슨 내용인데?"

"여기가 열세 개 왕조의 도읍이잖아요. 서안에 오는 한국인들을 대상으로 한글로 된 중국의 역사… 뭐 이런 거 소개하는…"

"그런 책은 이미 있을 거 아니야?"

"없어요. 그래서 저가 먼저 중국의 경제, 정치, 사회, 생활 이런걸 알기 쉽게 정리하고 그 다음 서안의 관광지, 서안에 대한 사람들, 서안에 대한 생활… 이런 방면으로 두 번째 장을 만들고. 그리고 세 번째 장에서는 의료보험 같은 거 한국 사람들이 굉장히 궁금해 하더라구요… 이러이러한 중국인들의 실생활과 밀접하게 관계되는 제도 같은 걸 알기 쉽게 해설하고. 네번째 장에서는 미래에 대한 것, 십년 이십년 내다보았을 때 중국의 발전상… 이런 거 뭐 제가 다 연구할 필요는 없어요."

"그렇지, 자료들이 다 있을 건데."

"네 자료에서 뽑으면 되는데, 그래서 저가 지난해 가이드 하면서 자료 뽑아 한 백 페이지 정도 썼어요. 아 그런데 그것도 진짜 쉽지 않더라구요. 그저 자료를 뽑아 맞추는 게 아니라 재미있게 알기 쉽게 엮으려고 하니까 너무 힘들더라구요…(웃음)"

"거야 당연하지. 책 한권 쓴다는 게 그리 쉬운 줄 아나?"

"네 정말 쉽지 않더라구요. 자료 뽑아서 정리하는 것도 그렇게 힘든데, 취재해서 책을 쓴다는 건 정말 상상이 안되네요."

"그래 백 페이지 쓰고 나서 어떻게 되었는데?"

"처음에 저는 좀 단순하게 A4용지에 프린트할까 했는데, 생각해보니 그렇게 힘들게 만든 걸 가지고 그건 아니다 싶더라구요. 그래서

2백 페이지로 더 보완해서 정식으로 출판하려구요."

"맞아. 출판해야 책이 되는 거지 프린트하면 자료에 불과하잖아."

"그렇려면 적어도 서너 달은 몰두해야 될 거 같아요. 그런데 아, 몰두할 수가 없어요."

"왜?"

"아, 마누라가 옆에서 잔소리 너무 해서요."

"마누라가 왜?"

"애가 아직 작지, 그리고 자주 아프고 하니까, 집에만 들어가면 마누라가 어찌나 잔소리 심한지…"

"난 또…(웃음)"

나는 실소를 금치 못했다.

"젊었을 때는 다 그런 거야, 잔소리는 귀등으로 흘러 보내고 자기 할 일 몰두하면 되는 거지."

"네 그럴 수밖에요. 이제 잘 보완해서 먼저 한 천부 정도 찍을려구요."

"조급해 하지 말고 천천히 잘 만들어서 아예 일이만부 출판하려무나. 찍어 놓고 천천히 팔면 되잖아. 책은 많이 찍을수록 단가가 싸니까."

"그래도 되겠지만, 일단 천부 찍어 보구요. 잘 못 된 부분 있으면 계속 수정해야 하니까. 무슨 일이든 다 쉽지 않아요…(웃음)"

"어딜 가나 무슨 일 하든 쉬운 게 어디 있냐… 그나저나 이젠 서안에서 적응이 잘 되어가고 있는 거지?"

"아직요. 한국에 살아도 그렇고 중국에 살아도 그렇고… 한국에 가면 중국에 오고 싶고, 중국에 오면 또 한국에 가고 싶고… 다 그런 게 아닌가요?"

"글쎄 말이다…"

나는 일순간 대답이 궁해졌다. 나는 그에게 그것이 어쩌면 부모가 한국에 나가있는 너희 한 세대의 운명이 아닌지 모르겠다, 하고 말하려다 그만 두었다. 생각해보면 그것이 어찌 그들 한 세대만의 운명이겠는가!

"네 꿈이 뭐냐?" 나는 문득 그에게 이런 물음을 던졌다.

"꿈이… 요? 오…꿈이라, 그게요—," 영림이는 생각하는 듯 하더니, 여전히 느릿느릿한 충청도 말투로 이렇게 말했다.

"저가요, 꿈이 하나 있긴 해요. 그게 뭐냐면… 차를 운전해서 세계 일주를 하는 거에요." 말을 마친 그는 또 히쭉 웃었다.

간단하지만 거창한 그의 꿈이 언젠가 이루어지길 바라는 마음이다. 그 꿈을 이루기 위해 그는 차곡차곡 준비해 가리라 믿는다.

불우해도 불행하지 않은

서강우 (심양)

2018년 4월 16일, 심양에서 나는 백녕이 데려온 서강우(본명 서량)를 만났다. 180센치미터 큰 키에 얼굴도 준수했다. 1990년생인 그는 내가 만나본 서광촌 사람들 가운데서 좀 특별한 사연이 있는 젊은이다. 그의 아버지 서문계(徐文界)는 한족으로서 64세이고 그의 엄마 허운옥은 47세라는 것이었다.

"어? 엄마 아버지 나이 차가 꽤 많네… 이건 가정사 프라이버시(隐私)에 속하겠지만, 물어봐도 될까?"

"괜찮아요. 물어봐도 되요."

서량이 대답했다. 그는 성격도 시원시원했다.

"엄마와 아버지가 어떻게 돼서 결혼했지? 나이로 봐선 네 엄마가 열아홉 살에 너를 낳았는데…"

"저의 아버지가 남툰에 있는 로차이(老蔡)네 목재 가공공장에서 일했는데, 그때 홀아비였던 아버지가 총각이라고 엄마를 속인 거예요. 나이도 속이고… 그렇게 결혼하고 저가 태어나게 되었던 거죠."

로차이는 서광촌에서 유명한 채명걸 씨를 말한다. 1970년대부터 서광대대 구매원(采购员)으로 있던 채명걸이는 개혁개방 이후 서광촌에서 선참으로 목재 가공공장을 꾸려 당시 농촌에서 부자의 상징인 "만원호(万元户)"가 된 사람 가운데 한 분이다. 서광에서 대외로 "빤썰(办事, 대외교제)"하는데 유능해서 채씨인 그를 어른 아이 할것 없이 모두 "로차이"라고 불렀다. 그의 목재 가공공장에는 외지에서 온 한족일군들이 힘든 일을 했는데 서량의 아버지 서문계도 그중의 한 사람이었던 것이다.

"저가 세 살 때 엄마가 미국 싸이판에 노무로 나갔다가 2년 만에 돌아와서 아버지와 이혼했어요. 그때 왜 이혼했는지 저는 어리니까 모르고 커서도 알려고 하지도 않았어요. 생각하면 외국에 나가 바깥 세상을 보고 돌아온 스물 몇 살의 엄마가 더는 아빠와 함께 살 수 없었을 거 아니에요. 엄마는 이혼하고 한국에 가려고 수속을 시작했는데, 그만 사기당하고 사이판에서 벌어온 돈을 몽땅 떼이고 말았죠. 후에 외할아버지가 돈을 꿔다주어 가짜결혼(위장결혼)으로 한국에 갔어요. 엄마가 한국 가서 굉장히 힘들게 살았어요. 그래서 저한테 연락도 못하고…"

"엄마가 고생 많이 했겠다…"

나는 저도 모르게 이렇게 한마디 했다.

"그렇죠. 어린 아들 두고 한국 가서 맨날 아들, 아들하고 외우면서도 연락도 못 하고… 그때는 전화도 없을 때잖아요."

"네 엄마가 어떻게 보면, 열아홉 살 어린 나이에 너무 어려서 당한 거나 마찬가지잖아. 그러니까 어떻게든 벗어나고 싶었겠지."

"그렇죠. 그래서 사이판에 가셨고 돌아와서 2년 동안 번 돈을 사기 당하고도 돈을 꿔서 위장결혼으로 기어이 한국으로 간 거였죠. 저는 그래서 어린 저를 두고 떠나간 엄마를 원망하지 않아요."

"서량이는 아버지를 많이 닮았나?"

"아니요. 저는 엄마를 많이 닮았어요."

"그래? 그럼 아버지는 인물체격이 어떻길래… 키도 크고 그런가?"

"네. 젊었을 때 인물은 잘 생겼죠. 잘 생기고 하니까 엄마도 그만…"

"그럼 엄마도 이쁘겠네?"

"저가 아들로서 보기엔 엄마가 이쁘게 생겼죠."

서량이 빙그레 웃으며 대답했다.

"어릴 땐 아버지와 함께 살았겠지?"

"네. 아버지와 함께 있긴 했지만, 외가에 가 있는 시간이 훨씬 더 많았어요. 이모가 절 엄청 이뻐 해 주셨거든요. 외삼촌도 저를 잘 대해주시고요."

서광소학교를 다니던 서량은 2000년도 학교가 현성으로 옮겨가자 한족학교인 영건소학교에 다니게 되었다. 아버지가 비록 한족이지만 동네에서든 학교에서든 조선말만 했던 그는 한족 학교에 가서 처음엔 좀 힘들었다. 그래도 소학교를 졸업하고 영건중학교에 갔는데 공부가 뒤떨어지며 공부에 점점 재미를 잃었다. 게다가 엄마도 없는데다 아버지가 몸이 안 좋아 누워있는 시간이 더 많다보니 집에도 점점 있기 싫어졌다.

어느 날부터인가 서량은 아침에 학교에 간다고 집을 나서서는 온종일 학교에 가지 않았다. 농촌에서는 도시에서처럼 어디 놀러갈 때도 없는지라 그는 들판을 쏘다니기도 하고 강변 모래톱에 누워 낮잠을 자기도 하고 산에 올라가 나물을 뜯기도 했다.

그렇게 거의 한 달이 돼오던 어느 날 동산에 올라가 산기슭에 앉아 시야에 훤하게 들어오는 마을과 들판 그리고 멀리 은띠처럼 햇빛에 반짝이는 량주하와 그 너머 아득한 서쪽하늘을 바라보며 생각에 잠겼다.

"나는 왜 이 세상에 왔는가? 내가 이 세상에 잘못 온건 아닐까?"

그는 처음으로 자신에게 이런 물음을 던졌다. 지금까지 그 누구도 조금은 특별한 자신의 출신을 두고 별다른 말을 하지 않았고 더욱이 그를 차별하지 않았다. 오히려 그 자신이 점점 커가면서 가끔 나는 왜 곁에 엄마가 없는가, 나는 왜 이런 집에서 태어나 이처럼 힘들게 살아야 하는가 하고 자신에게 물어보곤 했다. 그럴 때면 엄마와 아버지가 원망스럽고 이 세상마저 원망스러웠지만 원망한들 무슨 소용이 있으랴.

"설령 내가 이 세상에 잘못 왔다고 하더라도 나는 이 세상을 버릴 수 없고, 세상도 결코 나를 버리지 않을 것이다… 그래, 나도 이젠 열다섯 살이니 이제부터 누굴 원망하지도 말고 누굴 바라지도 말고 나 홀로 내 힘으로 이 세상을 살아가야 하지 않을까. 공부는 더 이상 할 수도 없으니 아예 저 세상 속으로 뛰어들어 엎어지든 넘어지든 내 운명 내가 틀어쥐고 살아갈 테다."

그날 산에서 내려온 서량이는 아버지께 외지로 다꿍(打工)하러 가겠다고 말씀드렸다. 아버지는 왜 공부를 안 하고 다꿍하러 가겠다 하는가고 묻지도 않았다. 서량이는 그러는 아버지가 서운하기도 하고 한편 마음이 편하기도 했다. 아버지는 그에게 300위안을 주었다. 그는 평소 막내 외삼촌이 용돈으로 5위안 10위안씩 준 것을 모아둔 이 삼백 원을 합쳐 몸에 지니고 고향을 떠났다.

2005년 늦은 봄 서량은 이웃 마을 신안촌의 한족 청년 몇 명을 따라 함께 청도로 갔다. 그들로부터 청도 어느 액세서리 공장에서 일군을 모집한다는 소식을 전해 들었다. 공장에 찾아가니 모두 받아주었다. 서량은 그때 15세밖에 안되었지만 덩치가 커서 청년들과 별반 차이가 없었다.

"덩치만 컸지 어린 내가 멋모르고 따라가서 공장이라고 들어갔는데 그렇게 열악할 줄은 꿈에도 생각 못했어요. 일이 너무나 힘들었거든요. 잠도 제대로 못 잤어요. 연속 일주일 서너 시간밖에 못자며 일하기도 했으니까요. 그런데 월급은 500위안밖에 안 되었어요. 그것마저도 뭘 좀 잘못하면 깎았어요. 저는 집에서 일을 못 해보았잖아요, 그러니 아무래도 어른들보다 일하는 게 많이 서툴었죠, 그래서 몇 번 깎이고 보니 첫 달에 저가 받은 월급은 250위안밖에 안 되었어요."

서량은 그래도 참고 견뎠다. 처음 사회에 나오다 보니 공장이란 모두 이런가보다, 하고 생각하기도 했다.

"그렇게 서너 달 지나서 하루는 경하 형이 공장에 일보러 온 거에요. 서광에서 이웃에 살았는데 저보다 나이가 한참 위고 하니까 청도에 있다는 걸 알면서도 연락도 안 하고 있었던 고향 형님이죠. 그 경하 형님이 저를 보더니 깜짝 놀라는 거예요. 야 너 왜 여기에 있니? 하고. 알고 보니 우리 공장 사장은 경하형 친구였고 역시 방정사람이었어요…(웃음) 박**라고 보흥향 신풍촌 사람이더군요."

"그때 리경하도 청도에서 액세서리공장 경영하고 있었지 않았나?"

"네, 역시 액세서리공장 한다고 하더라고요. 우리 공장 사장과 동업자였죠. 하여간 그날 경하 형이 다녀간 후 형편이 좀 좋아졌어요. 그때는 또 일하는 요령도 생기고 하니까 자리를 뜨지 않고 거기서 계속 일했어요. 그렇게 8개월 되었을 때 엄마가 찾아왔어요. 엄마가 이모 한국 가는 수속을 해주기 위해 중국에 돌아온 거였어요. 엄마가 다시 한국에 간 후에 저는 이모의 소개로 다른 액세서리공장으로 자리를 옮겼어요. 이모의 친구가 한국 사람과 합작해서 하는 공장이었는데, 거기서 관리직으로 대리급까지 올라가 9개월 되었을 때 엄마가 저를 한국에 데려가는 수속을 한다면서 고향에 돌아가라고 해서 서광에 돌아갔었어요."

"그래서 그때 수속하고 한국에 갔나?"

"못 갔어요. 엄마가 한국에서 초청하고 저가 중국에서 비자 신청을 했는데 어찌 된 판인지 두 번 넣었는데 두 번 다 펑크 나더라고요. 그래서 다시 청도에 갔죠."

두 번째로 청도에 간 서량은 고향 선배 형님을 따라다니며 복장 무역을 했다. 몇 달 따라다니며 장사하는 걸 배우고 익혀서 후에는 혼자 장사를 하기도 하고 선배 형님과 함께하기도 하면서 돈을 벌었는데 한 달 수입이 일이지만 위안 많을 땐 2~3만 위안 되었다. 그제 날 액세서리 공장에서 열 몇 시간 일하며 500위안 월급마저 절반이나 깎이던 시골출신 미성년 막노동자로부터 서량은 그렇게 도시 생활에 익숙해진 도시 사람으로 탈바꿈했다.

"그런데 그때 엄마가 다시 저를 한국에 초청하는 수속을 시작 한 거예요. 사실 처음에 저는 한국에 가기 싫었거든요. 청도에서도 돈을 잘 벌고 있었으니까, 한 달에 많을 때는 2~3만 위안 버는데 한국에 가면 한국 돈 120만 원밖에 못 번다는 걸 알고 있었으니까요. 하지만 엄마가 저를 한국에 데려가고 싶어 하고, 저도 엄마 옆에 가고 싶기도 하고… 그래서 비자신청을 했는데 이번에도 자꾸 펑크 나는거예요. 한번 빵구 나면 두 번째 넣고, 안되면 또 넣고… 그렇게 여섯 번 만에 비자가 내려와 마침내 한국에 갔죠. 그때 저가 스무 살 때였어요."

2010년 9월 서량은 한국에 갔다. 여섯 살 때 떠나간 엄마를 열여섯 살에 한번 보고 스무 살에 드디어 엄마와 함께 있게 되었다. 꿈에도 그리던 엄마였다. 그런데 정작 엄마 옆에 왔지만 엄마와 함께 생활할 수 없었다. 엄마에게는 같이 사는 한국남자가 있었는데 그 남자와 사이좋게 지낼 수 없었던 것이다. 서량이 아무리 맞춰주려고 애를 써도 소용이 없었다. 결국 그는 엄마와 함께 있겠다고 청도에서의 모든 것을 팽개치고 한국에 갔지만 엄마와 함께 있을 수 없었다.

"저가 보니까 내가 엄마 옆에 있으면 엄마가 더 힘들 것 같더라고요. 그래서 이모네 집에 더 많이 가 있었어요. 이모는 저가 어릴 때 아들처럼 대해주셨거든요, 엄마가 없다면서요. 그래서 이모한테 정이 깊었어요."

서량은 며칠 후 전자 부품회사에 취직했다. 그런데 한국에서 들어간 공장도 일이 너무 힘들었다.

"그래도 처음 들어간 공장에서 1년 2개월이나 있었어요. 한국에 공장이라는 건 다 그런가보다 하고 말입니다. 종업원이 몇 명 안 되는 공장이었는데 저가 들어간 후에 하나 둘 떠나버리고 나중에 일하는 사람은 저 혼자만 남았어요. 그래서 혼자서 셋이 하던 일을 했는데도 월급은 한화 120만 원밖에 안되었어요. 결국 저도 나와 버리고 말았죠."

그는 다른 전자 회사에 들어갔다. 꽤 규모가 있는 회사였는데 일을 열심히 잘하니까 한 달 만에 작업반장이라는 직책을 맡겨주고 월급도 220만 원으로 올려주었다.

"거기서 8개월 근무했는데 고향에서 아버지가 쓰러지셨다는 소식이 전해온 거예요. 그래서 그동안 번 돈을 보냈어요. 그러고도 생각해보니 아무래도 안 되겠더라고요. 회사에서 한화 220만 원 받아서 저도 쓰고 아버지한테도 다달이 돈을 보내려면 모자라잖아요. 그래서 회사를 그만두고… 이번엔 그 회사를 떠나기 정말 아쉬웠지만, 하는 수 없이 건설 현장에 다니기 시작했죠."

2012년 9월부터 서량은 건설현장에서 목수 일을 했다. 한국에 나온 지 거의 2년이 되는 시점 이었다. 건설현장의 노동은 회사와 차원이 달랐다. 순수 육체노동이었다. 한창 힘이 솟는 20대 초반이지만 저녁에 숙소에 돌아오면 그는 그대로 오그라졌다. 그렇게 서너 달 지나면서 점차 현장 일에 적응이 되어갔지만, 서량의 고민도 점점 깊어져 갔다.

"내가 언제까지 매일 이런 육체노동을 해야 하는가?"

생각하면 그는 막막하기 그지없었다. 이제 20대 초반인 자신이 이러다가는 40대 50대 될 때까지 현장에서 일해야 할 것 같았다. 외삼촌과 그 세대들이 바로 20대, 30대에 한국에 나와 사오십 넘도록 현장에서 일하고 있지 않는가. 물론 그들은 한국에 나올 때 대부분 자식들을 위해 노가다 판에서 힘들게 일해 돈을 벌었지만 자식들이 성장한 이후에도 그들은 여전히 건축 현장을 못 떠나고 있었다. 현장에서 망치를 휘두르고 콘크리트를 다져넣고 철근을 엮어 골조를 만드는 등등 현장일 밖에 다른 일을 할 수 없었기 때문이다.

"다른 무슨 일을 시도해 보자… 그런데 내가 뭘 할 수 있을까?"

서량이는 청도에서 하던 옷 장사를 떠올렸다. 그때도 장사라고는 해본 적이 없는 그가 선배 형님을 따라 다니며 배워서 후에는 혼자서 장사를 해 돈을 벌었지 않았던가. 그는 다시 청도에 돌아갈까, 하고 생각도 했지만 그건 안 될 일이었다. 어렵게 한국에 나왔고 더욱이 비록 엄마와 함께 살지는 못하지만 한국에 있어야 보고 싶을 때는 찾아가 뵙고 식사라도 할 수 있지 않는가. 그는 한국에서 무슨 장사거리를 찾아보기로 하고 휴일이면 남대문시장과 동대문시장을 돌면서 시장조사를 했다. 그리고 중국에서 장사를 하며 알아두었던 사람들과도 연락을 취했다.

그렇게 찾고 찾은 것이 중국산 가방을 파는 일이었다. 그는 건축현장에 어김없이 다니면서 휴일과 저녁시간에 중국에서 들여오는 가방을 넘겨받아 남대문시장과 동대문시장 매장들에 되넘겨 팔았다. 대부분 중국 광주에서 넘어오는 물건이었다. 처음엔 가방으로 시작해서 후에는 가죽제품이며 시계 등 중국국내 공급업자(供应商)들이 보내오는 물건을 모두 받아 팔았다. 때로는 공급업자들의 부탁으로 중국에서 오는 손님들의 통역이나 가이드를 하기도 했다.

그렇게 3년 세월이 또 흘러갔다. 그동안 아버지한테 꼬박꼬박 돈을 부쳐드렸고 저축도 좀 했다. 그제야 서량은 건축 현장 일을 그만두고 전문적으로 장사를 해야겠다고 생각했다. 하지만 여전히 중국산 가방 따위만 되넘겨 팔아서는 안 될 것 같았다. 그 장사에서 자신은 너무나 피동적이었고 마진도 너무 적었다. 장기적으로 할 일이 결코 아니었다. 뭔가 새로운 변신을 해야 했다.

2015년 9월의 어느 날 늦은 밤, 서량은 청도에서 처음 장사를 하며 따라다니던 고향 선배 형님인 백녕한테 전화를 걸었다. 한국에 온 후 연락이 없다가 일 년 전 위챗이 추가되며 서로 문자만 주고받고 했었는데 직접 통화하기는 처음이었다.

"형, 나 좀 도와줘!"

서량은 다짜고짜 이렇게 도와 달라고 했다.

"어? 나 지금 한국에 나와 있는데, 내일 아침 비행기로 떠나야 하거든. 너 내일 아침 일찍 인천공항에 나올 수 있나? 전화로 얘기하긴 좀 그러니까…"

"알았어. 나도 마침 내일 새벽 공항에 나가야 하니까."

그 며칠 서량은 중국에서 온 손님들을 위해 통역 겸 가이드를 하고 있었는데 이튿날 새벽 공항으로 바래주어야 했던 것이다.

그들은 공항 대기실에서 만났다. 편안히 앉아 얘기할 시간도 장소도 없었다. 긴 의자에 앉아 서로의 상황을 들려주고 함께 무엇을 할 수 있을지 의논해 보았다.

"나 지금 심양에다 뷰티샵을 하나 크게 차리려고 한다. 그걸 시작하면 한국뷰티제품이 많이 수요 돼. 중국 현지에서 조달할 수 없으니까 니가 먼저 그것부터 해봐라. 중국으로 보내오면 내가 받아서 소화시킬 테니까."

백녕이 이렇게 제안했다. 그리고 그들은 헤어져 각자 인솔하고 있는 팀에 돌아갔다. 탑승수속을 해야 했던 것이다.

그날 이후 서량은 한국 뷰티제품과 시장에 대해 널리 알아보고 구입경로를 비롯해 구체적인 사항을 자세히 검토하면서 백녕과 수시로 전화로 연락해 상의하며 상세한 계획을 세웠다. 한 번의 거래로 끝날 일이 아닌 장기적인 사업이므로 첫 시작부터 신중하게 타진하고 추진해야 했던 것이다.

한 달 후 서량이 발송한 한국뷰티관련 제품이 중국에 무사히 도착했다. 그 후 서량은 이 한 가지 일에만 집중했다. 한국의 뷰티관련 제품시장은 엄청 크고 물이 깊으며 중국으로의 진출 또한 여러 가지로 복잡한 사항들이 많았다. 하지만 서량은 그 어느 때보다도 힘이 솟았다. 명확한 목표가 생기고 그 목표를 향해 달려가는 자신의 삶이 더없이 충실하고 보람이 있었다.

2017년 8월 서량은 심양에 집을 잡았다. 한국에는 이미 장기적으로 합작하는 협력회사가 있기에 중국에 체류하며 처리해야 할 업무가 더 많았던 것이다. 그렇게 그는 한국뷰티제품 전문 공급업자(供應商)로서의 입지를 굳혀갔는데 연간 무역액이 인민폐 2천만 위안에 달하고 있다.

90 후, 베이징에서 창업하다

박송미 (베이징)

박송미를 만나기 전에 나는 이미 나의 소학교와 중학교 때 동창생인 그의 고모 박진옥으로부터 그에 대한 소개를 들었다. 하지만 솔직히 잘 믿어지지 않았다. 1990년대 출생한 그가 정말 동창생이 들려준 것처럼 중국 최고의 명문대들이 집결해 있는 베이징 해정구에서 유학 중개회사를 설립해서 성공했단 말인가?

2019년 5월 13일 오전, 지하철 14호선 육도구역에서 내려 해정구 청화동로에 위치한 베이징임업대학(北京林业大学)을 찾아간 나는 교학연구센타 C동 1층 현관에서 박송미를 만났다. 그를 따라 현관 좌측 문을 열고 들어가니 긴 복도 왼편에 불투명 유리로 간벽을 한 교실이 대여섯 개 있었다. 교실은 열 대여섯 명이 앉아서 수업할 수 있게 꾸며져 있었는데 임업대학에서 유학센터에 제공한 것이라고 한다. 그리고 필요할 때는 언제든지 더 큰 교실이나 회의실을 사용할 수 있다는 것이었다.

나는 송미를 따라 비어있는 교실로 들어가 앉았다. 그는 방금 전 배송해온 것이라며 스타벅스(星巴克) 커피를 한 컵 가져다주고는 자기도 한 컵 들고 나와 마주 앉았다. 마셔보니 내가 마시기엔 좀 쓴 블랙커피였다. 지금 젊은 세대들이 선호하는 커피를 조금씩 마시며 나는 새삼스레 송미가 90년대 후 출생이라는 사실을 상기했다.

우리의 얘기는 박씨 가족의 이야기로부터 시작되었다. 박송미의 할아버지 박재구 선생은 방정현조선족중학교 창시인 중의 한 사람이다. 성정이 정직한 박재구 선생은 방정조중 교장으로 계시던 1950년대 우파로 몰려 고생하다 1970년대 말에야 비로소 누명을 벗게 되었다. 그런 아픈 경력이 있었지만 방정조중이 남천문에서 서광촌으로 옮겨온 후의 이삼십 년 동안 박 선생님과 그의 가족들은 서광촌 사람들의 기시를 받지 않았다. 오히려 서광촌 모든 사람들이 그를 존중하고 그의 사람됨과 학식을 인정해주었다. 온 몸에 서생티가 다분하고 성품이 온화한 박 선생님은 사람들과 잘 어울렸다. 선생은 또 젊은 시절 신문과 잡지들에 문학작품을 발표한 경력도 있었다.

1970년대 초반으로 기억된다. 아마 내가 소학교 2-3학년 때일 것이다. 어느 한 겨울 박 선생님께서 극본을 썼는데 내가 연극에 나오는 한 가난한 집 아들 역을 맡게 되었다. 그 시대 모든 영화의 내용과 마찬가지로 계급투쟁에 관한 연극이었다. 40여 년이 지난 지금 연극의 줄거리를 기억하진 못하지만 연극에 나오는 "총소리"는 잊히지 않는다. 내가 무대 뒤에서 막대기로 베니어합판(胶合板)를 탕, 탕, 탕 두드려 낸 "총소리"에 무대에 있던 "나쁜 놈"들이 쓰러졌다.

1970년대 그 시절 해마다 음력설 무렵이면 서광대대 "모택동사상 문예선전대"에서 오랫동안 큰 힘들여 준비한 문예종목을 사원들에게 공연했는데 박 선생님께서 직접 극본을 쓰시고 연출하신 연극은 제일 볼거리였다. 하여 주변의 촌들에 순회공연까지 하게 되었다.

1991년에 출생한 박송미는 그가 서너 살 되던 해 아빠가 한국으로 나갔고 그가 소학교를 다닐 때는 엄마도 한국에 나가다 보니 그는 2010년 상지조중을 거쳐 베이징도시대학(北京城市学院) 회계전업에 붙을 때까지 줄곧 외할머니 손에서 컸다. 대학을 다니는 기간, 그는 주변의 언어학교에 다니며 한국어를 가르치며 돈을 벌어 생활비에 보탰다.

2014년 대학을 졸업한 후 박송미는 한국 롯데그룹 베이징회사에 취직해 일 년 간 근무하고는 싱가포르 독자기업으로 옮겨 또 일 년 넘게 근무했다. 이 기간 그에게서 한국어를 배운 적이 있는 대학생들과 줄곧 연줄이 이어져 그들이 그에게 한국어를 배우려는 학생들을 소개하였다. 학생들이 하나, 둘 늘어나자 그는 싱가포르회사에 사직서를 냈다. 자신이 하고 싶은 일을 전문하고 싶었다.

그의 한국어교육 창업은 그렇게 시작되었다. 하지만 창업이란 말처럼 쉬운 게 아니었다. 수업할 수 있는 교실이 문제였다. 하여 그는 학생들을 데리고 켄터키 가게나 커피숍을 교실로 이용하며 수업을 진행했다. 그렇게 몇 달간 수업하다가 한 학생의 소개로 국제무역청사의 근 200평방미터에 가까운 면적을 차지하고 영업하는 회사 사장한테서 60평방미터 되는 한 칸을 월세 6천 위안으로 세 맡았다. 하지만 반년 값을 계산하자니 그것도 버거웠다. 다행스럽게도 사장님이 금방 창업하는 햇내기 대학생이라고 다달이 월세를 내라며 배려해 주었다. 금방 창업을 시작한 그가 행운으로 귀인을 만난 것이었다.

집세의 압력을 조금 던 그는 수업에 온 정력을 쏟았다. 차츰 그가 한국어를 잘 가르친다는 소문이 퍼지며 학생들이 점점 많이 모여들기 시작하였다. 그렇게 일 년이 지났을 때 박송미는 또 한 번 귀인을 만나게 되었다. 이번에도 그는 한 학생의 소개로 베이징임업대학 모 대학원의 한 선생님을 알게 되였는데 그의 소개로 교실을 베이징임업대학에 옮기게 되었다.

베이징임업대학에 교실을 잡으면서 박송미는 도약의 큰 발판이 마련된 셈이었다. 베이징임업대학 주변에는 10여 개의 대학교가 운집해 있었는데 그 중에는 국내의 명문대도 여러 개 포함돼 있었다. 그런 지리적인 위치로 인해 주변 대학생들의 출국을 위한 언어교육과 유학 자문 수요가 컸다. 그만큼 그에 상응한 자문기구가 많아 경쟁도 치열하였다.

박송미는 먼저 한국어 수업만 하던 데로부터 일본어와 영어 수업을 추가했다. 외국어강사 출장료가 만만치 않았지만 그는 큰맘을 먹고 초빙하여 수업을 시작했다. 어종(语种)이 세 가지로 늘어나며 그의 외국어학교는 규모를 갖추었고 학생 수도 많이 늘어났다. 학생 수가 증가됨에 따라 그는 학생들의 실제 상황에 맞게 수업계획을 짜고 유학계획까지 만들어줌으로써 학생들이 한결 명확한 목표를 가지고 수업을 받을 수 있게 했다.

외국어 수업이 체계가 잡히자 그는 업무 범위를 넓혀 유학 자문 업무도 함께 추진했다. 그의 학교에서 공부한 학생을 소개만 하던 데로부터 자체로 자문기구를 설립하여 외국어교육과 유학자문을 일체화시킨 것이다.

이런 준비 과정을 거치고 나서 박송미는 자신의 이름으로 된 법인회사를 설립하는데 착수했다. 그가 베이징임업대학으로 옮겨오기전 임업대학 모 대학원에서 설립한 언어교육기구가 있었는데 무슨영문인지 그가 와서 1년도 안 돼 철수됐다. 박송미는 이 절호의 기회를 포착하고 "베이징초명교육자문유한회사"를 등록하였다. "초명(初明)"이라는 이름은 바로 그의 할아버지 박재구 선생이 젊은 시절 썼던 필명이다.

회사가 정식으로 설립된 후 박송미는 학교 측과 협상해 그의 회사가 베이징임업대학 언어교육중심이라는 이름으로 출국언어교육 및유학자문서비스를 진행 할 수 있는 자격을 얻었다. 그것은 결코 대학교의 이름을 빌리는데 불과한 간단한 일이 아니었다. 중국에서도 손꼽히는 명문대학인 베이징림업대학의 언어교육센터라는 간판을 버젓이 걸게 되면서 그의 회사는 큰 명분을 얻었고 회사 발전에 큰 동력을 얻게 되었다.

그는 높은 노임을 주며 3명 직원을 정식으로 채용했다. 그중 한 명은 베이징대학에서 근무했던 부교수로서 유학 자문 경험이 풍부한전문가였다. 그 외 20여 명의 외국어 강사들을 초빙했는데 수업계획에 따라 수시로 교단에 설수 있었다.

베이징초명교육자문유한회사는 설립 된지 1년 좀 넘는 사이에 이미 백 수십 명 대학생들에게 언어양성과 유학 자문 서비스를 제공했다. 회사의 유학 자문을 거쳐 20여 명의 본과생과 석사생들이 유럽과 미국의 명문대에 석사 혹은 박사생으로 입학해 유학 공부를 하고 있다.

80, 90년대 출생 18인 스케치

1. 리경하(청도)
2. 최미연, 최금철(일본 도쿄)
3. 리해종(일본 도쿄)
4. 박송일(청도)
5. 김복화(온주)
6. 성춘길(천진)
7. 김령령(상해)
8. 김광일(청도)
9. 정일학(일본 도쿄)
10. 박일봉(심양)
11. 김세권(광주)
12. 김미령(광주)
13. 리영송(광주)
14. 리해실(서울)
15. 김춘향(천진)
16. 공수언(청도)
17. 최해남(서울)

청도多亨공예품유한회사 / 리씨석판불고기집 사장

리경하 李京河 (청도 1980년생)

2018년 3월 11일 저녁, 청도에 있는 서광촌 사람들 칠팔 명과 함께 청양구 번화가 장성로의 101번지에 위치한 리경하네 "리씨석판불고기집(李氏石板烤肉店)"을 찾아갔다. 2017년 6월에 오픈했다는 식당은 120여 평방미터로 홀이 널찍한데 권리금과 실내장식에 100만 위안 투자했다고 한다.

리경하는 2001년 말 청도 진출해 2년 후 직업 및 혼인소개소를 경영했다.

"결혼도 안 한 20대 초반에 아가씨들 아줌마들 국제결혼 꽤 많이 시켰어요."

왜소한 체격의 리경하는 소탈하게 웃으며 말했다.

2005년 리경하는 혼인소개소를 정리하고 나이키(耐克) 신발회사에 취직했다가 이듬해 한국(청도)대우회사로 자리를 옮겼다. 소개소는 장구지책이 아니므로 그래도 규모 있는 회사에 들어가 배워야겠다고 생각했던 것이다. 대우회사에서 그는 한국인 김씨 영업부장의 신임을 얻어 꼬박 6개월 동안 영어, 컴퓨터, 무역관련 공부를 하며 많이 배웠다. 김 부장이 자기가 알고 있는걸 아낌없이 배워주었던 것이다. 그런 김 부장이 회사를 떠나 귀국하게 되자 경하도 회사를 떠났다.

2007년 리경하는 "잭존스(杰克琼斯)"라는 미국회사 청도지사에 취직했다. 미국에서도 이름 있는 기업그룹인 잭존스 청도지사의 주요

업무는 청도에서 액세서리를 위탁 가공해 미국으로 수출하는 것이었다. 그렇게 액세서리 가공을 접촉하게 된 리경하는 이 회사에서 품질검사 팀장으로 근무했는데 월 노임이 3000달러였다.

2013년 리경하는 30만 위안 투자해 자체의 액세서리공장인 청도다형공예품유한회사를 설립했다. 투자는 많지 않지만 유동자금이 많이 들어갔다. 현재 종업원은 15명이고 많을 때는 50여 명에 달했다고 한다.

다형공예품회사는 미국에서 디자인을 제공받아 고가의 호화장신구를 개발해 미국으로 수출하고 있다. 미국에서 천불이상 받을 수 있는 제품으로서 회사 매출액은 년간 500만 위안에 달했다. 2017년부터 일본으로도 수출하고 있다.

경하와 애기를 나누던 중 그는 청도에 아직 방정향우회가 없다면서 한번 조직해보겠다고 말했다.

"저가 일전에 '청도방정사람(在靑方正人)'이라는 위챗방을 만들었는데 이미 24명이 가입돼 있어요. 저가 한번 통계해보니까 현재 청도에서 살고 있는 우리 서광촌 사람들이 청도에다 집을 사놓고 한국에 왔다 갔다 하는 사람들까지 포함해 팔구십 명은 되더라고요."

그의 말에 함께 식사하며 애기 나누던 서광사람들이 모두 좋은 생각이라며 적극 협조하겠다고 분분히 표시했다.

일본 도쿄 회사원
최미연·최금철 오누이 (1980년, 1981년생)

2019년 3월 6일, 일본에서 서광촌사람들 취재를 시작한지 사흘 만에 도쿄 신바시(新橋)에서 최미연을 만났다. 신바시는 사무직 회사원들이 밀집된 지역으로서 미연이는 여기에서 10여 년간 근무했다고 한다.

1996년 하얼빈시조선족제1중학교 초중을 졸업한 최미연은 오상조선족사범학교 영어학과 3년제 전문대과정(大专班)에 입학했다.

"공부성적도 쏠쏠한데다 한 살 아래 남동생도 있고 해서 부모님들 부담을 덜기 위해 일찌감치 사범학교를 선택했죠."

1999년 졸업 후 미연이는 방정조중에서 교편 잡았다. 그런데 1년 뒤 부모님이 그를 보고 일본에 유학가라고 했다. 그때는 일본 유학 비용이 가장 비싼 시기로서 인민폐 10만 위안이 들어야 했다. 그 많은 돈을 써가며 유학을 떠나는 것이 부담스러워 그는 스트레스를 많이 받았지만 결국 일본 유학길에 올랐다.

다행히도 일본행 비행기에서 미연이는 같은 언어학교에 입학하게 될 남학생에게 첫눈에 반해버렸다. 그들은 일본에 도착해서 함께 생활했고 1년 후 도쿄주재중국대사관에 가서 혼인신고를 하였다. 미연이는 아르바이트를 하느라 하루에 겨우 몇 시간 잠을 자면서도 공부에 영향을 끼치지 않았고 우수한 성적으로 언어학교를 졸업했다.

중국에서 영어학과 전문대학을 졸업하고 일본에 와서 또 일본어를 배우고 나니 미연이는 4개국 언어를 장악한 셈이었다. 이런 언어적 우세가 있기에 그는 한국 현대그룹이 일본에 투자한 회사에 취직할 수 있었다. 그의 직속 상급 부장은 재무 출신이었는데 그분의 격려하에 미연이는 여가 시간을 이용해 회계학교에서 공부를 마치고 회계자격증을 따냈다. 그런데 바로 그 무렵 한국 현대그룹 정몽규회장이 갑작스레 투신자살하면서 그의 주도하에 설립된 일본 회사가 해체되었다. 그 바람에 미연이는 다른 출로를 찾을 수밖에 없었다.

미연이는 그러나 한국 현대그룹이라는 세계적인 대기업에서 근무한 경력과 회계 자격증을 소유하고 있고 또 언어적 우세를 바탕으로 일본 대기업인 샤프(夏普)회사에 취직할 수 있었다. 그리고 2년 후에는 한국 삼성(일본)회사에 스카우트돼 3년간 일했다.

그 후 미연이는 애를 키우느라 대기업을 떠나게 되었고 애가 좀 크자 일본 모 무역상사에 취직해 지금까지 회계 일을 보고 있다.

신바시에서 최미연을 만나고 나서 며칠 후 도쿄에 거주하는 서광 사람들의 모임에서 나는 그의 남동생 최금철을 또 만났다. 미연이와 연년생인 금철이는 2006년에 누나가 일본에 데리고 온 것이다. 일본에 온 후 금철이는 도쿄 전기대학(東京電机大学)에서 IT전공으로 4년 공부했다. 2010년 졸업 후 그는 일본 히다치(日立)그룹 계열사에 취직해 지금까지 근무하고 있다.

일본 미쓰비시도쿄UFJ은행三菱东京UFJ银行 회사원

리해종 (1980년생)

일본에 도착한지 엿새만인 3월 10일 오후 조카 해종이네 세 식솔과 만날 시간이 생겼다. 해종이는 나의 형 리상규의 아들이다. 1970

년 참군해 1977년에 제대해 연수현 수리국에 배치받은 형은 우리 4남매 가운데서 유일하게 대학공부를 하지 못했지만 아들딸 두 남매는 모두 본과 대학을 졸업했다.

해종이는 2003년 흑룡강과학기술대학 컴퓨터학과를 졸업하고 상해의 일본기업에서 2년간 근무했다. 2005년 회사의 파견으로 일본에 온 해종이는 파견회사의 배치에 따라 일본 미쓰비시은행에 들어가 IT업무를 담당하게 되었다. 2010년 파견회사를 떠난 해종이는 일본에서 가장 큰 도시은행인 미쓰비시도쿄UFJ은행의 고급직원으로 채용되었다.

해종이네는 사이타마현(埼玉县) 시키시(志木市)에 살고 있었다. 수도권에 속하지만 도쿄시내까지는 좀 멀리 떨어진 곳이었다. 지하철과 전철을 몇 번 갈아타고 시키시에 도착하자 해종이가 네 살 난 아들 태성이를 데리고 전철역에 마중 나와 있었다. 녀석은 나를 보자마자 조선말로 할아버지, 하고 부르며 졸졸 따라다니는데 너무 귀여웠다. 일본에 와서 내가 할아버지로 승급한 셈이다.

우리는 역에서 가까운 불고기집으로 갔다. 조카며느리가 먼저 와서 자리를 잡아 놓아 우리는 인차 와규(和牛)생등심을 먹을 수 있었다. 와규는 일본 브랜드 소고기로서 깍두기처럼 네모꼴로 썰어서 구운 고기가 입에 들어가면 살살 녹는 느낌이 드는데 그때까지 먹어본 불고기 가운데 맛이 최고인 것 같았다. 먹고 마시며 이야기를 나누는 사이 어느새 거의 두 시간이 돼오자 복무원이 들어와서 다른 손님들이 기다리고 있다고 알려 주었다. 장사가 너무 잘 돼 식사시간을 두 시간이내로 한정하고 있다는 것이었다. 식당을 나와 대형마트를 지나면서 해종이는 또 맥주 한 박스를 사 왔다. 우리는 집에 가서 조카며느리가 내놓은 마른안주에 자정이 넘도록 맥주를 더 마셨다.

조카며느리 임홍화는 해림 사람으로서 계서대학 일본어학과를 졸업했다. 계서에서 공부할 때 그는 그때 아직 하얼빈으로 옮겨가지 않은 흑룡강과학기술대학에 종종 친구들을 만나러 놀러갔었지만 해종이를 만나지 못했는데 일본에 와서야 알게 돼 결혼했다. 인연인 것이다. 그는 일본에 와서 직접 대학 3학년에 편입해 공부하고 졸업 후 회사에 출근하다가 중국인과 합작하여 한동안 무역을 하고는 몇 년 전에는 일본사람과 합작하여 부동산중개회사를 설립했다. 회사의 주요업무는 주택매매이며 임대업무도 취급하고 있단다. 일본의 집값은 비교적 안정된 편이지만 매매와 임대 업무는 그래도 할 만하고 수입도 괜찮다고 한다. 부동산회사를 하다 보니 해종이네는 2층짜리 단독주택 양옥에 살고 있었는데 조카며느리 말에 따르면 집값보다 땅값이 더 비싸다고 한다.

해종이의 동생 해연(1983년생)이는 2008년 흑룡강대학(이춘캠퍼스) 영어학부를 졸업하고 2011년 한국에 가서 영어강사로 근무하고 있다.

청도 액세서리공장 사장
박송일 청도 (1980년생)

2018년 3월 11일 저녁, "리씨석판불고기집"에서 있는 서광촌 사람들 모임에 리경하씨가 박송일을 불러왔다. 송일이는 박송미와 사촌형제로서 박재구선생의 맏아들 박진우의 아들이다.

방정조중 초중을 졸업하고 상지조중에서 고중을 다닌 송일이는 중국 명문대 연산대학에 진학했는데 대학 3학년 때 일본으로 유학을 떠났다. 4년 후 귀국한 그는 2004년 북경 밀운구에 있는 자동차부품 회사에서 1년간 근무하고 이듬해 청도로 와서 외자기업에서 9년간 근무했다.

2014년 박송일은 그동안 축적한 자금을 투자해 청도 성양구에 액세서리 부자재공장을 설립해 경영해오고 있는데 연간 150만 위안 매출액을 올리고 있다.

절강성 온주심유무역유한회사 사장

김복화金福花 온주 (1981년생)

2018년 4월 27일 온주에서 김복화를 만났다. 절강성 온주는 개혁개방 초반부터 "소상품 대시장(小商品大市场)"이라는 "온주모델(溫州模式)"로 중국에서 가장 큰 소상품 생산기지로 부상해 세계의 주목을 받은 곳이다.

김복화는 하얼빈시조선족제1중학교에서 고중 다니다가 가정 형편 때문에 중퇴하고 베이징, 광주, 상해를 전전하다가 2001년에 온주에 왔다. 그전에 친척의 소개로 다단계판매에 잘못 걸려들어 1년간 고생하기도 했다.

2001년부터 8년 동안 한국 독자 흥아무역회사에 근무하며 자물쇠 제품의 생산가공과 수출입업무를 익히며 창업을 준비했다.

2008년 온주심유(芯瑜)무역유한회사를 설립하고 한국에 자물쇠

제품을 수출하기 시작했다. 50만 위안 투자로 자체 공장을 설립했다가 1년 반 만에 정리하고 온주 공장들에게 하청주고 대리가공해서 수출하고 있다. 현재 6개 공장과 장기적인 협력관계를 맺었는데 그중 2개 공장은 100%로 심유무역에 납품하는 자물쇠 가공기업이다.

온주시내 중심가 구강청사(甌江大廈)에 130평방 오피스텔을 사서 회사 사무실로 사용하며 월 평균 10만 세트 자물쇠를 수출하고 있는데 년간 무역액이 4천만 위안에 달한다. 2015년부터 안경 부자재 무역도 병진하고 있다.

천진 LG전자 부장
성춘길 (1981년생. 천진LG전자압축기분공장 파트장)

2018년 4월 20일 점심시간에 천진시 북진구 화진공업단지에 위치한 LG전자회사 근처 조선족식당에서 같은 회사에 근무하고 있는 성춘길과 우순금을 만났다. 둘 다 종업원이 3~4천명 되는 분공장의 부장급 간부였다.

성춘길은 1997년 방정조중을 졸업하고 하얼빈시조선족제1중학교에서 고중을 다니고 2000년에 동북림업대학 화학학과에 진학했다.

2004년 7월 대학졸업 후 성춘길은 천진 LG전자회사 압축기분공장에 입사했는데 기획실에서 근무하며 2년 후 도입수출물류과장으로 승진하고 4년만인 2008년에 구매부 차장으로 승진했다. 종업원이 2만여 명에 달하는 대형 외자기업에서 매우 빠른 승진 속도였다.

2011년 성춘길은 부장급으로 승진해 자재팀장을 담당한 부하 직원 가운데 부장급이 3명 있었다.

2015년, 3~4천명 종업원이 있는 천진 LG전자 압축기공장에서 종업원을 30% 감원할 때 성춘길은 공장의 요직인 구매부장으로 자리를 옮겼다. 2년 후 그는 자재 담당 파트장이 되었다.

팀장, 파트장 위에 총감이라는 직위가 있는데, 아직 조선족직원이 총감으로 올라간 적이 없다고 한다.

성춘길의 동생 성봉길도 천진에 있다고 하는데 이번에 만나지 못했다. 1984년생인 성봉길은 2007년 흑룡강대학을 졸업하고 천진 삼성전자에 입사해 현재 차장으로 근무하고 있다고 한다.

일본 도쿄 회사원

정일학 郑日鹤 (1984년생)

2019년 3월 5일, 일본에서 취재를 시작한 이튿날 저녁 8시가 넘어서야 나는 사이타마현(埼玉县) 도다(戶田)역에서 퇴근 후에 부랴부랴 달려온 정일학씨를 만났다. 짙은 눈썹과 부리부리한 두 눈이 매우 인상적인 멋쟁이었다.

정일학은 내가 일본에 취재 오기 전 위챗에서 먼저 친구로 추가해 연락했던 터라 처음 만났지만 친숙한 감이 들었다. 그의 부모님(정광호, 김영자)은 모두 서광학교의 교원출신인데, 정씨 일가는 1980년에 인근마을 육신촌에서 서광으로 이사 왔다. 방정조중 초중을 졸업한

정일학은 2005년 방정현직업고중을 졸업하고 일본에 왔다. 형이 먼저 일본에 와있었다.

정일학은 먼저 언어학교에서 2년간 공부하고 나서 도쿄정보대학 컴퓨터학과에서 4년간 공부했는데 아르바이트를 하여 자체로 학비와 생활비를 해결했다. 대학 졸업 후 그는 의류물류회사에 취직하여 지금까지 근무하고 있다고 한다. 내가 컴퓨터학과를 졸업하고 왜 노임이 높은 IT 회사에 취직하지 않았냐고 묻자 그는 일본에서는 본과 졸업 후 자신이 배운 전공과 관련된 일에 종사하는 사람들이 별로 많지 않다고 대답했다.

도다에서 전철을 타고 도쿄 우에노(上野)역에서 내린 우리는 역 근처의 상업가를 찾아갔다. 이곳은 한국의 대림동과 비슷해 중국사람들이 즐겨 찾아오는데 주말이면 수백 개에 달하는 음식점이 북새통을 이룬다고 한다. 정일학은 나를 연변사람이 운영한다는 "천리향千里香" 양꼬치집으로 안내했다.

"일본 음식은 달아서 중국 사람들 입에 맞는 게 적거든요. 그런데 이 가게의 음식은 중국에서 먹었던 음식 맛이 그대로 나요. 그래서 일본에 나온 중국 사람들이 많이 찾는 곳이죠."

아닌 게 아니라 양꼬치와 반찬들이 중국에서 먹던 음식 맛 그대로였다.

"휴일에는 어떻게 보내고 있나?"

"쇼핑하고 애 데리고 놀러도 가고 하면 하루가 금새 지나가요. 평일 출근할 때는 아침에 집을 나서면 밤중에야 돌아오거든요. 전혀 여유가 없어요."

"취미생활은?"

"결혼하기 전에는 여행을 많이 다녔어요. 겨울엔 스노브 하러 산에도 다니고. 그런데 결혼 후에는 별로 못 갔어요. 애가 생기고 나서 더구나 그럴 시간이 없네요. 이제는 애 있는 가정들끼리 모임을 만들곤 해요."

애기를 들어보니 그는 매우 가정적인 남자인 것 같았다.

"저의 부모님들이 지금 한국에 계시잖아요. 그래서 한국에 두어 번 갔었는데, 가보니 중국에서 간 사람들이 만나서 술 마시는 일이 가장 많은 것 같더라고요. 한국에 비하면 일본에 살며 그래도 유람 다니고 등산도 하고 꽃구경도 하는 취미생활이 훨씬 더 많은 것 같아요."

우리의 화제는 자연스럽게 고향과 고향사람들한테로 돌아갔다.

"바다 건너 멀리 일본에서 십 몇 년 살다보니 고향이 많이 그리워요. 그런데 이젠 일본에서 가정도 이루고 했으니 고향에 돌아갈 형편이 아니잖아요."

"아 그렇겠지, 이젠 중국에 돌아갈 생각을 못하겠구나."

"중국에 돌아간다 해도 다시 적응하고 하려면 안 될 것 같아요. 저는 고중을 졸업하고 곧바로 일본에 와서 공부하고 취직하고 생활하면서 지금까지 살아왔으니까요. 중국에서 사회경험이 거의 없다보니 중국에 대해 모르는 게 너무 많아요. 그래서 중국을 생각하면 고향 서광에 대한 아름다운 추억만 남아있는 것 같아요."

그의 커다란 눈망울이 금새 젖어 드는 것 같았다. 순수하면서도 감성적인 남자였다.

"선생님께서 일본까지 와서 서광사람들을 위해서, 우리 조선족들을 위해 정말 수고가 많으십니다."

그가 아주 정색해서 이렇게 말하며 나의 맥주잔에 술을 철철 넘치게 부어주었다. 나는 좀 쑥스럽기도 하면서 진심어린 그의 말에 가슴이 따뜻해 나기도 했다.

우리는 자정이 되서야 급히 식당을 나와 지하철 막차를 탔다. 그날 밤 술을 좀 많이 마셨다.

상해 우리은행 금수 강남지점 부지점장
김령령 金玲玲 상해(1982년생)

2018년 3월 6일 상해에서 만난 김령령은 나의 한집안 누님 리봉순의 딸이다. 1957년 출생인 봉순누님은 방정현조선족중학교 제2기고중졸업생으로서 1974년 졸업 후 서광대대 문예선전대의 골간으로 활약했다. 2016년 서광촌 건촌80돐 경축 행사 때 강 건너 연수현 가신진에 사는 봉순 누님은 한 달 전부터 고향에 돌아와 마을에 남아있는 40여 명 중 노년 여성들을 조직해 집체 무를 연습시키고 기타 문예종목도 대여섯 개 준비해서 연수현조선족노년문공단과 함께 멋진 문예공연을 펼쳤다.

령령이의 외할아버지 리창섭은 항미원조전쟁에 참전했던 제대군인인데 1955년 리화툰 본툰 40~50세대 농호들이 사회주의 집체화의 초급단계인 서광초급합작사를 설립할 때 부사장으로 있다가 이듬해인 1956년부터 고급합작사로 변하면서 사장이 되었다. 1958년 인민공사화를 실행하면서 서광합작사는 상남툰 20여 세대 농호들로 구성된 광명합작사를 합병해 영건공사의 한개 농업합작사로 되었는데 그것이 바로 1962년 정식 설립된 서광대대의 전신이다.

령령이는 2001년 상지조중을 졸업하고 흑룡강대학생물학과 3년 제전문대과정에 입학해 공부했다. 2004년 대학 졸업 후 상해로 간 그는 〈상해저널〉이라는 한국인 최대 교민지를 통해 상해한국총영사관 신입사원모집에 신청했는데 몇 번의 필기와 면접시험을 거쳐 수백 명 신청자 가운데서 선정한 최종 2명 중 한 사람이 되었다.

치열한 경쟁 끝에 상해한국총영사관에 채용된 령령이는 영사업무보조로 1년 반 근무하며 출중한 업무능력을 인정받아 2006년에 총영사비서로 발탁돼 1년 넘게 근무했다. 이 기간 그는 상해사범대학 일본어전공 대학본과 공부를 병진해 본과졸업장을 땄다.

"상해총영사관에서 총령사비서로 근무하면서 보니까 더 이상 발전공간이 없어 보였어요. 조선족직원으로서는 거기까지가 최고거든요. 그래서 다른 곳으로 떠날 생각을 했는데 그때 마침 한국 우리은행 상해분행에서 직원을 모집하더라구요. 그래서 신청했죠."

이번에도 령령이는 치열한 경쟁을 뚫고 우리은행 상해지점에 채용돼 금수강남지점에서 주임, 종합업무부 차장, 부장으로 연속 승진했다. 2014년 12월, 령령이는 조선족직원으로는 드물게 부지점장으로 발탁되었다.

신생활그룹(중국)심양회사 구매부장

박일봉 朴日峰 심양(1984년생)

2018년 4월 16일 심양에서 서광촌 남툰에서 태어나고 자란 백녕, 서강우, 박일봉 등 셋을 만났는데 그들 중 맏형 격인 박일봉은 다른 둘과 달리 회사원이고 대학졸업생이었다.

2001년 하얼빈시조선족제1중학교를 졸업하고 흑룡강동방학원(전문대학)비즈니스일본어학과에 진학한 박일봉은 2004년 졸업 후 심양에 있는 한국자연영화사에 취직해 4년 근무했다. "푸른강은 흘러라" 등 영화 3편 제작에 참여해 통역과 프로듀싱(制片)을 담당했다.

2008년 그는 강소성무석에 가서 한국핸드폰제조회사에서 근무하다가 2009년 다시 심양에 돌아와 신생활그룹(新生活集團) 심양회사에 취직했는데 현재 원부자재 구매부장으로 활약하고 있다.

박일봉의 할아버지 박춘재는 1980년대 초반 방정현성에서 조선족 식당을 경영했는데 개혁개방이후 서광촌에서 비교적 일찍 도시로 진출해 음식점을 경영한 사람 가운데 한 사람이다. 박일봉의 부모님(박수환, 윤향순)은 2000년에 심양에 진출해 10년 동안 민박집을 하면서 비자대행회사를 경영한바 있다.

광주시BORAM무역회사/宾宾불고기체인점 사장

김세권 金世权 광주 (1986년생)

2018년 4월 29일 저녁, 광주에서 김세권을 만났다. 그는 나의 짜

개바지 친구이자 소학교 동창인 김준복의 아들이다. 제1부 제3편에서 소개된 김세은, 김세룡의 사촌 동생이기도 하다. 산두에서 세은이를 만났을 때 사촌동생이 광주에서 사업한다는 애기를 들었는데, 광주에 와서 1970년대 출생 리귀영씨를 만나 애기를 나누던 중 광주에 꼬치구이체인점을 크게 하는 80후 사장이 알고 보니 서광 사람이더라며 자주 만난다는 것이었다. 역시 김세권 씨 애기였다. 그래서 김세권네 꼬치구이집에서 만나기로 약속이 잡혔던 것이다.

김세권과 애기를 나누며 나는 내심 놀랐다. 마흔 살도 안 된 나이에 저 세상 사람이 된 준복이의 아들 역시 중학교나 마치고 자수성가해 식당을 차린 줄로 생각했는데 알고 보니 그는 전국 중점대학이고 "211 공정" 대학인 서안전자과기대학교(西安电子科技大学) 졸업생이었던 것이다.

아버지가 세상 떠난 후 세권이는 엄마와 함께 외가가 있는 연수현에서 자라며 공부했다고 한다. 2004년 대학입시에서 그는 연수조중 수험생 가운데 가장 우수한 성적으로 서안전자과기대학교에 붙었다. 2009년 졸업 후 그는 광주에 진출해 한국회사에 근무하며 의류 부자재 무역에 종사했다.

2012년 김세권은 광주BORAM(宝蓝)무역회사를 설립했다. 3년 동안 의류 부자재 무역을 하며 경험을 쌓고 자금도 축적한 그는 자체의 회사를 경영할 자신이 생겼다. 회사 설립 후 그는 년간 3천만 위안의 매출액을 달성했다. 무역회사로 돈을 벌면서 그는 다른 업종에 투자할 생각을 하다가 각종 꼬치구이(烤串)와 불고기를 결합한 식당을 개업하기로 마음을 굳혔다.

2014년 11월, 광주 시중심인 해주구(海珠区) 신항서로 경열가(新港西路景悦街)에 위치한 빈빈꼬치구이(宾宾烧烤鹭江店)을 개업했다. 영업면적이 80평방미터 되는 작은 규모의 꼬치구이는 오픈하자마자 손님들로 차고 넘쳤다. 중산대학과 가까워 대학생들이 많이 왔다.

2016년에 김세권은 영업면적이 300평방미터에 달하는 빈빈꼬치구이 백운분점(宾宾烧烤白云店)을 개업했다. 2017년에는 광동성 불산시에 현지의 2명 기업인과 동업으로 영업면적이 480평방미터에 달하는 빈빈꼬치구이 불산분점(宾宾烧烤白云店)을 개업했다.

청도경천여행사 青岛景泉旅行社 사장

김광일 청도(1984年生)

2018년 3월 12일 청도에서 만난 김광일은 서광학교 교장을 지낸 신수득선생의 외손자다. 2001년 연수조선족중학교 고중을 졸업하고 이듬해 3월 청도에 진출해 황도보세구에 있는 한국 귀금속회사에서 4년 근무했다. 2006년 성양으로 와서 인테리어회사에 근무하며 기술과 업무를 배운 후 자체로 회사를 설립해 육칠 명 일군들을 거느리고 3년간 인테리어를 했다. 한국인들의 인테리어를 하면서 그들의 비자 업무를 대리수속 해주다가 후에 사무실을 차리고 여행사 업무를 시작했다.

2011년 청도경천(景泉)여행사를 정식으로 설립한 그는 비자수속 관련 부서와의 관계를 돈독히 해 신속하고 확실한 수속으로 고객들의 환영을 받았으며 년간 백여만 위안 이윤을 창출했다. 지금까지 약 4천여 명의 출국비자수속을 대행했다.

2016년부터 국내외 관광업무로 사업을 확장해 회사가 온당하게 발전하고 있다.

광주전동차부품수출 무역대행사 사장

리영송 李英松 광주 (1986년출생)

2018년 4월 28일 광주에서 리영송을 만났다. 리영송의 할아버지 리칠국은 해방전쟁과 항미원조전쟁에 갔다온 제대군인으로서 개인이 사냥총을 소유할 수 있었던 1970년대까지만 해도 마을에서 포수로 이름 있었다. 그의 아들 리백구는 나의 바로 윗반 선배인데 부자의 이름에 모두 칠, 구, 백과 같은 숫자가 들어있어서 보지 못한 지 사십 여 년 지났지만 그들의 모습은 생각나지 않아도 이름만은 똑똑히 기억하고 있다.

리백구네는 서광에서 비교적 일찍 한국에 친척방문을 다녀온 집에 속한다. 그런데 리영송남매가 학교에 다닐 때는 어찌 된 영문인지 가정형편이 매우 어려워 공부에 지장 받을 정도였다고 한다. 결국 리영송은 2005년 상지조중에서 고중을 졸업한 후 사회에 나왔다. 그는 먼저 청도에 가서 한국회사에서 반년 간 근무하다가 2006년 친척의 소개로 강소성 회안(淮安)에 있는 한국기업에서 학도공으로 4개월 동안 일했다.

2006년 그는 한국인 오촌당숙이 광주에서 무역회사 설립하는데 참여하면서 무역에 관해 많은 것을 배우게 되었다. 반년 후 오촌 당숙이 한국에서 불법경영 혐의로 출국금지를 당하며 회사를 정리한 리영송은 혼자서 한국에 신발수출 무역을 대행하기 시작했다. 그는 한국 사이트에 무역카페와 블로그를 설치해 신발과 의류를 수출하며 꽤나 짭짤한 수입을 올렸다.

2011년 리영송은 그동안 마련한 사업자금 70만 위안으로 2명 친구와 동업으로 봉제공장 설립했다. 총투자 140만 위안이 들어간 봉제공장은 첫 1년은 수익을 올렸지만 이듬해부터 동업자와의 합작이 원만하지 않아 적자가 생겨 3년 만에 부도나고 말았다.

2013년 부터 리영송은 독자회사를 설립해 한국으로 전동차 부품을 수출하고 있는데 년간 600만 위안 무역액을 달성하고 있다.

광주 메이크업 전문가

김미령 金美玲 광주 (1987년 출생)

2018년 4월 29일 저녁 광주 김세권네 꼬치구이 식당에서 김미령을 만났다. 식사하기 전 좀 일찍 약속을 잡아 만나서 얘기를 나누었다. 미령이는 메이크업(彩妝) 전문가답게 그 자신이 미모의 아가씨였다.

서광에서 소학교를 마친 미령이는 하얼빈시조선족제1중학교에서 초중을 다니고 하얼빈시조선족제2중학교에 설치된 직업고중반을 졸업했다. 졸업 후 상해에 가서 한국 화장품회사에서 3년 근무했는데 거기서 메이크업을 접촉하게 되었다. 인물체격이 출중한 그는 회사에서 화장품 홍보 강사로 활약하는 한편 평생교육원(成人大学)에서 회계전공 공부를 했다. 이 세상은 인물체격만 믿고 살아갈 수 없고 반드시 자신의 능력과 소질을 부단히 높여야 한다는 걸 그는 일찍부터 터득했던 것이다.

2010년 미령이는 한국으로 유학을 떠났다. 그가 어릴 때 한국으로 간 부모님이 그를 위해 유학수속을 밟아주었던 것이다. 그는 경기도 안양시에 있는 연성대학(研成大学) 뷰티학과 전문대과정에 입학했다. 연성대학은 한국교육부로부터 "특성화 전문대학", "혁신 전문대학" 최우수 등급으로 선정된 전문대학이다. 미령이는 2년 동안 공부하며 메이크업, 피부미용, 메이커업교원사 등 메이크업관련 자격증을 8개 취득했다. 대학졸업 후 그는 교수님의 추천으로 서울 강남에 위치한 유명 뷰티샵에 취직해 근무하면서 가끔 중국에 출장와서 드라마 출연 연예인들의 메이크업에 참여했다.

2015년 귀국한 미령이는 상해 코모스한국메이크업학원(柯莫斯韩国美容学校)의 메이크업전문강사로 초빙되었다. 그는 메이크업강의를 하는 한편 광고모델들의 메이크업(彩妆)을 전담하면서 차츰 이름을 날리기 시작했다.

2016년 미령이는 광주에 진출했다. 광주에서 그는 6개 광고회사와 계약을 체결하고 광고 모델 메이크업을 전담했다. 메이크업 분야에서 김미령의 이름이 점차 알려지면서 그는 중국에서 예능프로그램으로 유명한 호남 위성TV(湖南卫视)에 출연하는 국내 유명 연예인과 방송인들의 분장을 담당하기도 했다. 그리고 중국진출 한국 연예인들의 분장도 담당하며 인지도를 점점 높혀갔다.

2017년 미령이는 광주에 "메이커업스튜디오(化妆工作室)"를 설립했다. 현재 5명 팀원(化妆助理)을 거느리고 있는 그는 메이커업과 메이커 수업을 병행하며 매일 바쁜 일정을 소화하고 있다.

청도루방국제성久赢珠宝阁 사장
공수언 公秀彦 청도(1987년생)

2018년 3월 12일, 청도 성양구 루방국제성(鲁邦国际风情街)에 있는 赢珠宝阁에서 공수언을 만나 얘기를 나누었다.

공수언은 제6부 교원 편에 소개하게 될 공정철, 김춘자 부부의 둘째딸이다. 방정조중에서 초중을 다니고 하얼빈시조선족제1중학교에서 고중을 다닌 공수언은 2006년 연변대학 외국어학원 영어학과에 진학했다. 중학교에서 일본어를 배운 그는 영어학과에서 ABC부터 배웠는데 그러다 보니 졸업 시 학급의 대다수 동창들과 마찬가지로 전업영어능력시험(专业英语考级)에 통과될 수 없었다고 한다.

졸업 후 상해로 가서 한국 복장회사에서 2년 반 근무한 후 사직하고 집에서 토우보우(淘宝)에 매장 만들어 처음엔 가방을 팔다가 후에는 한국화장품만 팔았다. 처음엔 수입이 낮았지만 몇 년 만에 회사 다닐 때보다 수입이 훨씬 높았고 2016년에 이르러 연간 매출이 120만 위안에 달했다. 하루에 택배 수백 개씩 보낼 때도 있었고 마진도 높아 보통 30%에 도달했다.

2017년부터 한국 사드 사태의 영향도 있고 고객들의 선택 여지가 많아져 판매량이 적어졌다. 그러자 공수언은 청도로 와서 루방국제성에 진주 매장을 오픈했다.

공수언의 언니 공수매 역시 연변대학을 졸업하고 상해 LG전자와 삼성에서 근무하다가 사직하고 토우보우에서 화장품을 판매하면서 동시에 상해에서 장신구상점을 경영하고 있다.

한국 법무법인 광장 국제변호사

리해실 李海实 서울 (1987년생)

리해실은 나의 딸이다. 어릴 때 할아버지, 할머니와 함께 서광에서 자라며 유치원까지 다녔다. 하얼빈에서 소학교부터 중학교까지 줄곧 조선족학교 (하얼빈시동력조선족소학교, 하얼빈시조선족제1중학교)를 다니고 2005년에 중국정법대학 외국어학원 영어학과에 진학했다. 2010년 중국정법대학 법률과 영어 복수학위(双学位)를 취득하고 삼성SDS 베이징지사에서 2년 근무한 후 한국 연세대학교 법대에 진학했다. 2016년 2월 연세대학 법률학 석사학위를 받고 귀국해 한국 로펌(법무법인) 톱3위에 속하는 법무법인 광장 베이징사무소 국제변호사로 취직했다. 2018년 부터 법무법인 광장 서울본부에서 근무하고 있다.

천진 今日头条 회사원
김춘향 金春香 천진 (1992년 출생)

2018년 4월 20일 천진에서 김춘향과 그의 어머니 리인자 선생을 만났다. 김춘향의 할아버지 김봉득 선생은 내가 소학교에 입학했을 때 첫 담임 선생님이셨다. 김선생님은 1950년대 초반 료녕성 관전현 으로부터 서광학교로 전근돼 오셔서 평생 교원으로 근무하셨다. 항상 근엄하셨던 김선생님은 1981년부터 1983년 퇴직할 때까지 서광학교 교장으로 계셨고 1994년 병환으로 세상을 떠났다.

김춘향의 아버지 김철 선생과 엄마 리인자 선생 모두 서광학교 교원이었다. 1963년생인 김철 선생은 아버지의 직장을 이어받아 1983년부터 서광학교에서 체육, 조선어문을 가르쳤다. 1967년생인 리인자 선생은 연수현 중화진 선봉촌에서 3년간 민영교원으로 근무하다가 1989년 12월 김철 선생과 결혼하면서 서광학교에서 근무했다.

1997년 9월, 그들 부부는 리인자 선생이 한국에 가기로 하고 출국 수속을 시작했다. 딸이 곧 소학교에 들어가야 하는데 둘의 월급은 너무 적었고 민영교원인 리인자 선생이 정식 교원으로 되는 것도 가망이 없었던 것이다. 그런데 리인자 선생의 출국수속은 성사되지 못하고 김철 선생이 출국할 수 있는 기회가 생겼다. 한국 바람이 가장 세차게 불고 각종 초청사기도 가장 심하던 그때 김철 선생은 그렇게 처형한테서 7만 5천 위안을 꾸어 출국 수속을 밟아 한국으로 돈 벌러 떠났다.

그러나 그것이 그들에게 부부의 인연을 끊고 남편을 불행으로 떠미는 선택이 될 줄은 꿈에도 생각지 못했다. 어려서부터 외동아들로 고이 자라며 일이라고는 해본 적 없고 성격도 내성적인 김철 선생은 한국에 가서 힘든 육체노동을 감당하기 어려웠고 자연 돈도 벌 수 없었다. 그래도 버티면서 일이 년 지나며 차츰 적응하기는 했지만, 그에게는 한국에서의 나날이 고역이 아닐 수 없었다. 그렇게 몇년 지나 샌님 같은 그에게는 동거녀가 생겼고 2002년 아내에게 이혼 서류를 보내왔다. 한편 리인자 선생은 남편이 한국으로 떠난 후 그 때 다섯 살 된 춘향이를 데리고 천진에 와서 자그만 식당을 차려 1년 넘게 경영하다가 혼자서 너무 힘들어 가게를 정리하고 한국회사에 취직했다. 2002년 김철 선생과 이혼수속을 한 후 춘향이를 공부시 키는데 필요한 천진시내 호적을 해결하기 위해 현지 한족 공무원과 재혼했다.

그러나 그들 가족의 불행은 여기서 그치지 않았다. 십여 년 후 김 철 선생이 서울의 어느 골방에서 홀로 세상을 떠났던 것이다. 직접적 인 사인은 심장마비라고 하지만 그동안 연락이 있던 고향 사람들의 말에 따르면 동거녀가 그동안 벌어놓은 돈을 모두 인출해서 잠적해 버린 후 오랫 동안 매일 술에 절어 살다 시피 했다고 한다. 가족들이 확인한 결과 예금통장에는 한화 몇 만 원밖에 없었다.

서광촌 사람들 취재를 시작해서 백 수십 명을 만나 애기를 들은 가 운데 내가 전해 들은 가장 가슴 아픈 사연이었다.

다행히 김철 선생의 딸 춘향이는 대학을 졸업하고 자립해서 자기 삶을 굳건히 살아가고 있다. 춘향이는 대련동연정보대학(大连东软信 息学院)에서 5년 동안 공부하고 2015년 7월 졸업하면서 소프트웨어

공학(软件工程)과 애니메이션제작(动漫制作) 복수학위(双学位)를 획득했다. 대학 졸업 후 춘향이는 한국에 가서 롯데백화점에 취직해 반년 간 근무하며 한국말도 배우고 돈도 좀 벌고 돌아와서 2016년부터 천진 정해구(静海区) 국영방송국인 정해TV방송국(静海电视台)에 입사해 다큐멘터리제작부(纪录片部)에서 근무했다. 그동안 그는 20부작 다큐멘터리〈아름다운 정해(大美静海)〉를 비롯한 다수의 프로그램 제작에 참여해 편집과 제작(后期制作)을 전담했다.

2019년부터 춘향이는 중국에서 가장 유명한 인터넷매체의 하나인 "오늘의 톱소식(今日头条)"으로 옮겨서 편집과 영상 제작을 담당하고 있다.

베이징 영화제작사 회사원
최해남 崔海男 (1992년생)

2019년 5월 베이징에 취재 가서 외조카(누님의 딸) 최해남을 만났다. 밤 10시에야 일을 마무리고 국제무역청사(国贸)에서 왕징으로 달려와서 잠깐 만나 밥을 먹으며 얘기를 나누고는 택시를 타고 갔다. 매우 바쁘기는 하나 해남이는 하는 일이 즐거워 보였다.

2010년 하얼빈시조선족제1중학교를 졸업하고 중앙민족대학 중한경제무역번역학과에 입학해 공부한 해남이는 졸업 후 한국에 유학 가서 2017년 2월 연세대학교 경영학 석사학위를 받았다. 한국 3대 명문대 중 하나인 연세대의 경영학과는 한국에서 톱1 학과로 손꼽히는데 석사학위를 따내면 한국이나 중국 내 외자기업에서 소득이 높은 안정적인 일자리를 얻을 수 있었지만 해남이는 한국의 어느 영화 제작사에 취직했다. 이 회사는 액션 촬영으로 한국에서 유명한데 중국 제작사의 요청으로 중국 영화와 드라마 촬영에 많이 참여하고 있다. 2018년에 중국 톱스타 손홍뢰孫紅雷가 출연하는 드라마의 전부 액션 설계와 촬영을 전담했다고 한다.

중국 제작사와의 빈번한 협력을 통해 해남이는 제작진들을 잘 알게 되었고 그들은 그에게 차라리 중국 제작진에 합류하라고 조언했다. 중국에서 일하는 게 훨씬 편하고, 무엇보다 중국에서는 한국보다 기회가 많다고 판단한 해남이는 비록 한국 회사에서 대우를 올려주겠다고 했으나 사직하고 귀국했다. 현재 해남이가 소속된 영화제작팀은 2019년 6월부터 중국 서부 지역에서 최소 반년 동안 영화를 촬영할 계획이다.

나의 누님 리혜숙은 1978년에 나와 함께 대학입시에 참가해 쌍성 농업학교에 진학했다. 졸업 후 고향에 돌아와 향정부 농업기술보급소에서 근무하다가 퇴직했다. 기층 제1선에서 30여 년 근무한 누님은 1990년대에 고급 농예사 직함을 받았다.

제2부

70년대 출생 세대들

리상학(베이징, 호남성 장사)

차영민(일본 오사까)

최종태(대경)

우순금(천진)

김영남(강소성 무석)

리춘단(천진)

한매화·리룡운 부부(천진)

김수재·김수려 남매(일본 도꾜)

리귀영(광주)

리광건·김영선 부부(일본 埼玉县)

김사함(청도)

김홍매(청도)

려해영(일본 오사까)

신중룡(일본 도꾜)

리홍남(천진)

김영철(상해)

김성매(심천)

박은성(광주)

구원의 길은 멀고 험난했다

리상학 (베이징, 호남성 장사)

그는 스스로 자신이 한때 탕자였다고 말했다. 2014년 2월 18일 오전, 베이징 왕징(望京) 번화가에 있는 그의 불고기집에서 그를 만났을 때였다.

넓은 통유리창으로 흘러든 따스한 아침 햇살이 창가 식탁에 마주 앉은 우리를 포근하게 감싸주었다. 정월 보름을 금방 넘긴 때라 내가 떠나온 하얼빈은 여전히 겨울 날씨인데 베이징은 바야흐로 봄날이 시작되고 있었다.

"열예닐곱 살 때부터 스무 살 초반까지였는데, 술 마시고 싸움질하고… 하여간 마을에서 말썽을 피우고 다니며 가족들 마음 무척 썩였죠. 지금 생각해도 너무 부끄럽고 더욱이 그때 저 때문에 괴로움을 당했던 마을 사람들한테 미안하기 짝이 없어요…"

기자 생활 수십 년에 수많은 사람을 만나 취재하면서 나는 불미스런 과거를 숨기거나 지어 자신을 과대 포장하는 사람은 더러 보았어도 리상학 씨처럼 자신의 못난 과거를 스스로 밝히는 사람은 별로 보지 못했다. 그것은 어쩌면 인지상정 인지도 모른다. 신부님께 고해성사를 하는 신자라면 또 몰라도 누군들 남 앞에서 자신의 치부와도 같은 못난 과거사를 드러내려 하겠는가.

고해성사. 나는 문득 리상학씨가 독실한 신자라는 사실을 상기했다. 그리고 보니 그가 지금 고향선배를 만나 얘기를 나누고 있지만 어쩌면 그 자신을 마주하고 자기 자신에게 고해성사를 하는지도 모른다는 생각이 들었다.

정좌한 자세로 허리를 곧게 펴고 얘기하는 그의 평온한 얼굴에 엷은 웃음이 떠오르고 그 얼굴에 비꼈던 한줄기 햇빛이 식탁 위에 놓여있는 그의 두 손으로 내려앉아 반짝거렸다. 손이 큼직하고 조금 거칠어 보였다. 한국 건축현장에서 십몇 년 형틀목수로 일하고 있는 그의 형처럼 손이 거칠진 않더라도 힘든 일에 어지간히 단련된 손이란 걸 보아낼 수 있었다.

지난 세월 삶의 곡절과 보람이 그의 거친 두 손과 경건한 얼굴에 고스란히 남겨있는 듯싶었다. 멋모르고 철없이 날뛰든 짧은 그 시절이든 그런 삶에서 벗어나기 위해 애면글면 살아온 긴 세월이든 그에게 세상은 어쩌면 힘들고 절망적일 때가 더 많았는지도 모른다.

세상은 돌아온 탕자라고 결코 그를 특별히 우대하지도 않았으니 말이다.

그러나 그는 자기가 자기 자신을 우대했다. 가슴에 아침 햇살과도 같은 밝은 신념과 꿈을 안고 살았다.

세상은 그런 그를 결국 홀대하지도 않았다.

1

1986년, 열여섯 살 나던 해 리상학은 방정조중에서 퇴학 처분을 받고 사회에 나왔다. 초중1학년 때 낙제 한번 한 이후 몰래 담배 피우고 사흘이 멀다하게 싸움질 하는 바람에 퇴학당했다가 복학했는데 이번에 또 다시 사고를 크게 쳐서 학부모들의 반발로 두 번째 퇴학으로 이어진 것이다.

"까짓거, 학교 더 다녀봤자 달라질 것 하나도 없을 텐데, 아쉬울 게 뭐 있냐!"

상학이는 아무렇지도 않은 듯 여전히 마을에서 활개 치고 다녔다. 하지만 그것도 잠깐이었다. 또래들이 모두 학교에 다니는데 혼자 외톨이가 돼버린 그는 심심하고 외로웠다. 그들이 하학하기를 기다려 찾아가면 그들은 약속이라도 한 듯 모두 그를 피해버렸다. 그렇다고 전처럼 쫓아가서 패줄 수도 없는 노릇이었다. 그는 결국 아버지와 형님을 따라 농사일을 하는 수밖에 없었다.

아직 뼈도 굳지 않은 나이에 농사일은 너무나 힘겨웠다. 다행히 그보다 다섯 살 많은 형이 옆에서 그의 몫까지 대신해주다시피 해서 그는 쉬엄쉬엄 놀면서 일했다. 그러나 논밭에서 김을 매고 농약 치고 하는 일은 일하는 시늉만 하는데도 힘들고 지루하기 짝이 없었다.

그렇게 논밭에서 벌벌 기다시피 일하다가 논두렁에 주저앉아 한숨 돌리다 보면 아, 이놈의 농사일 때려치우면 안 되나? 하는 생각이 자꾸 머릿속에 차올랐다. 그때면 그는 형한테 푸념을 늘어놓기 시작했다.

"형, 우리 이까짓 농사 때려치우고 다른 거 하면 안 돼? 뼈 빠지게 농사질 해봤자 개뿔도 남는 게 없는데…"

"농사라도 해야 빚을 물지."

형은 여전히 짤막한 그 한마디뿐이었다.

그 시절 시골에서는 집마다 자식들이 보통 서너 네댓은 되었는데 그의 집은 아들 형제 둘뿐이었다. 둘밖에 없는데 형 상현이는 동생보다 키도 훤칠하게 크고 신체도 우람졌으며 이목구비도 단정한 미남이었다. 성격도 덤벙거리는 동생과 달리 온후하고 유순했다. 상학이는 그런 형님이 있어 마음이 항상 든든했다.

그 시각 상학이는 형님한테 더이상 푸념하지 않았다. 형님도 말은 안하지만 그들 가족이 지고 있는 빚 때문에 한숨 쉬며 한탄 한다는 걸 그는 잘 알고 있었다. 농촌에서 "만원호(万元户)"라는 말로 부자를 일컫던 1980년대 그 시절 그들 가족은 수만 위안 빚을 지고 있었던 것이다. 아버지가 도박에 빠져 진 빚이었다.

그들의 부친 리춘천은 운명이 기구한 사람이었다. 조선 평안북도에서 만주땅 료녕성 관전현으로 이주해 살던 리춘천의 아버지는 그가 세상에 오기도 전에 세상을 떠났고 그의 엄마도 1937년 그가 태어나서 한 달도 안 돼 세상을 떠났다. 다행히 그에게는 아홉 살 위의 형이 있어서 어린 형이 그를 업고 동네를 돌며 젖동냥을 해 키웠다. 그렇게 대여섯 달 되었을 때 동네 어른들의 우격다짐으로 그는 결국 이웃 마을 김씨네 집안 양자로 보내져 김성권이라는 이름을 가지게 되었다. 김씨네는 딸만 넷 있었는데 양자를 맞아 드리고 나서 더 이상 자식이 생기지 않았다. 그러자 애가 서너 살 되었을 때 김씨네는 온 집 식구가 몰래 북만주 방정현 남천문이라는 곳으로 이주해왔고 1950년 초반 다시 서광촌으로 이사 왔다. 1963년 김성권은 남천문에서 함께 자란 김영자 씨와 결혼하고 홀어머니를 모시며 아들 둘 낳아 키우며 살았다. 그러던 1972년 료녕성 관전에서 친형이 찾아왔다. 그때까지 자신의 출생에 대해 깜깜 모르고 있던 그는 35년 만에 리춘천이라는 자기의 본명을 되찾았다. 김봉현, 김봉학이라고 지었던 두 아들의 이름도 형님이 알려준 대로 리씨 집안의 항렬에 따라 리상현, 리상학으로 고쳤다. 이름을 고쳤어도 마을 사람들은 그를 여전히 김성권이라고 불렀다.

김성권 씨는 워낙 부지런한 농사 군이었다. 그런 그가 도박에 빠져들 줄 누구도 생각지 못했다. 빠져도 깊이 빠져 본전을 하겠다고 태돈을 꾸어 도박판에 밀어 넣었는데 가족들도 빚이 얼마나 되는지 잘 몰랐다. 상학이는 사회에 나와서야 그 빚이 몇 만 위안 넘는다는 걸 알게 되었다. 그는 하늘이 무너지는 것만 같았다. 낑낑거리며 일 년 농사 지어봤자 이것저것 떼고 나면 천 위안도 되나마나 하던 그때 수만 위안이라는 돈은 천문학적 숫자나 다름없었다.

"형, 우리 다른 무슨 방도를 대야 하는 거 아니야?"

상학이는 형한테 또 말을 걸었다.

"글쎄… 밑천 한 푼 없는데 뭘 하겠냐. 땅이라도 있으니 농사질 해야지."

"형, 농사를 하더라도 좀 크게 해야 빚을 갚을 수 있는 거 아니야?"

"글쎄…"

성질 급한 상학이는 30여 리 밖 한국툰에 사는 이모부를 찾아갔다. 경양농장(庆阳农场)이라는 국영농장과 이웃하고 있는 마을이었다.

이듬해부터 그들은 이모부의 연줄로 경양농장의 땅을 5헥타르 도급 맡아 농사를 지었다. 그렇게 삼부자가 30여 리를 오가며 양쪽 농사를 지어 전보다 수입이 높아지긴 했지만 수만 위안 빚을 허물기엔 어림도 없었다. 고리대로 꾼 도박 빚은 빚대로 이자가 붙어 달마다 불어난 데다 형이 장가들면서 돈을 또 빌리다 보니 빚은 여전히 수만 위안 남아있었다.

"그때 우리 집이 얼마나 가난했는가 하면요 한창 멋 부릴 나이에 저가 새 신발 사 신을 돈도 없어서 글쎄 다 헤어진 헝겊신을 3년 넘게 신고 다녔어요. 시골에서도 누구나 없이 가죽구두 신고 다니던 80년대였는데, 지금 생각하면 상상이 안 되죠."

상학이는 그만 인내심을 잃고 말았다. 더 이상 그까짓 농사질을 하고 싶지 않았다. 그런데 시골에서 농사일 말고 할 일이 뭐 또 있단 말인가. 며칠 동안 방구석을 지키며 아무리 궁리해도 뭘 해야 할지, 더욱이 앞으로 어떻게 살아가야 할지 막막하기만 했다.

그러던 어느 날 상학이는 마을 동쪽 논밭을 가로질러 동산으로 올라갔다. 마을 북쪽에서 동남방향으로 면면히 기복을 이루며 거대한 병풍처럼 솟아있는 동산은 장광재령(张广才岭)의 서쪽 산록으로서 장백산맥에 속한다. 그는 동남쪽방향으로 굽이굽이 뻗은 산길을 따라 걷고 걸었다.

잡목이 우거진 산기슭을 지나고 하얀 봇나무로 뒤덮인 산등성이도 지나고 아름드리 소나무가 숲을 이루는 산마루도 넘어서 걷고 또 걸었다. 숲은 갈수록 깊어지고 산길 또한 갈수록 험난해 인가하나 안보이고 끝도 없는 듯 했다. 그렇게 걷고 걷는데 한 갈래 산비탈길이 이미 땀벌창이 된 그의 앞을 가로막았다. 그는 길섶 나무 등걸에 걸터앉아 다리쉼을 하며 아스라하게 높은 고갯길을 바라보았다.

저 고갯길을 넘어서 걷다 보면 또 다른 산 고개가 앞을 가로막겠지… 하지만 고개를 넘고 넘어 내처 걷노라면, 사흘이고 나흘이고 아니면 더 길게 열흘이고 보름이고 내처 걷노라면 인가가 나타나고 산길의 어디쯤에서 마침내 산의 끝자락이 나타나겠지… 인생도 그런 것일까?

깊은 생각에 잠겨있던 상학이는 홀연 스르륵, 하고 들려오는 소리에 깜짝 놀라 고개를 홱 돌렸다. 바로 그가 앉아있는 나무등걸 아래 풀숲에서 뱀 한 마리가 기어 나와 구불거리며 숲속으로 유유히 사라졌다. 벌떡 일어난 그가 풀숲을 살펴보니 또 한 마리 뱀이 시위하듯 대가리를 쳐들고 혀를 날름거리며 기어갔다. 그는 거의 본능적으로 지팡이 삼아 손에 쥐고 있던 막대기를 휘둘렀다. 퍽, 하는 소리와 함께 뱀이 풀숲에서 늘어지며 꼬리를 구불거렸다. 그는 냉큼 그 꼬리를 쥐어 잡고 뒤 번 휘둘러서 나무 등걸에다 콱 메쳤다. 그제야 뱀은 축 늘어지고 말았다.

고개 넘어 인가가 보일 때까지 찾아가 보고 그 길로 림구, 해림을 거쳐 목단강까지 가려던 상학이의 계획은 뱀과 조우하며 무산되고 말았다. 그는 때려잡은 뱀 한 마리를 어깨에 휘두른 채 오던 길로 되돌아서 하산했다. 이튿날 그는 또 산에 올라가서 뱀을 잡았다. 사흘날, 나흗날도 뱀 잡으러 산에 올라갔다. 그는 그렇게 땅꾼(捕蛇人)이 되었다. 하지만 동산에는 뱀이 많지 않아 그것으로 돈을 번다는 것은 될 수 없는 일이었다. 결국 그는 한 달 만에 뱀 잡이를 걷어치우고 말았다.

상학이는 또다시 이 동네 저 동네 쏘다니며 술이나 마시며 세월을 보냈다. 그러던 어느 날 친구들과 량주하 서쪽 가신진 시가지에 갔다가 당구장에 들려 한참 놀고 돌아온 그는 마을에다 당구장 하나 차리면 돈벌이가 되지 않겠나 하는 생각이 들었다.

그는 이내 앞마당에 당구장을 차렸다. 말이 당구장이지 한족 친구한테서 돈을 꾸어 당구대 하나 달랑 갖춰놓은 것이었다. 농사일 말고 별로 할 일 없는 시골 청년들이 당구장에 찾아와 장사는 그런대로 되었다. 그런데 시간이 좀 지나면서 동네 청년들보다 인근 마을의 어중이떠중이들이 더 많이 찾아왔는데 그중에는 불량배들도 더러 있었다. 자연 동네가 소란스러워졌다. 게다가 그들과 어울려 술 마시고 하다 보면 버는 돈보다 쓰는 돈이 더 많았다.

그는 당구장을 걷어치우고 보따리 장사를 시작했다. 그런데 그것도 여의치 않았다. 밑천이 없어 물건을 많이 들여올 수도 없는 데다 시골을 돌며 발품 팔아 떨어지는 돈은 푼돈에 불과했다. 그 푼돈도 나중엔 술값으로 다 탕진해버리고 결국 그는 스무 살도 안 된 나이에 술고래가 돼 시도 때도 없이 술주정하고 쌈질하고 말썽을 부렸다.

술을 깨고 나면 후회할 때가 많았지만 술이라도 안마시면 사는 게 힘들고 막막해서 더 견딜 수 없었다. 보따리 장사도 이미 때려치웠건만 농사일은 죽어도 하기 싫었다.

그러던 어느 날 원래 서광촌 출신으로 후에 연수현방송국에서 기자로 있는 박모씨가 마을에 찾아왔다. 취재도 하고 겸사해서 마을 사람들의 사진도 찍어주었다. 상학은 대뜸 무릎을 쳤다.

"옳지, 사진사가 되면 돈을 벌 수 있겠구나."

그는 200여 원 변통해서 갈매기표(海鸥牌) 카메라를 한 대 샀다. 그때 당시 가장 좋은 국산 사진기였다.

"사진 찍어드립니다. 단돈 1원에 채색 사진(컬러 사진) 멋지게 찍어 드립니다."

상학이는 카메라를 메고 동네방네 돌아다니며 사진 찍어준다고 외쳤다. 카메라가 아직 보급되지 않았던 시절 사람들은 제집 문 앞까지 찾아온 사진사 앞에서 좋아라고 사진을 찍었고 가끔 동네 잔칫집에서도 청해갔다. 보따리장사보다 돈벌이가 좋았다. 그는 가죽구두에 양복까지 사서 입고 신나서 돌아 다녔다. 하지만 사진 촬영도 오래 가지 못했다. 돈이 좀 생기자 어느 날부터인가 또다시 술독에 빠져들었고 술에 취하면 주정하거나 행패를 부리기 일쑤였다. 그러다 보니 촬영 약속을 어길 때도 있었고 찍혀 나온 사진이 엉망일 때도 있었다. 사진 찍겠다는 사람은 점점 적어지는데 술은 거의 매일 마셔댔다. 나중에 카메라를 팔아 밀린 술값을 물어버리는 것으로 그의 사진촬영 장사도 끝나버렸다.

그는 또다시 할 일 없이 빈둥거리며 술 먹고 소란이나 피우는 부랑자가 되었다.

2

사회에 나온 지 어느덧 4~5년이라는 시간이 흘렀다. 어느 날 형수님이 상학이를 불러 앉혔다.

"시동생, 오늘 나하고 함께 교회에 나가자. 시동생 계속 이렇게 살수는 없잖아."

형수님의 말에 그는 고개를 숙였다. 그의 집이 수만 위안 빚더미에 앉아 몹시 가난하다는걸 번연히 알면서도 형님한테 시집온 형수님을 그는 존경했다. 그런 형수님이 언제부터인가 마을에 있는 교회에 다니고 있었는데 이제 함께 교회에 가자고 그를 설득하고 나선 것이다. 교회에 대해서 그는 잘 알지 못했지만 형수님이 같이 가자고 하는데 안 갈 수도 없었다. 더욱이 계속 이렇게 살 수 없잖은가 라고 하는 그 한마디가 그의 정곡을 찔렀다. 참말이지 상학이는 자신도 계속 이렇게 살고 싶지 않았다. 하지만 구경 어떻게 살아야 하는지 그는 또한 막연하기만 했다.

그는 일단 교회에 한번 가보기로 하고 형수님을 따라 나섰다. 교회는 1970년대 중반 서광촌에 이사 온 김영진씨 집에 있었는데 방안에 들어서니 교인들이 모두 친절하게 대해주었다. 몇 년 동안 이래저래 말썽을 피우다 보니 사람들의 질시에 더욱 익숙해져 있던 그는 그런 친절함에 마음이 따뜻해지면서도 한편 어딘가 모르게 불편하기도 했다. 그래도 그는 교회에 계속 다녔다.

하지만 그는 쉽게 전변되지 않았고 교회의 설교대로 그들이 말하는 신앙심 같은 것이 마음에 잘 서지 않았다. 그래도 이제부터 제대로 살아보자고 마음을 다잡으려 노력하면서 그는 조금씩 변하고 있었다.

제대로 살자면 뭔가 할 일이 있어야 했다. 그는 식당을 차리기로 했다. 없는 돈 팔며 식당 출입하느니 차라리 식당을 직접 경영하는 게 나을 상 싶었다. 그는 바로 이웃 동네인 향정부소재지에 조선족 식당을 개업했다. 식당 주인이 되고 보니 희한하게도 전보다 술을 더 적게 마시게 되었다. 새벽에 일어나 채소 마련하고 온종일 주방에 붙어 있다시피 하며 열심히 장사하다 보니 손님들이 많이 찾아왔다. 대부분 향정부와 소속 여러 단위의 간부들과 향에 일 보러 오는 사람들이었다. 영건향이 보흥향과 합병되기 전이었는데 산하에 6개 촌밖에 없는 작은 향이었지만 참새는 작아도 오장 육부 다 있다고 향진 급 정부에 있어야 할 기관과 단체는 다 있었다. 그런데 바로 그게 문제였다. 기관 간부나 향에 일보러 오는 촌의 간부들까지 거의 외상으로 먹고 마셔대다 보니 장사는 잘 되는 것 같지만 온통 장부에만 적혀있었던 것이다. 그때의 말로 "바이툐즈(白条子)"라고 하는 일종의 차용증(欠条)만 쌓이고 어쩌다 들어오는 현금으로는 식재료 사들이기도 어려웠다.

자금 사정이 좀 있는 사람이라면 모르겠는데 상학이는 그렇지도 못하니 장사가 잘 될수록 힘들 때가 더 많았다. 환장할 노릇이었다. 그래도 그는 포기하고 싶지 않았다. 작은 식당이지만 오랜만에 자기의 힘으로 일궈낸 것인 만큼 끝까지 버티어 나가고 싶었다. 하지만 그 또한 한계가 있었다. 개업 팔 개월 만에 그는 더 이상 버티지 못하고 식당을 영건향 일대에서 주먹깨나 좀 쓴다는 왕씨 친구한데 양도하고 말았다.

바로 그즈음 한국 바람이 점점 더 세차게 불기 시작했다. 한국에 친척 있는 집들에서 먼저 한국에 나가 처음에는 약장사로 후에는 건축 현장이나 식당에서 일을 해 큰돈을 벌었다. 상학이네는 한국에 친척이 없다 보니 초청받아 나갈 수도 없고 남들처럼 몇 만 위안 하는 초청장을 사서 갈 엄두도 낼 수 없었다.

　그때 방정현 신성촌에서 세운 노무 수출회사에서 하얼빈국제경제기술합작회사와 손잡고 방정현은 물론 인근 연수, 상지, 통하 등 시현의 조선족청년들을 대량으로 모집해 한국 원양어선으로 내보냈다. 1993년 1월, 상학이의 형 리상현을 비롯한 서광촌 십여 명 청년들이 첫째로 해외 노무 수출 길에 올랐다. 상현이는 윤용수, 리철송, 리금철, 로경식 등 서광촌 청년들과 함께 한국을 경유해 태평양 한 가운데 작은 섬인 싸이판에 가서 한국대왕회사 소속 원양어선에 올라 오징어잡이 선원이 되었다. 30명 선원 가운데 경안현에서 온 7명을 포함해 중국 조선족이 절반 차지했다. 그들에게 정해진 월급은 230달러, 보너스까지 합쳐 월수입 300달러였다.

　배에서는 난생처음 원양어선에 올라 일이 서툴 수밖에 없었던 데다 같은 민족이라지만 서로 다른 문화와 생존환경에서 성장한 중국 조선족 선원들과 한국 선원들 간에 자주 마찰이 생겨 싸움이 벌어지곤 했는데 그때마다 선장이 나서서 무마해 큰 사고는 피면했다. 그나마 선장을 잘 만나 다행이었다고 할 수 있었다. 그 시기 망망대해 한국 원양어선에서 중국조선족들이 일부 한국 선원과 악질 선장들로부터 극심한 괴로움을 당하는 일이 비일비재했던 것으로 알려졌으니 말이다. 1996년 8월 2일에 발생한, 6명 조선족 선원이 한국인 7명을 포함해 11명을 살해해 세상을 놀라게 했던 끔찍한 "페스카마호 사건"은 결코 우연한 것이 아니었다.

상현이가 원양어선에 오른 지 10개월째 되던 어느 날, 경안에서 온 두 조선족선원이 밤에 소피보러 나왔다가 갑판에 있던 한국인 선원 한 명이 바다에 떨어져 죽는 것을 목격했다. 자신들도 언제 저렇게 바다에 떨어져 고기밥이 될지도 모른다는 충격과 공포감에 사로잡힌 조선족들은 더 이상 고기잡이를 할 수가 없었다. 조선족 선원들은 전원이 원양어선을 떠나기로 일치하게 합의했다. 생각해보면 일은 죽도록 힘들고 생명의 위험까지 감수해야 하는데 자신들이 받는 보수는 너무나 보잘것없었다.

그들은 일제히 중국으로 돌아왔다. 배를 내릴 때 선장은 보너스와 선물을 주며 집에 갔다가 다시 오라고 했지만 누구도 다시 오겠다고 대답하지 않았다. 원양어선에서 그들은 진정 생명의 소중함을 깨달았고 돈보다 생명의 존엄이 더욱 중요하다는 것도 점차 깨달았던 것이다.

형 상현이가 머나먼 태평양 원양어선에 있을 때 상학이도 고향을 떠나 산동반도 연해 지역과 남방 도시들에서 일자리를 찾아 전전하고 있었다. 당초 상학이도 원양어선 노무자로 나가겠다고 신청했었는데 신체검사에서 B형 간염을 판정받아 나가지 못했다. 재수가 옴 붙었는지 없던 병까지 생긴다고 한탄했지만 무슨 소용이랴. 또래 친구들은 거의 노무자로 나가거나 도시로 떠나가고 동네는 텅 빈 것 같았다.

맞다, 내가 왜 일찍 연해 도시나 남방으로 나갈 궁리를 못 했던가?

상학은 새삼스레 이런 생각을 했지만 사실 그는 초중 중퇴생인 자기가 바깥세상에 나갈 엄두를 못 내고 있었다는 걸 알고 있었다.

외지로 나가려면 고향 사람이나 친지들의 연줄로 찾아가는 게 보통인데 그동안 고향에서 평판이 안 좋았던 자신을 누가 도와주기나 할까?

그는 자신의 부끄러운 과거를 돌이키며 자괴감에 빠져들기도 했다.

까짓거, 사내대장부가 두려울 게 뭐냐, 먼저 나가고 보자!

그는 마침내 비장한 각오로 결단을 내렸다. 그리고 청도로 떠났다.

중한 수교 1년 좀 넘은 그때 청도에는 한국기업이 소문처럼 많지 않았고 일자리 찾기도 쉽지 않았다. 통역이나 생산관리 같은 자리는 적어도 고졸 이상은 돼야 하고 초중 중퇴생인 그가 들이밀 자리는 없는 듯했다. 며칠 전전하다가 그는 길거리에서 반갑게도 고향 친구를 만났다. 고졸인 친구는 친척의 소개로 자그마한 한국업체에서 일자리를 겨우 찾았다고 말했다. 그는 자기가 지금 회사의 일 보러 나왔기에 긴 얘기를 할 수 없다며 저녁에 찾아오라고 연락처를 적어주었다. 그러면서 한마디 했다.

"너 중학교 때 김**선생 기억나지? 그 선생이 시남구 대만로 6번지 근처 해변가에 한국식당 크게 한다더라. 호텔 방도 있고 가라오케도 있다던데, 너 먼저 거기 한번 찾아가봐라."

"그래? 고맙다."

방정조중 고중부 선생님이셨던 김선생님은 그를 가르친 적이 없지만 그는 그 선생님을 기억하고 있었다. 그가 두 번째로 퇴학당하기 전에 선생님은 이미 방정현에서 두 번째로 큰 조선족 소학교 교장으로 전근해갔지만 문제 학생으로 소문 놓은 자신을 꼭 기억하고 있을 거라고 생각되었다.

그는 모교 선생님을 찾아갈 용기가 나지 않았다. 선생님께서는 혹시 그를 받아주실 수도 있겠지만 선생님을 만나 자신의 못난 과거를 마주하고 싶지 않았다. 학창 시절과 그 이후의 자신이 그토록 부끄러울 수가 없었다.

그는 고향 친구도 찾아가지 않았다. 싸구려 여인숙 지하실에서 잠을 자며 한동안 날품팔이를 하다가 베이징으로 갔다. 베이징에 서광촌 사람들이 이삼십 명 된다는 걸 고향에 있을 때 전해 들었다.

그러나 베이징도 청도와 마찬가지였다. 아니, 그에게는 청도보다도 못했다. 고향사람들이 적잖게 있긴 했지만 대부분 대학졸업생들로서 국제무역이요 뭐요 하는 그들의 일에 그가 끼어들 계제가 전혀 아니었다. 고향 사람들이 경영하는 가라오케와 같은 유흥업소와 식당도 몇 곳 있었지만 그런 곳에도 그의 자리가 마련되지 않았다. 다행히 이웃집 형님 한 분이 그를 살갑게 대해주었다.

상학은 그 형님을 따라 남방으로 갔다. 절강성의 녕파(宁波)와 자계(慈溪) 두 도시를 오가며 베이징의 무슨 수출입 회사에서 요구하는 수출품을 구입하려다가 성공하지 못하고 다시 베이징으로 돌아왔다. 생각해보면 자신의 처지에 날아다니는 돈을 잡겠다고 하는 건 어리석은 짓이 아닐 수 없었다.

그는 베이징에서 별로 멀지않은 진황도로 갔다. 한때 중국조선족들에게 널리 알려진 창녕그룹(昌宁集团)이 진황도로 옮겨갔다고 들었던 것이다. 그런데 창녕그룹 인사부에 찾아가니 진황도에 있는 창녕

공장들에서는 숙련공들만 채용한다며 공장 근무 경력이 전무한 그를 받아주지 않았다. 진황도에서도 그는 창녕그룹 급수설비공장에서 품질검사원으로 일하고 있다는 고향 선배형님을 한분 만났다. 하지만 일반 종업원인 그 선배형님도 그를 도와줄 수 없었다.

상학은 심양행 만행열차에 올랐다. 고향에 돌아갈 생각으로 표를 사려고 보니 남은 돈으로 겨우 심양밖에 갈수 없었다. 그는 차라리 잘됐다 싶었다. 가족들이 몹시도 그리웠지만 그들을 뵐 면목이 없어 주저하고 있었던 것이다. 심양에서 그는 어느 개장국집 잡부로 들어갔다. 스물 몇 살 넘도록 자기가 지금 자신 있게 할 수 있다는 게 개잡이 밖에 없는가, 하고 생각하니 비참하기 그지없었다.

개장국집은 간판은 조선족식당이지만 주인은 한족이었는데 온갖 허드렛일 다 하면서 그가 받는 월 노임은 고작 150위안이었다. 그래도 그는 주섬주섬 시키는 대로 일만 했다. 밤늦게 손님들이 다 가고 난 다음에야 식당의 의자들을 맞붙여서 대충 잠자리를 펴고 누우면 삭신이 쑤시고 나른했지만 금방 잠들 수 없었다. 육체의 고달픔보다도 정신적인 고통을 견디기가 더욱 힘들었다. 새파랗게 젊은 놈이 이게 무슨 꼬라지란 말인가. 하는 일이 결코 비천해서가 아니었다. 고향에서 식당을 차렸을 때도 이런 허드렛일은 그 자신이 다 했었다. 하지만 그때는 힘들어도 고달프지는 않았다. 희미하지만 앞이 보였었다. 꿈이라고 하기엔 좀 거창한지 몰라도 하여간 자기도 제대로 살아보겠다는 생각과 의지가 있었다. 그런데 지금 자신은 오직 귀찮은 몸뚱이 하나 굶기지 않으려고 살기 위해 살고 있지 않은가. 꿈도 희망도 뭐도 없이 하루살이처럼 사는 자신이 지금 산송장과 뭐가 다르단 말인가.

그는 자리에서 벌떡 일어나 주방에 들어가 술 한 컵 따라서 한 모금 쭉 들이켜고는 김치 조각 하나 집어서 입에 넣고 우적우적 씹었다. 그렇게 선 채로 술 한 컵 다 마시고도 성이 차지 않으면 또 한 컵 따라 마시고 흐리멍덩한 상태로 다시 누워 잠을 잤다. 멀쩡한 정신으로는 도저히 잠을 잘 수 없는 나날이 지속되면서 상학은 또다시 매일 술에 절어 살다시피 하는 술고래로 전락되었다.

그날도 상학은 술을 두 컵 마시고 누웠는데 웬일인지 잠이 들지 않았다. 이리 뒤척 저리 뒤척 하다가 따져보니 심양에 와서 개장집 잡부로 일한 지 어느덧 석 달이 돼오고 있었다. 계속 이렇게 살 것인가? 아니면 또 어떻게 할 것인가? 이 생각 저 생각 하면서 자정을 넘기고 자정도 훨씬 지나 새벽이 가까워 오는데도 그는 종시 잠들지 못했다. 그는 아예 주섬주섬 옷을 입고 어둠속에서 더듬더듬 창가로 다가갔다.

여명 전의 어둠 속에서 별들이 유난히 반짝이는 것 같았다. 그 칠흙 같은 어둠도 희붐하게 밝아오는 새벽빛에 조금씩 조금씩 옅어지고 드디어 먼동이 터오는 것을 그는 창가에 서서 이슥토록 지켜보았다.

—밤이 깊고 낮이 가까웠으니 그러므로 우리가 어둠의 베일을 벗고 빛의 갑옷을 입자. (로마서 13장 12절)

그는 문득 성경에 나오는 이 한 구절이 생각났다. 고향에서 한동안 교회에 다니노라 했지만 건성으로 믿어온 그가 기억할 수 있는 기도문은 거의 없었다. 그런데 이 시각 신기하게도 이 한 구절이 그 어떤 계시처럼 머리에 떠올랐다. 그는 두 손 모아 진심으로 기도했다. 교회에 다닌지 몇 년 되지만 처음으로 가슴 깊이에서 우러난 기도였다.

—주님이여, 저의 몸에 가득 찬 어둠을 몰아내 주시고 저를 이 어둡고 고통스러운 삶의 질곡에서 벗어나게 해 주십시요. 저에게도 저 새벽빛과도 같은 빛을 주시어 새로운 삶을 살도록 구원해 주십시요…

뜬눈으로 지새운 밤이 마침내 훤히 밝았다. 그제야 그는 창가 식탁에 앉아 식당에서 사용하는 손바닥만 한 영수증 뒷면에다 부모님께 편지를 썼다.

그리운 부모님 전 상서:

그동안 무사 무고하셨습니까. 부모님 곁을 떠나 외지에서 떠돈 지 반년이 넘도록 소식 한번 전하지 못해 송구스럽기 그지없습니다. 저는 지금 심양에서 이 편지를 씁니다. 생각해보면 칠팔 년 동안 줄곧 부모님 속만 썩여온 저 자신이 너무나 부끄럽습니다. 오늘 새벽 저는 하느님께 새로운 삶을 살게 도와달라고 기도드렸습니다. 오늘부터 저는 결심코 새 출발을 하고 새로운 인간이 되기 위해 노력하겠습니다. 존경하는 부모님, 못난 이 자식 지켜봐 주십시요!!

그날부터 상학은 술과 담배를 딱 끊었다. 그리고 며칠 후 기차와 장거리 버스를 몇 번 갈아타고 고향으로 돌아왔다.

3

저녁 밥상이 올라왔다. 모두 상학이가 좋아하는 시골 음식들이었다. 그는 아버지께 자기가 사온 술을 따라드렸다.

"너도 한 잔 마셔라." 술잔을 받아든 아버지께서 말씀하셨다.

"아버지, 저 술 담배 다 끊었어요."

"엉…?!"

아들의 말에 아버지도 엄마도 모두 놀란 듯 눈이 휘둥그레졌다.

"남자가 술은 좀 마셔야지…"

아버지께서 이렇게 한마디 하시며 말끝을 흐렸다.

"담배까지 끊었다니 참 잘했다. 어서 밥이나 먹어라, 밥 잘 먹고 빨리 몸을 추슬러야지 개장집에 있었다며 왜 이렇게 여위였냐…"

엄마는 채소를 집어서 그의 밥공기에 듬뿍 얹어주시고는 손을 들어 눈가에 솟은 눈물을 훔치셨다.

상학이가 집에 돌아온 지 얼마 안 돼 형 상현이도 돌아왔다. 그리고 곧 벼가을이 시작되었다. 김씨네 삼부자는 육칠 년 전처럼 또다시 함께 논밭에 나갔다.

"상현이 아버지는 이제 참 좋겠네요. 상현이는 노무 나가서 큰돈 벌어오고 상학이도 돌아와 힘든 벼가을까지 다 도와주니…"

"좋고말고. 좋아서 춤이라도 추고 싶네… 허허허."

이웃들이 부럽다는 듯 말을 걸어오면 아버지는 싱글벙글 웃으며 이렇게 대답하셨다. 상현이가 벌어온 돈으로 빚도 거지반 갚았고 무엇보다 상학이가 바르게 살려고 노력하고 있으니 그 이상 반가운 일이 아닐 수 없었다.

마을 교회에서도 상학이를 열정적으로 맞아주었다. 그의 과거를 손금 보듯 알고 있는 마을 교인들의 눈에 그는 바로 성경에 나오는 돌아온 탕자였다. 그만큼 교인들은 돌아온 탕자의 새 출발을 기꺼워

하며 그를 위해 진심으로 기도했다. 교회에는 대부분 노인들이고 젊은이들이 서넛밖에 안되었는데 상학이는 손성호씨와 함께 청년부의 책임을 맡았다. 손성호씨의 부친 손봉수씨는 마을 교회 개척자의 한 사람이었다.

이듬해 상학이는 신학교 공부를 시작했다. 신학교는 이동식 수업을 실행하는데 목사들이 연수, 상지, 오상, 아성, 하얼빈 등 하얼빈 동부 지역을 순회하며 수강생들에게 기독교 교리, 종교역사, 세계역사, 중국역사 등 과목을 가르쳤다. 상학은 한 달에 일주일은 신학교 수업을 들으러 외출했다. 그때 그의 집에는 형 상현이가 아버지를 도와 계속 농사를 지으면서 서광촌에서는 처음으로 삼륜차를 사서 택시를 시작했고 형수님은 촌구락부 방 한 칸 임대해 미장원을 꾸렸다. 상현은 후에 미니카(微型小汽车)를 사서 가신진을 비롯해 주변을 뛰며 본격적인 택시업을 벌였는데 부부간 농사 외 수입이 3만 위안에 달해 1년 만에 나머지 빚을 몽땅 다 갚았다.

가정의 부담이 없어진 상학은 더욱 열심히 신학공부를 하고 교인들을 위해 봉사했다. 자연 집에 있을 때보다 외출해 있는 시간이 더 많아졌고 만나는 사람도 많아졌다. 그렇게 그는 연수교회에서 연수현 연안향 동광촌에서 온 김현영이라는 여자를 만났다. 상학은 그녀에게 자신의 과거를 남김없이 알려주었다. 그때까지 사람들은 그 누구도 점잖고 듬직하며 교회 역사와 교리를 조리 있게 얘기하는 이 청년이 한때는 시골에서 소문난 부랑자였다는 것을 모르고 있었다. 서로의 과거를 숨김없이 털어놓고 용서하며 뜻을 같이 한 두 사람은 인생의 반려자가 되었다.

1997년 교회에서 결혼식을 올린 두 사람은 보따리 장사를 시작했다. 새 가정을 영위하기 위해서 돈을 벌어야 했고 또 그래야만 부부가 뜻을 같이하는 사업을 위해 더 큰 공헌을 할 수 있었다. 그들은 흑룡강성 북부 가장 큰 변경도시인 흑하시에 갔다. 러시아 원동지역에서 세 번째로 큰 도시인 블라고베쎈스크(布拉戈维申斯克)와 흑룡강(아무르강)을 사이 두고 있는 흑하시는 흑룡강성에서도 중러변경무역이 가장 활발한 곳 중 하나였다. 그들은 여느 보따리 장사꾼들처럼 중국의 물품을 강 건너에 메고 가서 팔기도 하고 러시아의 물품을 사와서 넘기거나 직접 팔기도 했다.

그러던 어느 날 그들은 남행열차를 타고 흑하 남쪽 첫 번째 현성인 손오(孙吴)역에서 내렸다. 기차역도 작고 시가지도 작았다. 전 현 인구가 10만 명 남짓한 작은 현이었다. 그들은 삼륜차택시에 러시아산 물건과 기타 생필품을 싣고 향촌을 돌며 팔았는데 전 현 11개 향진과 2개 국영농장을 한 바퀴 다 돌았다. 가는 곳마다 교회가 있는가 알아보니 놀랍게도 한 곳도 없었다.

"그때부터 우리 부부는 손오현에 자리를 잡고 보따리 장사를 하며 전도를 시작했어요. 2년 반 있으면서 열여섯 곳에 교회를 개척했는데 교우(教友)가 팔구십 명 달했습니다."

"그렇게 많이?"

나는 놀라움을 금치 못했다. 그들에게는 불모지와도 같은 변방 오지에서 더구나 타민족들밖에 없는 낯선 고장에서 그들이 어떻게 했는지 궁금했다.

"처음에는 많이 힘들었죠. 오해를 받기 십상이고 자칫 불법 선교활동을 하는 것으로 내비칠 수도 있었으니까요."

"가만, 관련 부문으로부터 정식 허가를 받은 활동 장소가 아닌 다른 어떤 곳에서 선교하면 불법의 소지가 있는 거 아닌가?"

"그렇긴 하죠. 하지만 우리는 사람들을 모아놓고 선교를 하지 않았어요. 그때까지만 해도 종교 관련 정책이 모호한 데가 있었는데 우린 법을 어기지 않으면서도 사업을 개척하는 우리 나름대로의 방식을 취한 거죠."

"구체적으로 얘기하면?"

"보따리장사와 우리의 사업을 병행시킨 거예요. 그 어디에 살든지 사람들은 모두 물질적인 수요와 정신적인 수요가 있잖아요. 물론 지금 시장경제사회에서 물질적인 수요가 압도적이긴 하지만 그래도 정신적인 수요가 있기 마련이잖아요. 우리는 이 두 가지 수요를 제공하는 역할을 한 것뿐이에요. 물론 물질적인 수요밖에 모르던 사람들에게 인간은 정신적인 생활도 있어야 한다는 걸 환기하는 역할을 더 많이 했죠."

"말은 쉬워도 정작 실행하자면 쉽지 않았을 텐데…"

"물론이죠. 그래서 우리는 먼저 사람을 사귀고 친구를 사귀고 한 거예요. 어느 마을이든지 그 마을의 핵심 인물이 있기 마련이죠. 촌 간부일수도 있고 덕망이 높은 사람일수도 있고. 이런 사람들부터 찾아가고 그들을 통해서 마을의 다른 사람들도 하나둘 알게 되고요. 그러다 보면 마음을 주고받을 수 있는 친구가 생기더라고요. 그때야 비로소 나의 믿음에 대해서 얘기하는 거죠. 믿음에 대해서 얘기하다 보면 서로의 고충이나 고민 지어 아픔과 상처 같은걸 터놓게 되고 어떻게 하면 그런 걸 극복하고 치유하고 인간다운 삶을 살겠는가 하는, 말하자면 정신적인 차원의 깊은 대화가 오가게 되죠…"

"전도사라기보다 심리상담사라고 하는 게 더 낫겠네."

"하긴…그렇게 말해도 무방하죠."

그는 빙긋 미소를 지었다.

"그런데 그쪽으로 신경을 많이 쓰다 보면 장사는 어떻게 하고?"

"물론 장사도 해야죠. 돈이 없으면 안 되니까. 하지만 우리가 하는 장사는 밑지지 않을 정도였어요. 장사와 우리의 사업을 병행시킨다고 하지만 솔직히 장사가 영향 받을 때가 더 많았으니까요. 장사보다도 새로운 개척지가 우리 부부에게는 더욱 큰 보람이었죠. 몇 년 후에 저가 비즈니스 해서 한때 큰돈을 벌기도 했었는데, 지금 생각해보면 그래도 손오에서 2년 반이 지금까지 저의 인생에서 가장 보람찬 시간이었던 것 같아요."

"그럼 그때 손오현은 왜 또 떠났는데?"

"짧은 2년 반 사이에 교회가 열여섯 곳이나 되고 교우도 백 명에 육박하게 되니까 자연 관련 부문과 상급의 주의를 불러일으키게 되었어요. 저희가 습관적으로 교회라고 부르는데, 사실 교우들이 모여서 함께 기도를 드리고 성경을 읽고 하는 장소에 불과했죠. 저는 절대 거기 가서 전도를 하지 않았어요. 왜냐면 선배님이 말씀하신 대로 공식허가를 받지 않은 장소에서 공개적으로 선교를 하면 불법의 소지가 있으니까. 상급에서도 이걸 감안하고 더욱이 교우들이 산발적으로 이미 팔구십 명 확보되었으니 교회를 정식 설립할 여건이 마련되었다고 인정하고는 관련 부문에 공식 허가 신청을 올리고 한족 목사를 파견해오기로 했어요. 그리고 그때 임신 중이던 아내가 해산할 때도 다가오고 해서 손오현을 떠나게 된 거죠."

1999년 9월, 그는 아내와 함께 고향으로 돌아왔다. 그때 형 상현이는 수속비 4만 8천 위안을 들여 산업연수생으로 이미 한국에 나가 있었다. 그들이 돌아온 지 얼마 안 돼 딸 주영(主荣)이 태어났다. 딸이 태어난 후 돈 쓸 일이 많아졌다. 그리고 부모님과 함께 있으면서 자식 도리를 하자면 역시 돈이 필요하게 되었다. 오륙 년 동안 신학 공부와 교회 사업에 열중하며 신앙의 세계에서 살다시피 하다가 문득 세속 생활 속으로 다시 돌아온 그는 심한 혼돈을 느꼈다.

"불과 이삼 년 사이에 고향이 너무나 많이 변해 있더라구요. 같은 시골이라 하지만 손오현의 농촌과 비하면 생활수준은 물론 사람들의 의식부터 너무나 큰 변화가 일어난 거예요. 긍정적으로 보면 경제가 발전하고 사회가 진보했다고 할 수 있겠지만 저의 눈에는 부정적인 면이 더욱 많아 보이더라고요."

그의 말을 들으며 나는 그가 고향에 돌아오기 전해인 1998년 음력 설에 고향을 다녀와서 쓴 나의 수필 한 편을 떠올렸다.

그러나 고향도 이젠 많이 변해가고 있다. 젊은 여자들이 썰물처럼 도회지와 해외라는 먼 바다로 모두 다 빠져나가 버린 시골의 뭍에는 노래방이 생기고 술집이 흥성하며 전화가 개통되고 택시가 뻔질나게 골목길을 드나든다. 수풀 같은 빌딩과 황홀한 네온 별무리가 없을 뿐 고향도 도시 못지않게 부유와 빈곤이 공존하고 문명과 무지가 대결하며 향락과 물욕이 팽창하는 금전사회로 되어가고 있다.

금전이 지금처럼 이렇게 철저하게 삶의 목적이자 수단이 되어 우리의 삶을 좌우지해보기는 전무한 일이다. 워낙 엄격한 의미에서의 신앙을 모르고 지내온 우리에게 문득 다가온 금전사회는 오직 돈을 많이 벌어 잘살아보자는 신념 아닌 신념을 심어 준 것 일가.

사실상 우리에게는 금전보다도 더 확실하고 금전보다도 더 숭고하며 금전보다도 더 가시적인, 무엇보다도 금전만큼 우리들의 격정을 불러 일으킬 만한 신앙이 제시돼있지 않다.

(수필 〈태평산의 돌은 언제면 다 캐낼까〉에서)

상학이도 결국 금전 사회에 타협하는 길을 택했다. 신앙인이기에 앞서 그는 한 가족의 가장이었고 가족을 위해 그는 돈을 벌어야 했던 것이다. 그보다 더 큰 삶의 이유도 없는 듯싶었다. 그는 인민폐 8만 위안을 들여 출국수속을 밟아 한국으로 나갔다.

4

상학은 한국에 돈 벌러 나간 여느 남성 노무자들과 마찬가지로 노가다판이라고 부르는 건축 현장에 다녔다. 공장에 다닐 수도 있었지만 노임이 낮다 보니 모두들 힘들고 위험해도 인건비가 높은 공사판에 다니고 있었다.

상학은 중국을 다녀간 한국 목사님의 소개로 비계(脚手架) 설치하는 일을 했다. 초보자인 그는 하루 종일 건설현장용 파이프(管子)를 어깨에 메고 날랐다. 아시바라고도 하는 비계 설치는 공사판에서 상대적으로 일이 덜 힘들다고 하지만 그에게는 결코 쉬운 게 아니었다. 그래도 그는 참고 견뎠다. 돈 벌러 나온 이상 아무리 힘들어도 견지해야 한다는 각오를 하고 있었다.

하지만 주변을 둘러보고 앞을 생각하면 그는 점점 아득하고 답답해서 참을 수 없었다. 한국에 나온 후 자연 고향 친구들을 만나게 되였는데 애기하다 보면 돈 벌러 나왔다면서 돈을 모았다는 친구가 별로 없었다. 칠팔만 위안 수속비를 들여 나온 친구들은 아직 빚도 다 못 갚았다고들 했다. 상학이 자신도 따져보니 자기가 받는 한 달 인건비가 인민폐 6천 위안에 상당한 한화 110만원인데 일상 비용을 제하고 나면 꼬박 3년은 일해야 8만 위안 빚을 다 갚을 수 있을 것 같았다. 사실 친구들은 대부분 일은 훨씬 더 힘들지만 그만큼 노임도 더 높은 현장에서 뛰고 있는데 돈을 더 빨리 모을 수 있었다. 그런데도 그들은 그렇지 못했다. 한국 생활에 점차 적응하면서 많이 버는 만큼 쓰기도 많이 쓰면서 힘들게 번 돈을 먹고 마시고 애인 찾고 하는데 탕진하고 있었다.

그날도 상학이는 저녁 8시가 넘어서야 지친 몸을 이끌고 서울 남구로역 가리봉동에 있는 월세방으로 돌아왔다. 그는 옷도 갈아입지 않고 냄비에 물을 받아 가스렌지부터 켰다. 옷을 갈아입는 사이 물이 끓자 신라면 한 봉지 터뜨려 계란을 서너 개 넣고 끓였다. 대충 세수하고 나서 밥상에 앉아 허겁지겁 라면을 퍼먹던 그의 눈길은 방구석에 놓여있는 까만 비닐봉지에 가 멎었다. 거기엔 지난 주말 형 상현이가 그를 보러 오면서 사 온 동동주 두 병이 그대로 남아있었다.

"상학아, 네가 아무리 술을 끊었다고 하지만 노가다 판에서 힘들게 일 하면서 막걸리야 한잔 마셔도 괜찮지 않냐? 막걸리는 술이 아니라 음료수다 음료수."

형이 아무리 한잔 마시라고 권해도 상학이는 끝내 마시지 않았다. 그런데 오늘 그는 막걸리를 한잔 마시고 싶었다. 컬컬한 막걸리 한잔 하고 나면 새벽 4시에 일어나 지하철 타고 수원에 있는 현장에 가서 혹사한 몸의 피로가 금방 확 풀릴 것 같았다.

에라, 까짓거 한잔 마시고 보자…

그는 동동주 병마개를 따서 공기에 부어 쭉 들이켰다. 꿀맛이었다. 저도 몰래 카, 소리가 나며 온몸의 세포마다에 막걸리가 방울방울 스며드는 듯싶었다. 냄비에 있는 계란을 안주 삼아 한 공기 또 한 공기… 1리터짜리 동동주 한 병이 어느새 굽이 났다. 몸이 나른해나며 온갖 시름이 다 가셔지고 기분도 좋아졌다. 의식이 몽롱한 가운데 그는 친구들이 왜 술을 그토록 마셔대는지 이해할 것만 같았다.

그날 이후 상학은 술을 다시 마시기 시작했다. 하지만 오래전 그랬던 것처럼 과음하거나 술주정하지 않았다. 그는 이미 그만한 자제력은 지니고 있었다. 그래도 술은 그의 외로움을 달래주지 못했고 그의 고통도 줄여 주지 못했다. 시간이 흐르면서 육체노동의 고달픔보다 정신적인 고통이 더 힘들었다. 소비를 최대한도로 줄여 앞당겨 빚을 갚는다고 한들 그 이후에도 계속 이런 삶을 살아야 한다는 현실이 그를 절망 속에 빠뜨리고 있었다.

왜 이런 삶을 살아야 하는가? 당초 가족을 위한 부득이한 선택이었다고 하지만, 꼭 이 길밖에 없는 것인가?

상학이의 비자는 단기 여행 비자였다. 30일씩 두 번 비자 연장 수속을 하고 나서 90일 체류만료 기한이 곧 다가오고 있었다. 기한을 넘기면 불법체류자로 전락해야 했다. 한국 수속이 가장 어렵고 수속

비용도 인민폐 10만 위안을 웃돌던 시기에 한국에 나온 그는 사실 불법체류를 전제로 8만 위안을 들여 비자수속을 했던 것이다.

어떻게 할 것인가? 예정대로 불법체류자가 돼 숨어서 살 것인가 아니면 비자 만료 기한 전에 귀국할 것인가? 기한 전에 귀국하면 8만 위안은 그저 버린 셈이 되고 만다.

그는 주말에 형님네 집에 갔다. 얼마 전에 형수님도 한국에 나와서 형님네도 월세방을 잡고 있었다. 동생의 말을 듣고 난 상현이는 기가 막혔던지 아무 말도 하지 않았다. 동생의 고통을 모르는바 아니지만 그렇다고 8만 위안 빚을 내서 어렵게 한국에 나왔는데 3개월 만에 돌아간다는 건 아무래도 아닌 것 같았다.

"집에 전화해서 아버지 엄마의 의견을 들어봐라."

한참 만에 그는 동생에게 이렇게 말했다. 국제전화가 걸렸다. 상학이의 말을 듣고 난 아버지께서 버럭 소리를 지르셨다.

"너 지금 제 정신이냐? 8만 위안이 작은 돈이냐? 중국에 돌아오면 너 무슨 재간으로 언제 그 많은 빚을 다 갚는단 말이냐?"

상학은 아무런 대꾸도 못하고 듣고만 있었다. 그때 전화에서 엄마의 목소리가 들려왔다.

"우리 둘째 정말 힘든 모양이구나…"

엄마는 더 이상 말을 잇지 못했다. 전화가 끊긴 후에도 두 형제는 한참 동안 말이 없었다. 긴 침묵이 흘렀다. 시동생이 얘기를 꺼낸 후 말없이 듣기만 하던 형수님이 급기야 침묵을 깼다.

"시동생, 내 생각에 시동생 아무래도 중국에 돌아가는 게 좋겠어. 중국에서도 시동생은 얼마든지 잘 할 수 있을 거야, 난 시동생을 믿어."

상학이는 비자 만료 직전에 귀국했다. 가족들을 뵐 면목이 없었지만, 가족이 그리워 고향에 먼저 들렀다. 그는 마음이 착잡하고 불안했다. 자신이 한국에 나가 있는 사이 태어난 아들 충명(忠明)을 보며 그는 어린 두 자식을 위해서라도 한국에서 몇 년 참고 견디며 돈을 벌었어야 하는 게 아니었나 하는 생각에 귀국한 것이 후회되기도 했고 또한 부모님의 기대를 저버려 큰 불효를 저지른 것 같아 한없이 미안하기도 했다.

며칠 후 그는 고향을 떠나 베이징으로 갔다. 수중에는 달랑 3천 위안밖에 없었다. 얼마 후 아내가 두 애를 데리고 뒤따라왔다. 그들은 조양구 시교에 월세 100위안짜리 셋집을 구해 들었다. 처음에 상학이는 아는 사람들을 찾아 심부름을 하며 돈 벌 기회를 찾느라 했지만 헛물만 켰다. 생활비를 아껴 쓰느라 했는데도 두어 달도 안 돼 가진 돈이 다 떨어졌다.

그는 신학교 동기들을 찾아가서 그들의 소개로 한국인들의 통역을 해서 생활비를 벌었다. 처음에는 통역만 하다가 차츰 통역 이외의 일까지 성심껏 도와주었다. 입소문을 타고 찾아오는 손님이 많아졌고 수입도 점점 늘어났다.

그들은 베이징 시내 중심가인 조양구 신원리(新源里)에 월세 2,400위안짜리 아파트를 잡고 민박을 시작했다. 베이징에 진출한 지 6개월만이었다. 민박 수입은 상학이가 한국에서 받던 노임을 훨씬 초과했다. 그는 그러나 만족하지 않았다. 무엇보다 한창 젊은 나이에 민박만 지키며 살수 없었다. 뭔가 출구가 필요했다. 그때 그의 민박에 자주 오는 장씨 한국 손님이 자기가 한국 비자 수속을 할 수 있으니 사람을 소개해 달라고 했다.

당시 중국 조선족사회의 이슈는 여전히 한국 바람이었다. 2002년 한일월드컵 개최를 계기로 재외동포 출입국정책이 다소 완화되기는 했지만 조선족들의 한국행 문턱은 여전히 높아 정책의 틈새를 노린 각종 비자 수속이 성행하며 브로커들이 속출했다. 장씨도 그런 브로커 가운데 한 사람이었다. 상학이는 오랜 고려 끝에 장씨의 청탁에 응했다. 그가 베이징에 있다는 걸 알고 한국 수속을 해줄 수 없겠는가고 찾아오는 사람들이 많았던 것이다. 장씨에게 한 사람 소개하면 1인당 5천 위안 커미션도 큰 유혹이 아닐 수 없었다.

"그렇게 한동안 신나게 살았죠. 쉽게 버는 돈 쉽게 써버리게 돼더라구요. 그런데 차츰 불안해졌어요. 내가 돕고 있는 비자수속 자체가 사실은 불법에 가까운데 그런 줄 뻔히 알면서 오직 돈을 위해 불법을 서슴지 않다보면 자신이 언젠가 무슨 구렁텅이에 빠져들지도 모르잖아요. 그리고 내 영혼도 자기도 모르게 더럽혀지게 될거구요…"

상학은 장씨와의 거래를 딱 끊었다. 비자수속을 해달라며 뭉치돈을 들고 오는 사람들 앞에서 잠깐 흔들리기도 했지만 그는 모두 사절했다.

그런 그를 지켜본 한국인 목사님이 그에게 식기 사업을 해보라고 제안했다. 그의 민박집에 투숙하고 계시던 목사님이었는데 신자로서 돈을 벌어도 깨끗하게 벌어야 한다며 정당한 사업을 시작하면 자신이 도와주겠다고 약속했다.

2002년 10월, 상학이는 여인가(女人街) 상업거리에 식기가게를 차렸다. 조양구 동삼환북로(东三环北路) 제3령사관구역 번화가에 위치한 여인가는 2001년에 세워진 후 베이징에서 한국 상품 거리로 소문나 있었다. 그의 식기가게는 스테인레스식기(不锈钢餐具)가 주요 품목이었다. 목사님은 중국에 진출한 한국 독자 식기가공회사를 소개해주었고 약속대로 선불금의 일부를 선대해주었다.

하지만 가게는 예상처럼 장사가 잘 되지 않았다. 디자인과 품질이 한국산 수입품 못지않지만 수입품보다 가격이 싼데도 고객들은 구경만 하고 선뜻 사려고 하지 않았다. 그는 한국 수입제와 중국산 식기를 함께 진열했다. 고객들의 다양한 수요를 만족시키면서 그보다도 비교를 통해 소비자들에게 한국 디자인 식기의 우수성을 홍보하고 인지시키기 위해서였다. 과연 메이드 인 차이나 한국 식기를 사가는 고객들이 점점 늘어나기 시작했다.

2003년 봄, 년 초에 광주에서 처음 발생한 사스(SARS)가 전국적으로 확산하면서 수도 베이징이 가장 엄중한 재난지역이 되었다. 중국대륙 사스 확진자 4,968명 가운데 베이징이 2,434명으로 48% 차지했고 사망인수는 147명으로 51%를 차지했다. 반년 간 지속된 사스 사태에 베이징의 숱한 상가와 업체들이 직격탄을 맞아 문을 닫는 가운데 그의 가게는 오히려 호황을 맞이했다. 스테인레스 한국식기가 안전 성능을 인정받아 폭발적인 인기를 얻었던 것이다.

인가에 있는 가게 하나로 미처 고객들의 수요를 만족시킬 수 없어 상학이는 베이징라이타이화훼시장(北京莱太花卉交易市场) 근처에 2호점을 오픈했다. 6월 20일 마지막 사스 확진자가 퇴원하면서 베이징의 사스 사태가 끝난 후에도 식기가게는 계속해서 호황을 이어갔다. 그는 베이징의 여러 지역에 가게를 늘려갔는데 2년 동안 총 8개 매장을 설립했다.

2005년, 그는 식기 무역회사를 설립하고 한국산 고급식기를 직수입해서 판매하기 시작했다. 그는 인민폐 2만 5천 위안이라는 높은 월 노임으로 한국 모 유명 식기회사의 임원을 회사의 고문으로 모셔와 8개월 동안 식기 관련 전문지식을 전수받는 한편 자체의 식기 가공공장 설립에 착수했다.

2007년 베이징 통주(通州)에 위치한 식기 가공공장이 가동되었다. 건평 700평방미터에 종업원 30여 명 되는 공장에서는 중국 남방 여러 곳에서 스테인레스 반제품을 납품받아 자체 디자인의 한국식기 완제품을 만들어 국내 대형 마트들에 진출했다. 그는 자체의 시장 개척에 모를 박아 중국에서 유명한 제약그룹인 동인당(同仁堂)제약의 계열사인 동인당건강제약회사에 숟가락을 공급했다. 중국에 진출한 한국 업체들에서도 사은품으로 주문이 들어왔다.

2004년부터 2007년 삼사 년 사이에 상학이는 통주와 왕징에 아파트를 세 채 샀다. 그의 요청으로 2006년에 귀국해 그의 사업을 도와주던 형 상현이도 통주에 그와 똑같은 150평방짜리 아파트를 샀다. 그리고 두 형제는 아버지께서 세상 떠난 후 고향에 혼자 계시는 엄마를 모셔왔다. 이 기간에 그는 교회사업도 착수해 고향에서 처음 교회에 다닐 때 선배였던 손성호씨와 함께 통주에 조선족교회를 설립했다. 2008년에는 다른 신자와 함께 베이징 연교(燕郊)에도 교회를 설립했다.

이쯤이면 개과천선한 리상학의 인생은 성공적인 셈이었다. 그러나 그는 만족하지 않았다. 만족을 모르는 삶은 어쩌면 양날의 칼과도 같은 것이다. 만족을 모르기에 새로운 도전을 하게 되고 그렇게 새로운 삶의 경지를 펼쳐나갈 수도 있겠지만 역시 만족을 모르기에 자신이 아직 내실을 튼튼히 다지지 못했다는 걸 인식하지 못한 채 무모한 도전을 할 수도 있기 때문이다.

리상학은 식품업계 진출에 착수했다. 형 봉현이가 현재 하는 식기공장과 식기매장을 잘 경영해서 실력을 더 키운 다음에 다른 업계에 진출하든지 하라고 말렸지만, 그는 듣지 않았다. 2009년, 그는 중국 진출 한국기업이 중국 식품가공업계 거두 우윤그룹(雨潤集団) 계열사인 베이징우윤육류가공회사와 합작해 통주에 세운 김치공장을 88만 위안에 인수했다. 인수전 가공공장에서는 여러 규격으로 포장된 김치봉지가 남방의 고온 날씨에 팽창해 터지는 문제를 해결하지 못해 속수무책이었는데 리상학은 십여만 위안 투자로 한국에서 가스흡수 기술을 들여와 해결하고는 곧바로 생산을 회복했다.

"박씨집김치(朴府辣白菜)"는 우윤이라는 상표를 달고 우윤그룹의 방대한 유통망을 통해 하루 평균 1~2톤 전국으로 판매되며 당시 중국내 김치시장에서 인기가 높았던 한국청정원 "종가집김치"보다 더 많이 팔렸다.

그런데 생산이 가동 된지 1년 좀 지난 2011년 3월 "쌍회수육정사건(双汇瘦肉精事件)"이 터졌다. 이 사건으로 중국 최대 육류가공기업인 쌍회그룹과 경쟁 관계에 있던 우윤그룹은 득이라도 보아야 할 텐데 오히려 자신들에게 불똥이 튈 가 봐 산하 식품대리가공(食品代加工) 기업을 모두 정리하는 초강수로 대응했다. 결국 수육정과 아무런 관계도 없는 백여 개 대리가공기업들이 억울하게도 곁불을 맞았다. 대기업이 피하려는 작은 불똥이 중소가공기업들에게는 날벼락으로 떨어진 것이다.

그때 그는 우윤그룹을 떠나 자체로 가공공장을 세울 수도 있었지만 그러자면 막대한 투자가 들어가야 하는데 그의 실력으로는 불가능했다. 설상가상으로 그동안 김치공장에 온갖 정력을 몰아 부으면서 식기 공장에 대한 관리를 소홀히 한 탓으로 식기 공장도 어려움에 처해 역시 문을 닫아야 했다. 김치공장을 시작하면서 3개로 줄였던 식기가게도 유동 자금 부족으로 1개만 남기고 처리했는데 그마저도 반년 후 처분했다. 그리고 은행 대출로 샀던 아파트 세 채 가운데 두 채는 이미 김치공장을 시작하면서 팔아버렸는데 통주에 남아있는 한 채도 대출금을 상환할 수 없어 팔아야 했다.

김치공장은 도미노처럼 일련의 연쇄반응을 일으켜 리상학은 베이징 진출 10년 만에 또다시 원점으로 돌아왔다. 2012년, 그들은 왕징에 아파트를 세맡아 민박집을 차렸다. 민박이라도 해야 네 식구가 살아갈 수 있었다.

"한동안 집에서 쉬면서 19년 전 심양 개장국 집에서 잡부로 있으며 지새웠던 그 밤을 자주 떠올리게 되더라고요. 그때 여명 속에서 새로운 삶을 살 수 있도록 구원해달라고 간절히 기도를 드렸었는데, 생각해보니 사실은 그때 저 자신에게 구원(救贖)의 길을 걷겠다고 굳은 약속을 한 거였죠. 그런데 그동안 자신이 걸어온 길을 되돌아보니 저가 아직 진정으로 구원을 받지 못한 것 같더라고요. 김치공장도 결국은 저가 과분한 욕심에 눈이 어두워 초래된 거 아니냐고 반성하게 되고요… 구원의 길은 참 멀기도 하구나, 하고 느끼게 되었죠."

2013년 1월, 리상학은 길림성 서란에서 온 한 친구의 요청으로 경영부진으로 적자를 보고 있는 통주의 불고기집을 대신 관리하기 시작했다. 당장 문 닫을 형편인 식당인지라 친구는 식당을 살려 결손을 만회하면 순 이윤의 30%을 주겠다며 한번 도와달라고 했다. 상학이는 새벽부터 밤늦게까지 식재구입에서 매 한가지 요리와 반찬에 이르기까지 일일이 체크하며 손님들에게 최상의 서비스를 제공하기 위해 온갖 심혈을 기울였다. 그러자 식당은 그가 맡은 첫 달부터 결손을 막고 수익을 올리기 시작했다. 원래 몇 천 위안에 불과하던 하루 매상고가 만 위안을 넘어 최고 2만 위안 기록하기도 하며 평균 만 오천 위안에 도달했다. 그렇게 6개월 지났을 때 친구가 약속을 깨고 자기가 직접 관리하겠다고 나섰다. 월 15만 위안 순 이윤에서 5만 위안을 그에게 주려니 아까웠던 것이다.

그는 두말없이 떠났다. 남의 식당에서 돈까지 받으며 자신의 재능을 연마했다고 생각하니 씁쓸하던 마음이 이내 편해졌다. 그때 이 식당에 자주 오던 베이징 현지인 한족 친구가 조양공원 근처에 한국요리 식당을 하나 새로 차리려고 하는 데 도와달라고 했다. 그는 또다시 밤낮없이 열심히 식당을 오픈시키고 장사를 시작했는데 개업하자마자 손님들이 줄을 서며 호황을 이루었다. 한 달 만에 식당을 넘겨주었더니 깡패출신의 주인은 약속대로 6만 위안 수고비를 주었다.

2013년 10월, 리상학은 왕징에 240평방짜리 1층 상가를 년간 40

만 위안으로 임대해서 15만 위안 들여 장식한 후 11월 25일 자신의 불고기집을 오픈했다. 한국요리 식당을 두 개나 성공적으로 경영해 보고나니 자신감이 생겼던 것이다.

상학이를 만난 그날은 식당이 개업한지 4개월이 채 안된 때였다. 20여 년 넘는 그의 인생사를 듣다보니 어느덧 점심때가 되었다. 그런데 식사하러 오는 손님이 별로 없었다. 정월 보름을 갓 넘긴 때라 워낙 외식하는 사람이 적어서 그렇겠지 하면서도 나는 저도 몰래 식당 출입문 쪽으로 자꾸 흘끔거렸다. 그런 나의 마음을 꿰뚫어 보기라도 한 듯 상학씨가 입을 열었다.

"자신만만해서 개업했는데 생각처럼 손님이 많지 않아요. 통주 그 식당의 반에 반도 못 미치는 수준이거든요."

"아… 통주 그 식당은 후에 어떻게 되었길래?"

"여전히 장사가 잘되고 있어요. 조양공원 그 한국 요리도 계속 호황이고요."

"그거 참… 여기 위치가 왕징 중심가에서 좀 떨어져서 그런 거 아닌가? 이제 차차 좋아지겠지…"

나의 말에 상학씨는 글쎄요, 하며 희미하게 웃었다.

12시가 넘자 왕징에 있는 서광사람들 칠팔 명이 식당에 찾아왔다. 베이징에 있는 서광사람들이 다 모이면 서른 명은 넘는다고 하는데 근처에 있는 몇 분에게만 알려 작은 모임이 된 거였다. 상학씨가 소고기 등심을 듬뿍 날아와서 손수 구워서는 우리의 접시에 올려주었다. 고기가 입안에서 살살 녹는 듯 정말 맛있었다.

맥주 한 잔도 안 마시는 상학씨가 구워주는 소고기를 먹으며 그날 나는 고향 사람들과 술을 취하도록 마셨다.

6

2018년 4월 26일, 호남성 장사(长沙)에서 리상학씨를 다시 만났다. 자가용을 몰고 장사남역에 마중 나온 그를 따라 그의 회사 근처 호남요리(湘菜) 식당에서 얼큰한 물고기찜에 맥주를 마시며 얘기를 나누었다. 그는 여전히 술을 입에 대지도 않았고 얼굴엔 온화한 미소가 떠날 줄 몰랐다. 힘겨웠을 지난 4년 세월의 흔적을 전혀 찾아볼 수 없었다.

왕징의 그 불고기집은 개업 7개월 만에 결국 문을 닫았다. 56만 위안 손실을 초래했단다. 식기사업을 할 때라면 이만한 손실은 별로 큰 문제가 되지 않겠지만 돈을 꾸어 재기를 노렸던 그때 당시 그에게는 치명적이었다.

더 이상 아무 사업도 벌일 수 없었던 그는 신학교에서 1년간 봉사하다가 한국으로 나가 3개월간 체류하며 기독교기업인회에서 기업경영에 대해 공부를 했다.

2015년 11월 귀국한 그는 신학교 제자의 요청으로 호남성 익양(益阳)시로 갔다. 그는 현지에서 이름 있는 사업가인 제자의 부친을 도와 쇼핑몰(购物中心) 설립을 추진하다가 익양을 떠나 호남성 소재지인 장사로 왔다. 익양에서의 몇 달간은 그에게 실질적인 도움은 없었지만 그가 호남성을 비롯한 중국 중서부지역에서 사업을 펼칠 수 있는 계기가 되었다.

2016년 4월, 리상학은 장사시중심인 천심구상부중로(天心区湘府中

路)에 70평방미터 되는 영업장을 임대해 "1+1건강미업(健康美業)"이라는 상호로 건강과 뷰티 사업을 시작한 한편 호남립반(立磐)국제무역유한회사를 설립했다. 그의 아내가 영업장을 관리하고 그는 장사에 있는 제자들과 함께 한국 상품전시회 개최 준비에 들어갔다.

2개월 후 제1회 중국장사한국상품전시회가 장사백조호텔에서 개최되었다. 30여 개 한국회사들에서 식품을 위주로 일용품과 화장품, 건강용품들을 12일간 전시했다. 그때까지 호남성과 장사시에는 한국기업이 거의 없었고 한국 상품에 대해 잘 모르는 상태였던지라 한국상품전시회는 인기를 모으며 비교적 큰 홍보효과를 거두었다. 무엇보다 전시회를 통해 정부 측 관계부문과 여러 무역회사들에 갓 설립된 호남립반국제무역회사의 존재를 각인시킴으로써 중한경제교류를 추진하기 위한 첫걸음을 성공적으로 내디딘 셈이었다.

전시회 후 리상학은 호남성 장사를 거점으로 사천, 광서, 운남 및 동남 아세아로 한국식품, 일용품, 뷰티업 사업망을 구축한다는 큰 그림을 그리고 발 빠르게 움직였다. 현지 사정에 밝은 그의 제자들이 그를 적극 도와 나섰다. 장사 현지인과 합작으로 200평방미터 되는 전시장을 만들고 한국회사들을 유치했는데 십여 개 회사들에서 샘플들을 보내왔다. 광서 남녕에는 역시 현지인과 합작으로 뷰티 영업실을 공동 경영하기로 계약을 맺었다.

그렇게 사업을 한창 추진하는데 한국 사드 사건으로 중한 두 나라 관계에 빨간불이 켜지고 경제교류에 큰 영향을 미쳤다. 전혀 예상치 못했던 사태에 그의 사업은 직격탄을 맞았다. 전시장이든 영업실이든 손님들의 발길이 뚝 끊겼다. 2017년 5월 개최 예정이던 한국 상품

전시회도 중단되었다.

리상학은 한국으로 가서 형 상현이를 따라 건축 현장에 다니며 형틀 목수 일을 하기 시작했다. 17년 만에 다시 한국 노가다판 노무자가 된 것이다. 가족의 생계는 물론 곧 대학입시를 치를 딸과 아들을 위해서라도 이것저것 가릴 새 없었다.

2018년 새해가 시작되며 리상학은 반년간의 한국노무생활을 마치고 귀국했다. 중한 관계가 완화되며 새로운 국면에 접어들고 있었다. 사실 사드 사건은 문화와 관광을 비롯한 일부 산업에 영향을 주었지만 양국 경제교류는 여전히 온당하게 발전해 2017년 중한 쌍무무역액(双边贸易额)은 2399.7억 달러에 달해 13.5% 성장했다.

그는 1년 반 넘게 중단되었던 사업을 다시 시작했다. 6월에 제2회 중국장사 한국 상품전시회를 개최하기로 하고 5월부터 전시상품이 장사에 도착하게 된다. 장사에 이어 하 반년에 호남성 성도와 운남성 곤명에서도 개최될 예정이다. 뷰티사업도 큰 진전을 이루었다. 장사와 성도에서 규모 있는 미용원와 합작으로 한국의 뷰티전문가를 초청해 일주일씩 뷰티교육을 했는데 큰 인기를 얻었다. 두 미용원의 요청으로 한국 성형외과 전문의를 초청해 성형외과 방면으로 사업을 확장할 계획이다.

이튿날 오전, 나는 천부중로에 위치한 "1+1건강미업" 영업실을 방문했다. 길 건너 바로 맞은편에 장사시천심구정부 청사가 있고 천부중로와 부용남로(芙蓉南路) 교차로에 있는 성정부 청사도 바라보였다. 지난 1년 반 동안 여러 가지로 매우 힘들었지만 그들은 이 영업장을 지켜냈다. 그들에게는 이곳이 삶과 사업의 마지막 보루와도 같왔던 것이다.

그들에게 더 이상 퇴로는 없어 보였다. 또다시 무슨 시련이 다가올지 모르지만 그들은 여전히 굳건하게 자신들이 선택한 길을 걸어갈 것이다. 누구에게나 구원의 길은 워낙 멀고도 험난한 것이 아니겠는가.

글로벌기업으로 매진하며

차영민 (일본 오사까)

1

2019년 3월 7일 오후, 일본에서 서광사람들 취재를 시작한 지 나흘 만에 나는 차영민씨를 만나기 위해 동경역에서 오사까(大阪)행 신칸센(新干线)을 탔다. 일본에는 서광사람들이 삼십여 명 있는데 가족들까지 팔구십 명은 되는 셈이다. 이번 취재 길에 15명 만나기로 연락이 되었는데 대부분 도쿄 시내와 주변 도시에 있고 차영민씨를 비롯해 세 명이 오사카에 있었다.

2시 30분에 발차한 기차는 도쿄 시내를 벗어나 서남방향으로 질주하고 있었다. 언뜻언뜻 스치는 창밖의 풍경은 여기가 이국땅이라는 생소한 느낌을 별로 주지 않았다. 낮은 지붕의 집들과 들판이 바라보이고 사이사이에 공장건물과 남새나 과일을 재배하고 있을 하우

스가 보였다. 간간이 생소한 일본말만 들려오지 않았다면 하얼빈서
역에서 고속철을 타고 어디로 출장을 떠났나 하고 착각할 정도였다.

　일본에 와서 가장 불편하게 느껴지는 건 언어였다. 일본식 한자 간
판이 적지 않고 게다가 스마트폰에 다운한 지도와 번역 앱(APP)이
있어서 행선지는 그런대로 찾아갈 수 있지만 의사소통은 불가능했
다. 도쿄역에서 벌어진 해프닝을 봐도 그렇다. 우에노(上野)역에서
전철을 타고 일본에서 가장 큰 기차역이라는 도쿄역에 간 나는 복잡
한 역 구내를 돌고 돌며 용케도 오사카행 티켓을 파는 창구를 찾아갔
다. 내가 핸드폰에 입력한 목적지와 발차시간을 내보이며 돈을 내미
니 돈을 세어 본 창구직원이 뭐라 말하는데 알아들을 수 없었다. 그
러자 직원이 종이에 수자를 써서 내보였다. 그제야 나는 돈이 모자라
다는 걸 알았다. 두 시간 반이면 갈 수 있다는 고속철 티켓값이
14,400엔으로서 인민폐 900위안에 가까울 줄 생각도 못했다. 지갑
에 그만한 일본 돈이 없는지라 매표구에서 물러난 나는 어떻게 했으
면 좋을지 몰라 서성거렸다. 그때였다. 어디선가 귀에 익은 말소리가
들려왔다. 둘러보니 옆 창구에 줄을 서고 있는 젊은 남녀가 낮은 목
소리로 중국말을 하고 있었던 것이다. 나는 곧바로 그들에게 다가가
물어서 안내소를 찾아갔고 안내소직원이 알려주는 대로 다시 은행을
찾아 돈을 바꿀 수 있었다.

　현재 일본에는 약 백만 명의 중국인들이 있는 걸로 알려졌는데 그
들도 대부분 처음에 왔을 때 역시 언어 때문에 고생했을 것이다. 다
만 그 가운데 상당수는 유학비자로 와서 언어학교에 먼저 들어갔기
에 언어 때문에 큰 고생은 안 했을 것이다. 이번에 내가 취재한 서광

사람들을 봐도 가족 동반으로 온 두 명을 제외하고 모두 언어학교에서 일이 년간 공부하고 나서 다시 대학을 다니고 졸업 후 취직했던 것이다.

차영민씨도 역시 그런 과정을 거쳤다. 그를 처음 만나기는 2016년 9월 서광촌 건촌80주년 기념행사에서였다. 1972년생인 차영민은 부모님을 닮아 키가 크고 체격이 우람했는데 기념행사에 참석하기 위해 일본에서 특별히 돌아왔다는 것이었다. 그날 기념행사 주석대에는 당시 서광촌노인협회 회장인 그의 부친 차용순노인과 그의 셋째 큰아버지인 중국국가지진국(国家地震局)지질연구소 차용태연구원이 나란히 올랐다.

마을에 한집밖에 없는 차씨 집안은 서광촌에서 가히 "명문가"라고 할수 있다. 차영민의 할아버지 차지찬(车智赞)은 고향이 조선 평안북도 선천군 수청면인데 1940년 8월 서른살 나던 해에 아내와 2남 1녀 자식들을 거느리고 위만주국 방정현보흥향불란툰으로 솔가이주했다가 1950년에 서광촌으로 이사해왔다. 차지찬 부부는 일자무식이었지만 뼈 빠지게 일하고 허리띠를 졸라가면서 5남 1녀 자식들을 모두 학교에 보내 공부시켰다. 맏아들 차용석은 광복 전에 위만주국고급소학교를 졸업하고 16세에 동북인민해방군에 참가했다가 18세에 료심전역에서 희생되었다. 둘째 아들 차용서는 해방 후 건축공업전문학교를 졸업하고 후에 대형국영기계화시공회사에서 총기계사로 활약했다.

셋째 아들 차용태는 차씨네가 중국으로 이주해 온 후 태어난 첫 자식으로서 1954년 서광소학교를 졸업하고 하얼빈시조선족제1중학교에 합격했다. 초중 졸업 시에 차용태는 200여 명 가운데서 1등의 성적을 따내 그때 당시 흑룡강성 최고의 명문고교로 손꼽히는 하얼빈2중(현재 하얼빈3중)에 추천받아 입학했다. 이듬해 3월 아버지가 큰 병으로 앓아눕게 되어 가정형편이 매우 어려워지자 차용태는 자진하여 집과 가까운 연수현 제1중학교로 전학하여 부친의 병구완을 하며 고중을 졸업하고 장춘지질학원에 입학했으며 졸업 후 우수한 성적으로 중국과학원지질연구소 석사연구생으로 합격했다. 서광촌으로 말하면 해방 후 첫 본과대학생이자 첫 석사연구생이 배출된 것이다. 석사 공부를 마친 후 차용태는 연구소에 남았다가 베이징교통대학으로 전근돼 한동안 사업했으며 그 후 사업의 수요로 국가지진국 지질연구소로 이동되었다. 국가 지진국에서 30여년 사업하면서 차용태는 삼협댐(三峽大坝)건설을 비롯한 대규모 국가프로젝트의 탐측과 설계에 참여했으며 저명한 지질전문가로 명성을 떨쳤다.

막내아들 차용철은 방정현조선족중학교를 졸업하고 1970년대 초반에 서광대대(촌)혁명위원회부주임과 대대민병연장을 역임했다. 1973년 차용철은 "공농병대학생"으로 추천받아 목단강농업학교에서 2년간 공부하고 졸업 후 목단강시축목국에 배치 받아 근무했는데 판공실주임직에서 퇴직했다.

다섯 아들 가운데서 유일하게 마을에 남아 부모님을 모셨던 넷째 아들 차용순은 생산대 양봉 기술자로 있었으며 호도 거리 이후 서광촌에서 치부 능수로 이름났는데 1990년대 후반 마을에다 맨 처음 노래방을 차렸던 인물이기도 하다.

차씨네 외동딸인 차인숙은 병으로 중학교를 중퇴했지만 그의 남편

신수득은 1970년대 초반 서광학교와 방정현조선족중학교가 9년 일관제 서광학교로 합병되었을 때 교장으로 사업하였다. 내가 소학교 삼사 학년 다니던 때의 일로 기억된다. 신교장 선생님은 후에 영건향 정부로 전근돼 향당위선전위원으로 사업했다.

차씨 집안의 3세로 태어난 차영민은 어려서부터 할아버지 할머니와 부모님으로부터 너도 공부를 잘해 커서 큰아버지처럼 대학교에 가야 한다는 말을 타령처럼 들으며 자랐다. 또래들 가운데서 덩치도 크고 힘이 셌던 그는 이래저래 싸움질을 꽤 했지만 공부도 항상 앞자리를 차지했다. 그러던 그는 소학교 5학년 때 신장병으로 병원에 반년이나 입원해 있었는데 퇴원후 5학년에서 공부를 한해 더해야 했다. 1989년 방정현조선족중학교를 졸업한 그는 오상조선족고급중학교에서 공부했고 3년 후 대학입시에서 료녕대학 컴퓨터학과에 붙었다.

유복하고 자식들 교육을 매우 중시하는 집안에서 태어난 차영민은 어려서 비록 큰 병을 앓고 고생을 좀 했지만 마을의 적잖은 애들과 달리 경제적인 어려움이 뭔지 모르고 자라며 무난히 좋은 대학 인기 학과에 진학했다. 대학교에 가서도 그는 비록 도시에서 온 부자집 동창들처럼 돈을 팡팡 쓸 수는 없어도 부모님이 보내주는 돈으로 걱정 없이 공부할 수 있었다. 그런데 어느 날부터 그의 눈에는 돈을 벌 수 있는 수가 자꾸 보이기 시작했다. 몇 번 시도해보니 부모님이 보내오는 돈보다 훨씬 많은 돈이 수중에 들어왔다. 자신도 몰랐던 비상한 경제 머리가 작동되었던 것이다.

대학 4년 동안 차영민은 그렇게 학비는 물론 생활비까지 혼자 벌어서 감당했고 오히려 부모님께 돈을 보내기까지 했다. 사람의 일이란 이처럼 누구도 가늠키 어려운가 보다. 누구는 가정형편이 어려워 중학교도 중퇴해야 하는데 다른 누구는 부모님이 보내오는 돈도 필요 없이 자기절로 벌어서 대학공부를 마칠 수 있었으니 말이다.

차영민의 분투와 노력은 대학졸업 후부터 시작된다. 그에게 있어서 대학 4년은 인생사의 서막에 불과했다.

2

오후 5시경 신오사카역에 도착해 역을 나오니 차영민씨가 마중나와 있었다. 출구 앞 마중 나온 사람들 가운데서 유표하게 눈에 띄는 우람진 체격의 차영민 씨를 나는 인차 알아보았는데 그는 내가 가까이 다가가서야 알아보고는 서광촌 기념행사에서 만났을 때 맨머리였던 내가 모자를 쓰고 있어 못 알아보았다며 사람 좋게 웃었다.

차영민 씨의 차에 앉아 시내로 들어가면서 보니 일본에서 두 번째로 큰 도시라는 오사카는 도쿄보다 차량이나 사람이 훨씬 적은 것 같았다. 하긴 시내 인구로 보면 도쿄는 1,350여만 명인데 오사카는 270여만 명밖에 안 된다고 하니 비교가 되지 않는다. 그럼에도 불구하고 오사카는 도쿄와 마찬가지로 일본의 경제와 문화의 중심지로 불리고 있단다.

시내중심부에서 남동쪽으로 한참 달려 우리는 히라노구(平野区)에 들어섰다. 히라노는 오사카시 24개 행정구 가운데서 인구가 가장 많은 구역의 하나로서 약 20만 명이 된다고 한다. 시가지를 가로질러 달리는데 고층빌딩은 별로 보이지 않고 이 삼 층짜리 단독주택들만

즐비하게 늘어서 있었다. 그렇게 가다가 아담한 2층 양옥 앞에 이르자 차영민씨는 운전속도를 줄이며 이 건물이 바로 자택이라고 알려주었다.

"오늘 저녁 아들놈 둘 다 영어 과외 하는 날이라 와이프가 애들 데리고 학원에 가고 집에 아무도 없어요. 큰놈이 이제 아홉 살, 둘째는 여섯 살이라 와이프는 애들 돌보느라 정신이 없어요."

차영민이가 와이프라고 부르는 아내 김순녀는 그와 방정현조선족중학교 한반 동창인데 고향이 방정현에서 세 번째로 큰 조선족마을인 대라밀진(大罗密镇)홍광촌이라고 한다.

그럼 초중 때부터 둘이 연애했던 모양이구나, 하는 나의 말에 차영민은 흐흐 웃기만 하며 차를 앞으로 몰았다.

"그러고 보니 와이프를 열 몇 살에 만나 거의 사십년을 함께 했네요. 저도 이제 곧 오십인데 거의 사십 년을 한 여자만 바라보며 살았으니 지긋지긋할 때가 된 건 아닌지 모르겠네요."

"거야 영민이 혼자서나 알 일이겠지."

나의 말에 차영민은 또 하하 웃었다. 그 웃음에는 사업에도 성공하고 가정도 행복한 사람들에게서 흔히 나타나는 자부심이 담겨 있었다. 하지만 그렇게 웃을 수 있기까지 그가 얼마나 힘들고 어려운 나날을 감내하며 분투했는지는 역시 그 자신만이 알고 있을 것이다.

1996년 7월 대학 졸업을 앞두고 차영민은 향후 출로를 두고 고민에 빠졌다. 그가 전공한 컴퓨터학과는 그때 인기가 높아 심양시내에서 좋은 직장에 얼마든지 취직할 수 있었다. 하지만 그는 고민 끝에 안정된 직장에 취직하는 것을 포기하기로 했다. 천 위안 미만의 노임을 받으며 출근한다는 것이 자기 적성에 맞을 것 같지 않았다. 무엇보다 그에게는 꿈이 있었다. 언젠가는 자신의 회사를 차리고 사장이 되는 꿈이었다.

"하다면 꿈을 위해 내가 지금 당장 할 수 있는 것은 무엇인가?"

생각해보면 막연하기만 했다.

"그동안 장사를 좀 해서 돈을 벌었던 것처럼 그런 장사부터 시작해볼까?"

이런 생각이 연일 머리에서 맴돌았지만, 그는 끝내 부정해버렸다. 그런 장사는 따지고 보면 결국 날아가는 돈을 붙잡는데 불과하지 않은가. 그동안 자신이 운이 좋아 작은 돈을 좀 벌긴 했지만 그것은 장구지책이 아니었다.

"뭔가 미래가 보이는 일을 찾아 천천히 실력을 키워보자!"

마침내 자신의 생각을 정리한 차영민은 졸업하자마자 자신감 가득히 천진으로 갔다. 천진은 직할시고 연해도시인만큼 심양보다 기회가 많으리라 믿었다. 그리고 천진에는 천진외국어학원(천진외국어대학 전신) 일본어학과를 졸업한 연인 김순녀가 기다리고 있었다. 사실 차영민은 언녕 그녀의 곁으로 가고 싶었지만 무작정 달려가기에 앞서 앞날을 위한 확실한 설계부터 해야 한다고 생각했다.

천진에는 과연 기회가 많았다. 그의 눈에는 또다시 돈을 벌 수 있는 구멍수가 자꾸 보이기 시작했다. 하지만 그는 애써 외면하며 유혹을 물리쳤다. 그런 그가 선택한 것은 자동차 관련 업종이었다. 경제가 발달하고 삶의 질이 높아지면서 자동차 관련 업종의 무궁무진한 시장잠재력은 갈수록 주목받을 것이라는 판단에서였다.

차영민은 중한합자기업인 천진WX자동차 정비회사에 취직했다. 천진동려구경제개발구에 60만 불 투자로 설립된 이 회사는 제법 규모를 갖춘 자동차관련업체로서 자동차 정비뿐만 아니라 자체로 자동차부품을 생산해 판매하고 있었고 일부 부품은 수입해서 판매하고 있었다. 그는 자동차 관련 기술을 빠르게 습득하고 장악했다. 이공과 졸업생인 그의 전문지식이 기술을 배우는데 큰 도움이 되었다.

차영민이 입사한지 얼마 안 돼 회사에서는 중고차 판매 허가를 받아 외국에서 들여온 중고차를 판매하기 시작했다. 중고차라고 하지만 새 차와 별반 차이가 없었고 가격은 훨씬 쌌으며 성능 또한 같은 종류의 국산차보다 월등했다. 그는 눈이 번쩍 띄는 것 같았다.

"옳지, 바로 이거야!"

그는 자진해서 영업사원이 돼 중고차 판매에 나섰다. 대졸자로서 관리직에 있던 그가 영업사원으로 뛰겠다고 하니 회사에서는 대환영이었고 판매수당도 높게 주겠다고 약속했다. 하지만 중고차 판매는 결코 쉽지 않았다. 한 달 내내 뛰어다니며 고생했지만 차 한대도 팔지 못했다. 그래도 그는 맥을 놓지 않았다. 수입 중고차가 왜 잘 먹히지 않는지 곰곰이 생각해본 그는 가장 큰 원인은 사람들이 수입 중고차의 수입경로와 안전성 등 핵심적인 사안에 대한 믿음이 부족한데 있다고 결론지었다. 그때부터 그는 이 두 가지 핵심 사안에 대한 고객들의 회의를 해소하는데 주력하는 한편 회사의 동의를 거쳐 부동한 구매조건에 따른 다양한 가격대를 만들어 고객들의 관심을 끌기 위해 노력했다.

차영민의 노력은 헛되지 않았다. 그의 열성과 끈질김과 맞춤형

서비스에 이끌려 고객들이 하나둘 그와 구매계약을 맺기 시작했다. 차를 팔고나서도 그는 일이 있든 없든 정기적으로 고객들에게 전화를 걸어 차량의 상태를 체크하며 뒷근심이 없게 했다. 해도 되고 안 해도 그만인 전화 한 통에 불과했지만 고객들에게는 진심어린 관심으로 인지되었고 그것은 또한 입소문을 통해 더 많은 고객들에게 차영민과 그가 파는 중고 수입차에 대한 믿음을 전달하는 효과를 발생했다.

차영민은 일약 회사의 판매 수석이 되었다. 다른 직원들은 두석 달에 한대 판매하는 수준이었지만 차영민은 한 달에 두석 대 팔았다. 워낙 사교적인 성격인 그는 차를 판매하면서 많은 친구들을 사귀었는데 그중에는 크고 작은 회사의 사장들도 적잖게 있었다.

1997년 12월, 차영민은 친구와 합작으로 천진한성(韓星)자동차판매회사를 설립했다. 작은 규모의 회사였지만 차영민은 대학졸업 1년 반 만에 자신의 회사를 차리겠다는 꿈을 실현했고 무엇보다 더 큰 꿈을 향해 도전하는 발판을 마련한 것이었다.

그해 겨울, 차영민은 김순녀와 결혼식을 올렸다. 초중 때부터 한 반에서 공부하며 1,2등을 다투는 사이에 남몰래 정을 주고받았지만 학업에 지장을 주지 않고 좋은 대학에 붙었던 그들은 15년 만에 결혼의 전당에 들어선 것이다.

20대 젊은 나이에 사업에 자그만 한 성공을 하고 사랑하는 여자와 결혼까지 한 차영민은 말 그대로 의기양양(意気昂扬)하지 않을수 없었다. 그런 그에게 뜻밖의 일이 일어났다. 결혼식을 올린지 얼마 안돼 어느 날 아내가 머뭇머뭇하며 말했다.

"일본 유학 수속을 시작할까 해서……"

"유학 수속……?!"

일본어를 전공한 아내가 대학졸업 전부터 일본 유학을 준비했었고 그가 천진으로 오고 사업을 시작하는 바람에 수속을 뒤로 미뤘었던 것을 그는 알고 있었다. 차영민은 그런 아내가 고마웠었다. 하지만 그는 아내가 이렇게 빨리 유학 수속을 시작하겠다고 할 줄은 생각지 못했다.

좀 더 뒤로 미루면 안 될까, 하고 말하려다 그는 그 말을 꿀꺽 삼켜 버렸다. 아내도 자신의 꿈이 있고 자신의 인생이 따로 있지 않는가. 결혼으로 인해 자신에게 속하는 꿈과 삶을 포기해야 한다면 아내는 결코 행복하지 못할 것이고 사랑하는 사람이 행복하지 않는 한 차영민 자신도 행복할 수 없을 것이다.

차영민은 두말없이 찬성하고 나섰다. 일본어전공 대학 본과를 졸업한 아내는 일본에서 직접 석사과정을 밟을 타산인데 학비를 포함해 비용이 12만 위안 수요 되었다. 보통 회사원의 노임이 천 위안 좌우밖에 안되던 당시 그것은 거금인 셈이었다. 대학졸업 후 WX회사에서 영업사원으로 뛰며 번 돈으로 그때 20만 위안하는 90평방짜리 아파트를 사고 또 친구들과 합작으로 회사를 갓 설립해 자금이 딸렸지만 차영민은 돈을 변통해 아내의 손에 쥐어주었다.

아내는 유학 수속을 순조롭게 마치고 일본으로 떠나갔다. 비록 대학 졸업 후 천진에 와서 줄곧 함께 생활했지만 필경은 신혼이었던 만큼 새신랑 차영민은 허전하기 그지없었다. 그 허전함과 그리움을 일로 메우고 술로 달래야 했다. 어느 날 아침 출근하려고 자가용의 시동을 걸고 보니 앞 범퍼(前保险杠)가 덜커덩거렸다. 간밤 늦게까지 술 마시고 집으로 돌아오면서 어느 담벼락에 부딪쳤던 모양이었다.

차영민은 정신이 번쩍 들었다. 교통사고라도 쳤으면 어쩔 뻔했는가 하는 생각에 간담이 서늘했던 것이다. 그날 이후 더 이상 음주운전은 하지 않았지만 술 안 마시는 날이 거의 없었다. 대부분 회사 영업을 위해서였지만 사실 술을 마시지 않고 맑은 정신으로 썰렁한 집에 가기 싫기도 했다. 그렇게 몸을 혹사하는데도 워낙 젊고 체력이 좋아서 그런지 이튿날 깨어나서 밥 한술 대충 때우고 나면 그는 또 씩씩하게 회사로 나갔다.

그런 그의 상황을 멀리 일본에서 안타깝게 감지하고 있던 아내가 일본에 유학 나오라고 재촉했다. 사실 아내도 석사 공부를 하면서 생활비를 벌기 위해 하루에 대여섯 시간 씩 아르바이트를 하며 고달픈 나날을 보내고 있었다.

차영민은 마음이 흔들리기 시작했다. 그는 하루라도 빨리 사랑하는 사람의 곁으로 날아가고 싶었다. 하지만 그는 자신이 무엇 하러 일본에 유학 가야 하는지 확실한 이유가 서지 않아 망설였다. 단지 유학을 위한 유학은 결코 하고 싶지 않았다. 유학을 떠나더라도 미래에 대한 설계와 꿈을 안고 떠나야만 한다고 그는 생각했다.

그렇게 일 년이 가까워져 오는 사이 회사의 경영에 빨간불이 켜졌다. 워낙 작은 규모의 회사다보니 공급원(供货源)이 제한돼 있었고 이윤도 매우 적었는데 그런 상황을 타개하자면 현재 그들의 실력으로는 너무 힘겨운 일이었다. 자신의 한계를 느끼지 않을 수 없었다.

"일본제 자동차 브랜드의 중국 어느 지역 총판(总代理)을 따낼 수만 있다면…"

차영민은 이런 생각을 하기에 이르렀다.

"맞아, 일본으로 유학을 떠나자. 가서 공부하고 일하면서 자동차 브랜드 총판을 따낼 수 있는 길을 뚫어보자!"

분명하지만 좀 거창하고도 요원한 꿈이 세워졌다. 그리고 그것은 그가 일본에 유학을 떠나야 하는 확실한 이유가 되었다. 그는 회사를 정리하고 유학 수속을 시작했다.

3

1999년 2월 일본으로 건너간 차영민은 요코하마(橫濱)에 있는 일본어 언어학교에 입학했다. 일 년 만에 재회한 신혼부부였지만 함께 있는 시간이 얼마 되지 않았다. 서로의 공부시간과 아르바이트시간이 엇갈렸던 것이다. 그래도 그들은 좋았다. 한 도시에 있기에 마음만 먹으면 언제든지 달려가고 달려올 수 있었다. 대학입시 때 외국어 과목이 일본어였던 차영민은 언어학교의 공부가 별로 어렵지 않았다. 그래서 그는 언어학교에 입학한지 두 달 만에 아르바이트를 뛰기 시작했다. 오전에 수업을 마치고나면 오후부터 밤늦게까지 두세 곳을 돌며 알바를 했는데 월수입이 십칠팔만 엔에 달했다. 그렇게 버는 돈으로 두 사람의 생활비를 충당할 수 있어 차영민은 아내가 더 이상 알바를 하지 말고 공부만 하길 바랐지만 아내는 남편이 일본에 나오기 전보다 알바 시간을 단축했을 뿐 알바를 계속 다녔다.

1년 만에 언어학교 공부를 마친 차영민은 도쿄에 있는 전문대학 무역학과에 입학했다. 언어에 아무런 장애가 없고 일본 생활에도 적응이 된 그는 무역학과 공부를 열심히 하는 한편 여전히 아르바이트에 나섰다. 전문대학에는 언어학교와 달리 오후에도 수업이 있기에 밤에만 알바를 할 수 있었다. 그가 찾은 아르바이트는 재일본 한인이 경영하는 불고기집인데 저녁 7시부터 이튿날 아침 7시까지 12시간 일해야 했다.

처음 한 두 달은 너무 힘들었다. 일 자체는 별로 힘든 줄 모르겠는데 12시간이라는 야간 근무가 웬만한 체력으로는 버텨내기 힘들었다. 그러나 그는 이를 악물고 버텼다. 그렇게 버티며 적응하다보니 요령도 생기고 할만 했다. 불고기집의 3명 웨이터는 모두 중국유학생들인데 그들은 손님이 많고 적은 시간에 맞추어 셋이서 교대로 잠을 자며 일을 했다. 전문대학에 다니는 동안 차영민은 그렇게 꼬박 2년 그 불고기집에서 밤샘 알바를 했는데 그 수입으로 그들 부부의 생활비는 물론 그 자신의 학비까지 해결할 수 있었다.

전문대에서 공부한 지 1년이 지나서 고지마(小島)라는 초빙교수가 경영학을 가르쳤다. 일본에서도 유명한 모 종합상사의 해외영업본부장으로 있다가 퇴직하고 대학 강단에 선 고지마 선생은 전문직 교수들과 달리 자신의 풍부한 실천경험을 바탕으로 강의를 재미나게 했고 또한 격의 없이 학생들과 대화를 나누기 좋아했다.

그날 차영민은 중간휴식 시간에 교실과 좀 떨어진 곳에서 홀로 담배를 피우고 있었는데 고지마 선생이 문득 다가왔다. 차영민은 황급히 담배 불을 비벼 끄고 깍듯이 인사를 했다.

"아니, 담배를 금방 불붙인 거 같구만 왜 끄는 거요?"

"아 네… 선생님 앞에서 어떻게 담배를…"

차영민은 어줍게 웃으며 대답했다.

"내 앞에서는 괜찮은데… 자, 그럼 내 담배 한 대 피워보게."

고지마 선생은 담배곽에서 담배를 한대 뽑아 차영민에게 건넸다. 그는 고지마 선생에게 불을 붙여드린 후 자기도 불을 붙이고는 고개를 한쪽으로 돌리고 한 모금 깊숙이 빨아들였다가 후一, 하고 연기를 내뿜었다.

"군은… 중국인이 맞아요?"

연장자 앞에서 고개를 돌리고 담배를 피우는 차영민의 모습을 재미있게 지켜본 고지마 선생이 이렇게 물었다.

"네. 중국에서 온 조선족입니다."

"중국 조선족? 아 그럼 조선사람이군. 그럼 그렇겠지, 조선인들도 례의 범절을 굉장히 중요시하는 민족이니까."

"좋게 봐주셔서 감사합니다."

차영민은 꾸벅 허리를 굽혔다.

그날 이후 고지마 선생의 강의가 있는 날이면 차영민은 고지마 선생과 함께 담배를 피우며 담소를 나누었다. 그러다가 그는 고지마 선생을 모시고 밖에 나가 함께 식사도 하고 술도 마셨다. 그럴 때면 고지마 선생은 대기업에서 해외영업본부장으로 일하며 겪었던 일들을 들려주었다. 그런 이야기들은 교실에서 듣던 강의보다도 훨씬 재미있고 실제적인 영업 경험으로서 그에게는 좋은 공부가 되기도 했다. 차영민과 함께 있으면서 고지마 선생은 늘 즐거운 표정이었다. 그렇게 그들은 망년지교(忘年之交)를 맺었다. 이제 막 서른 고개를 넘어서는 차영민은 학급에서 나이가 가장 많았지만 그래도 고지마선생보다 서른 살 어린 후배였다.

"영민 군은 전문대를 졸업하면 무엇을 할 타산인가?"

어느 날 고지마 선생이 이렇게 물었다.

"자동차회사에 취직하려고 합니다. 저의 꿈이 도요타와 같은 일본 자동차 브랜드의 중국 어느 지역 총판을 따내는 거니까요."

"명확한 목표와 꿈이 있어 좋기는 한데…… 그 꿈이 너무 요원해 보이는구려."

고지마 선생은 일본 자동차 업계의 현황을 소개하면서 자동차브랜드회사들에서 어떻게 해외시장을 개척하는지에 대해서도 상세하게 분석했다. 그러고 나서 그는 이렇게 말했다.

"중국과 같은 거대한 시장을 개척하기 위해서 일본의 자동차회사들에서는 물론 영민 군처럼 두 나라 언어를 능란하게 구사하고 자동차 판매회사 경력까지 소유한 인재들을 선호하겠지만 아쉽게도 거기까지일 걸세. 영민 군은 우수한 회사원이 될 수는 있겠지만 자네가 이루려는 그 꿈과는 거리가 너무 멀지. 일본말을 잘하고 일본회사에서 근무한다고 해서 우리 일본 사람들이 해외 총판을 우선적으로 주지는 않을 테니까 말이네."

차영민은 고지마 선생의 충고를 곰곰이 돼새겨 보았다. 일본에 와서 거의 4년 동안 코피 터지도록 일하고 공부한 것이 그 하나의 꿈을 위해서였는데, 그 꿈을 이루려면 너무 요원하다고 한다. 고지마 선생은 요원하다는 단어로 에둘러 말했지만, 기실은 실현 가능성이 희박하다는 뜻일 것이다. 그 원인은 무엇인가? 그것은 아무래도 총판을 따낼 만한 경제적인 실력의 부족일 것이다. 그런 실력을 갖추려면 얼마나 오래 분투해야 할 것인가?

차영민은 포기하고 싶지 않았다. 그는 천진에서 사귄 사업하는 친구들을 떠올렸다. 그중에는 이미 상당한 실력을 갖춘 사장들이 있었다. 친구들과 합작해서 회사를 설립해 그 회사의 이름으로 총판을 딴다면 가능성이 높을 것이 아닌가. 그는 친구들에게 전화를 걸었다. 친구들은 좋은 구상이라며 함께 추진하자고 했다. 하지만 결코 쉽고 간단한 일이 아니기에 시간이 꽤나 걸릴 거라면서 너무 조급해 말라고 그에게 당부하기도 했다.

졸업을 앞두고 동창들은 취직을 위해 여기저기 뛰어다녔고 적잖은 회사들에서는 학교에 와서 직원을 모집하기도 했다. 그런 어느 날 도쿠시마(德島) 석재주식회사의 회장이 학교에 와서 직접 면접을 보았다. 본부가 도쿠시마현에 있는 이 회사가 일본에서도 굴지의 석재회사로 손꼽힌다는 학교 측의 소개에 많은 동창들이 면접에 나섰지만 석재(石材)에 대해 아무런 관심도 없던 차영민은 면접에 나가지 않았다. 그때 고지마 선생으로부터 연락이 왔다.

"도쿠시마 석재회사는 중국과의 거래업무가 상당한 비중을 차지하는 회사일세. 거기에 취직하면 향후 자네의 발전에 매우 유리할 거요."

차영민은 일단 면접에 나섰다. 곧 졸업하게 되는데 어디든지 간에 먼저 취직해야 했다. 면접실에서 회장은 석재와 관계없는 이런저런 얘기를 나누더니 이미 고지마 선생으로부터 차영민씨를 추천받았는데 과연 틀림이 없다면서 동행한 직원한테 그 자리에서 채용계약서를 맺도록 지시했다.

"사람의 일이란 정말 종잡을 수 없더라고요."

그때의 일을 회억하며 차영민이 한 말이다.

"어떤 목표를 향해 앞으로 달리기만 했는데 어느 순간 엉뚱한 길로 들어서게 되니 말입니다."

사실 그것은 엉뚱한 길이 아니라 그가 걸어야 할 수밖에 없는 길인지도 모른다. 인생은 그처럼 종잡을 수 없고 그처럼 예측하기 어렵기에 한결 매력적인 것이 아니겠는가.

차영민은 인생의 새로운 도전에 나섰다. 자동차업종이 아닌 그 어떤 업종일지라도 그 업종의 전문가가 돼 자신의 사업체를 꾸리겠다고 다짐했다. 그는 결코 자신의 꿈을 포기한 것이 아니었다. 꿈의 내용이 달라졌을 뿐이었다.

4

2002년 3월, 차영민은 도쿠시마석재주식회사 오사카지사(大阪支社)로 발령받아 오사카에 왔다. 처음에 그는 설계실에 배치돼 근무했다. 설계실에 있으면서 그는 회사의 파견으로 중국 복건성에 자주 출장을 다녀오게 되었다. 그 과정에서 그는 석재시장을 깊이 이해하게 되었고 일본의 석재회사들에서 어떻게 중국의 석재를 수입해 일본 내 고객들에게 판매하는지도 파악할 수 있었다.

일본은 자국 내 자원 개발을 엄격하게 제한해 원자재를 될수록 외국에서 수입한다. 석재도 마찬가지였다. 아세아에서 가장 큰 석재소비국인데도 거의 외국에서 수입해가다 보니 석재수입량이 세계 앞자리를 차지했다. 원석도 수입해가고 석재완성품도 수입해 가는데 그러다 보니 자원이 풍부하고 석재의 질도 좋으며 가공비용도 상대적으로 저렴한 중국은 일본 석재회사들의 주요 수입 대상국으로 된 것이다.

설계실에서 근무한 지 반년도 안 돼 차영민은 지사장을 찾아가서 영업부에서 근무하게 해달라고 했다.

"영업부에?!"

지사장은 전혀 뜻밖이라는 표정을 지었다.

"네. 영업사원으로 한번 열심히 뛰어보겠습니다."

"그래요? 영민 씨의 용기는 가상하지만 외국인으로서 다양한 고객을 상대로 영업을 한다는 것이 매우 힘든 일일 텐데…"

"자신이 있습니다. 열심히 뛰겠습니다."

그렇게 영업부로 자리를 옮겨 물건을 팔면서야 차영민은 지사장이 왜 그토록 걱정했는지 알 것 같았다. 비록 일본에서 거의 5년 생활했다고 하지만 일본은 그에게 아직도 생소했다. 부동한 인문환경과 문화 배경 속에서 생활해온 일본인들은 사유 방식부터 그와 달라도 많이 달랐다. 그리고 석재 판매는 전에 그가 중국에서 했던 자동차 판매와 또 달랐다. 1990년대 말까지만 해도 중국에서는 중산층이상의 사람들만이 자동차를 구매할 수 있었지만 일본의 석재시장 고객은 사회 거의 모든 계층이 모두 망라돼 있었다.

그리고 또 한 가지 다른 것은 중국에서는 인맥 관계를 중시하고 인맥을 이용해 영업을 할 때가 많지만 일본에서는 그것이 별로 통하지 않았다. 이 점은 차영민에게 오히려 유리한 것이었다. 고객들은 그가 외국인이라고 다른 영업사원과 다르게 대하지 않았다. 관건은 어떻게 고객의 수요를 최대한으로 만족시키고 최상의 서비스를 제공하는 가에 있었다.

차영민은 역발상으로 고객들에게 자신이 중국인이고 그가 판매하는 석재제품도 중국에서 수입해온 것이라는 점을 부각했다. 그리고 중국 복건성의 석재 품질이 어떻게 뛰어나 세계적으로도 유명하고 천년 넘게 계승해온 석재가공 기술도 얼마나 우수한지에 대해 자세히 설명해주었다. 일본말을 유창하게 구사하는 차영민을 일본인으로 착각했던 고객들은 그가 중국인이라는 사실에 호기심을 가졌고 제품에 대한 남다른 설명에 관심을 보였다.

그가 추천하는 석재제품을 사겠다는 고객이 하나둘 늘어났고 예산을 늘려 곱절 비싼 제품을 예약하는 고객도 많았다. 제품을 구매한 후 만족한 고객들의 소개로 그를 찾아오는 고객들도 부쩍 늘어났다. 그렇게 영업을 시작한지 1년 만에 차영민은 3억 엔이라는 판매실적을 올려 오사카지사에서 일약 1위를 차지했다.

판매실적이 아무리 높아도 회사에서는 봉급만 주고 상여금은 주지 않았다. 일본의 회사들에서는 직원이 열심히 일하는 것이 응당한 것으로 간주되고 있었으며 봉급도 근무연한에 따라 올려주었다. 이 또한 중국과 달랐다. 천진에서 자동차 판매를 할 때 차영민은 월급보다도 상여금을 더 많이 받아 그 돈으로 아파트까지 마련할 수 있었는데 말이다. 그러나 그는 조금도 불평하지 않았다. 도쿠시마 석재회사에서 자신에게 석재라는 새로운 분야에서 새로운 꿈을 키울 수 있는 기회를 준 것만으로도 그는 감사하게 생각했다.

차영민은 더 많은 고객을 사귀고 더 많은 거래처를 유치하기 위해 밤낮없이 끈질기게 뛰어다녔다. 다양한 고객과 거래처들의 요구를 만족시키기 위해 그는 석재 관련 공부도 열심히 했다. 그러는 과정에 일본의 석재시장을 손금 보듯 환하게 파악할 수 있었다. 그렇게 그는 석재 전문가로 성장했다.

2005년 11월, 도쿠시마회사에서 근무한지 3년 8개월 만에 차영민은 회사에 사표를 냈다. 지사장이 극구 만류하고 본사 전무까지 나서서 만류했지만 그는 완곡하게 사절했다. 그리고 곧바로 〈주식회사글로벌토레딩(全球貿易)〉이라는 종합석재상사를 설립했다. 일본에서는 자연인 혼자서 주주가 돼 최저 자본금 오백만 엔(인민폐 약 삼십만 위안)으로 법인회사를 설립할 수 있으며 수속도 매우 간편했다.

차영민은 오사카 시내 번화가에 자그만 사무실을 하나 임대해서 간판을 내걸고는 국제무역과 일상 사무를 처리하는 일본인 직원 2명을 초빙해 쓰면서 혼자서 영업을 시작했다. 그가 회사를 설립했다는 것이 알려지자 원래 그와 거래하던 고객과 거래처들에서 모두 그를 찾아왔다. 일본인들은 원칙성이 강하고 고지식한 것으로 알려져 있지만 지내고 보면 역시 정을 받으면 정을 주는 인지상정이 통했다. 고도로 발달한 시장경제 사회에서 인정이 날로 메말라갈수록 사람들은 오히려 정에 약하고 진심 어린 정을 갈구하고 있었던 것이다. 도쿠시마 회사에서 근 4년 동안 영업사원으로 뛰면서 영업에 앞서 친구부터 사귀며 몰부었던 진정은 그대로 돌아왔다. 그것은 어쩌면 상술 아닌 상술인지도 모른다. 특히 일본의 그 어느 지역보다 오사카라는 항구도시에서 더욱 그런 것 같기도 했다.

"일본에 와서 요코하마와 도쿄에서 4년 살고 오사카에서 17년 살았는데, 오사카 사람들이 도쿄 쪽 사람들과 확연히 달라요. 한마디로 열정적이고 통쾌하죠."

오사카는 중국 당나라 때와 비슷한 시기의 나라 시대(奈良時代)부터 일본 관서지구의 주요한 무역 항구였고 에도시대(江户時代 1603－1867)에는 에도(도쿄), 교토(京都)와 함께 "삼도(三都)"로 불리며 당시 일본에서 경제가 가장 발달한 상업 도시로 되었는데 역사적으로 대외무역과 대외교류가 활발했던 까닭에 사람들이 대체로 개방적이고 소탈했다.

일본 다른 지역에 비해 상업적인 분위기가 한결 짙은 오사카에서 차영민은 물 만난 고기처럼 자신의 비즈니스 재능을 한껏 발휘할 수 있었다. 회사를 설립한지 1년 만에 영업 액이 3억 엔을 초과했고 그 이듬해는 4억 엔에 도달했다.

차영민은 복건성에 현지사무소를 설립하고 석재를 직접 수입해왔다. 그 어느 일본회사도 중국인이 사장인 글로벌토레딩석재상사보다 중국 현지의 사정에 밝을 수 없었고 석재의 가격이나 품질방면에서도 비할 수 없었다. 오사카 석재시장에서 글로벌토레딩석재상사는 한결 합리적인 가격과 우수한 품질로 고객들의 각광을 받으며 입지를 굳혀갔다.

2008년 3월, 차영민은 〈영광상사(永光商事)〉라는 이름으로 시공(施工)회사를 설립했다. 석재제품은 대부분 현장에 설치해야 하는데 그동안 글로벌토레딩에서 판매하는 제품은 모두 시공회사에 맡겨 설치하도록 했었다. 판매량이 늘어나면서 시공비용도 만만치 않았고 시공회사의 차질로 설치가 지연돼 고객들의 불만을 야기할 때도 있었다. 자체의 시공회사가 있으면 이런 문제가 해결되고 시공비용도 절약할 수 있을 뿐만 아니라 다른 회사의 제품 설치로 이윤을 창출할 수도 있어 일거양득이었다. 그는 아내 김순녀를 영광상사의 대표이사로 등록하도록 했다. 김순녀는 그동안 법학석사과정을 마치고 부동산중개사무소에서 시호쇼시(법무사)로 근무하고 있었다.

영광상사는 20여 명 직원을 채용했고 크레인(吊车)을 장착한 화물차를 비롯해 10여 대의 영업차량을 보유해 제법 규모 있는 시공회사로 거듭났으며 년간 영업액은 2억 엔에 달했다.

자체의 시공회사까지 설립된 후 더 많은 고객들이 찾아들었다. 2009년, 차영민은 오사카 시내에 50평방미터 되는 사무실을 구매해 사카와석재(坂和石材)라는 상호로 석재도소매 매장 1호점을 오픈했다. 이듬해 그는 오사카 시내에 연이어 매장 2호점과 3호점을 설치했다.

차영민과 그의 석재회사는 갈수록 명성이 자자해 오사카 밖에서 찾아오는 고객들이 점점 늘어났다. 그런 고객들의 수요를 만족시키기 위해 차영민은 오사카와 인접한 와카야마현(和歌山県)에 사카와석재 매장 4호점을 오픈했다.

멀리 도쿄 쪽에서도 소문을 듣고 고객들이 찾아오기 시작했다. 차영민은 일본 관동지역으로 사업을 확장할 목적으로 도쿄 도시권에 속하는 사이타마현(埼玉県)에 마쓰모토(松本石材)라는 새로운 상호로 관동 1호점을 설치했다.

2010년, 차영민은 8천만 엔을 투자해 오사카 히라노구 히라노시(平野市) 3쵸메(丁目)에 위치한 180평방미터 되는 2층짜리 건물과 부지 500평방미터를 구매해서 새 사무실에 입주했다. 이로써 일본에 온지 11년, 사업을 시작한지 5년 만에 차영민은 자체의 사무 청사를 소유한 제법 규모있는 종합석재상사의 사장으로 거듭났다.

2012년, 차영민은 260평방미터 되는 3층짜리 사무 청사를 신축했다. 그리고 원래 2층 건물을 허물어버리고 그 자리에 회사 주차장을 만들었다. 영업차량이 15대로 늘어나 회사전용주차장이 필요했던 것이다.

5

5시 50분경, 우리는 히라노시 3가에 있는 글로벌토레딩 사무청사에 도착했다. 바로 길옆에 우뚝 솟은 3층짜리 건물은 사무 청사라기보다 별장처럼 보였다. 일반 건물처럼 1층부터 3층까지 똑같은 규격으로 네모나게 쌓아올린 것이 아니라 세 층이 저마다 다른 모양으로 외부구조의 정체적인 조화를 이루며 운치를 자랑하고 있었던 것이다.

차영민을 따라 1층에 들어가 보니 생각밖에 사무실이 아닌 매장이었다. 길가에 위치한 만큼 고객들이 편하게 찾아올 수 있게 1층은 매장으로 쓰고 2층과 3층에 사무실이 있다는 것이었다. 그런데 매장을 둘러보니 돌로 된 석재 제품보다 나무로 된 제품들이 더 많았다. 웬일인가고 물어보니 차용민은 여기는 제사용품 전문 매장이라고 알려주었다.

"일본인들은 망자(亡者)를 매우 중시하고 제사도 많이 지내거든요. 거의 모든 가정에 위패(牌位)를 모시고 있고 제사에 쓰이는 용품도 꼭 마련해두고 있는데 그러다 보니 시장수요가 크고 이윤도 높은 거죠."

　석재사업을 하면서 차영민은 돌비석을 비롯한 장의(殯葬)용품과 기타 제사용품에 대한 수요가 크고 가격도 엄청 비싸다는걸 알게 되었다. 중국도 이런 제품의 판매가격이 엄청 비싸지만 사실 원가는 판매가보다 훨씬 쌌다. 여기서 상업기회를 포착한 차영민은 일본의 원가보다도 많이 저렴한 가격으로 중국산 감실(神龕)을 수입해 들여와 일본인들의 환영을 받았다.

　"일본의 보통 가정들에서는 벗나무(櫻花木)로 만든 감실을 쓰는데 중국산은 자단목(紫檀木)과 같은 귀중한 목재로 가공한 것이라 보기에 훨씬 고급적이고 호화스럽죠. 그리고 고객의 주문에 따라 모양이나 크기도 다양하게 만들 수 있구요. 물론 재료와 모양 그리고 크기에 따라 가격상 차이가 많이 나죠. 같은 크기라도 목재와 가공에 따라 가격이 십여 배 차이가 날 때도 있으니까요."

　차영민은 이처럼 석재 이외의 다른 분야로 사업을 확장해나갔다. 고객이 수요하는 물건이면 모두 주문을 받아 중국에서 수입해 제공했다. 단독주택의 철제(铁艺)대문과 동제(铜铸)조명기구 등 일본에서는 특별가공 비용이 엄청 비싼 제품을 만들어달라는 고객들도 적잖았는데 차영민은 중국에서 위탁가공 해 수입해 들였다. 수공으로 정교하게 가공한 것이라 판매가격이 매우 비쌌지만, 일본에서 만드는 것보다 저렴하고 고급이어서 환영을 받았다.

　2015년 여름 상해에 출장 간 차영민은 친구가 경영하는 빙수(刨冰) 전문 빙과점(冷饮店)이 고객들로 붐비는 걸 목격했다. 상해에 본점을 두고 남방 여러 대도시들에 70여 개 체인점을 두고 있다는 걸 이해한 그는 친구와 일본에다 체인점을 세우기로 합의했다. 일본에 돌아오자마자 그는 오사카 번화가에 위치한 특급호텔 1층 80평방미터를 임대해 2천만 엔을 들여 장식한 후 보름 만에 〈雪櫻〉이라는 이름으로 빙과점을 오픈했다. 무더위가 한창인 7월부터 서 너 달 동안 빙과점은 매일 손님들이 줄을 서서 기다릴 정도로 문전성시를 이루며 인기를 끌었다.

이에 앞서 차영민은 일본에서는 원자재의 결핍으로 제조가 어려워 수입에 따라야 하지만 중국에서는 원자재가 풍부하고 제조 기술도 좋아 중일 두 나라에서 모두 시장성이 있는 제품이 어떤 것인지 조사하던 중 종이기저귀(紙尿裤)에 눈길을 돌렸다. 유아용품이면서 노인용품이고 또 여성 생리대로도 품목을 늘일 수 있는 종이 제품으로서 어마어마한 시장이 아닐 수 없었다. 하지만 이는 또한 거액의 투자가 필요한 프로젝트로서 그 자신이 혼자 추진할만한 사업이 결코 아니었다. 그는 그동안 중국으로 출장 다니며 사귄 사업가들을 찾아 자기 아이디어를 얘기하며 가능성을 타진해보았다. 친구들은 그의 아이디어에 모두 적극적으로 찬성해 나섰다. 그렇게 차영민씨가 아이디어을 제공하고 주주의 한 사람으로 된 〈잉쑤보우嬰舒宝중국유한회사〉가 중국 복건성 진강(晋江)시 경제개발구에 설립되었다.

몇 년간의 발전을 거쳐 잉쑤보우(중국)유한회사는 일약 중국에서 널리 알려진 일용소비품 그룹회사로 부상했다. 복건성 진강시와 안휘성 저주(滁州)시에 생산기지를 두고 있는 잉쑤보우회사에서 생산한 종이제품들은 "복건성명품브랜드"로 선정되었다. 그 가운데 잉쑤보우계열의 유아용 종이 기저귀는 일약 중국 10대 기저귀 제품으로 부상했고 여성 생리대를 비롯한 기타 종이 제품도 브랜드 제품으로 널리 알려졌다.

잉쑤보우 제품은 드넓은 중국 시장을 확보한 후 차영민이 원래 구상한대로 일본시장에 진출했다. 차영민의 주도로 일본에서 회사 등록을 하고 중국에서 수입한 반제품을 완제품으로 가공하는 공장을 가동했다. 그렇게 일본의 기술력을 접목해 업그레이드개선(升级改造)을 거쳐 새롭게 탄생한 유아용품과 여성용품이 일본 시장에서 판매될 뿐 아니라 중국 시장으로 재수출되고 있다. 그 가운데 일본에서뿐만 아니라 중국에서도 널리 알려진 일본 동명 애니메이션드라마에서 이름을 따오고 국제슈퍼스타 장백지张柏芝가 홍보대사로 나선 유아 기저귀 櫻桃小丸子ちびまる子ちゃん는 중국과 일본 두 나라에서 큰 인기를 끌었다.

"지난 설에 귀국해서 고향 방정에서 부모님과 함께 명절을 보냈는데, 현성 시가지를 돌며 보니 유아용품상점과 여성용품상점에 모두 잉쑤보우계열 제품들이 진열돼 있더라고요. 櫻桃小丸子까지 있는 걸 보고 아, 잉쑤보우회사 제품이 중국에서 정말 인기가 높다고 하는 걸 실감했어요. 창립멤버의 한 사람으로서 저가 직접 기획하고 주도해서 출시된 제품이 국제적인 명성을 떨치는 걸 보며 자로 감을 갖게 되더라고요. 하지만—,"

차영민은 잠깐 말을 끊고 창밖을 내다보았다. 나도 그의 시선을 따라 창밖을 내다보았다. 3층 그의 사무실에서 바라보이는 오사카 시라노시는 이삼층짜리 건물들로 소도시의 아담한 인상을 주고 있었다.

"하지만 잉쑤보우회사에서 저가 할 수 있는 역할은 필경 제한돼 있어 회사가 아무리 장대해져도 저의 성취감과 긍지는 그만큼 높아지지 않더라고요. 그래서 저는 우리 글로벌 토레딩회사를 진정 글로벌기업으로 키우겠다는 더욱 큰 꿈을 가지게 되었습니다. 언젠가는 오사카 시내 중심 고층 빌딩에 우리 회사 로고가 보란 듯이 걸러질 겁니다."

말을 마친 차영민은 빙그레 미소를 지었다. 호기롭고 걸걸하던 좀 전의 모습과 대조적인 그 웃음에는 항상 말보다 행동이 앞서는 그의 결의와 자신감이 실려있었다.

일본에서의 취재를 마치고 돌아와서 반년이 좀 지나 나는 위챗으로 차영민 씨와 음성통화를 했다. 그동안 그의 사업에 어떤 변화가 없는지 알아보기 위해서였다.

"네 변화가 좀 있지요. 선배님께서 다녀간지 한 달 뒤에 저가 대표이사로 등록된 글로벌페이퍼(紙业) 주식회사가 정식 설립되었습니다."

오사카에서 그를 만났을 때 그는 잉쑤보우회사와 제휴해 일본시장을 개척하는 동시에 자체로 중국시장에 진출하기 위한 교두보 역할을 할 수 있는 법인회사를 설립하려던고 얘기를 했었는데 한 달 만에 회사 등록을 마쳤던 것이다.

그리고 글로벌 토레딩 오사카매장 4호점과 5호점이 오사카 번화가에 연이어 오픈했다고 한다. 두 매장도 이전의 매장과 마찬가지로 모두 임대건물이 아니라 회사에서 구매한 건물에 설치되었다는 것이다.

오사카를 중심으로 한 일본 관서지역과 도쿄도시권의 관동지역까지 사업을 확장하며 3개 법인회사를 설립하고 10개 종합매장 및 음식점을 소유한 재일본 중국 조선족사업가 차영민, 글로벌 기업으로 매진하는 그의 꿈은 이처럼 항상 진행형이다.

긍정적 에너지의 전파자

최종태 (대경)

1

최종태씨는 원래 나의 서광촌사람들 취재계획에 없던 사람이었다. 2019년 7월, 대경에 취재하러 갔다가 대경석유 관리국 물공급총회사 고급공정사인 나의 고종사촌 동생과 애기를 나누던 중 그가 문득 동북석유대학 학교병원의 최종태 원장이 서광촌 사람이라고 알려주었다.

"70 후 한창 나이인데, 성격도 좋고 아주 활기 넘치는 친구더라고…"

"그래? 그럼 지금 당장 연락해봐라."

때는 이미 밤 열한 시가 가까워져 오는 시간인데도 금방 전화가 통했고 우리는 이튿날 오후 만나기로 약속을 잡았다. 그런데 통화를 하고도 나는 최종태의 부모가 누구인지 생각나지 않았다.

"거 있잖아, 마을 운동회 할 때마다 남툰 축구팀에 항상 맨발로 뽈 차는 사람… 최룡덕이라고, 그 분이 바로 최종태 아버지야, 기억 안 나?"

"아 맞다, 3대(남툰)에 그런 사람 있었지…ㅎㅎ"

이튿날 오후 동생의 차에 앉아 싸얼투(萨尔图)구에서 40여분 달려 대경 고신기술 산업개발구학부가에 위치한 동북석유대학에 도착했다. 동북석유대학은 대경유전 건설초반인 1960년에 청화대학 석유제련학부(石油炼制系)를 토대로 설립된 전국 중점대학으로서 중국석유업계의 "황포군관학교"로 불린다. 150만 평방미터의 넓은 캠퍼스에 학사와 석사, 박사 전문대생까지 재교생이 2만 3천여 명에 달한다.

최종태씨가 병원 대문 앞에서 우리를 반갑게 맞아주었다. 떡 벌어진 어깨에 곧고 단단한 체격 때문인지 첫인상에 운동선수 같다는 느낌이 들었다. 물어보니 아닌 게 아니라 일주일에 두 번씩 볼 차러 다닌다는 것이었다.

종태씨를 따라 병원 안팎을 둘러보니 병원의 규모는 현 시급 병원에 가까웠는데 국가 1급 갑등(甲等) 병원이라는 것이었다. 병원의 등급에 대해 잘 모르는지라 물어보니 국가 1급 병원은 병상이 100개 이내로서 일정한 인구가 있는 사회구역을 위해 의료, 보건, 예방, 재활(康复) 등 전 방위적인 봉사를 제공할 수 있어야 한단다. 동북석유대학 대학병원은 교내 근 3만 명 사생 및 교직원과 대학 부근 여러 개 사회구역의 10여만 명 주민을 상대로 봉사하고 있는데 19개 진료과에 CT 등 선진적인 의료 설비를 갖추었다고 종태씨가 소개했다.

우리는 원장실에 앉아 얘기를 나누었다. 이야기는 자연 그의 어린 시절부터 시작되었다. 1971년에 출생한 그는 3남 2녀 오남매의 막내라고 한다.

"저가 서너 살 아니면 그보다 더 어린 두 세 살이든지 하여간 저가 어려서 별로 기억이 없을 때인데 우리 집은 서광을 떠나 한족 동네로 이사 갔었어요. 한족 동네에서 한전을 수전으로 개답하게 되면서 저의 아버지를 농업기술자로 데려간 거였죠."

1970년대 이런 일이 가끔 있었다. 한전 농사밖에 모르는 한족들이 자신들도 조선족들처럼 입쌀밥을 먹으며 살아보겠다고 한전을 수전으로 개답하기 시작한 것이다. 그런데 그게 결코 쉬운 일이 아니었다. 관개수로를 만들어 물을 끌어들이는 일부터 시작해 벼농사의 그 어느 일환도 경험 있는 사람들의 기술 지도가 필요하지 않은 것이 없었다. 그래서 그들은 조선족 촌에 와서 생산대 간부들의 추천으로 마을에서 손꼽히는 상 농군을 기술자로 데려가려고 했지만 가겠다는 사람이 별로 없었다. 한족 동네로 이사 가서 살기 싫었기 때문이다. 결국 상 농군이면서도 가정형편이 좀 어려운 사람이 갈 때가 많았다. 또 다른 경우는 조선족마을 자체가 빈곤해서 이사를 떠나고 싶은 조선족들이 한전을 수전으로 개답하려는 한족 동네에 주동적으로 찾아가서 기술자로 되는 것이다.

최종태의 부친 최룡덕은 전자에 속했다. 그는 워낙 부지런한 농사꾼이었지만 아내가 장기 환자로 누워있는 데다 자식이 다섯이나 돼 집체 농사를 짓던 그 시절 아무리 공수가 높은 서광촌이라 해도 노동력이 혼자 이다보니 가정형편이 어려웠다. 최룡덕은 빈곤에서 벗어나려고 온 가족을 이끌고 방정현 덕선향의 어느 한족 촌으로 이사 갔다. 그러나 한족 촌에 기술자로 초빙돼 갔어도 가정형편은 좋아지지 않았고 한족 동네에 살면서 불편한 데가 더 많았다. 결국 몇 년 후 그들은 서광으로 다시 돌아오고 말았다.

"서광으로 이사 오니 친구들이 너무 좋더라고요. 사실은 원래 살던 동네로 돌아온 것인데 어릴 때 떠났으니 저는 그냥 새 동네로 이사 온 거로 생각했었죠. 한족 동네 살 때도 친구들이 더러 있긴 했지만 맨날 함께 돼지풀이나 뜯어서 다니는 정도였는데, 서광에 오니 친구들과 탈곡장에서 볼 차며 노는 게 그렇게 신나고 재미날 수가 없었어요. 그런데 소학교에 들어갈 때 되니까 아버지가 왠일인지 저를 서광촌 소학교에 보내지 않고 기어코 한족 학교에 보내버린 거예요."

1979년 9월, 최종태는 영건향 영건소학교에 입학했다. 종태네가 사는 서광촌 남툰에서 본 마을인 북툰을 거쳐 향정부 마을인 영건 촌까지 사오리 길을 걸어 다녀야 했다. 매일 아침 종태는 또래들 보다 일찍 집을 나서서 학교에 갔다가 하학하기 바쁘게 마을로 돌아왔다. 집에 돌아와 책가방을 벗어버리고는 친구들과 공을 차거나 강가에 나가 헤엄치며 놀기도 했다. 그렇게 맨날 노는데 정신이 팔려있으면서도 학교에 가서 공부는 앞자리를 차지했다. 점심시간 본 마을에 집이 있는 애들이 점심 먹으러 간 사이 숙제를 재깍 다 해치웠다.

1985년 9월, 종태는 영건향중학교에 진학했다. 그때는 마을에서 이미 호도거리를 실시해 집집마다 각자 농사를 짓고 있었다. 서광촌은 집체 때부터 수십 년 동안 보를 잘 보수해온 덕분에 논물 걱정 없이 벼농사를 지을 수 있어 해마다 풍년이었다. 식구가 많은 종태 네는 땅을 꽤 많이 배치받아 남들처럼 셈평이 좋아져야 할 텐데 여전히 가난했다. 중학생이 된 종태는 서발 막대 휘둘러도 걸릴게 없는 집안의 가난에 마음이 쓰이기 시작했다.

'집이 이렇게 가난한데 나중에 내가 고중이나 다닐 수 있을까?'

가끔 이런 생각이 들 때면 마음이 불안하고 서글퍼졌다. 그의 집 가난의 원인은 엄마의 병에 있는 것 같은데 그가 보기에도 엄마는 아무래도 정상적으로 생활하기 힘들 것 같았다. 이대로면 그의 집도 계속 이처럼 내내 가난에서 벗어나지 못할게 아닌가.

'아니다, 내가 크면 의사가 돼 엄마의 병부터 고쳐 드릴 거야. 하지만… 의사가 되려면 대학에 붙어야 하고 대학 시험 치려면 고중에 다녀야 하는데…'

종태는 머리가 혼란스러웠다. 그는 더 이상 이런 부질없는 생각을 하지 않기로 했다. 먼저 초중부터 제대로 다니고 나중에 일은 나중에 볼 판이었다.

'어쨌든 공부를 열심히 해야 한다. 나에게 그것은 유일한 출로다!'

어린 종태는 이렇게 생각하며 전보다 공부에 더 열중했다. 그러자 성적이 쑥 올라갔다. 전향 5개 촌에서 모여든 전 학년 두 개 학급 60여 명 학생 가운데서 항상 3등 안에 들었다.

그는 공부도 잘하고 운동도 잘했다. 달리기를 잘했던 그는 운동회에 나가면 여러 육상종목의 1등상을 휩쓸었다. 하지만 한족 향급중학교인 영건중학교는 평소 체육활동이 거의 없었다. 그래서 그는 하교하고 집으로 돌아오는 길에 서광촌 북툰과 남툰 사이에 위치한 방정현조선족중학교에 들려 친구들과 축구도 하고 배구도 하며 즐겁게 보냈다.

그렇게 그는 항상 쾌활하고 구김살 없는 소년이었다. 집에 돌아와서도 마찬가지였다. 운동장을 종횡하며 공을 차고 나서 배가 고파난 그가 한달음에 마을에 돌아와 집안에 들어서면 먹을 거라곤 찬밥 덩이밖에 없을 때가 많았지만 그는 그거라도 물에 말아 김치에 맛나게 먹었다. 집이 아무리 가난해도 밥과 김치는 떨어지지 않으니 그는 그 이상 더 바라지 않았다. 어쩌다가 엄마가 일찍 저녁밥을 지어놓고 계란채라도 볶아주면 그에게는 그 이상 맛있는 음식이 없었다.

남툰에서 남쪽으로 삼 사리 더 가면 한족 마을이 있었는데 거기에 종태의 영건중학교 한 한급 동창들이 칠팔 명 있었다. 그들은 자전거를 타고 매일 두 번 남툰을 지나서 통학하고 종태는 걸어서 통학했다. 그런 그들이 어느 금요일 날 하학 후에 학교 대문 밖에서 그를 기다렸다.

"종태야, 우리 몇이 오늘 너희 집에 한번 가보고 싶은데… 괜찮겠냐?"

공부도 잘하고 성격도 좋아 친구들과 잘 어울리는 종태를 좋아했던 그들은 언제부터 그의 집에 한번 가보고 싶었다.

"우리 집에…?!"

종태는 잠깐 망설였다. 솔직히 그들에게 궁핍한 집안 모습을 보이고 싶지 않았다. 그렇다고 친구들을 거절할 수도 없었다.

그는 친구들을 데리고 집으로 갔다. 전혀 놀라는 기색이 없는 친구들에게 설탕물을 타서 한 공기씩 마시게 하며 잡담하다가 갈 때는 각자 도시락에 김치를 싸서 주었다. 그들은 가면서 내일 토요일이니 자기네 집에 놀러 오라고 신신당부했다.

이튿날 오전 종태는 친구들한테 놀러 갔다. 친구들의 집도 대부분 사는 형편이 종태네 보다 별로 더 좋아 보이지 않았다. 초가집 이엉을 두부모처럼 각이 나고 두툼하게 얹어 겉보기에 덩실한 삼간집도 집안은 어지럽기 짝이 없었다. 그제야 그는 어제 친구들이 그의 집에 들렀을 때 왜 이구동성으로 너희 집 정말 깨끗하구나, 하고 감탄했는지 알 것 만 같았다.

"그때 인상이 너무 깊었어요. 어린 나이였지만 생각이 꽤 복잡미묘하더라고요. 아, 세상에는 우리 집보다 못사는 집도 많구나, 우리 집은 못살아도 집안은 깨끗하지 않는가, 하고 말입니다."

그날 이후 종태는 학급의 친구들과 어떤 연대감이 생겼고 더 이상 가난이 마음에 쓰이지 않았다. 집이 가난해도 공부만 할 수 있으면 자신이 하등 위축받을 일이 없지 않은가.

'어쨌든 공부를 잘 해야 한다. 지금 내 힘으로 내가 할 수 있는 일은 이것밖에 없다!'

종태는 다시 한 번 이런 결심을 내렸다. 그리고 한결 신나게 학교에 다녔고 얼굴에는 항상 웃음이 가득 찼다.

2

1988년 9월, 종태는 전현에서 유일한 중점고중인 방정1중에 진학했다.

고중 1학년 3개 학급 180여 명 신입생들은 전현 십여 개 중학교 2천여 명 초중졸업생들 가운데 뽑혀온 수재들이었는데 그중 현성에 있는 세 개 중학교에서 온 학생이 절반도 훨씬 넘게 차지했다.

　입학해서 두 주일 만에 치른 전 과목 시험에서 종태는 종합성적이 학급 20등 안에도 못 들었다. 소학교든 초중이든 학교에 다니고부터 줄곧 학급에서 앞자리를 차지했던 종태에게는 좀 충격적이었다. 종태뿐만 아니었다. 다른 학급에서도 향진 농촌 중학교에서 온 친구들이 거의 다 20등 안에 들지 못했다. 종태는 농촌 중학교가 현성 중학교에 비해 교수 질에서 크게 뒤떨어져 있었다는 사실을 처음 절실하게 느꼈다.

　'그러니까 영건중학교에서 방정1중에 겨우 세 명밖에 못 붙은 게 아닌가!'

　초중1학년 때 60여 명이던 영건중학교 그의 동창들은 이래저래 하나둘 중퇴하더니 졸업할 때는 20여 명밖에 안 남았었는데 고중입학 시험에서 종태를 비롯해 3명만 합격되었던 것이다. 현성에 있는 직업중학교에 진학한 동창들도 몇 명 안 되었다.

　종태는 처음으로 자신의 신분에 대해 곰곰이 생각해보게 되었다. 그때까지 그 누구도 그가 시골에서 태어나고 가난한 집안에서 태어났다고 그의 신분이 비천하다고 말한 적이 없었다. 그 자신도 종래로 자신의 신분이 비천하다고 생각 해 본적이 없었다. 그때까지 그는 집안이 가난해도 항상 당당하게 살아왔다. 좀 더 큰 세상에 와서야 그는 자신이 원래 사회적으로 분명 비천하다고 분류되는 그 계층에 속해있었음을 비로소 알게 되었다. 그리고 비록 그 누구도 농민과 농민의 자식이 비천하다고 대놓고 비하하지는 않았지만, 그들은 지금껏 어떤 울타리 안에 갇혀 있었던 게 아닌 가고 그는 생각해보게 되었다.

그는 60여 명이나 되던 초중 동창들을 떠올렸다. 그들 중 겨우 세명이 고중에 입학해 3년 후에 치러지는 대학입시 예비생이 되고 그밖에 50여 명은 성인이 되기도 전에 원래 자신들이 속해있던 그 계층으로 다시 돌아간 것이다. 그들에 비하면 최종태 그 자신은 행운아라고 할 수 있는 게 아닌가.

그러나 행운아라고 하기엔 시기상조인 것 같았다. 아직 3년이라는 기나긴 장거리달리기를 해야 한다. 그런데 금방 스타트를 뗐는데 남들은 이미 저 멀리 앞에서 달리고 있지 않은가. 그래도 분발해서 앞으로 달려야 한다. 앞에서 달리는 친구들을 따라잡을 수 있든 말든 힘껏 달려야 한다. 자신이 이미 이 장거리달리기 경기 자격을 얻은 이상 그 이전의 신분과 관계없지 않은가. 결국은 나 자신과의 경기가 아닌가.

'그래, 지금부터 나는 나 자신의 과거를 부단히 쇄신하는 경기를 치르는 것이다. 그렇게 결국 내 힘으로 나 자신의 운명을 바꾸는 것이다!'

종태는 초중 때보다 훨씬 더 공부에 열중했다. 생각해보면 영건중학교에 다닐 때는 조금만 노력해도 학급에서 쉽게 앞자리를 차지하다 보니 공부하는 동력이 부족했던 게 사실이었다. 그때는 하교 후에 공부보다 운동하며 노는데 시간을 훨씬 많이 보냈던 것 같았다. 이제부터는 모든 시간을 공부하는데 쏟아 붓겠다고 그는 다짐했다.

종태는 아침 일찍 일어나 저녁 늦게까지 교실로 나가서 공부했다. 시골에서 소학교 때부터 통학하며 일찍 일어나는데 습관 된 그에게 그것은 어려운 일이 아니었다. 그런데 전혀 예상치 못했던 한 가지 일이 그를 괴롭혔다. 바로 배고픔이었다.

"그때 배가 얼마나 고팠는가 하면요, 밥을 먹 은지 한 시간도 안 돼 배가 고파지기 시작하고 그러다 밥 먹을 시간이 가까워오면 배가 고파 죽을 지경인거예요. 배가 너무 고파 눈앞이 어질어질할 때도 많았거든요. 그렇게 고생하다가 주말에 집에만 가면 한 끼에 입쌀밥을 두 사발씩이나 먹곤 했어요… "

종태의 말에 나는 솔직히 이해가 잘 안되었다. 그때는 로요(路遥)의 대하소설 〈평범한 세상〉에 나오는 가난한 농촌학생들이 역시 현성 고중에 다니며 배고픔에 허덕이던 1970년대도 아닌 1988년이 아닌가. 나는 문득 종태가 방정1중에 입학하기 4년 전만 해도 내가 그 학교에서 2년 동안 수학교원으로 근무했었다는 사실을 떠올렸다.

"아, 하긴 내가 방정1중에 있을 때도 학생 식당은 정말 말이 아니였지. 두어 번 가본 적 있는데 옥수수떡이나 배춧국 위주로 기름기가 별로 없더라고. 그래도 학생들이 그렇게까지 배가 고팠다는 얘기를 한 번도 들어본 적이 없는데, 그때 그럼 여느 애들처럼 빵 같은 거라도 준비했다가 먹던지 할 거지…"

내 말에 종태는 서글픈 웃음을 지었다.

"빵 하나 사 먹을 돈도 없었으니 그랬던 거죠. 지금 생각해보면 그때 우리 집은 아마 전 서광촌에서 극빈가정(特困戶)에 속했던 것 같아요. 그래도 아버지께서는 이자 돈을 꾸어서 저의 학비와 기숙사비, 식비를 대주었어요. 저의 주머니에는 주말에 집에 돌아갈 차비 50전 말고 단돈 1전도 없었어요…"

"아 미안…"

나는 저도 몰래 미안하다는 말이 나왔다. 그때 당시 그의 처지에 대해 몰라도 너무 몰라 왜 빵이라도 사 먹지 않았느냐, 하고 그에게 는 어처구니없을 말을 한 것이 미안하기도 했지만 또한 당시 나의 학 생들 가운데도 종태와 비슷한 처지의 애들이 더러 있었을 텐데 전혀 알지 못했다는 사실이 마음에 걸렸다.

나는 1982년 7월 치치할사범학원(치치할대학 전신)수학학부를 졸 업하고 방정1중에 배치 받아 고중 1학년 두 개 학급의 수학을 가르쳤 는데 일 년 후 하얼빈에 있는 흑룡강신문사에서 나를 전근시키려고 했다. 그런데 현에서 대학입시 회복 후 배치돼온 첫 본과졸업생인 나 를 놓아주지 않았다. 우여곡절 끝에 나는 다시 일 년이 지나 현 방송 국으로 먼저 전근되었다가 1986년 3월에 흑룡강방송국으로 전근하 며 방정을 떠나 하얼빈으로 갔다. 생각해보면 방정1중에 2년 있으면 서 나는 본직 업무에는 충실 하느라 했지만 결코 훌륭한 교사는 아니 었다. 그나마 나보다 겨우 네댓 살 어렸던 학생들 가운데 삼십여 년 지나도록 날 선생님이라며 드문드문 문안을 해오는 학생이 몇 명 있 어서 일말의 위안을 받는다.

내 기억에 그때도 농촌 중학교에서 시험을 쳐 올라온 학생들 가운 데 학급에서 앞자리를 차지하는 학생은 매우 드물었다. 하지만 시간 이 지나면서 몇몇 농촌 학생들의 수학, 물리, 화학 등 이과 성적이 올라오기 시작했다. 워낙 총명한데다 공부도 열심히 하는 그들이 좋 은 학습 환경에서 이내 잠재력이 발휘하였다.

"맞아요. 저가 바로 그랬거든요. 첫 학기 기말시험에서 저의 수학과 물리 성적은 학급에서 3등 안에 들었어요. 고중 3년 동안 저의 이과 성적은 줄곧 전 학년에서도 앞자리를 차지했거든요."

종태는 전현 수학경연과 물리 경연에도 참가해 좋은 성적을 거두었고 방정현을 대표해 하얼빈에 가서 전시 수학경연에 참가하기도 했다. 하지만 그는 종합성적에서는 여전히 학급에서 앞자리를 차지하지 못했다. 영어와 어문 성적이 계속 뒤떨어졌다.

간고하고도 충실한 고중 3년이 그렇게 지나갔다. 1991년 대학입시에서 종태는 수학, 물리, 화학, 생물 등 과목은 높은 점수를 맞았지만 문과 성적이 낮아 총점수는 대학 본과 수준에 도달하지 못했다.

3

벼꽃 향기 싱그러운 8월의 어느 날, 향우전소 우편배달부가 종태네 집에 찾아와 커다란 편지 봉투를 하나 가져다주었다.

치치할의학원(齐齐哈尔医学院) 입학통지서!

종태는 가슴이 세차게 뛰었다. 자신의 대학입시 성적이 불과 몇 점 차이로 본과 점수선을 통과하지 못했는데 치치할의학원 입학통지서가 날아든 것이었다. 떨리는 손으로 봉투를 뜯어 한 글자 한 글자 내려 읽는 종태는 희비가 엇갈리는 착잡한 마음이었다. 통지서에는 최종태수험생이 본교 기초의학학부 임상의학전공 3년제 전문 과정에 합격되었음을 알려드린다고 씌어있었다.

대학 본과가 아닌 전문대학(大专)에 합격되었던 것이다.

종태는 자신이 지망하던 의과대학이 아니어서 아쉽기는 했지만 자신이 선택한 임상의학을 전공할 수 있어서 또한 기쁘기도 했다. 어려서부터 꾸어온 의사의 꿈을 실현하는 첫 스타트를 뗀 셈이었다.

최씨네 막내아들이 의과대학에 붙었다는 소문이 온 마을에 퍼지며 동네 사람들이 줄줄이 찾아와 경사가 났다고 축하해주었다. 종태네 어려운 상황을 잘 알고 있는 가까운 이웃들은 학교 갈 때 차비라도 보태 쓰라며 5위안, 10위안씩 내놓기도 하고 입쌀을 한 소래씩 가져오기도 했다. 입쌀 한 근에 사오십전 하던 때였다. 개학 날짜가 임박하자 그때 이미 결혼해서 딴 살림을 살고 있는 맏형님 네가 쌀을 팔아 학비를 얼마간 마련해주었고 멀리 심양쪽으로 시집간 큰누님네와 이웃 마을에 시집간 둘째누님네도 생활비를 조금씩 보내왔다.

1991년 9월, 종태는 치치할시 부라얼기(富拉尔基)구에 위치한 치치할의학원에서 대학생활을 시작했다. 캠퍼스생활은 그러나 종태가 잔뜩 기대했던 것처럼 새롭고 다채롭지 않았다. 부라얼기는 치치할시 중심과 70여 리 떨어져 있는 별로 크지 않은 시가지로서 현성과 별반 차이가 없어보였다. 당시 십여만 명이 좀 넘는 도시주민들은 대부분 중국에서 유명한 제1중형기계그룹과 치치할북만특수강공장의 종업원과 그 가족들이었다. 부라얼기에서 세 번째로 큰 단위는 전국중점대학인 동북중형기계학원인데 그때 한창 하북성 진황도로 이전중이었다.

종업원이 만 여 명 넘는 국유대기업이나 전국 중점대학과 비교하면 재교생이 3천 명 되나마나한 치치할의학원은 규모도 작고 이름도 별로 없었다. 하지만 그들을 가르치는 선생님들은 치치할의학원은 1946년 2월에 창설된 흑룡강군구군의학교로부터 발전돼온 뿌리 깊은 대학이라면서 자부심이 대단했다. 종태도 차츰 개학초기의 실망

감에서 벗어나 의대생으로서의 자부심을 갖고 고중 때와 마찬가지로 또다시 공부에 몰두했다.

첫 학기는 의료물리학(医用物理学), 의료 고등수학, 세포생물학, 무기화학 등 기초의학 과목 위주였는데 모두 종태가 중학교 때부터 즐겨 배우던 수학, 물리학, 화학 지식을 기초로 하고 있었다. 공부가 재미있고 즐거워진 종태는 대학도서관의 단골이 되었고 시험성적도 항상 학급에서 앞자리를 차지했다. 공부 외에 종태가 가장 즐기는 것은 축구였다. 고중 3년 동안은 여건도 안 되고 공부하느라 공을 찰 기회가 거의 없었는데 대학에 오니 매일 축구를 할 수 있어 종태는 하루하루가 즐겁기만 했다. 대학에 와서야 그는 문득 자신의 100미터 달리기가 12초 좀 넘는다는 걸 발견했다. 과외 선수치고는 매우 빠른 속도였다. 종태는 학부에서는 물론 의학원 축구팀에서 공격수로 활약했다.

이처럼 공부와 과외 체육활동으로 매일 바쁘게 보내면서 종태는 한편으로는 생활비가 모자라 힘든 나날을 보내야 했다. 개학할 때 가져온 돈은 한두 달 지나니 차츰 바닥이 났다. 1991년 일반 직장인들의 월급이 100위안이 되나마나 했는데 학생식당의 한 달 식비가 100위안 넘었다. 1993년 노임개혁을 하면서 직장인들의 월급이 300위안으로 오르자 한 달 식비도 200위안으로 오르고 기타 소비까지 합치면 한 달 생활비가 300위안 있어야 했다. 다행히 그때까지만 해도 학비는 비싼 축이 아니었는데 1991년 120위안 하던 것이 1993년에 420위안으로 올랐다. 그래도 그때 농민들의 일인당 연간 평균 수입은 도시 직장인들의 절반도 안 돼 농촌 가정에서 대학생 자녀의 뒷바라지를 한다는 건 매우 힘든 일이었다.

"워낙 어렵던 저의 집 형편이 저가 대학에 다니면서 더욱 어려워졌어요. 엄마는 여전히 장기 환자로 누워계시는데 설상가상으로 저가 대학에 온 이듬해에 아버지께서 또 덜컥 큰 병에 걸리신 거예요. 돈을 꿔서 치료받으시다가 결국 반년 만에 세상을 떠나셨어요. 그러다 보니 둘째 형님이 엄마를 모시며 농사를 지어서 저에게 학비와 생활비를 대주고 큰 형님과 누님들도 조금씩 보태주어 정말 힘들게 3년 공부를 마칠 수 있었던 거예요."

가정 형편이 어려워질수록 종태는 공부에 더욱 열중했다. 그래야만 형님과 누님들에게 보답할 수 있었고 또한 그래야만 그 자신에게도 책임질 수 있었다. 학급의 동창들은 종태가 농촌에서 왔다는 것만 알았지 그의 가정형편이 그토록 궁핍하다는 걸 누구도 몰랐다. 한 것은 그의 얼굴에는 항상 웃음이 떠날 줄 몰랐고 공부든 체육이든 기타 무슨 활동이든 모든 면에서 앞장서며 항상 활기로 넘쳤던 것이다. 자연 그는 학급에서 가장 인기 높은 남학생들 가운데 하나였고 많은 여자 동창들의 애모의 대상이 되기도 했다.

그런 그가 3학년 마지막 학기에 와서 의기소침해졌다. 졸업배치에 대한 고민 때문 이었다. 그때까지만 해도 국가에서 대학 졸업생들에게 직장을 배치해주고 국가간부로 공식적인 수속을 해주었다. 말하자면 나라에서 대학졸업생들에게 "철밥통(铁饭碗)"을 안겨주던 때였다. 하지만 그 "철밥통"에 문서가 많았다. 종태처럼 시골출신 3년제 전문대 과정 졸업생들은 거의 다 원래 호적 소재지 시현으로 돌아가 향진위생원(병원)에 배치되었다.

종태는 6년 전 현성에 있는 중점 고중에 금방 입학했을 때 처음으로 느꼈던 시골출신 신분에 대한 고민을 다시 하게 되었다. 향진급 병원에 자신과 같은 의학원졸업생이 더욱 수요된다는 사실을 모르는 바 아니지만, 종태는 어렵게 대학공부를 마치고 다시 농촌으로 돌아가야 한다는 현실을 받아들이기 힘들었다. 아니 받아들이기 싫었다. 사실 근무지가 농촌에 위치한 향진병원일 뿐 더 이상 농민이 아닌 국가에서 노임을 주는 의사가 되는데도 그는 어쨌든 농촌으로 돌아가고 싶지 않았다.

그날도 종태는 늦은 오후 홀로 캠퍼스를 빠져나와 할일 없는 사람처럼 거리를 쏘다니다가 의학원과 멀지않은 홍안공원(红岸公园)으로 발길을 옮겼다. 북방의 4월, 공원의 나무들은 아직 앙상한 그대로였다. 그의 발길은 부지중 공원 동쪽을 감돌아 흐르는 눈강(嫩江)으로 향했고 강변에 이른 그는 조용한 숲속에 털썩 주저앉았다. 도도히 흐르는 강물을 하염없이 바라보던 종태는 문득 눈앞의 눈강이 남쪽으로 흐른다는 걸 발견했다.

'아니, 강물이 남쪽으로 흐르네?'

어려서부터 종태가 알고 있는 강은 모두 북으로 동으로 흘렀던 것이다.

고향의 량주하는 남에서 북으로 흘러 마이하와 합류해 다시 동으로 흐르는 송화강으로 흘러들어 바다로 향한다. 지금 그가 바라보는 눈강도 흐르고 흘러 하류 어딘가에서 송화강과 합류해 바다로 향할 것이다. 그러고 보면 눈강이든 량주하든 마이하든 모두 송화강 지류에 속하는 하천으로서 굽이굽이 흘러 결국 송화강에 합류하게 된다.

다만 고향의 량주하는 송화강 남쪽에 있으니 자연 남에서 북으로 흐르고 눈강은 송화강 북쪽에 있으니 북에서 남으로 흐를 게 아닌가.

종태는 피식 웃음이 나왔다. 눈 강변에 위치한 치치할에서 3년이나 살면서 눈강이 남쪽으로 흐른다는 사실조차 인지하지 못했으니 말이다. 그동안 자신이 공부에 열중하다 보니 강변에 놀러온 적이 몇 번 없었기 때문이기도 하지만 어려서부터 북쪽으로 흐르는 강물에 익숙하다 보니 강물이 남쪽으로 흐를 수 있다는 생각을 하지 못했던 것이다.

결국 그의 머리에는 강물은 북쪽으로만 흐른다는 고정된 생각이 깊이 각인돼 있는 것이다. 그럼 지금 자신이 고민하고 있는 졸업 후 직장에 대한 생각도 마찬가지가 아닌가. 향진병원의 의사든 도시 병원의 의사든 모두 의사로서 죽어 가는 사람을 살리고 아픈 사람을 치료하는 "구사부생(救死扶傷)"의 천직을 수행할 따름이다. 물론 도시 병원은 의료 환경과 의료시설이 좋고 더 많은 환자들을 접촉할 수 있어 직업적인 발전에 훨씬 유리한 것만은 사실이다. 하지만 향진병원은 그 나름대로의 우세와 보람이 있을 것이고 노력만 하면 향진병원에서도 어떤 방식으로든 훌륭한 의사로 성장하는 길이 열릴 것이다. 결국에는 어떤 이념과 어떤 자세로 의사의 삶을 살아가는가에 달려 있는 게 아닌가.

'그래. 어디로 배치돼 가든지 열심히 살며 내 꿈을 실현할 거야!'

천근 짐을 내려놓은 듯 마음이 홀가분해진 종태는 벌떡 일어나 강변을 떠나 총총걸음으로 홍안공원을 가로질러 학교로 향했다. 저녁 식사 시간이 되었던 것이다. 그가 공원 서쪽 문을 금방 나섰을 때였다. 누군가 최종태―, 하고 그를 불렀다. 소리 나는 쪽을 보니 한 학급의 여자동창 이었는데 그의 옆에는 오목조목 귀티 나는 낯선 여자가 서 있었다.

"오늘은 웬 일이래, 공부밖에 모르는 최종태가 대낮에 혼자 공원을 다 들락거리고?" 여자 동창이 웃으며 물었다.

"그냥 심심해서 공원을 한 바퀴 돌아 본 거지." 종태는 아무 일 아니라는 듯 대답했다.

"심심해서? 그럼 내가 여자 친구 하나 소개해 줄께. 얘 어떻니?" 여자 동창은 옆에 서 있는 여자의 잔등을 살짝 밀었다. "내 중학교동창인데 치치할사범대학 외국어학부 4학년생이다."

아담하고 귀엽게 생긴 여자를 마주한 종태는 대번에 얼굴이 빨개졌다. 그동안 그에게 호감을 보내오는 여자 동창들이 적잖았지만 솔직히 그는 감히 사귈 생각을 못했다. 연애를 하자면 돈 쓸 일이 많을 텐데 그에게는 학교식당에서 밥 사먹을 돈도 늘 모자랐던 것이다.

"얘, 봤지, 우리 남자 동창 얼굴 빨개지는 거? 이렇게 순진하단다." 여자 동창이 깔깔 웃자 여자도 손으로 입을 가리고 웃었다.

"건데 축구장에서는 맹호같이 날쌔단다. 공부도 우리 학급에서 으뜸이거든."

순간 여자의 두 눈이 반짝 빛나며 종태를 똑바로 쳐다보았다. 종태도 그녀를 바라보았다. 두 사람의 시선은 공중에서 짠, 하고 마주치며 자신들의 속마음을 남김없이 드러냈다.

우연하게 딱 한 번 마주친 사람과 그렇게 연분을 맺게 될 줄 종태는 꿈에도 생각지 못했다. 우연을 가장한 필연이라는 말이 있긴 하지만 삶의 어떤 우연은 결코 우연이 아닌 필연이었다. 그것은 어쩌면 진지한 태도로 살아가는 사람에게 안겨준 삶의 축복인지도 모른다.

두 사람은 이내 사랑에 빠졌다. 사랑이 깊어가면서 그들은 졸업하면 아무리 어려운 곳이라도 함께 가자고 굳게 약속했다. 대학 캠퍼스 내 연인들은 졸업하면서 갈라지는 경우가 더 많은데 졸업을 몇 달 앞두고 만난 그들은 그렇게 인생의 반려가 되었다.

그런 그들에게 행운이 찾아들었다. 치치할대학 전신인 치치할사범학원에서 외국어학부 영어전공은 흑룡강성에서 손꼽히는 국가급 중점학과였는데 4년 동안 줄곧 성적이 우수했던 여자 친구가 먼저 대경석유대학 외국어학부로 졸업배치를 받게 되었다. 그것을 계기로 3년 동안 해마다 3호학생(三好学生)의 영예를 따낸 종태도 치치할의학원의 추천으로 대경석유대학 학교 병원에 배치 받았다.

4

1994년 9월, 최종태는 여자 친구 총파(丛波)와 함께 당시 대경 안달(安达)시에 있는 대경석유대학에서 직장생활을 시작했다. 이듬해 결혼한 그들은 대학에서 분배한 한 칸 반짜리 아파트에 신혼살림을 차렸다.

종태의 첫 달 월급은 500여 위안이었는데 부부간의 노임을 합치니 천위안이 넘었다. 국가에서 한창 노임개혁(工资改革)을 하는 시기였던지라 해마다 월급이 쑥쑥 올라갔다. 불과 칠팔 년 전 빵 하나 사먹을 돈도 없어 늘 허기를 달래며 공부했던 종태는 두툼한 월급봉투를 받을 때면 자신이 큰 부자라도 된 것만 같았다.

생활은 안정되었지만 직장은 종태가 기대하던 것과 거리가 멀었다. 그때 대경석유대학 학교 병원은 향진병원과 규모가 비슷한 작은 병원으로서 주요하게 캠퍼스 내의 교사와 학생들을 상대하다 보니 환자가 별로 많지 않았다. 편안하긴 해도 의사로서 발전성은 없어 보였다.

'새파랗게 젊은 나이에 매일 이렇게 편안한 삶에 만족하며 살순 없지 않는가!'

종태는 자신의 삶을 새롭게 설계해야겠다고 마음먹었다. 공부를 더 하고 의술을 연마해서 작은 병원에서라도 큰 역할을 할 수 있거나 아니면 큰 병원에 이동해 일할 수 있는 자격과 능력을 갖춰야겠다는 계획을 세웠다.

그는 하얼빈의과대학 5년제 본과과정 재직 공부(在职学习)부터 신청했다. 임상의학전공 3년제 전문대 과정 졸업생은 2년 동안 열 몇 개 과목을 배워야 하고 매 과목마다 전국통일시험에서 통과돼야만 졸업하고 학위를 받을 수 있었다. 뿐만 아니라 임상의학전공은 반드시 규정된 시간의 직접 수업을 받아야만 했는데 직장이 있는 사람에게는 사실 쉽지 않은 일이었다. 종태는 2년 동안 주말마다 대경과 하얼빈을 오가며 수업을 받았고 방학 때는 하얼빈에 생활하며 공부했다.

2000년 종태는 마침내 하얼빈의과대학 임상의학전공 본과 졸업증을 따내고 학사 학위를 수여받았다. 바로 그해 대경석유대학은 중국석유가스그룹회사 소속 대학으로부터 중앙과 지방 공동건설 체제로 전환돼 캠퍼스를 대경시내로 이전하기로 결정하고는 2년 만에 전부 옮겨갔다. 학교병원도 새 캠퍼스 내에 국가 1급 A급병원 규모로 건설돼 의료진이 대폭 늘어났다. 종태는 이 기간에 하얼빈의과대학 심장내과 석사과정 3년간의 재직 공부를 시작했다. 석사 공부는 본과 공부보다 훨씬 힘들었지만 그는 학교 병원이 사회구역 주민들까지 포함해 십여만 명을 상대로 하는 규모 있는 병원으로 거듭나면서 자신이 보다 큰 역할을 할 수 있다는 사실에 고무돼 더욱 열심히 배웠다.

2003년 종태는 하얼빈의과대학 임상의학전공 석사학위를 수여받았다. 그때 3년 동안 종태를 지도하며 그를 높이 평가한 지도교수님께서 그에게 계속해서 자신의 지도를 받으며 박사공부를 하면 어떻냐고 제안했다. 국내 심장내과분야에서 지명도가 있는 지도교수의 박사 생이 되는 좋은 기회였다. 그런데 박사공부를 하려면 직장을 그만두고 전문 공부를 해야 했다.

"그때 참 많이 고민했어요. 박사 공부도 계속 하고 싶고 대경석유대학 학교병원도 포기하고 싶지 않았거든요. 결국 직장을 선택했어요. 전문대 졸업생인 저를 받아준 곳이고 또한 대경시내로 옮겨온 후 병원이 한창 새롭게 발돋움하면서 저가 할 수 있는 일이 참 많았거든요."

학교 병원에서는 박사 공부를 포기하고 병원에 남은 최종태를 내과주임으로 임명했다. 병원에 몇 명밖에 없는 석사 졸업생이기도 했지만 내과 진료에서 두각을 내밀며 환자들의 환영을 받고 있었던 것이다.

2006년, 최종태는 대학 지도부로부터 학교 병원 업무주관 부원장으로 임명되었다. 그때부터 최종태는 뛰어난 병원 업무 관리능력을 발휘했다. 병원의 지명도가 점점 올라가고 환자 진료 수량도 크게 늘어나며 대학병원은 마침내 지역사회에서 가장 환영 받는 병원으로 자리매김하기 시작했다.

2009년, 최종태는 원장 겸 당지부서기로 임명되었다. 40여 명의 의료 일군을 거느린 대학병원 제1 책임자로 된 그는 대오건설부터 틀어쥐였다. 의료진들 가운데 젊은이들이 다수를 차지하는 실정에 비추어 그는 각종 문체활동을 활발하게 벌여 즐겁고 활기 넘치는 직장 분위기를 조성하는 한편 젊은 당원들을 적극 발전시켜 그들로 하여금 진정으로 공산당원의 선봉모범 역할을 발휘하도록 이끌었다.

"솔직히 시장경제 사회에서 지금 사람들 특히는 젊은이들한테는 이상과 신념에 대한 개념이 점점 희박해지는 실정이잖아요. 저는 그 주요원인은 이런 개념들이 우리 실생활과 너무 동떨어져 있기 때문이라고 봐요. 그래서 저는 우리 병원 종업원들 특히는 젊은이들에게 이상과 신념은 결코 허무한 것이 아니라 우리 자신의 사업과 생활에 직접적인 관계가 있다는 것을 피부로 느끼고 체득하도록 이끌었죠."

최종태는 바로 이런데 착안점을 두고 젊은이들이 당 조직에 대한 이해를 깊이하고 공산당원의 요구와 기준으로 자신을 요구하고 실제 행동에 옮기도록 적극적으로 인도했다. 결과 입당을 신청하는 젊은이들이 부쩍 늘어나고 따라서 당원 대오도 점점 확대되었는데 당원 대오도 모범적인 작용이 전반 대오의 응집력을 높이는 구심적인 역할을 발휘하고 있다.

학교병원의 기층 당 조직 건설 경험은 대경석유대학뿐만 아니라 대경시와 흑룡강성교육청의 중시를 불러일으켰다. 대경시당위조직부와 흑룡강성교육청 대학교사업위원회(高校工委) 연합 시찰단이 사전 통보 없이 병원에 직접 찾아와 당원 양성과 발전 및 당원들의 역할 등 관련 사항을 상세하게 이해한 결과 동북석유대학 병원당지부의 전형적인 사례가 진실하다는 결론을 내렸다. 학교병원당지부는 흑룡강성교육청에 의해 전성교육분야 "백개 우수당지부"의 하나로 명명되었고 최종태는 대경시우수공산당원, 우수당사업일군(党务工作者)으로 선정되었다.

최종태가 원장으로 부임한 이듬해에 대경석유대학은 흑룡강성에서 주요하게 관리하는 성직속대학(省属大学)으로부터 중국석유가스그룹 등 중국석유업계 3대그룹과 흑룡강성에서 공동 관리하는 대학으로 체제를 전환하고 대학교 이름을 동북석유대학으로 변경했다. 그때부터 대학교 건설을 위한 투자가 대폭 늘어났는데 최종태는 이를 계기로 유관 부문의 지원을 적극 쟁취해 최신 의료기계들을 대량 구입 해 들여 병원의 의료시설을 전면적으로 업그레이드 했다. 최종태는 의료진들의 업무능력을 부단히 제고하도록 격려하고 그들이 높은 직함을 취득할 수 있도록 여건을 창조하고 여러 경로의 학습기회를 적극 마련해주었다. 이로써 동북석유대학 학교병원은 의료진들의 실력과 봉사 그리고 의료시설까지 전면적인 전변을 가져오게 되었다.

"현재 우리 병원은 두 방면에서 50% 이상 실현했어요. 하나는 30명에 육박하는 의사들 가운데 절반 이상이 고급직함을 가졌는데 그중 정교수급 주임의사가 4명 됩니다. 다음 하나는 근 50명에 육박하는 종업원 가운데 절반 이상이 당원이고 업무 핵심 요원들은 전부 당원들입니다. 그래서 병원지도부에서 무슨 사업을 포치 하든지 모두 적극적으로 호응해 나서죠. 하여간 지금 유행하는 말처럼 병원 곳곳에 긍정적 에너지(正能量)가 차고 넘칩니다."

"원장인 자네가 항상 긍정적 에너지로 차고 넘치니까 종업원들도 모두 그런 거겠지."

"모두 저 때문이라고 말할 순 없겠지만, 저 본인만은 아무리 어렵고 힘들어도 항상 긍정적으로 살려고 노력 했던 것 같아요."

긍정적 에너지!

그동안 서광촌 사람들을 취재하며 만약 "서광정신"이라는 것을 몇 마디로 요약한다면 과연 어떤 내용이 포함되겠는가고 내내 사고해보았는데, 최종태와 얘기를 나누며 나는 "긍정적 에너지"라는 의미가 "서광정신"의 중요한 내포(內涵)의 하나가 아니겠는가 하는 생각이 들었다.

사는 게 아무리 힘들고 어려워도, 처지가 아무리 막막하고 고달파도, 추진하는 사업이 아무리 곤경에 처해도 항상 긍정적인 사유와 낙관적인 태도로 앞을 향해 달려가는 정신! 그래서 서광촌 사람들은 마음속에 항상 어둠을 헤가르고 비쳐오는 새벽빛(曙光)과도 같은 희망을 안고 살아왔던 것이 아닌가 싶다.

최종태의 이런 긍정적 에너지는 직장에서뿐만 아니라 직장 밖의 사회와 가정에서도 그를 따뜻하고 활기 넘치는 매력남으로 만들기에 충분했던 것 같다. 마작이나 포커 같은 놀음을 전혀 할 줄 모르고 낚시와 같은 것에도 관심이 없는 최종태의 유일한 취미는 운동이었다.

동북석유대학에 배치돼 와서 그가 가장 만족을 느끼는 일 가운데 하나가 대학생들과 함께 공을 찰 수 있는 것이었다. 대학교가 대경시 내로 옮겨온 후 조선족들과 접촉이 많아지면서 2015년에 그는 축구를 즐기는 친구들과 함께 신라축구 구락부 설립에 참여하고 핵심 요원으로 활약했다. 신라구락부는 현재 70여 명 회원이 있는데 모두 40대와 50대 조선족들로서 매주 2차례 활동을 조직한다. 그동안 신라구락부 축구팀은 연변과 목단강, 해림에 가서 친선경기에 참가했는데 최종태는 팀의 공격수로 출전하군 했다. 대경에는 또 아리랑(배구)구락부가 세워져 있는데 최종태는 매주 한차례 여기에도 참여하고 있다.

　"매번 구락부 활동에 참가하고 나서 식사를 하게 되면 우린 무조건 조선족 식당에 찾아가요. 조선족 음식을 먹고 잊혀져가는 조선말로 대화도 하고 때로는 노래도 부르고 하는 것이 그렇게 즐거울 수 없어요. 그럴 때면 구락부와 조선족식당들이 또 얼마나 감사하게 생각되는지 모른답니다."

　피는 못 속인다는 말이 이런 경우에도 적용되는지 모르겠지만 어쨌든 민족적인 정감과 한겨레의 끈끈한 유대감은 정말 못 속이는 존재인가보다. 대경시에는 조선족이 호적상 7천여 명, 유동인구까지 합치면 만여 명이 살고 있는데 인구 숫자를 보면 산재지역에서 적은 축이 아니다. 하지만 대경시는 유전 개발를 토대로 형성된 도시다보니 행정구역이 매우 넓은데 구역과 구역 사이의 거리가 보통 삼사십 킬로미터, 먼 곳은 칠팔십 킬로미터 된다. 주변 이삼백 리 이내에는 조선족 마을도 하나 없다. 대경시 조선족들은 이처럼 하나의 거대한 고도(孤島)와도 같은 곳에 서로 멀리 떨어져 살면서도 체육과 문예 단체를 중심으로 조선족 사회를 형성해 민족의 문화와 전통을 이어 가고 있다. 대경에는 현재 조선족 축구, 배구, 탁구, 배드민턴, 기사 마술 등 체육구락부와 아리랑무용단, 진달래 성악단이 설립돼 있는데 2018년 6월에 대경시조선민족문화친목회가 발족돼 산하에 노년협회를 비롯해 5개 분회를 두고 있다.

최종태는 1970년에 출생한 딸도 민족의 문화와 전통을 잊지 않게 하기 위해 조선족 행사에 데리고 다녔다. 1998년 대학입시에서 딸은 연변대학의학원에 합격되었다. 그의 성적으로 점수선이 더 높은 다른 의과대학에 갈 수도 있었지만 부녀간 상의한 결과 중국조선족의 문화중심지 연변에 있는 연변의학원을 선택했던 것이다.

가족에 대한 얘기가 나온 김에 그의 아내에 대해 물었더니 최종태는 웃기만 할뿐 더 얘기를 하려고 하지 않았다. 그래서 나는 취재 후에 역시 동북석유대학에서 외국어학원 영어교수로 근무하고 있는 나의 방정1중 근무시절 제자에게 물어보았더니 자신과 같은 학과에 있던 최종태의 아내 총파교수는 현재 동북석유대학 대학원(研究生院) 부원장이라고 알려주었다. 그러면서 그는 두 집의 자택이 같은 아파트단지에 있어서 최 원장 부부가 어깨 나란히 채소 사러 갔다 오는 걸 자주 볼 수 있는데 둘이 금실이 좋아 보이더라고 말했다.

5

2020년 1월 중순까지만 해도 사람들은 전 세계를 공포 속에 빠뜨릴 새로운 전염병이 급속도로 확산되고 있다는 사실을 잘 모른 채 설

맞이 기분에 점점 젖어들고 있었다. 겨울방학으로 대학 캠퍼스가 텅 텅 비다시피 하면서 학교 병원도 감기 환자들이 좀 많이 찾아오긴 하지만 그래도 평소보다는 조용한 편이었다.

최종태는 그러나 촉각을 곤두세우고 있었다. 20여 일 전 인터넷으로부터 호북성 무한에서 새로운 전염병이 발생했다는 소식을 접한 그날부터 그는 의사의 예민함으로 이번 전염병이 예사롭지 않음을 판단하고 온종일 컴퓨터 앞에 붙어 앉아 사태의 진척을 면밀히 주시해오고 있었다.

2019년 12월 31일 국가위생건강위원회에서 원인 불명의 집단 폐렴환자 발생을 공식 발표한 후 1월 9일 첫 사망자가 발생했으며 1월 12일 세계보건기구(WHO)에서 "신종코로나바이러스(新型冠狀病毒 2019-nCoV"로 명명했다. 해외에서는 1월 13일 태국에서 첫 신종 코로나바이러스 폐렴 환자가 발생한 이후 일본과 대만, 홍콩, 베트남, 싱가포르 등 아시아뿐만 아니라 미국과 캐나다, 프랑스, 호주 등지에서도 확진 사례가 보고되면서 전 세계로 확산되는 양상을 보였다.

최종태는 국가에서 전국적인 방역대책을 발표하기를 기다렸다. 1월 20일, 음력설을 나흘 앞두고 국가위생건강위원회에서 마침내 2020년 제1호 공고를 발부해 신종코로나바이러스를 〈중화인민공화국전염병예방퇴지법〉에서 규정한 B급전염병에 포함시켜 A급전염병 예방통제대책을 실시한다고 발표하자마자 최종태는 병원에서 긴급 회의를 소집하고 병원 내에 사전 진찰실과 발열 진료실을 설립하고 사전에 이미 작성한 방역통제응급대처방안을 전면 실시하기로 결정했다. 회의 후 최종태는 곧바로 동북석유대학지도부에 〈신종코로나바이러스전염병 방역통제사업방안〉을 상정했다.

2020년 1월 22일, 대학지도부의 허가를 거쳐 병원에서는 전교 사생 및 교직원들에게 〈신종코로나바이러스전염병 감염을 예방할 데 관한 통지〉를 발부했다. 1월 23일부터 동북석유대학교에서는 전교 범위에서 최종태원장이 작성한 "신종코로나바이러스전염병 방역통제사업방안"을 전면적으로 실행하기 시작했는데 최종태는 이미 만단의 준비를 하고 있는 병원 의료 일군들을 이끌고 신속하게 사전검사, 기초조사와 전면소독에 착수해 전교 사생과 교직원들을 위해 튼튼한 "방호벽"을 구축했다. 이로서 동북석유대학은 대경시 전역에서 가장 일찍 신종코로나바이러스전염병 예방통제에 나선 단위로 되었고 흑룡강성 내 81개 대학과 전문대 가운데서도 가장 일찍 대처한 대학교 가운데 하나로 되었다.

1월 24일, 호북성 무한에서 체류했던 동북석유대학의 한 외국 유학생이 대경으로 돌아온다는 소식이 전해왔다. 최종태는 의료진들을 거느리고 국제교육학원에 마스크, 소독제와 체온계 등 격리 관찰에 필수적인 물품들을 전달하는 한편 재차 공공구역을 전면 소독했다. 외국유학생이 격리관찰하는 기간 갑자기 어지럼증과 무력감을 호소하며 정서가 매우 불안정한 상황이 발생하자 최종태는 자신이 직접 나서서 유학생의 체온을 재고 핵산 검사를 하는 등 기초조사를 하며 유학생을 안정시켰다.

최종태의 솔선수범 하에 대학병원의 전체 의료일군들은 음력설 연휴에도 쉬지 않고 전부 출근하며 방역사업에 떨쳐나섰다. 그들은 정기적으로 교수청사, 식당, 학생숙사, 도서관을 비롯한 대학 캠퍼스 내 방역통제 중점구역을 소독하고 통풍을 시켰다. 대학병원은 또 대학교 소속지역 위생관리 부문 및 전염병원과 공동방역통제기제를 건립하고 대학교 내에 학부와 학급에 이르는 4급 예방통제정보망을 설치했다.

6월 7일 부터 동북석유대학 졸업학년 학생들이 속속 귀교하기 시작했다. 학생들이 귀교하기 전에 최종태는 병원 의료 일군들을 인솔해 공공생활구역의 청소부, 관리원, 경비 등 관연인원들에 대한 신종코로나예방 통제지식 훈련을 진행하고 학생숙사 청소부를 협조해 전면적인 소독을 실행함으로써 귀교학생들을 위해 안전하고 위생적인 생활 환경을 마련했다. 그리고 대량의 귀교학생들이 빠르고 질서 있게 핵산검사를 받을 수 있도록 대학병원 주변에 여러 곳에 임시 핵산검사소를 설치하고 학생들을 위해 염소소독제 사용방법을 비롯한 신공코로나 예방통제관련 주의사항 전단지를 준비했다.

학생들이 귀교하는 날부터 최종태는 휴식일이 따로 없이 의료진들을 인솔해 체온측정, 격리, 핵산검사 등 기초방역검사구역을 오가며 추호의 소홀함이 없이 방역통제를 실시했다.

최종태는 이번 신종코로나사태 이후 대학교전염병예방통제사업을 심도 있는 연구를 거쳐 중요한 논문을 써냈다. 그가 주최자로 된 연구과제 〈대학교전염병예방통제시스템건설 이론과 대책연구〉는 2020년 중국교육후근협회의 전문연구과제로 선정되었고 다른 하나의 연구과제인 〈신종코로나바이러스감염환경하에서 대학교건강교육과 전염병예방통제시스템건설에 대한 연구〉는 2020년흑룡강성교육과학 전문연구과제로 선정되었다. 그는 또 중공흑룡강성위원회 기관지인 흑룡강일보의 요청으로 〈코로나19사태하에 어떻게 대학생활을 잘

할 것인가〉라는 글을 발표했다.

사실 코로나19사태가 발생하기 이전부터 최종태는 전염병예방과 통제, 건강교육개혁, 임상실천과진단치료 등 연구를 꾸준하게 견지해 이미 학술 논저 2권을 출간하고 학술논문 21편을 발표했다.

2020년 10월 21일 오전, 흑룡강성 당위원회와 성정부에서는 하얼빈컨벤션센터 환구극장에서 표창대회를 소집하고 신종코로나전염병예방통제사업에서 돌출한 기여를 한 전성 선진인물과 선진단체를 표창했는데 동북석유대학병원이 흑룡강성선진집체 영예를 지녔다. 이날 최종태는 선진집체대표로 표창대회에 참석해 가슴에 붉은 꽃을 달고 주석단에 올라 성당위와 성정부 지도자들로부터 표창장을 받았다.

부단한 자기개발로 다채로운 삶을

우순금 (천진)

1

2018년 4월 20일 점심시간에 나는 천진시 북진구 LG로 화진공업단지(华辰工业园)에 위치한 LG전자(천진)전기유한회사 근처 조선족 식당에서 LG전자에서 근무하고 있는 우순금(1974년생)씨와 성춘길(1981년생)씨를 만났다. 우순금 씨는 천진LG전자 에어콘분공장 수출팀장이고 성춘길 씨는 압축기분공장 자재팀 파트장인데 둘 다 종업원이 3~4천명 되는 분공장의 부장급 간부였다.

조용한 성춘길 씨에 비해 우순금 씨는 활달한 편이었다. 우순금 씨는 애기를 나누면서 내내 호호 웃었다.

"성격이 아주 활발해 보이네요. 엄마를 닮았나? 순금이 아버지는 그런 것 같지는 않은데…"

"맞아요, 우리 아버진 말 잘 안 했어요. 저도 학교 다닐 때 말수가 적은 편이었어요, 공부하며 모르는 것이 있으면 물어보고 하는 정도였죠. 그러다 여기 천진에 와서 단련되다 보니 이렇게 된 거 같아요. 사람 접촉 많이 하고 또 말을 해야만 일이 해결되니까요…(웃음) 회사 다니며 발표하고 하는 그런 기회도 많으니까, 자연히 말을 하게끔 만든다고요. 저가 하는 일 가운데 하나가 여러 핵심 협력사들과 부품을 조달 하는 것인데, 자기 밥그릇은 자기가 챙겨 먹어야 해요. 안 그러면 누구도 챙겨주지 않는다니까. 그래서 욕을 했다가 도와달라고 했다가 하여간 입씨름을 많이 하다 보니 이렇게 된 것 같아요…(웃음)"

순금이네는 서광촌 남툰에 살았다. 1950년생인 그의 부친 우종환은 1966년에 방정현조선족중학교 초중을 졸업하고 서광대대 민병련장으로 한동안 있었고 후에는 제3생산대 대장으로 일했다. 성질이 군세고 꼿꼿한 그는 바른 소리를 잘해 일부 촌간부들의 눈 밖에 나기도 했지만 사원들한테는 위신이 높았고 서광대대 특히는 제3생산대를 위해 큰 공헌을 했다는 평가를 받았다. 1970년대 생산대장으로 있는 기간에 그는 사원들을 이끌고 남툰 서쪽 양주하강변 황무지를 500여 무 개간해 옥답으로 만들었다. 서광대대 세 생산대 가운데서 경작지가 가장 적었던 제3대는 그때부터 인구 당 경작지가 다른 생산대와 비슷하게 되었는데 그것은 호도거리이후 남툰 농호들에게 직접적인 이익으로 돌아왔다. 호도 거리 이후 워낙 부지런하고 경제 머리가 도는 그는 또 황무지를 개간해 선참으로 부유의 길을 걸어 남툰에서 가장 일찍 덩실한 벽돌집을 짓고 살았다. 그런 그는 1980년대 중반 논판에 나갔다가 뇌출혈로 젊은 나이에 세상을 떠났다.

아버지가 갑자기 세상을 떠났지만 순금이네 삼남매는 공부에 영향을 받지 않았다. 아버지와 마찬가지로 부지런하고 억센 엄마가 가정의 중임을 떠맡았던 것이다. 순금이는 1989년 7월 방정현조선족중학교를 졸업하고 그해 9월 오상조선족고급중학교에 입학했다. 1992년 대학입시에서 순금이는 동북림업대학 경영학과(营销专业) 2년제 전문대에 입학했다. 대학교 학생모집 정원이 많지 않아 대학진학이 비교적 어려웠던 시기였던지라 전문대에 입학한 것만으로도 만족해야 했다.

1994년 대학 졸업 후 순금이는 고중동창들 소개로 베이징, 상해 등 여러 곳에 몇 달씩 있으면서 자신에게 적합한 자리를 찾았다. 중한수교가 이뤄지고 한국기업이 중국에 대거 진출하면서 조선족인재들을 많이 필요하던 때라 전문대이상 대학 졸업생들은 취직하기 좋았다. 그때 천진상업대학 3학년생인 그의 고중동창이 천진에 금방 진출한 한국 LG전자회사가 대기업이라서 할 일도 많고 대우도 잘 해준다며 그를 보고 빨리 천진에 오라고 했다. 그 동창은 공부하면서 천진 LG전자에서 아르바이트를 하고 있었던 것이다.

1994년 겨울 천진에 온 순금이는 곧바로 천진 LG전자에 입사해 에어컨분공장으로 배치되었다.

"입사하고 보니까 동창이 얘기한 것처럼 진짜 할 일도 많고 배우는 것도 많고 회사생활이 정말 재미있고 좋더라고요. 우리 조선족들한테 대우도 잘해주었고요."

"처음에 와서 노임을 얼마나 받았는데요?"

"천오백 위안요, 그때로 말하면 월급이 높은 셈이었죠."

"오, 그때 내가 방송국에서 받는 월급이 500위안도 안되었는데…"

"호호…그래요? 하여간 그때 저의 한 달 노임이 저가 대학교 때 일년 비용보다도 더 많더라고요."

"노임이 높은 만큼 일도 바빴겠지요?"

"당연하죠. 저가 입사했을 때가 초창기였어요. 생산라인은 1996년에야 정식 가동되었으니까, 그전에 들어온 저가 정말 바삐 보냈죠."

"주로 무슨 일 많이 했나요?"

"처음 들어와서 필역(문자번역)을 많이 했어요. 설비자료, 작업지도서… 이런 저런 표준서류를 번역하고 작성하고 했는데 대부분 한국어를 중국어로 번역하는 거였죠. 그밖에도 무슨 일이 그리도 많은지, 하여간 하루종일 눈코 뜰 새 없었어요. 그때는 출퇴근 시간이 따로 없었고 여유시간에도 회사 일을 했으니까요."

"여유 시간에도 일을 시켰으면 수당을 더 주던가요?"

"그건 아니고요, 월급을 많이 준거였죠."

"결국은 일을 많이 시키고 그만큼 노임을 많이 준거네요,"

"'하긴 지금 생각해보니 그렇긴 하네요…(웃음) 어쨌든 그때 노임을 많이 받으니까 기분도 좋고 힘도 나고 그랬죠…(웃음) 회사에서 특히 조선족 직원들을 많이 챙겨주었어요. 상여금도 많이 주고 부장님들이랑 밥도 자주 사주고 그랬죠. 그러다 보니까 현장에 무슨 일이 있으면 아무때건 부르면 나갔죠. 한국본사에서 출장도 많이 왔는데 그때면 현장통역으로도 나가고, 또 납품회사 점검하러도 따라 나가고 했죠. 납품업체들 선정할 때면 업체들 지방조사에도 나가고 그런 업체들과 협상하는데 통역으로 나서기도 하고요."

"아, 초창기부터 조선족직원들이 큰 역할을 했네요."

"그쵸. 조선족들이 없었으면 한국인들이 말 그대로 촌보난행이죠. 자기들끼리는 일을 추진할 수 없었을걸요. 한국 사람들이 아는 거 많지만 언어가 안 통하니까 직접 표현 할 수 없잖아요. 설령 중국어를 좀 배운 사람이라 해도 자기가 하고 싶은 말을 중국어로 전달한다고 해도 대부분 중국인들이 그의 말을 제대로 알아듣지 못하니까요. 한국에서 파견돼 와서 오륙 년 칠팔 년 지나도 중국말을 제대로 하는 한국인들이 거의 없어요.

"그래서 각 부서 요직에 조선족들을 꼭 두는 거죠. 여기서는 또 LG전자 세계 기타 나라와 지역 해외 법인회사들과 업무상 연락할 때가 많아요. 이런 해외법인회사들은 한국말로 소통이 가능하잖아요. 그런데 그들과 업무 얘기를 하다 보면 그들이 영어를 많이 쓰는데 저희는 영어가 안 돼 소통이 늦어질 때가 있더라고요. 그래서 저가 아, 나도 빨리 영어를 마스터해야 하겠구나, 하는 생각에 영어 공부를 시작했어요."

"그래요? 얼마동안 배웠나요?"

"2년 동안 매주 토요일마다 삼목영어학원(三木英语学校)이라는 곳에 가서 영어 공부를 하고 평소에도 시간 나는 대로 공부를 계속했죠."

"2년 동안 학비도 만만찮았겠는데…"

"네. 5~6천 위안 들어갔죠. 지금 보면 별로 많지 않지만 그때는 꽤 큰 돈 이었죠. 저가 경영학을 배웠잖아요, 저는 이것도 일종의 투자라고 생각했죠. 나 자신을 위한 자기투자? 호호…(웃음)"

"처음에 입사해서 에어컨분공장 무슨 부서에 있었나요?"

"처음에 생산부서에 들어갔어요. 그때만 해도 부서가 지금처럼 세분화되지 않고 생산부서에 기술까지 포함돼 있었거든요. 그래서 생산과 기술 두 개 부서의 일을 다 봤었죠. 후에 생산, 기술, 품질, 개발 이렇게 크게 네 개 부서로 나뉘면서 생산부서에 남아 지금까지 이십몇 년 동안 못 떠나고 있어요. 대기업에서는 처음 들어간 부서가 중요해요. 이 부서에 있으면서 이 길을 잘 아니까 내내 이 부서에 있어야 하는 거죠. 나도 품질 부서에 가서 일하고 싶은데, 안 보내주잖아요."

"품질 부서에 가면 뭐가 더 좋은가요?"

"거야 저도 안 해봤으니까 모르죠…(웃음). 안 해봤으니까 궁금해서 해보고 싶은 거죠…(웃음). 뭐든지 자기한테 없으면 가지고 싶잖아요, 안 그래요? (웃음)"

"그렇게 얘기하면 세상에 해보고 싶은 일이 너무 많고 가지고 싶은 것도 너무 많은데, 어떻게 해요?"

"다는 못 가져도 몇 개는 골라서 가져야죠…호호"

천진하면서도 솔직한 그의 말에 나도 하하 웃었다.

"생산 부서에서 근무한 지 몇 년 지나서 구매 부서에 들어갈 기회가 있었어요. 우리 회사에서는 구매 부서에 여직원들을 잘 안 보내는데, 그때 여자 직원이 딱 한 명 있었거든요. 그래서 저도 구매부에 가겠다고 신청하니까 총경리가 좀 지나서 보자고 하더라고요. 건데 그 사이 그 여자직원이 그만 사고를 쳤어요. 그 바람에 그 후부터는 구매부에 아예 여자 직원을 안 보내잖아요. 그래서 저도 결국 못 갔죠."

"구매부서에 왜 여직원들 안 보내죠?"

"구매부서는 협력사들과 접촉이 많은데 협력사에서는 보통 남자들이 많이 오잖아요. 그래서 그런지 한국 사람들이 여직원을 안배하지 않더라고요…(웃음)"

"협력사 남자들이 꼬셔 가면 회사에서 불이익을 당할까 봐 그러겠죠."

"그러게요…(웃음) 다 사람 나름이잖아요. 한국회사에 근무하면서 보니까 남녀 차별이 꽤 심해요. 나보다 늦게 입사한 직원이 남자라고 나보다 더 빨리 승진할 때는 정말 기분이 안 좋더라고요."

"한국 국내에서는 더욱 심한 줄로 알고 있는데, 같은 일 하면서 여자들 승진이 굉장히 늦다고 하잖아요."

"여기서도 좀 그런 거 같아요. 하지만 여긴 필경 중국이고 중한 합자 기업이다 보니까 한국 국내보다는 덜 하죠. 그리고 중국에서는 여자들이 보편적으로 날쌔잖아요? …호호"

"순금씨는 그럼 그동안 승진이 어땠나요?"

"저요? 하도 열심히 해서 그런지…(웃음) 때가 되니까 차장 부장으로 승진시켜주더라고요…(웃음)"

"지금은 무슨 직무를 담당하고 있나요?"

"부품추출팀장으로 있어요. 우리 회사에서는 보통 직급과 직무가 달라요. 팀장도 직급은 부장급이지만 부장급 직원을 거느리는 경우가 많거든요."

우리의 얘기는 그의 가정에 대한 화제로 이어졌다. 1999년 우순금은 개발팀에 있는 한족 동료와 결혼했다고 한다.

"한족인데 우리말을 잘해요…(웃음)"

순금이가 묻지도 않는 말을 하며 호호 웃었다.

"집에서 배워주었나봐요?"

"집에서 배우기도 하고 한국에 가서 반년 넘게 연수도 하고 하더니 한국말을 잘하더라고요. 그래서 집에서 우리말로 욕도 못 해요…(웃음)"

"한족 남자 하나 제대로 '개조'했네요… 남편이 지금은 뭐 하나요?"

"회사에서 사직하고 6년째 자기 사업을 하고 있어요."

"애는 몇이에요?"

"하나죠, 하나 키우기도 바쁜데…(웃음) 이제 아홉 살이거든요. 아들 때문에 어디도 못 가고 때로는 회사를 그만두고 싶어요. 아이 때문에 서광에 있던 저의 호적을 천진으로 옮겨왔거든요."

"그건 또 무슨 얘기에요?"

"저가 결혼할 때만 해도 아이 호적은 엄마 호적에 따라 올려야 했잖아요. 아이호적을 천진에 올리기 위해서라도 저의 호적을 천진에 옮겨온 거죠. 애가 천진 호적이 없으면 학교에도 못 다니잖아요.

"천진 호적 올리는 건 쉬웠나 봐요?"

"천진 호적 올리는 것도 제한돼 있는데, 우리 회사가 워낙 큰 합자회사다 보니 호적을 올릴 수 있는 정액(名額)이 내려와요. 그래서 결혼 이듬해인 2000년에 고향에 가서 호적을 떼 와서 올린 거죠. 호적떼 오고 나서 가장 애수 한 것이 고향에 땅이 없어진 거예요. 늙으막에 채소 심어 먹을 땅이라도 한 조각 있으면 좋잖아요. 건데 이제 우리 서광에 돌아갈 수는 있을 런지 모르겠네요, 가봤자 한족들뿐일 건데…"

"아니죠."

순금이의 말에 내가 말했다.

"고향에 돌아가면 그래도 마을 사람들이 남아있죠. 서광촌의 땅도 한족들이 와서 도급해 농사를 짓고 있지만 그 땅은 여전히 서광사람들 땅이거든요."

"아 그렇군요."

순금이가 고개를 끄덕였다.

"최근 년에 순금씨가 퇴근 후에 무슨 다른 일을 하고 있다고 들었는데, 무슨 일이에요?"

"호호… 그게요, 말이 좀 길어지는데, 몇 년 전까지만 해도 회사가 굉장히 바빠 다른 생각을 못 했죠. 잔업도 많이 하고 특근도 많이 하고 그래서 월급도 많고 잔업비와 특근비도 많이 나오고 했었죠. 그런데 최근 삼사 년 동안 그런 게 없어졌어요. 잔업비도 없고 특근비도 없고, 여유시간이 생기는 거예요. 이 여유시간이 아까운 거예요. 회사의 월급은 고정돼 있고. 그래서 이 여유시간에 나 자신에게 어떤 능력이 있는지 한번 체크하고 발굴하고 싶어진 거예요. 나 자신도 몰랐던 어떤 능력 같은걸 말입니다."

"역시 자아 개발을 위한 것이네요."

"그렇죠. 건데 지금은 금방 입사했을 때와 상황이 많이 달라졌잖아요. 그때보다 나이도 많이 먹고…(웃음) 가정도 있고 아이도 있고, 그리고 회사 상황도 너무 많이 변해 있잖아요. 이런 상황에 잘 대처하기 위해서는 부단히 자아 개발을 할 수밖에 없죠."

"그래 체크해보니 무슨 능력이 있던가요?"

"저 아직도 잘 모르겠어요…(웃음)"

"언제부터 체크해봤나요?"

"작년부터 잘 아는 언니랑 여러 가지로 시도해보고 있는데, 우선 중국은행과 삼성 보험이 합작해서 만든 '**삼성'이라는 보험을 하고 있어요. 그걸 하다 보니 배우는 게 많아서 좋더라구요. 보험 지식도 알게 되고 자기도 계획적으로 안배하게 되고. 또 주변 친구들의 것도 분석하게 되고 설계해 주고.. 좋더라고요. 사실 전에 보험이라는 걸 잘 몰랐지만 일이 있으면 보호해주는 보장이 있어야 된다는 인식은 가지고 있었거든요. 저가 여기 천진에 와서 믿을 사람도 없고 하니까, 만약 무슨 일이 생겨 내가 없어도 가정은 안정적으로 유지돼야 한다는 그런 생각을 가지고 있었어요. 그래서 그때 벌써 보험에 들었었죠. 건데 그때는 알고 든 것이 아니라 다만 내가 없어도 어떤 보장이 있어야 한다는 생각에서 든 거였죠. 지금 와서 보니 그때 보험에 들면서 저축을 많이 한 셈이에요."

"보험 외에 또 무슨 걸 하고 있나요?"

"사실 이전에도 생각이 좀 많았거든요. 보험이라는 건 물질적인 어떤 보장을 만들어두는 거잖아요. 그런데 사람은 살아가면서 물질적인 보장도 중요하지만, 정신적인 추구도 물질 못지않게 중요하잖아요."

"그렇지. 삶의 질의 향상이라는 것도 최종적으로는 물질적인 만족보다도 정신적인 추구와 만족에서 더 체현되는 것이니까."

"맞아요. 그래서 정신적인 만족을 위한 보장도 만들어야겠다는 생각을 하게 되었죠."

"구체적으로 얘기하면 어떤 건데?"

"저가 여행을 굉장히 즐기거든요. 국내 명승지들은 거의 다 가보았고 해외여행도 좀 다녔어요. 그래서 요즘은 생각하는 게, 영어를 더 잘 익혀서 세계 각국 여행을 다닐까 해요…(웃음)"

"그럼 영어 공부를 다시 해야겠네?"

"그럼요. 영어 공부를 다시 해서 이제는 영어 대화를 잘 할 수 있는 능력을 키우려고요."

"해외여행을 본격적으로 다니자면 돈이 많이 들어갈 텐데? 결국은 물질적인 보장부터 따라 세워야겠구만."

"네… 물질적인 보장과 정신적인 보장을 병행시켜야죠. 그래야 기자 선생님께서 방금 말씀하신 대로 저의 삶의 질을 진짜 향상할 수 있을 거잖아요…호호"

순금이가 또 웃었다. 나도 따라 웃었다.

도쿄와 상해 그리고 무석

김영남(강소성 무석)

1

2018년 3월 5일, 강서성 무석시 빈호구 화장가도(滨湖区华庄街道)에서 김영남을 만났다. 김영남 부부는 무석시경제개발구에 속해 있는 이곳에서 1,500 평방 되는 3층짜리 건물에 의류가공 공장을 경영하고 있었다. 1973년생인 김영남은 중등 키에 어글어글한 큰 눈이 아버지 김명도와 할아버지 김창림을 많이 닮아 있었다.

김창림은 1981년부터 1984년까지 서광촌 당지부서기로 사업했고 그 이전에는 20여 년 동안 제2생산대 대장으로 사업하셨던 분이다. 과묵하고 엄격하기로 소문났었다. 그가 생산대장으로 있는 동안 제2생산대는 집체화 때 한공에 2원 이상 분홍했는데(分红) 그 시절에 비교적 높은 편이었다. 그의 동생 김창학은 50년대 초반 상지조선족사범학교를 졸업하고 하얼빈시조선족제1중학교에서 교편을 잡다가 1960년대에 흑룡강인민방송국 조선어부에 전근해 사업하셨고 1970년대 흑룡강신문사로 전근돼 사회교육부주임으로 오래 동안 근무하셨다. 김창학 선생은 수십 년간 흑룡강성 조선족방송언론계에서 높은 명망을 쌓은 기자와 편집이었다.

김영남의 아버지 김명도는 1980년대 호도 거리를 실시하며 서광촌에서 치부능수로 소문났었다. 마을에서 비교적 일찍 벽돌집을 짓고 농업용 트랙터(农用拖拉机)를 소유한 농호 가운데 한 사람이었다. 김명도는 아들 셋을 두었는데 맏이 김영남과 막내 김영규가 대학을 졸업했다. 1990년대 그 시절 한국에 노무자로 가지 않고도 자식들 공부를 시킬 수 있는 전형적인 사례 가운데 하나라고 할 수 있었다.

김영남은 내가 취재했던 1970년대 출생 강소성 남통의 박문길, 광주의 리귀영, 일본 오사까의 차영민과 도꾜의 김수재 등과 소학교와 초중 동창이다. 1989년 방정조중을 졸업한 김영남은 상지조중 고중에 입학했다. 3년 후 대학입시에서 그는 산동유방공소학원(潍坊供销学院) 시장경영학과(市场营销专业)에 붙었다.

1995년 7월 대학 졸업 후 김영남은 대련에 있는 료녕성토산물축산물수출입회사(土畜产品进出口公司)글로벌사업부(环球事业部) 윤정만의 소개로 같은 회사 패딩분회사(羽绒分公司)에서 근무했다. 후에 상해에 진출해 미국으로의 의류수출로 억대 사업가로 성장한 윤정만의 모친과 김명도는 사촌형제였다. 김영남은 대련에서 3년 넘게 대외무역에 종사하며 수출입업무에 숙달하고 경험을 쌓았다. 특히 의류 분야에서 임가공에 관련해 풍부한 경험을 쌓아 향후 자체의 회사를 운영하는데 토대를 닦았다.

대련에서 김영남은 대련 모 한국회사에 근무하는 상지조선족중학교 고교동창생인 김성춘을 만났다. 서광촌과 량주하를 사이에 두고 8리 떨어진 연수현 가신진에 살던 김성춘네는 료녕성 반금시로 이사했는데 1992년 상지조중을 졸업한 김성춘은 집과 가까운 대련에 진출했던 것이다.

"둘이 고중 때 연애했던 사이였나?"

"고중 때 연애 안했죠. 공부하느라 연애 안했습니다…(웃음)"

머나먼 타향에서 고중동창이자 고향 친구를 만난 그들은 사귀기 시작했고 1997년에 결혼식을 올렸다. 그리고 이듬해 아들이 태어났다. 그때 김영남은 일본유학 수속을 시작했다. 오래전부터 유학의 꿈을 실현하고 자신을 업그레이드 시켜 새로운 변신을 가져오고 싶었던 것이다. 유학수속 비용은 3년 동안 근무하며 모아둔 돈으로 충분할 것 같았다. 중학교부터 줄곧 일본어를 배웠고 회사에 근무하면서도 일본어를 사용할 기회가 많았던 그는 유학중개회사를 통하지 않고 유학신청을 위한 모든 서류 작성과 수속을 혼자서 해냈다. 그래서 그는 그 당시 보통 5~6만 위안에 달하던 비용의 절반도 안 되는 2만여 위안밖에 쓰지 않았다.

1999년 3월 김영남은 일본에 갔다. 여느 일본 유학생들과 마찬가지로 그는 먼저 언어학교에 들어갔다. 일본어 수준이 상당했던 그는 언어학교 공부가 비교적 쉬운 편이었고 일본 생활에도 빨리 적응했다. 언어학교에 다니는 2년 동안 그는 아르바이트를 해서 학비와 생활비를 자체로 해결했다.

2001년 1월 김영남은 언어학교를 졸업하고 일본 3대 재벌기업 가운데 하나인 미쯔비시그룹의 계열사인 미쯔비시상사(三菱商社)에 취직했다. 입사 후 그는 전동공구(电动工具) 부서에서 통역 겸 무역업무원으로 활약했다. 그는 중국에서 전문대를 졸업하고 수출입무역회사에서 근무한 경력을 인정받아 일본 대졸생들보다도 월급을 높게 받았다.

2003년 5월 김영남은 미쯔비시상사 상해사무소에 파견되었다. 그때 중국에서 사스가 한창이었는데 일본인 직원들은 중국에 파견되는 걸 꺼려하고 있었지만 김영남에게는 가족들과 함께 할 수 있는 좋은 기회였다. 그래서 회사에서 그의 의견을 물었을 때 그는 흔쾌히 대답했다. 회사에서는 그에게 해외 출장비를 지급했을 뿐만 아니라 그의 가족들이 생활할 수 있는 아파트를 해결해주고 애가 유치원에 다니는 비용까지 대주었다. 그런데 상해에서의 생활에 비상이 걸렸다. 세 식구가 모두 자주 앓았던 것이다.

"무슨 원인인지도 모르게 저가 계속 열이 나고 마누라도 툭하면 감기에 걸리곤 했어요. 아들애도 시름시름 앓았는데 병원에서 후에 골수까지 뽑아 검사하는 지경에 이르렀어요. 그래도 확실하게 원인을 알 수 없었어요. 그래서 아, 이거 상해가 우리 세 식구 체질에 안 맞는 모양이구나, 상해서 계속 살아서는 안 되겠구나, 하고 판단했죠."

2004년 2월 김영남은 미쯔비시회사에 사직서를 냈다. 그리고 고향에 설 쇠러 가서 아들애를 부모님께 맡겨두고는 상해로 돌아와 이사짐을 싸서 무석으로 이사했다. 그 전에 김영남은 무석, 소주 등 지역을 돌아보며 무석이 마음에 들었던 것이다. 무석에는 또 고향이 방정현 홍광촌인 친구가 있었는데 한국 의류 관련 회사에 다니는 그의 도움으로 김영남 부부는 무석에 자리 잡았다. 무석에서 김영남의 아내 김성춘은 한국회사에 취직하고 그는 자체로 회사를 차릴 준비에 착수했다.

"대련에서 근무할 때 일본으로 의류를 수출했었어요. 그때 알게 된 한국인 바이어를 일본에 가서도 만나고 했었죠. 그 바이어가 일본 회사를 그만두고 한국에 돌아가서 이마트와 롯데마트 같은 대형 마트의 프로모션(推销人)으로 일하고 있었거든요. 그 분과 연락이 됐는데 그 분이 저보고 주문서를 가져올 테니 다시 의류 쪽으로 해봐라, 하더라고요."

2004년 9월 김영남은 강소성무석천상국제무역유한회사(千翔国际贸易有限公司)를 정식 설립하고 3명 직원들을 초빙해서 무석시내 번화가에 사무실을 오픈하고 한국에 의류수출무역을 시작했다. 회사 설립 첫해에 그는 선수금(预收货款)을 받아 작은 오더를 위탁 가공해 수출하는 방식을 취해 기초를 다진 후 이듬해부터 이마트, 롯데마트 등 한국 대형 마트의 주문분을 받아 수출했는데 년간 500만 불 수출액을 달성했다.

시간이 지나면서 김영남은 한계를 느꼈다.

"한국에서 받아오는 오다가 한정돼 있었거든요. 그것만 가지고는 회사가 더 이상 발전할 공간이 없는 거예요. 그보다도 한국의 오다가 언제 끊길지도 몰라요. 같은 한국 쪽 의류를 하는 친구들이 갑자기 오다가 끊겨 회사가 곤경에 처하는 걸 보았거든요. 그래서 뭔가 새로운 돌파가 있어야겠구나, 하고 생각하게 되었는데 그게 쉽지 않았어요."

김영남은 중국 내수시장을 뚫어볼 생각도 해보았지만 그것은 더욱 쉽지 않은 일이었다. 무엇보다 국내 내수 오더는 돈을 받기 힘들 뿐만 아니라 자금회수 시간이 길다는 것을 그는 잘 알고 있었던 것이다. 자신과 같은 작은 무역회사에서 섣불리 할 수 있는 게 아니었다. 그렇게 여러 면으로 생각하고 고민하던 중 그는 "이랜드차이나(中国 衣恋, Eland China)"와 연락이 닿게 되었다. 한국 패션업계 거두로 알려진 이랜드그룹에서 1980년에 설립한 중국법인회사 이랜드 차이나는 2009년 당시 중국에 3,000여 개 매장을 확보하고 년간 매출액이 인민폐 60억을 초과해 중국 패션업계 10대 회사로 알려져 있었다. 매출액과 매장이 년간 50% 이상 초고속 성장을 해오고 있는 이랜드차이나는 중국 현지에서 부단히 의류가공 납품업체를 발굴하고 있었는데 김영남은 자신도 봉제공장을 설립해 이랜드차이나에 납품하기로 했다.

"이랜드차이나 납품업체가 되면 저가 고민하던 문제들이 쉽게 해결될 수 있었던 거예요. 이랜드는 한국 기업이지만 이랜드차이나는 이미 중국에 확실하게 정착한 외자기업이잖아요. 주문도 자금회수도 걱정할 필요가 없는 거죠."

김영남은 무석경제개발구에 1,500평방미터 되는 공장건물을 임대하고 공장설립 허가를 낸 후 설비를 구입해 들여왔다. 동시에 공장 관리 인원과 기술자를 초빙하고 미싱공들을 모집해 생산 가동에 들어갔다. 무석에 온 후 줄곧 한국회사에서 근무하던 아내 김성춘도 남편을 도와 함께 공장을 경영했다.

이랜드차이나와의 협의로 김영남의 봉제공장은 아동복을 위주로 가공했다. 불량품이 한 견지도 없이 품질을 보장하고 납기(交付日期)도 어김없이 지키는 천상의류회사에 오더가 끊임없이 날아들었다. 150여 명 미싱공들이 교대로 생산을 다그쳐도 납기가 빠듯할 때는 임시로 미싱공을 데려다 써야 했다. 후에는 미싱공 수가 180여 명에 달했다. 3년 남짓한 동안 천상 의류회사는 온당하게 발전해 매출액이 3천만 위안에 달했는데 그때까지만 해도 무석에는 인건비가 크게 오르지 않아 비교적 높은 이윤을 창출할 수 있었다.

2012년부터 무석을 비롯한 강소남부(苏南) 지역에도 인건비가 오르기 시작했는데 미싱공을 찾기가 어려워졌다. 높은 노임을 주고 생산을 가동하다 보니 이윤이 많이 떨어질 수밖에 없었다. 베트남이나 기타 동남아 나라로 공장을 이전하는 회사들이 많아졌다. 이랜드 차이나에서도 자신들이 직접 경영하는 봉제공장을 이전하고 있었는데 김영남도 대책을 강구해야 했다.

2013년 3월 김영남은 인건비가 상대적으로 저렴한 강소북부(苏北) 지역인 태흥(泰兴)에 천상의류회사 제2공장을 설립했다. 그는 고향이 려흥인 무석 본공장의 생산과장을 공장장으로 파견해 려흥 공장을 관리하도록 했다. 건평 1,500평방미터 되는 려흥 공장에는 미싱공이 40여 명 되는데 무석 본공장에서 설계하고 제단 한 옷들을 가공하고 있다. 그리고 그는 이랜드 차이나로부터 선택적으로 주문을 받아왔다. 고가의 제품과 납기가 급한 등 천상 의류회사에서만 훌륭하게 완성할 수 있는 주문을 위주로 받아들였다.

중국 국내의 의류가공 기업들이 인건비 상승으로 분분히 동남아시장으로 이전하는 시기에 김영남은 이처럼 봉제공장을 2개 경영하며 그만의 노하우로 슬기롭게 대처함으로써 회사의 지속적인 발전을 이어가고 있다. 지난 몇 년간 천상 의류회사는 년간 5천여만 위안의 매출액을 올렸다.

김영남과 애기를 나누면서 그가 가족들에 대한 사랑이 지극해 부모님의 아들로서 삼 형제의 맏형으로서 그리고 남편으로서 아버지로서 자신의 역할을 착실하게 해왔다는 것을 알 수 있었다. 부모님께 손을 내밀지 않고 자체의 힘으로 일본으로 유학을 떠났던 그는 두 동생까지 일본으로 데려갔었다. 1975년생인 큰동생 김영호는 일본에서 몇 년간 체류하고 중국에 돌아왔다가 한국에 나가 현장 일을 하고 있는데 결혼해서 아들과 딸 남매를 키우며 잘살고 있다고 한다. 1979년생인 막내 동생 김영규는 중국에서 대학을 다니던 중 일본에 유학 가겠다고 해서 데려갔는데 일본에서 대학공부를 마치고 상해로 돌아와 일본 도요타 회사에서 근무했다고 한다. 그러다가 영규도 한국으로 갔다는 것이었다.

"아니, 일본 도요타회사에 있었으면 봉급도 높고 괜찮았을 건데 왜 한국에 갔지?"

"그러게요, 저도 아쉽더라고요. 그때 여자 친구가 한국에 있었는데, 아마 그래서 한국에 갔던 것 같아요. 사랑을 위하여…? (웃음) 지금 한국의 어느 물류회사에서 근무하고 있는데 역시 아들딸 남매 키우며 잘 보내고 있는 것 같아요."

삼 형제가 모두 가정을 이루고 자신의 회사와 직장에서도 나름 열심히 사는 그들은 부모님께 월 5천 위안 생활비를 부쳐드린다고 한다. 처음에는 맏이인 영남이가 혼자 부담하다가 후에 삼 형제 모두 자식 된 도리를 하려고 사장인 맏이가 2천 위안 둘째와 막내가 각기 1,500원씩 분담한다는 것이었다.

십오 년 전 영남이가 일본에서 상해로 파견되었을 때 데려왔다가 잠깐 고향 부모님들께 맡겼던 아들은 후에 무석에 다시 데려와 줄곧 함께 생활했다고 한다. 그 아들이 이젠 장성해 한국에 유학을 보냈다고 한다. 남방에 살다 보니 우리말을 할 줄 몰랐던 아들이 한국에 가서 먼저 언어학교에 들어갔는데 이젠 한국말을 꽤 한다며 김영남은 즐거워했다.

명랑소녀 창업이야기

리춘단 (천진)

2018년 4월 19일 저녁 천진시 동려구에 있는 어느 한식관에서 1979년생 리춘단 씨를 만났다. 리춘단 보다 한 살 많지만 중학교 때 한 반 동창이라는 리홍남 씨와 함께하였다. 푸짐하게 차린 음식상에 앉아 술을 하면서 보니 리춘단은 술도 잘 마시고 시원시원하게 얘기도 잘하고 웃기도 잘 웃었다.

리춘단의 아버지 리유식(李裕植)은 1960년대 말부터 서광대대 당지부 부서기, 대대장, 제1생산대 부대장, 대장으로 있으면서 서광촌 발전을 위해 큰 공헌을 하시고 또 큰 고생을 하신 분이다.

1981년 초봄, 서광대대지도부에서는 마을에서 20여 리 상거한 장광재령 얼룽산(二龙山)에 가서 황무지를 개간하기로 했다. 그때 리상영 지서는 얼룽산과 마을을 오가며 황무지 개간을 지도하고 리유식 부지서가 산에 상주하며 20여 명 사원들을 거느리고 20여 헥타르 땅을 개간해 벼농사를 지었다. 그런데 이듬해 봄 누군가 현림업국에 서광대대에서 황무지를 개간하며 산림을 남벌(乱砍滥伐)했다고 고발했다. 그러자 현 공안국에서 내려와 조사하고 리상영과 리유식을 현에 연행해 가서 구류시켰다.

2021년 5월 26일, 나는 40년 전에 얼룽산에 함께 가서 황무지 개간에 참여하고 후에 서광촌 지서, 촌장으로 20년 넘게 사업한 류승빈씨에게 전화를 걸어 당시 상황을 물어보았다. 그는 이렇게 회억했다: "그때 우리 사원들이 4칸짜리 초가집을 짓고 들었는데, 집을 짓느라 생나무를 좀 찍어서 사용한 건 사실이지. 그 깊은 산골에서 초가집 한 채 짓는데 나무 좀 찍는 건 사실 별거 아니잖아. 그것도 어느 개인을 위해서도 아니고 집체를 위해서 그런 건데. 하긴 먼저 허가라도 받고 그랬으면 문제가 없었을 텐데… 그해 카이황(开荒)하느라 사원들이 엄청 고생했어. 보를 막고 물길을 만들어 한 백쌍(헥타르) 벼농사 할 만하게 다 해놓았는데 두 지서가 구류당하는 바람에 남 좋은 일만 한 거지. 그때 리상영 지서는 석 달 만에 풀려나고 리유식 지서는 10개월 동안이나 구치소에 갇혀있었다니까."

서광대대는 두 지서가 구류당하면서 1982년에 지도부가 새로 구성되고 당시 제1생산대 대장이던 김명호가 당지부서기로 되었다. 리유식은 근 1년 구치소에 있으면서 여러 가지 병을 얻어 그 후 몸이 계속 허약했다. 2002년 그는 아내 허춘옥과 함께 삼촌의 초청으로 한국에 나갔는데 50대 초반 한창나이에도 몸이 안 좋아 일을 별로 하지 못했다. 2006년 그는 갑상선종 진단을 받았는데 천진에 있는 아들이 한국에 가서 모셔와 수술을 받았다. 그 후 서광에서 살다가 2015년 69세로 세상을 떠났다.

리춘단의 할아버지 리희철 선생은 방정현조선족중학교 창시자의 한 분으로서 마을에서 매우 존대를 받았다.

1922년 1월 한국 경상북도 영천군에서 출생한 리희철은 1934년에 만주땅 주하현(현 상지시)으로 왔다. 그의 아버지 그러니까 리유식의 할아버지가 먼저 주하현 하동농장에 와서 자리를 잡고 후에 가족들을 데려왔다고 한다. 하동에 온 리희철은 하동조선인학교에서 공부했는데 그때 그의 사촌 형님 리희일 선생이 그 학교의 교원으로 있었다. 리희일 선생은 해방 후 동북행정위원회 민족사무처 교육 간사로 있다가 주덕해를 따라 연변에 가서 연변자치주당위 선전부장, 연변대학교 당위서기로 사업하신 분이다. 리희철은 1939년 일본으로 유학을 떠났다. 일본에서 그는 고학으로 도쿄의 대학에 입학해 공부하던 중 1942년 일본 군부가 재일본 조선인학생들까지 학도병으로 징집하기 시작하자 십여 명 유학생들과 함께 작은 배를 타고 바다를 건너 부산으로 피해왔다. 구사일생으로 일본을 탈출해 살아 돌아왔건만 한국에서도 일본의 학도병 징집을 피해갈수 없었다. 그래서 리희철은 다시 부모님 계신 만주 땅으로 건너왔다.

만주로 온 리희철은 하얼빈에서 평생의 반려 신용순을 만났다. 리희철 선생과 남천문에서부터 함께 교원생활을 했던 박찬태 선생의 회고에 따르면 리희철 선생이 그에게 자신이 하얼빈에서 신용순을 만나 연애하던 얘기를 들려준 적이 있다고 한다. 두 분은 기차에서 만나 첫눈에 정이 들어 연애하다가 1944년 결혼했는데 굉장히 낭만적이었다는 것이다. 그 후 리희철 선생은 목단강에 가서 교편을 잡고 있다가 1952년에 방정현 남천문조선인학교로 전근돼 1958년 방정현조선족중학교 설립에 참여했다. 1962년 방정조중이 서광촌으로 이전하면서 리희철 일가는 서광으로 이사해 살았다. 문화대혁명 이후 리희철 선생은 몸이 안 좋아 출근하지 못하다가 1979년 이 후 방정조중에 고중부가 다시 설립되면서 일본어 교원으로 잠깐 근무하셨고 1988년에 병으로 세상을 떠났다.

리춘단의 할머니 신용순은 1926년 하얼빈시 남강구에서 출생했다고 한다. 광복 전 북만주라고 불렀던 흑룡강성에서 생활한 1920년대, 1930년대 출생 조선인들을 보면 대다수가 조선반도에서 태어나 부모들을 따라 이주해왔는데 신용순은 드물게도 중국에서 출생한 사례이고 그것도 하얼빈이라는 큰 도시에서 출생한 사례이다. 신용순은 7살 어린 남동생이 하나 있었고 공부를 꽤 많이 했다고 한다. 리희철 선생을 만나 연애할 때 그는 하얼빈 어느 인쇄소의 직원이었다고 한다.

리희철 선생의 제자들은 선생 네 집에 놀러 가서 사모님과 이런저런 얘기를 나누기도 했는데 사모님이 일본 유학 다녀온 선생님 못지않게 유식해 보였다고 기억하고 있다. 그런데 신용순의 부모들, 그러니까 리유식의 외가집이 하얼빈에서 어떻게 생활했는지에 대해서는 엄마가 얘기를 해주지 않아 자식들은 잘 모르고 있었다. 그러다가 1978년부터 남조선과 편지 거래를 할 수 있게 되자 그제야 신용순은 자식들에게 1945년 광복 나던 해 외할아버지가 사고로 세상을 떠난 후 외할머니가 12세 되는 남동생을 데리고 남조선으로 돌아갔다면서 부산에 도착해서 보내왔던 편지를 꺼내놓았다. 33년 숨겨놓았던 편지였다. 첫 번째이자 마지막 편지의 주소로 편지를 띄웠더니 5개월 만에 답장이 왔다. 그러나 신용순은 자식들한테도 속이면서 홀로 그리고 그리던 엄마와 남동생을 만나보지도 못한 채 1982년 2월 56세를 일기로 세상을 떠났다.

1990년에 리희철 선생의 맏딸 리유순 씨가 맨 처음 한국에 가서 외삼촌을 만나 뵈었는데 외삼촌의 말에 따르면 외가 집은 하얼빈에서 식구가 38명이나 되는 대가족이었다고 한다. 1945년 외삼촌은 엄마를 따라 남과 북이 3.8선에 의해 분단되기 직전 남쪽으로 건너갔다. 그 후 외삼촌은 한국미륵불교 총본산 대무량사 주지 스님이 되었다고 한다.

춘단이를 보며 나는 또 그의 외할머니와 그의 이모를 떠올렸다. 그의 외할머니는 강문호라는 남자 이름을 가졌는데 성격도 남자들 못지않게 괄괄했다. 해방 전에 보흥구 태평산툰이라는, 리화툰(서광촌)과 20여 리 떨어진 마을에 살 때 시집이 같은 전주 리씨라서 우리 할아버지 가족과 가깝게 지냈다고 한다. 후에 첫 남편이 세상 뜨자 허씨 집안으로 재가했는데 1950년대 초반 태평산툰의 조선족들이 대부분 서광으로 이주하며 남툰에 살았다. 춘단이의 이모 허춘숙은 1970년 초반 나의 일가친척 형님인 리인규한테 시집왔다. 제대군인인 인규형은 당시 공농병대학생으로 쌍성농업학교에서 공부하고 있었는데 결혼 후 우리 집 북쪽방(北炕)에 살림을 차렸다. 그렇게 돼 춘숙아지메(아주머니)는 우리와 한 집에서 한솥밥을 먹으며 2년 남짓하게 함께 살았는데 그 역시 성격이 괄괄했다. 그때 춘숙 아지메는 열두어 살 된 나를 시동생, 시동생 하며 이뻐해 주었다.

춘단은 커가면서 이모만큼 괄괄하지는 않았지만 활달하고 웃기를 좋아하는 명랑소녀였다. 1993년 9월 춘단은 초중을 다니다가 계서에 있는 일본어 학교에 가서 공부했다. 1995년 6월 졸업을 앞두고 베이징에 있는 회사에서 학교에 직원 모집하러 왔는데 그는 면접에서 합격해 베이징에 가게 되었다. 베이징에서 그는 전문 해외 관광팀을 상대로 하는 관광용품상점 한국, 일본팀에서 근무했다.

"거기서 관광용품을 파는데 별의별 외국 사람들이 다 왔어요. 특히 아라비아인(阿拉伯人)들이 오면 중국의 장신구들을 머리끝에서 발끝까지 온몸에 휘감을 정도로 사갔어요. 다른 외국인들도 잘 사갔어요. 그때 가이드들이 돈을 잘 벌었죠. 손님을 데리고 오면 물건을 사든 안사든 인원수에 따라 커미션(提成)이 있고 판매액에 따른 커미션도 주었으니까요."

"상점 판매원들한테도 커미션을 주었겠지?"

"우리도 받았죠. 그때 기본월급이 적었어요, 우리가 월급이 350위안인데, 커미션이 2천 위안 넘었어요."

"그때 2천 위안이면 적잖은 돈인데…"

"그때 기본월급이 보통 260위안 좌우였거든요. 그런데 나이도 어리고 하니까 돈 모을 생각은 하나도 못 하고 한 달에 몇천 위안씩 벌어 돈을 펑펑 썼어요…(웃음) 친구들이 놀러 오면 정말 상다리가 부러지게 음식을 시켜서 대접했거든요. 그래서 후에 친구들은 오기 전에 저한테 먼저 전화에서 야, 춘단아, 우리 지난번 그 식당에서 기달릴께, 이랬어요…(웃음)"

"동창들이겠구나."

"네. 그때 남자동창들 몇이 베이징에 있었는데, 남자애들은 베이징에서 일자리도 찾기 힘들었어요. 그래서 개네들은 한 달에 두 세번씩 저한테 놀러 왔는데, 개네가 온다하면 저도 좋아서 그랬던 것 같아요…(웃음)"

"춘단이가 통도 크고 성격도 시원시원하니까 친구들이 잘 찾아오고 그랬나봐. 보통 여자애들은 안 그러잖아…"

"그러게요. 그때는 돈을 빨리 쉽게 버니까 돈 아까운 줄도 몰랐어요. 외국 사람들이 상점에 오면 가격을 안 깎아요. 우리 관광용품은 값을 절반 깎아도 상점에서는 돈을 버는데 하나도 안 깎으니까 폭리인 셈이죠."

"그때는 중국이 물가가 쌀 때니까 아무리 값을 높게 매겨놓아도 외국인들 눈에는 엄청 싸게 보였겠지."

"네. 그랬던 것 같아요. 그때 가이드들이 단체(관광팀)를 서너 팀만 이끌고 왔다 가도 매대가 텅텅 비였어요."

"그때 가이드들도 돈을 많이 벌었겠네."

"그럼요. 우리가 한 달에 2~3천 위안 벌면 가이드들은 2~3만 위안 벌었죠."

"그때 그럼 가이드를 해도 됐을 거잖아, 네가 한국어뿐만 아니라 외국어학교에서 일본어도 배웠겠다 일본어도 잘 했을건데…"

"네. 건데 그때는 왜 그 생각을 못 했는지 모르겠어요…(웃음)"

춘단이는 관광용품상점에서 3년 만에 사직하고 나왔다. 외국어 학교에서 함께 공부하고 베이징에도 함께 와서 매일 같이 있던 친구가 잘못을 저질러 해고되었는데 춘단이가 친구의 의리로 친구와 함께 회사를 나왔다.

"그때부터 둘이서 한 반년 동안 대련으로 천진으로 떠돌이 생활을 했어요. 그러다 천진에서 식당 카운터 직원으로 들어갔는데, 같이 들어간 그 친구가 또 실수를 하는 바람에 반년 만에 식당에서 나오게 되었어요. 그러자 친지들이 그 친구와 같이 있지 말라고 권고했어요. 그때 엄마가 한국에 계셨는데 이 일을 알고 국제전화로 친구 잘못 만나 인생 망친다며 야단치셨어요. 그래서 끝내 그 친구와 갈라졌죠."

2000년 5월 춘단은 천진에서 한국인이 경영하는 피자집에 취직했다. 천진에 피자 가게가 몇 개 없을 때였다. 사장님이 피자 기술자였는데 춘단이가 일을 열심히 하는 걸 보고 피자 만드는 기술을 전수했다. 보기엔 간단한 것 같아도 핵심 기술을 장악해야만 제대로 만들 수 있었다. 춘단은 반년 만에 각종 피자를 척척 만들어낼 수 있었다.

피자집에 있은 지 2년 좀 지나 사장이 바뀌었다. 새 사장은 천진에 유학 온 대학생이었는데 피자를 할 줄 몰라 춘단이가 다 했다.

"사장은 낮에는 공부하러 가고 저녁에만 한 번 와서 들여다보곤 했는데 온종일 저가 가게를 지키고 장사를 했죠. 그러다 보니 가게에 오는 손님들은 모두 내가 사장인가 했어요…(웃음)"

시간이 지나면서 춘단이는 자기절로 피자집을 차릴 생각을 하게 되었다. 그때 피자 만들 줄 아는 사람이 매우 적었다.

"그런데 그때 저는 투자할 돈이 없었어요. 그러니까 자기가 투자할 테니 나보고 함께 가게를 하자는 사람들이 꽤 찾아왔어요. 천진 시내에 있는 사람들도 있고 멀리 위해서 찾아온 사람도 있었어요. 하지만 저는 나 혼자 할 욕심에 대답을 안 했죠. 그때 오빠도 저보고 니 혼자 할 수 있는데 왜 다른 사람과 함께 하겠는가, 하더라고요."

"오빠는 그때 어디 있었길래?"

"역시 천진에 있었어요. 가죽 제품 만드는 한국회사에서 돈을 꽤 잘 버는 것 같았어요."

"그래서 오빠가 돈이라도 대주었나?"

"돈을 대줄 것처럼 하더니 돈을 대주지도 않고…(웃음)"

"그래? 결국 네 오빠가 널 골린 셈이네…(웃음)"

"누가 아니래요, 오빠만 믿다가 일을 망쳤죠."

"그때 피자집 하나 차리려면 투자가 얼마나 필요했는데?"

"5만 위안이면 할 수 있었어요. 그래서 한국에 계시는 엄마가 전화 왔을 때 말씀드렸더니 오빠가 하라고 하면 오빠한테 돈을 보내겠다고 하시더라고요. 그런데도 오빠가 끝내 돈을 대주지 않았잖아요."

춘단이의 창업 꿈은 결국 무산되고 말았다. 그는 맹랑해서 피자집을 떠났다.

"아깝게도… 큰 고기 놓쳤네?"

"그러게요…(웃음) 그때는 정말 순진했어요…(웃음) 지금 같으면 돈을 대주겠다고 했으면 돈을 대라고 오빠한테 떼질이라도 쓰겠는데, 그렇게 지나고 말았죠. 그때 저가 어느 정도 순진했는가 하면요, 위해서 피자집 함께 하자고 찾아온 어떤 한국사장님이 가면서 저한테 맛있는 거 사 먹으라며 돈을 500위안 주었는데, 이런 돈 받으면 되나, 하면서 쫓아 나가 되돌려 드렸거든요…(웃음)"

2002년 춘단이는 천진 〈사랑방〉 잡지사에 취직했다. 천진에 있는 한인과 조선족들을 상대로 운영되는 한글 광고지였다. 춘단이는 편집에서부터 조판, 인쇄에 이르기까지 배워서 얼마 안 돼 잡지의 골간이 되였다. 상점이나 식당과 완전히 다른 차원의 직장에서 그는 새롭게 성장했다. 월급도 식당보다 조금 높은 수준이었다.

피자집을 떠나기 전에 춘단이는 소개팅으로 남자친구를 만났다. 고향이 길림성 통화인 총각은 인테리어회사에 다녔는데 첫인상이 괜찮았다.

"저가 스물다섯에 결혼했는데, 엄마 아빠도 곁에 없을 때 얼렁뚱땅 했어요."

"왜? 속은 건 아니겠지? …(웃음)"

"그건 아니고요…(웃음) 남자친구 누나들이 천진에 있었는데, 오빠가 얼굴은 알고 지내야 될 거 아니냐고 해서 자리를 마련했어요. 그런데 오빠가 식사 후에 남친 누나들 하고 제네끼리 쑥닥거리고는 결혼 날짜를 정해 버린 거예요. 그때 중국에 사스가 가장 심할 땐데 그렇게 오빠한테 등 떠밀려서 2003년 5월 1일에 결혼식 올리고 나서, 결혼할 때는 덩덩해서 생각 못했는데…(웃음) 후에사 엄마야, 내가 엄마 아빠도 곁에 없고 언니도 곁에 없는데 왜 이렇게 급하게 결혼 했지? 하는 생각이 들더라고요…(웃음)

"오빠가 춘단이 인생 많이 결정해버렸네…(웃음) 그래도 신랑이 마음에 들고 잘 얻었으니까 그랬겠지."

"빨리 철들라고 그랬겠죠…(웃음)"

"ㅎㅎ…오빠가 가게 하라고 돈은 못 대주었어도, 신랑 하나는 잘 맞춰준 셈이네…(웃음)"

"하긴 그래요…(웃음)"

결혼하고 나서 춘단이는 또 오빠의 성화에 현장용 코팅장갑(劳保手套)을 전문 생산하는 한국회사 설립에 참여했다. 오빠와 거래가 있는 회사였다.

"오빠가 보기에 광고 잡지는 회사라고 할 수도 없으니까 그래도 제대로 된 회사에서 일을 배워야 한다는 거예요. 그래서 그 회사에 가서 주임이라는 직책을 갖고 종업원 모집하고 관리하느라 애 먹었어요. 회사가 버스도 안 통하는 천진 교구 회족마을에 근처에 있었는데, 저가 그 마을에 가서 집집마다 문 두드리면서 미싱공을 40명 모집해왔어요. 모집해 와서 미싱 기계 훈련 좀 시키고 일을 시작했는데, 모두 삼사십 대 아줌마들이라 내가 나이 어려서 그런지 말을 잘 안 듣는 거예요. 그러니까 사장님이 하루는 저보고 오늘은 눈에 가장 거슬리는 사람 하나 무조건 자르라고 하더라고요. 무슨 말인지 잘 모르면서도 그날 마음을 굳게 먹고 한명 딱 짤랐더니 그담부터 아줌마들이 진짜 말을 잘 듣더라구요…(웃음) 그렇게 정말 힘들게 공장이 정상 가동돼 잘 돌아가는가 싶었는데 금방 일 년이 좀 지나서 어느 날 한국사장이 잠적해버렸어요."

"사장이 왜?"

"저도 잘 몰랐죠. 나중에 오빠의 말을 들어보니까 한국 사장이 여러 사람한테 빚을 졌는데 거기에 오빠의 돈도 있었나 봐요. 새로 공장을 차려 빚을 갚겠다고 했는데, 여의치 않으니 잠적했나 봐요."

그 후 춘단은 천진에 있는 한국 독자 페이퍼(砂紙)회사에서 4년 동안 근무했다. 월급도 괜찮았고 남편이 돈도 잘 벌어 여유가 생겨 그는 돈을 꽤 모아두었다. 피자집을 하려다 못한 것이 내내 앙금으로 남아 그는 언젠가 꼭 자기 가게를 하나 꾸리고 싶었다.

2008년 가을, 춘단은 마침내 한국 아동복 매장을 오픈했다. 처음 시작했을 때는 장사가 꽤 잘 되였는데 두 달도 안 돼 금융위기가 터지며 경기가 안 좋았다. 전반 의류시장이 큰 영향을 받았는데 특히 한국 의류와 같은 수입제 의류는 장사가 더욱 안 되었다. 결국 반 년 만에 가게를 정리해야 했다.

"그럼 밑졌겠네?"

"밑지지는 않았어요. 워낙 고가의 물건이니까 처음에 좀 비싸게 팔았으니까요. 아동복 가게를 정리하고 나서 그래도 계속 뭔가 해야겠다고 생각하고 시작한 것이 답례품 장사였어요."

"답례품?"

"네. 결혼식이나 돌잔치, 환갑잔치 같은데서 참석한 손님들에게 답례(答謝)로 드리는 건데 그걸 전문 대행해 주는 거죠."

"조선족들을 상대로?"

"네. 한국에서 배워온 건데, 천진만 보더라도 조선족들이 잔치나 무슨 행사 같은데 답례품을 꼭 하거든요. 지금은 이런 저런 협회나 모임도 많아서 생각밖에 장사가 괜찮더라고요. 그래서 그때 시작한 것이 지금까지 거의 십 년 동안 해오고 있어요."

"그럼 답례품 회사만 전문 하고 있나?"

"아니요. 답례품은 여유시간에 해도 되니까 그걸 하면서 장식회사에 취직해서 다니고 있어요."

"남편도 장식회사에 다닌다고 했잖아?"

"남편은 몇 년 전에 자기절로 장식회사를 설립해 공장 인테리어쪽으로 하고 있어요. 저가 다니는 회사는 장식회사에요."

"아, 그럼 장식회사가 본업이고 답례품은 아르바이트 하는 셈이네."

"네. 그렇다고 봐야죠…(웃음) 답례품을 하면서 지난해부터 위챗에서 옌테(眼貼)도 팔고 있어요."

춘단은 2017년 5월부터 '황금시력아이패치(黃金視力眼貼)' 판매를 시작했는데 1년 사이에 70여 명 영업사원(代理)을 둔 영업총대리(总代理)로 승급했다고 한다.

"70여 명을 둔 총대리면 수입이 꽤 높겠구나?"

"네… 답례품회사를 초과하고 있어요."

"대단 하네… 혼자서 세 가지 일을 해내고 있으니."

"대단할 것까지는 없지만, 20년 전 피자집을 하겠다고 할 때부터 내 가게 내 회사를 꾸려보겠다던 꿈이 조금 실현된 것 같아요. 계속 노력해야죠."

이렇게 말하며 춘단이는 환하게 웃었다.

기회는 기회를 찾고 창조하는 사람에게

한매화·리룡운 부부 (천진)

2019년 4월 15일, 천진 진남구 소참진공업단지(小站镇工业园区)에서 한매화 리룡운 부부 따라 그들의 독자 기업과 합작기업을 둘러보며 나는 놀라움을 금치 못했다. 5~6리를 떨어진 곳에 공장이 세 곳 있었는데 큰 공장은 부지가 3만 평방미터 넘었고 규모가 조금 작은 것도 만 5천 평방미터 되었는데 세 곳에 모두 만 평방미터의 거대한 공장건물과 천 평방미터의 사무동을 가지고 있었다.

1976년 출생인 한매화는 1995년 대학입시에 낙방한 후 집에서 한동안 있었는데 그때 리룡운을 만났다. 1975년생인 리룡운은 서광촌과 200여 리 떨어진 의란현 영란향 북신촌 사람인데 서광에 친구 만나러 왔다가 늘씬한 키에 인물 고운 한매화를 만나자마자 첫눈에 반해버렸다. 한매화도 훤칠한 키에 성격이 시원시원한 총각이 마음에 들었다.

리룡운은 탕원조중에서 고중을 다니다가 중퇴하고 고향에 돌아와서 음식점을 꾸렸다. 당시 영란향에서 개발한 파란하표류(巴兀河漂流) 관광유람이 한창 흥성할 때여서 북신촌 적지 않는 농호들이 려관과 조선족음식점을 꾸려 짭짤한 수입을 올리고 있었다. 리룡운 어린 나이에 경제 머리가 잘 돌아 그의 식당은 마을의 음식점들 가운데서 장사가 가장 잘 되는 식당 가운데 하나로 되었다.

1997년 두 사람은 결혼식을 올리고 북신촌에 신혼살림을 차렸다. 결혼 후 3년 동안 그들은 어디로 떠날 생각을 못하고 시골에 남아 있었다. 아들이 태어나 애를 키워야 했고 또한 스물 한 두살에 결혼한 젊은 부부는 한시도 떨어져 있기 싫기도 했다.

2002년 애가 좀 커서 떼어놓을 수 있게 되자 그들은 단돈 500위안을 들고 천진으로 갔다. 대도시로 진출해서 한번 도전해 보고 싶었다. 천진에는 매화의 바로 아래 동생 국화가 이미 자리 잡고 있었다.

천진에 간 그들은 쉽게 괜찮은 일자리를 찾을 수 없었다. 그때 베이징, 천진 일대는 이미 삼성, LG를 포함한 많은 한국기업이 진출해 있었지만 그들 젊은 부부는 학력이 낮아 조금 규모 있는 한국회사에 취직하기 어려웠다. 다행히 중국어와 조선어 이중 언어를 할 수가 있었기에 작은 회사에 들어갈 수는 있었으나 노임이 대졸자들 보다 많이 낮았다. 그들은 작은 셋집을 하나 맡아 천진에 자리를 잡았다고는 하나 사는 게 궁핍할 수밖에 없었다.

"그때 생각해보니까 이런 작은 회사에서 있어보았자 월급도 적거니와 언제까지 그런 생활을 해야 할지 모르겠더라고요. 그래서 어떻게 하면 이런 생활에서 벗어날 수 있을까, 하고 둘이서 내내 궁리했죠."

천진에 처음 왔을 때를 회억하며 한매화가 한 말이다.

그들은 천진에 투자하러 오는 한국인들을 널리 접촉하기 시작했다. 이런 한국인들 가운데는 실력 있는 사장도 있고 한국에서 사업을 말아먹고 빈털터리로 중국에 와서 어떻게 기회를 잡아볼까, 하는 사람도 있었다. 능력과 소질에 차이가 많긴 했지만 그들은 대부분 중국에서 기업을 세우거나 무역으로 창업하려는 의욕이 강했다. 2년 남짓한 시간 동안 그들 부부는 회사를 여러 번 옮기면서 돈을 벌어 생활을 유지하는 한편 기회를 엿보았다. 사실 한국인 사장들도 기회를 찾고 있었고 더욱이 함께 손잡고 중국시장을 개척할 수 있는 적임자를 물색하고 있었다.

이런 쌍방향의 선택에는 품격, 능력, 기회 등등 여러 가지 요소가 복합적으로 작용하고 있었다.

두 사람은 행운으로 한국 세진기공(世振机械) 사장을 만나게 되었다. 세진기공은 한국에서 호스생산설비(軟管生产设备)를 독자적으로 연구, 생산, 판매하는 전문회사로서 한국에서도 비교적 높은 시장점유율을 가지고 있었다.

그들 부부는 처음엔 사장을 따라다니며 통역만 하였는데 그 과정에서 호스와 호스생산설비가 시장 잠재력이 거대한 특수 업종임을 알게 되었다. 중국 내에서는 전문 업체에 있는 사람들 외에는 관심을 가지는 사람이 거의 없었다.

"그때 우리는 이제야 기회가 오는 모양이다, 하고 생각했어요. 엄청 큰 시장을 발견했고 우리도 잘하면 이 시장에서 한몫 볼 수 있다는 예감이 왔거든요. 그런데 후에 사업이 이렇게 커질 줄은 솔직히 그때는 감히 생각도 못 했죠."

리룽운의 말에 한매화는 남편을 바라보며 생긋 웃었다.

그들은 세진기공에서 중국에 파견해온 회사원들과 함께 중국 시장 개척에 뛰어들었다. 그 과정에서 중국 국내 호스 설비 제조사들과 호스생산 기업들을 널리 접촉했다. 점차 그들은 자기 자체의 영업망을 구축하기 시작했다. 그들은 한국으로부터 수입한 세진기공의 여러가지 사이즈의 고급제품을 중국기업에 판매하였다. 이런 제품은 보기에는 아주 간단한 것 같지만 국내에서는 아직 만들어내지 못하고 유럽과 미국 제품 수입에 따르고 있었다.

세진기공에서도 그들 부부에게 많은 편리를 제공하면서 그들을 통해 더욱 많은 중국업체에 자신들의 제품을 판매했다. 서로 누이 좋고 매부 좋은 일이였다. 세진기공에서는 중국 시장을 개척하고 그들 부부는 천진에 처음 왔을 때 상상도 못했던 수입을 올릴 수 있었다.

2005년 그들은 세진기공과 합작으로 중한합자천진세진기공유한회사를 설립했는데 리룽운이 총경리가 되었다. 단돈 500위안을 들고 천진에 진출한 그들 부부가 3년 만에 500만 위안 투자로 설립된 합자기업에 지분을 확보하고 실질적인 경영자로 탈바꿈한 것이다. 진남구 소참진공업단지 2,500평방미터 공장건물을 임대해 세워진 천진세진기공은 한국에서 호스 반제품을 수입해 완제품을 생산해 판매하였다.

천진세진기공회사는 리룡운의 주도하에 한국으로부터 호스생산 설비를 수입해 호스제품의 국산화비례를 높였었는데 생산원가를 크게 낮출 수 있었고 기업의 이윤도 따라서 크게 제고되었다. 몇 년 후 천진세진기공회사에서는 한국 반제품을 거의 수입하지 않고 여러 가지 사이즈의 고급 호스를 생산해 판매했는데 국내 관련 업체들의 환영을 받았다.

2012년 한국세진기공은 그들 부부에게 천진세진기공회사의 지분을 전부 양도했다. 천진세진기공회사는 천진환일과학기술유한회사로 이름을 바꾸고 리룡운이 법인대표로 되었다. 이로써 천진 진출 10년만에 그들 부부는 자체의 독자기업을 소유하게 되었다. 한국세진기공은 그들에게 일부분 핵심기술을 제공해주고 로얄티를 받아가는 파트너가 되었다.

공장은 여전히 그 공장이고 건물도 여전히 그 건물이었지만 주인이 바뀌고 경영 주체가 바뀐 독자 기업으로 탈바꿈한 것이다. 하지만 그들은 여전히 고품질 공업용 호스 생산의 핵심기술을 장악하고 있는 한국세진기공의 영향과 통제에서 벗어날 수 없었다.

"그때 고민을 참 많이 했어요. 그대로 있어도 년간 천만 위안 이상 매출액을 올릴 수 있지만 회사가 크게 발전할 수 없고 더욱이 급속도로 늘어나는 공업용 호스 시장에서 입지를 굳히는 기회를 잃어버릴 수도 있으니까요."

그들은 과감하게 자체로 고품질 공업용 호스 편조기(編織机)를 연구 개발하기로 했다. 그들은 높은 대우를 주면서 한국으로부터 5명의 고급기술자들을 초빙해왔다. 회사에서 한국 기술자들에게 들어간 투자만 5백여만 위안을 초과했다. 그들은 또 공업대학을 졸업한 조카를 회사에 데려와 연구개발을 책임지도록 했다. 고중을 중퇴한 리룡운 자신도 기술을 배우고 연구해 어느덧 호스생산 기계설비 관련 기술을 깊이 있게 장악한 전문가로 되었다. 그렇게 그들은 2년 만에 편조기를 비롯한 호스생산 관건이 되는 기계 설비를 자체로 연구 개발하는데 성공했다.

이로써 그들은 회사 설립 초반 반제품을 수입해 완제품을 생산하던 기업으로부터 기계 설비를 수입해 직접 호스 완제품을 만드는 회사로 되었다가 호스생산 기계 설비를 제조하는 회사로 발전하는 3단계 업그레이드를 실현했다.

현재 그들은 여러 가지 사이즈의 고품질 공업용 호스를 제조하는 기계설비를 생산해 관련 업체들에 제공하고 있다.

"결국은 공업용 호스를 생산, 판매하는 국내 동업자들한테 고품질 제품을 만들 수 있는 기계 설비를 제공한다는 말이 되는데, 그렇게 되면 자칫 자체의 우세를 잃어버릴 수 있지 않나요?"

"그런 우려를 할 필요가 없어요. 어차피 공업용 호스 시장은 어마어마하게 크기 때문에 저희 회사에서 독점할 수 없어요. 그러니까 차라리 호스생산 기계 설비도 제조해 판매하는 것이 높은 수익을 창출하는데 훨씬 유리한 거죠."

리룡운씨의 대답이다.

천진환일과학기술유한회사는 현재 국내에서 유일하게 고품질 공업용 호스 편조기 핵심기술을 보유한 기업으로 성장했는데 100% 자체 기술로 편조기를 제조하고 있다. 그들이 제조하는 편조기는 성능과 용도에 따라 작은 것은 45만 위안 큰 것은 268만 위안에 판매되고 있다. 국내 편조기 시장은 2,000대에 달할 것으로 그들은 내다보고 있다.

고품질 공업용 호스를 생산하는 기업으로부터 고품질 공업용 호스 생산설비를 제조하는 기업으로 거듭난 회사의 이중신분은 그들이 국내 동업자들 가운데서 절대적 우세를 차지하게 만들었다. 그들의 고품질 호스 제품은 유럽과 미국의 수입 제품을 대체해 국내 대형 기업에 제공하고 있을 뿐만 아니라 유럽 일부 세계적 정상급 설비 제조기업이 주동적으로 찾아와 그들과 함께 국내 시장을 개발하기에 이르렀다.

그들의 성공적인 변신은 천진 현지 기업들의 중시를 불러일으켰는데 일부 실력 있는 기업들에서 주동적으로 그들을 찾아와 합작하자고 제안했다.

2015년 그들은 당지 실력 있는 현지 회사와 합작하여 진남개발구에 백여 무의 땅을 사들여 자체로 2만여 평방미터에 달하는 공장건물을 지어 제2공장을 가동했다. 1차로 총 4천만 위안의 투자가 들어갔다. 2016년 그들은 3천만 위안의 1차 투자로 제3공장을 가동했다. 이 두 주식회사의 모든 설비는 모두 환일과학기술회사에서 생산하고 설치하였고 고품질 공업용호스를 생산하는 핵심기술도 환일과학기술에서 제공하고 있다.

2012년부터 천진환일과학기술회사에서는 기술과 설비의 연구개발과 합작기업 설립에 총 6천만 위안을 투자했다. 총투자가 이미 2억을 초과한 두 주식회사는 투자를 계속 추가할 계획인데 투자가 완료되면 두 기업의 생산액은 5억 위안에 달할 것으로 예상된다고 한다.

"저희 회사는 지금 서공그룹(徐工集团), 중국해양석유그룹(中海油集团)과 같은 국내 일류 대기업들에도 제품을 제공하고 있어요. 하지만 현재 국내 고품질 공업용 호스 시장은 여전히 미국이나 독일 등 외국계 기업들이 거의 독점하다시피 하는 상황이거든요. 이제 제2공장과 제3공장에 대한 투자가 완료되고 전면적으로 가동되면 저희가 일부 시장을 차지할 수 있지만 그래도 멀었어요. 그래서 여전히 새 제품 연구개발에 박차를 가해서 기업의 경쟁력을 계속 높혀 가야죠. 그래야만 기업이 계속 발전하고 장대해질 수 있으니까요."

취재를 마치고 떠나면서 나는 배웅하러 나온 그들을 위해 회사 대문 앞에서 세워놓고 취재 전용 카메라로 사진을 여러 장 찍었다. 177 센티미터 정도 돼 보이는 끼끗한 리룽운씨와 180센티미터 웅장한 체격의 아버지를 닮아 키가 크고 날씬한 매화가 참 잘 어울려 보였다.

"둘이 사이즈가 잘 맞는 구먼"

내가 저도 몰래 농담을 한마디 했더니 리룽운씨가 씩 웃으며 이렇게 대답했다.

"처갓집에 처음 갔을때 장인어른이 저를 한번 쳐다보시고는 자네 얼마나 큰가, 하고 물으시더라구요. 갑자기 얼마 큰 가고 물으시니 저가 엉겁결에 '하이싱바(还行吧, 쓸만해요)', 하고 대답해버렸어요… 그랬더니 장인어른이 하하 웃으시더라고요."

우리도 하하 웃음보를 터뜨렸다.

70년대 출생 12인 스케치

1. 김수재·김수려 남매(일본 도쿄)

2. 리귀영(광주),

3. 리광건·김영선부부(일본 埼玉県)

4. 김홍매(청도)

5. 려해영(일본 오사까)

6. 신중룡(일본 도쿄)

7. 리홍남(천진)

8. 김영철(상해)

9. 김성매(심천)

10. 박은성(광주)

일본 도쿄 중의침구원장, 회사원

김수재·김수려 남매 (1973년생, 1979년생)

2019년 3월 4일 저녁 일본 도쿄에 도착해 "재일본서광촌사람들 취재 기행"을 시작했다. 이번 일본 취재기행을 위해 도쿄에 있는 김수재씨가 사전에 도쿄지역 서광촌 사람들과 연락을 취하고 호텔을 예약하는 등 많은 수고를 했다.

김수재는 1993년에 베이징침구골상대학(北京针灸骨伤学院 후에 북경중의중약대학과 합병)에 진학했다. 1998년 졸업하면서 중국중의연구원(현 중국중의과학원) 모 부서에 남을 수 있는 기회가 생겼는데 베이징호적을 취득하기 위한 명목으로 거액의 돈을 요구했다. 당시 수재의 부모님이 한국에 계셔서 해결 할 수는 있었지만 수재는 그런 뒤문거래 방식으로 돈을 써가며 베이징에 남고 싶지 않았다. 그 돈이면 외국 유학 수속을 밟아 더 큰 바깥세상으로 나가는 게 더 낫겠다고 생각했다.

그는 하얼빈의약그룹(哈药集团)에 취직한 후 일본 유학 수속을 시작했는데 생각밖에 비자가 빨리 나와 1999년에 일본으로 떠났다.

"일본 유학 수속이 가장 비싸고 힘들 때인데, 아버지께서 한국에서 힘들게 일해 번 돈 십만 위안을 썼어요. 너무 미안해 심리적 부담이 굉장히 컸어요."

수재는 1년 반 언어학원 다니고 또 1년 동안 영어와 무역 관련 공부도 했다. 의료기기 무역을 할 생각이었으나 여의치 않았다. 그는 또 중의약 방면으로 발전할 생각을 했지만 일본은 중국과 약 처방이 달라 공부를 새로 해야 했다. 결국 그가 택한 것은 자체로 침구의료원을 꾸리는 것이었다. 일본에 와서 언어학교에 다니면서 침구원에서 알바를 하며 자체로 학비와 숙식비를 해결하고도 조금씩 저축까지 할 수 있었던 그는 처음엔 일본인과 합작으로 침구원을 설립했다가 2003년부터 독자로 침구의료원을 경영했다. 2012년 그는 일본에서 땅값이 가장 비싼 지역으로 손꼽히는 도쿄 긴자(銀座)의 요쵸메(四町目)에 침구의료원을 설립했다.

2004년 수재는 그동안 사귄 일본여자와 결혼식을 올렸다. 일본남자들한테 시집가는 중국인들은 많아도 중국남자들에게 시집오는 일본여자는 매우 드물었다. 중국인들에 대한 편견 때문이었다. 하지만 정작 결혼 하고나니 사는 게 편했다. 일본에서는 부모들이 결혼한 자식들에 대해 간섭하거나 관계하지 않았기 때문이다.

수재와 얘기를 나누며 당초 돈을 쓰면서라도 베이징에 남는 게 더 좋지 않았겠냐는 나의 말에 그는 지금 와서 보면 좋은 기회를 놓친 것 같기도 하지만 후회는 없다고 대답했다.

어려서부터 몸이 안 좋아 수술까지 몇 번 받아야 했던 그는 일본에 와서 근 20년 동안 테니스(网球)를 비롯해 운동을 견지한다고 한다.

김수려는 1998년 오상조선족사범학교 일본어학과를 졸업한 후 방정조중에서 일본어교사로 근무하다가 2000년에 오빠가 유학 수속을 밟아주어 일본에 왔다. 일본에서 그는 언어학교를 거지치 않고 직접 대학에 편입해 본과 공부를 마치고 학사 학위를 따냈다. 졸업 후 수려는 일본의 모 문화회사에 취직했다. 수려(秀丽)라는 이름처럼 인물 체격이 출중한 그는 36살에 용모가 수수하지만 착하고 가정적인 조선족남자와 결혼했다.

광주재영복장부자재유한회사 대표
리귀영 (1973년생)

2018년 4월 28일과 29일 연속 이틀 저녁 광주에서 리귀영, 박홍걸 부부와 식사하며 얘기를 나누었다. 리귀영은 내가 광주에 도착하기 전 고향 사람들께 연락을 취하고 호텔을 예약하는 등 사전 준비를 해 주었고 첫날 광주 최고의 조선족식당에서 참치회가 주 메뉴인 풍성한 음식상을 마련했다. 열정적이고 배려심이 많은 그를 보며 나는 그의 엄마 박명숙 선생을 떠올렸다.

1944년생인 박명숙 선생은 1960년 방정현조선족중학교가 남천문에 있을 때 중학교를 졸업했다. 1964년 그는 "방정현사회주의교육공작대(社会主义教育工作队)" 대원으로 선정돼 동녕현에 가서 1년 동안 사업했다. 그 후 그는 서광대대혁명위원회 위원, 대대부녀주임으로 활약했고 1969년 9월 빈하중농 대표로 서광학교에 들어가 학교관리에 참여했다. 1972년 연수현 가신공사 민풍학교 리성국 선생과 결혼한후 민풍학교에서 근무하다가 1983년 부부가 함께 서광으로 와서 박명숙 선생은 서광학교에서 리성국 선생은 방정조중에서 퇴직할 때까지 근무했다.

리귀영은 민풍에서 태어났지만 줄곧 외할머니와 함께 생활하며 서광학교에서 공부했다. 1987년 그는 연수 조중에 입학해서 공부하고 1990년 계서외국어학교에 들어가 2년 동안 일본어를 전공했다.

1992년 졸업 후 리귀영은 심천 모 관광회사에서 근무하던 중 고향 언니의 소개로 한국 사장을 만나면서 의류부자재(服裝輔料) 관련 수출입 무역에 전문 종사하게 되었다. 1993년부터 한국 사장의 조수로 일하다가 1998년 한국 사장이 한국에 무역회사를 설립한 후 그는 중국 지사장으로 회사의 업무를 총괄했다. 2006년 한국독자 광주재영 의류부자재유한회사(在永服裝輔料有限公司)가 정식 설립돼 총경리로 된 그는 년간 매출액 800만 달러 올렸지만 노임만 받았다. 후에 해외 시장변화 등 원인으로 회사가 불경기에 처하게 되자 한국사장이 철수하며 리귀영은 회사를 인수했다.

2012년 재영회사의 법인대표가 된 리귀영은 미국 시장을 새롭게 개척해 월 20만 불 이상 매출액을 올리며 온당하게 발전했다. 현재 20여 명 직원을 거느리고 미국에 전량 수출하고 있는데 년 매출액이 2,000만 위안에 달한다.

일본 도쿄 회사원
리광건·김영선 부부 (1974년 출생)

2019년 3월 5일 저녁 6시, 도쿄 간다(神田) 역에서 지하철을 탄 나는 도다(戸田)로 가기 위해 아카바네(赤羽) 역에서 다른 지하철로 환승했는데 오륙 분이 지나도 발차할 징조가 보이지 않았다. 또 육칠 분 더 지나서야 지하철이 인명사고로 지연되어 발차한다는 안내방송이 흘러나왔고 거의 30분을 더 기다려서야 지하철이 드디어 발차했다. 이튿날 나는 인명사고라는 건 바로 사람이 지하철에 뛰어들어 자살했다는 의미인줄 알았다. 고향 사람들은 나에게 일본에서 자주 일어나는 일이라고 알려주었다.

도쿄의 위성도시 도다에 도착해 지하철 부근의 어느 식당에서 리광건, 김영선 부부 그리고 그들의 두 아들과 저녁 식사를 했다. 리광건과 김영선은 소학교 동창으로서 대학을 졸업하고 선후로 천진에 도착하여 어느 한국기업에서 4년 동안 근무하였는데 그때 두 사람은 이미 함께 생활했다.

2000년 리광건은 먼저 일본에 와서 언어학교에서 2년 일본어를 배우고 도다중앙정보전문대학 전산학과에 입학해 2004년 졸업 후 컴퓨터회사에 취직하여 지금까지 한 회사에서 줄곧 근무하고 있었다. 리광건은 취직하자마자 곧바로 가족방문 비자를 신청해 김영선을 일본에 데려왔는데 2008년과 2011년 두 아들이 태어났다. 김영선도 일본에 와서 취직한 회사에 지금까지 15년째 근무하고 있다. 두 아들이 태어났을 때도 3개월 산후휴가를 마치고 보육원에 보내 키우면서 회사에 출근했다고 한다.

내가 작은 아들에게 조선어로 몇 살이냐고 묻자 꼬마는 내 말을 알아듣고 손가락으로 일곱 살이라고 지어보였다. 김영선은 그들은 평소 집에서 조선어로 대화하기에 아이들이 어느 정도 알아들을 수 있다고 말했다.

우리가 한창 식사하고 있는데 전에 아이들이 다녔던 보육원 선생님 일행이 식당에 들어섰다. 그러자 작은아들이 엄마와 함께 선생님들한테 달려가서 정답게 무슨 얘기를 나누었다. 그들 가족이 보육원 선생님들과 관계가 아주 친밀하다는 걸 알 수 있었다. 리광건은 두 아들이 같은 보육원에서 8년 다녔다고 알려주었다.

청도三海通商국제무역회사 대표

김홍매 (1975년생)

2018년 3월 11일, 청도국제공예품성에 있는 사무실에서 김사함(원명 김홍매)와 그의 남편 리희명씨를 만나 얘기를 나누었다.

홍매는 방정조중에서 수십 년간 근무하며 교도주임, 교장을 역임했던 김석일 선생님의 둘째 딸이다. 1991년 방정조중을 졸업한 홍매는 오상조선족사범학교에 합격했다. 그의 언니 김정희도 8년 전에 오상조선족사범학교 중국어학과에 진학했는데 홍매가 그 뒤를 이은 것이다. 3년 후 사범학교를 졸업한 홍매는 방정조중에 돌아와 교편을 잡았다. 그러나 그는 시골 학교에 안착할 수 없었다. 그때 조선족사회에서는 한국바람이 한창 일고 있었고 직장인들 사이에서는 공직을 버리고 연해도시로 진출하는 하해(下海)바람이 불고 있었던 것이다.

1994년 11월 홍매는 청도로 진출했다. 한국업체들이 청도를 비롯한 연해지구에 대거 진출하던 때인지라 홍매는 한국드라콘전자회사에 취직해 통역, 무역, 생산관리 등 여러 가지 일을 하며 업무를 익혔다.

1997년 9월, 오상조선족사범학교동창모임에 참가한 홍매는 고향이 내몽골인 리희명씨를 만났다. 사범시절에 서로 모르던 사이였는데 연해도시 청도에서 만나 서로 첫눈에 반해 사귀다가 1998년 결혼식을 올렸다. 이듬해 아들이 태어난 후 홍매는 회사를 그만두고 집에서 애를 키우고 교육하는 가정주부가 되었다.

2016년 1월 홍매는 남편과 함께 산동성 즉묵시(即墨市)에 청도삼해통상국제무역회사를 설립했다. 남편이 그동안 외자기업에 근무하며 쌓아온 인맥을 이용해 한국에 중장비부품 수출했는데 년간 500만 위안의 매출액을 올렸다.

2017년 7월 홍매는 청도 성양구 국제공예품성(国际工艺品城)에 사무실 차리고 새로운 수출입 품목을 개발해 중국내수시장 공략에 나섰다. 기존의 중장비부품외에 의료기계, 아웃도어(户外)용품, 고급식기, 와인 등 특이한 품목을 도소매하고 있다.

2020년부터 코로나의 영향으로 대외수출이 어려움에 처하자 김홍매 부부는 내수시장 개척에 한결 박차를 가하는 한편 새로운 길을 모색했다. 그 결과물로 한국 창원시청과 제휴해 연속 두 차례 "온라인 수출 상담회"를 성공적으로 개최했다. 청도삼해통상국제무역회사회사의 주관으로 2021년 11월 청도에서 진행된 "2021 창원-청도 2차 (후속)온라인 수출 상담회"에 한국 창원시의 12개 업체와 중국 산동성 등 여러 지역의 23개 업체가 참가했는데 200여 만 달러 수출입계약을 체결하는 성과를 올렸다.

일본 오사카 회사원
려해영 (1975년생)

2018년 3월 7일 저녁 7시 반이 넘어 퇴근한 려해영은 나와 차영민이 기다리고 있는 오사카 번화가의 "한일관"으로 급히 달려왔다. 차영민과 려해영은 방정조중과 오상조중의 선후배인데 둘 다 오사카에서 십 오륙 년 있었지만 서로 모르고 지내다보니 오늘 처음 만난다고 했다.

이번 일본취재 기행에서 만난 십 여 명의 서광촌 사람들은 보면 모두 외로운 것 같았다. 모두 외국에 나와 있지만 일본에 있는 그들은 한국에 있는 조선족들처럼 동창이요, 고향사람이요, 친척이요 하면서 자주 모임을 가지지 않기 때문이다.

려해영은 1994년 흑룡강대학 일본어학과 전문대과정에 입학했는데 졸업 무렵 일본의 모 언어학원 명예교수로 겸직하고 계시는 교수님께서 그에게 일본 유학을 추천했다. 1996년 그는 2만 위안을 들여 유학 비자를 받아 일본에 왔다. 당시 일본 유학 수속은 칠팔만 위안 심지어 십여만 위안 들여야 하는데 그녀는 행운이라고 할 수 있었다. 그는 야마모토현(山本県)에 있는 언어학교에서 2년 동안 공부하고 일본 관서지구에서 가장 좋은 대학으로 손꼽히는 관서대학에서 4년 본과를 다녔다. 6년간의 학비와 생활비는 많은 돈이 수요 되었는데 그는 아르바이트로 일부를 해결 하고 나머지는 한국에 나가 있는 부모님이 보내주었다. 려해영의 부모들은 1990년대 초반 서광촌에서 비교적 일찍 한국에 노무자로 나간 사람들이였다.

2002년 대학 졸업 후 해영이는 귀국하여 청도의 외자기업에서 근무하다가 이듬해에 오사카에서 대학 다닐 때부터 알고 사귀었던 일본사람과 결혼하고 다시 일본으로 왔다. 결혼 후 딸이 태어나자 그는 10년 동안 애를 키우며 주부로 살다가 2012년에 일본에서 두 번째로 큰 여행사 HIS에 취직했다.

일본에서 20년 넘게 있었지만 가정주부로 산 세월이 가장 길었던 해영이의 가정생활이 궁금해서 물어보았다. 그러자 600cc 생맥주를 이미 두 컵 마시고 손에 들고 있는 세 번째 컵도 절반 넘게 내려가 있는 해영이가 이렇게 말했다.

"20대 젊은 시절에는 사람만 좋으면 일본 사람과 사는 것도 별거 아니라고 생각했어요. 설령 무슨 갈등 같은 거 생기더라도 내가 참고 양보하면 된다고 생각하고 그렇게 지내왔죠. 그런데 40대가 되고 보니 이제는 점점 힘들어지고 더 이상 양보하며 살고 싶지 않아요…"

마음이 점점 지쳐간다는 해영이에게 뭐가 가장 힘드냐고 물었더니 그는 식성이 맞지 않아 가장 힘들고 그 밖에도 안 맞는 게 점점 많아진다는 것이었다. 해영이의 말을 들으며 옆에 있던 차영민이 한마디 했다.

"일본 사람들은 우리와 생각하는 게 아주 달라요. 그들은 아이들처럼 단순하기도 하지만 고집도 센 편이죠."

내가 그들에게 구체적인 예를 들어 말해 줄 수 없느냐고 물었더니 해영이는 그냥 웃기만 했다. 나도 더 이상 묻지 않았다. 더 물어보면 남의 사생활을 캐묻는 형국이 되겠으니 말이다.

일본 도쿄 회사원
신중룽慎重龙 (1976년생)

2018년 3월 6일 저녁, 우에노(上野)에서 양복 차림을 한 신중룽을 만났다. 그는 나를 데리고 자신의 단골집 일본 요리집에 갔는데 보통 사시미 외에도 중국에서 맛볼 수 없는 말고기와 삼치 사시미도 먹었다.

신중룡은 1993년 방정조중을 졸업하고 하얼빈시조선족제1중학교에서 고중을 다녔다. 첫해 대학입시에서 낙방한 그는 한해 재수해 연변대학 화학학과에 붙었다. 2001년 대학 졸업 후 신중룡은 연태에 있는 한국독자기업에 취직해 대학 때 독학으로 배운 컴퓨터 기술을 바탕으로 회사의 네트워크 시스템을 설계하고 관리했다. 1년 후 그는 그래도 대학에서 전공한 화학 관련 업종으로 가기로 하고 베이징에 있는 중한합자 화학공장에 취직했다.

2004년 신중룡은 회사의 파견으로 한국에 갔는데 한국의 협력업체에서 주는 노임이 한화 40만원밖에 안되었다. 중국에서 받는 3천 5백 위안보다도 적었고 같은 회사 한국인의 3분의 1도 안 되는 수준이었다. 외국인 종업원에 대한 차별에 분노한 신중룡이 귀국하려고 하자 베이징본사에서 나서서 협상해 노임을 한화 80만원으로 올려주었다. 그리고 그때 마침 엄마와 여동생이 한국에 나왔으므로 그는 한국에 계속 남아 2년간 근무했다.

중국에 돌아온 그는 유학중개소를 거치지 않고 자체로 인터넷에서 일본 유학을 신청했는데 8개 대학교와 연락이 되었다. 신중룡은 아이치(爱知)현에 있는 일본국립대학인 도요하시기술과학대학(枫桥技术科学大学)을 선택해 거액의 장학금을 받으며 석사를 마치고 연이어 박사과정까지 밟았다. 하지만 박사 공부 기간, 실험 문제로 지도교수와 갈등을 빚는 바람에 박사과정 마지막 단계에 이르러 관련 논문을 발표하지 못했고, 논문 없이는 학위를 받을 수 없었으며 심지어 유학비자 연장하는 데까지 영향이 미쳤다. 심사숙고한 결과 여자 친구와 결혼 수속을 해서야 비자를 연장할 수 있었고, 나중에 어느 식품기업

에 취직했다. 그 후 신중룡은 회사 임원(高管)에 속하는 품질총감독
으로 발탁돼 지금까지 근무하고 있다.

만약 당시 좀 참으면서 지도교수와의 갈등을 해소하고 박사학위를
받았더라면 결과는 어떻게 되었을까, 라는 나의 말에 그는, 아마 평
생 고분자 연구를 하면서 교수로 살아야겠죠…, 라고 말하면서 허허
웃었다.

천진하모니유한회사 사장
리홍남李洪男 (1978년생)

2018년 4월 19일 저녁 천진시 동려구에 있는 어느 한식관에서 리
춘단과 함께 리홍남을 만났다. 점잖게 앉아 나와 맥주잔을 부딪치면
서 홍남이는 동창인 춘단이의 말에 변죽을 치며 잘 맞추어 주었는데
그러다 보니 우리 셋은 온 저녁 하하 호호 웃으며 술을 마시고 얘기
를 나누었다.

리홍남은 1998년 방정현직업고중을 졸업하고 방정현조선족학교
에서 체육, 컴퓨터, 한어 등 과목의 과임을 맡았다. 학생 래원의 절
감으로 폐교 위기에 놓여있던 학교에서 5년 근무한 리홍남은 2003년
10월 사직하고 천진으로 갔다.

천진에서 한국 대우전자에 취직했는데 교원 출신 경력을 인정받아
출근하자마자 생산주관으로 임명돼 1년간 근무했다. 2004년 10월
그는 천진시투자유치국과 합작으로 세워진 한국 투자회사에 스카우

트돼 투자유치 홍보를 담당하며 십여 개 한국회사를 유치하는 데 성공했다. 2007년 그는 광동 동관에 가서 한국독자 인테리어회사 창립에 참여하고 총경리직을 맡았다.

2013년 그는 그동안 사귄 동관의 친구와 함께 광서에서 온 친구를 따라 광서쫭족자치구 하지(河池)시에 가서 3명이 25만 위안씩 모두 75만 위안 투자해 광서천화(天华)수출입유한회사를 설립했다. "비철금속(有色金属)의 고향"으로 불리는 당지의 비철금속 광석을 국내외에 판매하는 무역회사는 1년 동안 수익이 괜찮았다. 그런데 경영상의 문제로 광서의 친구와 갈등이 자주 생겼다. 그리고 현지의 세무국과 공상국 등 관리부문에서 사흘이 멀다하게 와서 장부를 뒤지는 바람에 마음이 편하지 않았다. 결국 홍남이와 동관의 친구는 투자금을 돌려받고 회사에서 퇴출하고 말았다.

2014년 천진으로 돌아온 홍남은 한국인과 합작으로 인쇄회사를 설립했다. 삼성전자를 비롯한 대기업에 납품하는 특수업종이었다. 2017년 한국인이 철수한 후 홍남은 회사를 천진하모니(哈莫尼)유한회사로 변경하고 법인대표가 되었다.

상해탁지(卓志)무역유한회사 사장
김영철(1979년생)

2018년 5월 6일, 상해 송강구 구정진(九亭镇)에 있는 탁지무역회사 봉제공장에서 김영철을 만났다.

1995년 방정조중에서 초중을 졸업한 김영철은 고중에 올라가지지 않고 직접 하얼빈공정대학소속 중등전문학교에 입학해 컴퓨터와 회계학과에서 2년 동안 공부했다. 졸업 후 그는 심천에 가서 친척의 회사에서 근무하다가 남방의 무더위 기후에 적응할 수 없어 반년 만에 동북으로 돌아왔다.

1998년 대련으로 간 김영철은 친척의 소개로 한국 독자 그린물류에 입사했다. 그는 수출입 무역과 통관 등 업무를 신속히 익혀 1년 후에 회사 업무를 총괄하는 업무주관이 되였다. 회사의 업무상 영어 사용이 비교적 많은 상황에서 그는 외국어학원에 등록하고 영어 공부를 시작했다. 회사에서는 저녁과 휴일을 이용해 9개 월동안 열심히 공부한 그에게 학비를 제공해주었다.

2002년 3월 김영철은 친척의 요청으로 상해로 가서 국제무역회사에서 12년 근무하며 의류 관련 전문가로 성장했다. 이 기간 그는 오상조선족사범학교를 졸업하고 상지에서 교원으로 있다가 상해로 진출한 리성매씨와 결혼했다.

2014년 4월 김영철은 독자회사 상해탁지(卓志)무역유한회사를 설립했다. 한국에 중고가 스포츠 의류를 수출하는 탁지무역회사는 첫해에 150만 달러 매출액을 올리며 온당하게 발전해 2017년에 350만 달러 매출액을 달성했다.

2018년 1월 김영철은 송강구 구정진에 550평방미터 건물을 임대해 봉제공장을 설립했다. 이미 자체의 스포츠의류 브랜드를 갖고 있는 회사가 디자인, 생산, 무역을 일체화한 대외수출무역기업으로 성장하기 위해서는 자체의 봉제공장이 필요했던 것이다. 몇 년 동안 회

사와 함께 해온 5명 골간직원을 비롯해 20여 명 종업원이 있는 탁지
무역회사의 2018년 매출 목표는 500만 달러라고 한다.

심천흠왕통(鑫旺通)무역유한회사 대표

김성매 (1979년생)

2018년 5월 2일 심천 평안국제호텔 당궁해물방(唐宮海鮮舫)에서
유치원생 딸을 데리고 온 김성매를 만났다. 그의 엄마 우금련도 함께
왔는데 나를 보더니 매우 반가워 하셨다.

70 후 80 후 서광촌 젊은이들의 창업 경과를 들어보면 외자 업체
에서 근무하며 실력을 키워 나중에 독립한 경우가 대부분이다. 그러
나 그 과정은 각양각색이다. 외자 업체에서 이삼 년 근무하다가 성급
하게 나온 사람도 있고 육칠 년 동안 대여섯 개 회사를 전전한 사람
도 있으며 20년 가까이 한 회사에 꾸준히 근무한 사람도 있다. 김성
매가 바로 광동성에 있는 일본 소니(索尼)회사에서 17년이나 근무하
다가 자체로 회사를 세웠는데 "물이 흐르는 곳에 도랑이 생긴다(水到
渠成)"는 말처럼 조건이 성숙돼 자연스럽게 일을 성사시킨 것이다.

김성매는 앞에서 소개된 리춘단과 동갑이고 동창인데 역시 중학교
을 다니던 중 계서외국어학교에 가서 일본어를 배우고 1995년 졸업
후에 무작정 광동성으로 갔다.

"리귀영 언니가 계서에서 일본어를 배우고 광주 쪽에서 잘 나간다는
얘기를 듣고 계서에 가서 공부하게 되었고 졸업 후 역시 광동에 간 거

예요."

그는 광동성 혜주에 있는 일본 소니(SONY)전자회사에 취직해 4년 동안 근무하며 통역, 무역, 영업 등 다방면의 능력을 키우고 인정을 받았다. 일을 하면서 영어를 몰라 어려움을 겪었던 그는 1999년 대련외국어대학에 가서 1년간 영어를 전문 공부했다. 출근하지 않아 노임이 없는데다 학비와 기타 비용까지 수만 위안 써야했지만 그는 1년 동안 재충전의 시간이 매우 값지게 생각되었다.

2000년 대련외대 공부를 마치고 소니전자회사에 복직한 김성매는 심천에 있는 소니전자 설계회사에 파견돼 2012년까지 12년 동안 근무하며 영업부장 등 직책을 담당했다. 이 기간 그는 같은 회사 동료와 결혼하고 심천에 집을 잡아 아들딸 오누이를 낳아 키웠다.

2013년 김성매는 심천흠왕통(鑫旺通)무역유한회사를 설립했다. 통신기기, 포장자재 등 비교적 전문적인 분야의 무역으로 회사는 년간 200만 위안 이윤액을 창출하며 온당하게 발전하고 있다.

심천남양국제무역회사 / 광주남양국제물류 사장
박은성 (1978년생)

2018년 5월 2일 심천에서 김성매씨와 함께 만난 박은성씨는 성격이 시원시원하고 말도 빨리했다.

박은성 역시 김성매처럼 외자기업에서 근무하다가 자기 업체를 차렸는데 그 과정을 보면 김성매와는 많이 다른 패턴이었다. 여러 개 한국업체를 거쳤고 여러 한국 사장과 함께 장사하다가 나중에 자기의 무역회사와 물류회사를 설립했던 것이다.

박은성은 방정조중에서 교원 사업을 했던 박처환, 김경옥 부부의 아들이다. 해륜시에서 태어난 그는 두 살 때 부모님들을 따라 방정현 보흥향 신풍촌으로 이사해 살다가 1984년 서광촌으로 다시 옮겨왔다. 위로 누나가 셋 있는 막내이자 외동아들인 그는 어려서부터 장난이 꽤 심했던 모양이었다.

"서광에서 학교 다니며 선생님 교편에 많이 맞기도 했어요."

부모가 학교 동료인데도 선생님이 교편을 휘둘렀을 정도면 장난이 얼마나 심했는지 짐작이 가게 하는 부분이다.

1995년 박은성은 하얼빈시조선족제2중학교 직업고중부에 입학해 일본어를 공부했다. 1997년 졸업하고 그는 고향 선배가 있는 천진에 가서 한국기업에 취직했다. 그러나 몇 달 만에 회사에서 나오고 말았다.

"사회에 처음 나온 데다 내 성질도 좀 더러운 면이 있어서 한국인들 눈꼴사나워 못 보겠더라고요. 참다 참다 못해 한국 사람과 대판 싸우고 나왔어요."

2000년대 초반 그는 심천, 광주 등지의 한국 신발, 우산 등 회사에서 근무하며 한국 바이어들을 사귀고 임가공과 수출업무를 익혔다.

"그때 당시 얼렁뚱땅 뭉칫돈을 좀 벌긴 했지만 나쁜데 물들기도 했어요. 결국은 잘 못 배워서 제대로 성장할 수 없었던 거였죠."

다행히 박은성은 늦게나마 정직하게 장사하는 것이 정도(正道)라 걸 깨달았다. 2007년 박은성은 심천남양국제무역회사를 설립하고 년 평균 50만 개, 최고로 300만 개 우산을 한국으로 수출했다. 2010년 그는 광주남양국제물류회사를 설립하고 광주 백운구에 600평방미터 오피스텔을 임대해 창고를 겸한 사무실로 쓰며 무역과 물류를 병행하고 있다.